A última floresta

MARK LONDON ▎BRIAN KELLY

A última floresta

A Amazônia na era da globalização

Martins Fontes

O original desta obra foi publicado em inglês com o título
THE LAST FOREST

© 2007, Mark London e Brian Kelly.

A presente tradução foi publicada com a autorização da Random House, selo da Random House Publishing Group, uma divisão da Random House, Inc.

©2007, Martins Editora Livraria Ltda., São Paulo, para a presente edição.

Tradução Débora Landsberg
Revisão de tradução Marcelo Laier Franco
Revisão técnica Maria do Carmo Zanini
Projeto gráfico e capa Renata Miyabe Ueda
Revisão Eliane de Abreu Santoro e Simone Zaccarias
Produção gráfica Demétrio Zanin

Dados Internacionais de Catalogação na Publicação (CIP)
(Câmara Brasileira do Livro, SP, Brasil)

London, Mark
 A última floresta : a Amazônia na era da globalização / Mark London, Brian Kelly; tradução de Débora Landsberg – São Paulo: Martins, 2007.

 Título original: The last forest : the Amazon in the age of globalization
 Bibliografia.
 ISBN 978-85-7707-002-2

 1. Amazônia - Descrição e viagens 2. Ecologia das florestas tropicais - Amazônia 3. Florestas - Administração - Amazônia 4. Florestas tropicais - Amazônia - Administração 5. Kelly, Brian, 1954- 6. London, Mark I. Kelly, Brian, 1954-. II. Título. III. Título: A Amazônia na era da globalização.

07-5619	CDD-918.11

Índices para catálogo sistemático:
1. Amazônia : Florestas : Descrição e viagens   918.11

Todos os direitos desta edição para o Brasil reservados à
Martins Editora Livraria Ltda.
Rua Prof. Laerte Ramos de Carvalho, 163
01325-030 – São Paulo/SP – Brasil
Tel.: (11) 3116.0000 Fax: (11) 3115.1072
info@martinseditora.com.br
www.martinseditora.com.br

Aos filhos de Mark London
Jana, David e Scott

e aos filhos de Brian Kelly
Jack, Laura e Danny

Sumário

Prefácio à edição brasileira. 9
Prefácio. 17
1. Um começo inesperado 25
2. O mito dá lugar à ciência 39
3. A fronteira interna. 53
4. Segurança nacional e ambientalismo internacional 65
5. As maravilhas naturais deste mundo. 79
6. Vozes da experiência 91
7. Alguém em nosso jardim. 109
8. A herança do Eldorado 123
9. Petróleo: espoliador ou salvador? 137
10. Onde os sonhos não morrem mais 147
11. Da pobreza à soberania 161
12. O desbravamento da floresta tropical. 189
13. E então chegou o gado 203
14. O celeiro do futuro 221
15. Os esquecidos. 249
16. Terra, violência e esperança 275
17. A salvação da Amazônia 315

Epílogo 335
Agradecimentos. 347
Notas. 351
Índice 395

PREFÁCIO À EDIÇÃO BRASILEIRA

Para preservar a Amazônia, é preciso tocá-la. Não se pode erguer uma cerca a seu redor para impedir a entrada das pessoas, nem expedir ordens de despejo para os 20 milhões que nela residem. Há que usá-la com cuidado nos locais em que é possível usá-la. E há que preservá-la nos lugares em que ela deve ser preservada. Ela não é nem um museu nem um terreno a ser indiscriminadamente devastado e desenvolvido sem critério.

Há 25 anos, em nosso livro *Amazônia*, identificamos as forças que seriam capazes de ameaçar a região, e elas o fizeram. Escrevemos sobre as esperanças de vida nova da população, muitas das quais foram violentamente destroçadas, apesar de muitos migrantes terem encontrado a vida produtiva com que sonhavam. Tentamos transmitir a idéia do impacto que teria, no Brasil e no resto do mundo, o manejo descuidado de um recurso frágil e de tamanha biodiversidade – o subtítulo da edição brasileira do livro foi "Um grito de alerta". Com efeito, o desmatamento da região aumentou de 3%, quando escrevemos nosso primeiro livro, para os cerca de 20% atuais.

A última floresta discorre sobre o que aconteceu quando a Amazônia foi ocupada em larga escala e sobre o que poderá acontecer mais adiante. No texto, citamos a observação de um respeitado estudioso da região, Tom Lovejoy, de que a Amazônia atingiu seu "ponto de ruptura". É igualmente fácil acreditar que, na verdade, ela já ultrapassou esse ponto, e que a floresta tropical está nos estertores de uma morte lenta, com possíveis conseqüências catastróficas para o clima da região, do Brasil e do mundo, bem como perdas inestimáveis de biodiversidade e do bem-estar que a natureza proporciona à humanidade. Tendemos a ser mais otimistas, embora, talvez, mais pelo desejo de que a realidade corresponda a nossas idéias e por nossa profunda afeição por essa região do que pelas provas concretas que coligimos.

Recentemente, vimos alguns sinais de que a expectativa de vida da Amazônia talvez possa ser maior, contrariando as previsões de apenas cinco anos atrás. Nos quase 18 meses decorridos desde que concluímos a redação de *A última floresta*, houve uma série frenética de tentativas de ressuscitação, como se a criança tivesse finalmente despertado e aceitado a responsabilidade pela morte dos pais que, durante anos, havia negligenciado. Temos nossas teorias a respeito dessa preocupação súbita e muito bem-vinda. O interesse mundial pelo aquecimento global aparece no alto de nossa lista de explicações. Durante anos, os ambientalistas tentaram vincular o destino da Amazônia ao do resto do mundo. Sua iniciativa mais visível foi o exagero, constantemente repetido, de afirmar que a Amazônia era "o pulmão do mundo" e que destruir a floresta tropical resultaria em nossa asfixia. Essa seqüência de acontecimentos poderia povoar muitos roteiros hollywoodianos de filmes de terror, mas não correspondia à verdade. A floresta tropical consume aproximadamente a mesma quantidade de oxigênio que libera. Outra justificativa para salvar a Amazônia seria a idéia de proteger a fonte da "cura do câncer". Assim como a região havia produzido as milagrosas quinina e borracha, dizia a teoria que ela devia abrigar a cura definitiva de uma de nossas doenças mais ameaçadoras. Infelizmente, tal cura não apareceu, e é difícil sustentar uma campanha de preservação quando é impossível identificar com exatidão o que precisa ser preservado. Além disso, nunca teve apelo a campanha correlata de que a Amazônia deveria ser salva em função de sua rica biodiversidade, embora essa ligação devesse ter sido aceita em larga escala. Mas era exótica demais, distante demais da vida cotidiana das pessoas. A maioria dos cidadãos do hemisfério norte não conseguia entender como uma planta do Brasil poderia ter alguma relevância para seu dia-a-dia. E muitos brasileiros recusavam-se a aceitar a preservação da riqueza potencial e inexplorada da natureza à custa do necessário desenvolvimento econômico.

E então veio o Katrina. E, antes dele, o furacão ocorrido em Santa Catarina, o primeiro na memória da América do Sul. E as estiagens em Manaus e no Acre, em 2005, que secaram rios e provocaram incêndios e epidemias. E o filme de Al Gore. E a desilusão global com as políticas do governo norte-americano, entre elas a falsa alegação de que o aquecimento global era um mito. E, em 2007, o relatório do Painel Intergovernamental sobre Mudanças Climáticas, da Organização das Nações Unidas.

Todo esse novíssimo interesse esbarrou no dado estatístico, geralmente aceito, de que 20% das emissões de gases geradores do efeito estufa provinham do desmatamento florestal, e de que 40% dessas emissões provinham da Amazônia. E finalmente se estabeleceu a ligação. O destino da Amazônia e o do meio ambiente externo a ela foram vinculados: era a globalização do meio ambiente.

E, com isso, passou a haver um interesse renovado na preservação, um interesse que talvez seja sustentável, desta vez. A exclusão das florestas tropicais do Protocolo de Kyoto pode ter atendido às necessidades européias de que os Estados Unidos não dispusessem de uma alternativa barata para o controle da poluição, e talvez tenha contornado os temores dos países em desenvolvimento de que seu crescimento econômico ficasse ameaçado, mas tal omissão desvalorizou as florestas tropicais no mundo cada vez mais lucrativo dos créditos de carbono. É possível que isso mude quando o Protocolo de Kyoto for renovado em 2012. O Brasil possui um tesouro inestimável em créditos de carbono, e o resultado, se eles se tornarem comercializáveis, será o "desmatamento evitado": um imenso estoque de reservas verdes. Presumivelmente, essa receita, destinada a manter a floresta intacta, será orientada para a promoção do desenvolvimento em áreas já desenvolvidas. A preservação fornecerá o combustível para o desenvolvimento. Que ironia! O governador do Amazonas, Eduardo Braga, foi ainda mais longe. Embora seu estado talvez venha a ser o principal beneficiário da introdução de um mercado de créditos de carbono, em virtude de seu tamanho e dos 98% de cobertura florestal intacta, Braga também tem buscado parcerias com empresas públicas e privadas para "vender benefícios ambientais". Juntamente com Virgílio Viana e Denis Minev, seus secretários de Estado, ele elaborou um programa de reservas legais com o potencial de abranger milhões de hectares, reservas estas em que consórcios empresariais apoiarão as atividades de monitoramento e fiscalização, e nas quais os cidadãos da floresta receberão benefícios sociais, educacionais, assistenciais e econômicos que lhes permitam permanecer na região e proteger seu próprio meio ambiente. Essas reservas serão criadas como uma defesa contra o desenvolvimento invasivo. (A bem da franqueza, cabe informar que estamos cooperando com o governo do Amazonas para ajudar a desenvolver esses projetos.)

O objetivo desses programas é atribuir um valor econômico a florestas intactas que ultrapasse o valor econômico do desmatamento das mesmas áreas. Em *A última floresta*, citamos o economista Ronald Coase, ganhador do Prêmio Nobel, ao explicar que as pessoas destroem o meio ambiente "porque esse é um modo mais barato de produzir outra coisa". Talvez um novo modelo esteja emergindo: quando a preservação se torna mais lucrativa do que a destruição, a preservação prevalece.

O reconhecimento de que as mudanças climáticas ameaçam o crescimento exponencial da agricultura em todo o Brasil foi a força motivadora responsável pela surpreendente coalizão que, em 24 de junho de 2006, instituiu uma moratória sobre a soja. Muitas ONGs que trabalham na Amazônia se uniram a interesses privados e governos estaduais, a fim de chegar a um acordo com as associações que controlam grande parte do comércio da soja, mediante o qual estas concordaram em não vender a soja produzida em áreas recém-desmatadas da Amazônia durante um período de dois anos. No primeiro aniversário da moratória, o ritmo do desmatamento em Mato Grosso caiu 40%, e o do Pará, 41%.

Em *A última floresta*, mencionamos a enorme influência do governador do Mato Grosso, Blairo Maggi, no futuro da Amazônia, e aí tínhamos um exemplo. Alguns leitores, erroneamente, interpretaram como uma defesa a maneira como retratamos Maggi. Não foi o caso; não tivemos a intenção de defendê-lo nem de atacá-lo, apenas de explicar que qualquer tentativa de abordar o futuro da Amazônia precisava compreender o que Maggi havia realizado e o que estava planejando. A redução drástica dos índices de desmatamento, decorrente da moratória, confirmou essa previsão da influência de Maggi. Ao mesmo tempo, ele e seus companheiros de agronegócio em Mato Grosso aperfeiçoaram uma iniciativa de produção de alimentos e de energia que não tardará a eclipsar todos os concorrentes em toda parte. Charles Mann e Susanna Hecht, dois observadores da Amazônia sumamente respeitados, escreveram com admiração, na revista *Fortune*, sobre as transformações promovidas e contempladas por Maggi. Ele se apercebeu de que a continuidade de seu sucesso dependerá da conservação do precioso meio ambiente da região amazônica.

Não obstante, são muitas as ameaças, em especial as provenientes da demanda emergente pelo etanol. É aí que iniciativas bem-intencionadas chocam-se com a realidade. O etanol promete a independência em relação à política petrolífera do Oriente Médio, e promete também ser uma fonte de energia mais limpa, porém sua produção traz consigo um alto custo ambiental. A produção dos Estados Unidos, concentrada sobretudo no milho, é substancialmente menos eficiente que a do Brasil, que se concentra sobretudo na cana-de-açúcar; o consumo de combustíveis fósseis é essencial na produção do etanol de milho. Mesmo assim, o Congresso norte-americano ordenou um aumento substancial da produção desse etanol e manteve intacta a tarifa imposta pelos Estados Unidos ao etanol brasileiro, de modo que terras norte-americanas passarão a produzir combustível, e não mais alimentos. E os produtores de soja trocarão essa lavoura pelo milho.

As pessoas não vão parar de comer e a demanda de soja não diminuirá; haverá necessidade de mais terras para serem dedicadas à produção.

Ao mesmo tempo, a indústria brasileira de etanol, que já faz uma grande contribuição para que o país alcance a autossuficiência em petróleo, tem despertado o interesse de investidores estrangeiros dos Estados Unidos, da China e do Japão, criando uma demanda estável do produto a longo prazo. Existem hoje 330 usinas processadoras de cana-de-açúcar no Brasil, e outras 86 entrarão em operação nos próximos cinco anos. A cana-de-açúcar nunca cresceu bem na Amazônia, de modo que essa região não é diretamente ameaçada pelos grandes canaviais. Entretanto, áreas do sul do Brasil, que são terras excelentes para o plantio da cana, serão destinadas a esse uso, deixando de ficar reservadas, como hoje acontece, à criação de gado e à produção de soja. E essas atividades se deslocarão para o norte. A Amazônia já mostrou sua capacidade de acomodar iniciativas lucrativas no campo da pecuária e da produção de soja, de modo que sobre ela recairá a pressão oriunda da confluência dos desdobramentos relacionados ao etanol. Assim, o etanol, que é visto por alguns como uma panacéia parcial para os problemas ambientais, tornou-se, talvez, a ameaça mais assustadora a ser enfrentada pela Amazônia. Que ironia!

Fomos elogiados por nossos amigos brasileiros pela postura que adotamos em *A última floresta*: a de que os problemas criados pelo desmatamento serão compartilhados pelo mundo, porém as soluções deverão ser criadas no Brasil, porque essa terra é brasileira. Na página de opiniões do *New York Times*, escrevemos um artigo advogando essa visão e estimulando o apoio financeiro internacional aos esforços brasileiros, uma maneira muito mais produtiva de utilizar esse recurso do que as críticas ou as condenações. Ficamos animados com as tendências nessa direção.

Qualquer médico dirá que se empenha em dar a cada paciente mais um dia de vida, na esperança de que nesse dia surja a cura da doença que o aflige. O fatalismo não tem serventia para os médicos: é antagônico aos motivos que os levaram a escolher a medicina e a seu empenho em fazer com que os pacientes melhorem. Por mais que deparem com a enfermidade e a morte, eles se apegam a um otimismo obstinado. É esse o espírito que produz a imaginação, a colaboração e o uso positivo dos recursos. E é assim que preferimos ver a Amazônia.

Mark London e Brian Kelly
10 de agosto de 2007

(Tradução: Vera Ribeiro)

▌PREFÁCIO

Em novembro de 1980, ao nos prepararmos para a primeira de duas expedições de cem dias à Amazônia – que nos forneceriam o conteúdo de nosso primeiro livro, *Amazon*[1] –, andamos em meio aos arranha-céus do agitado centro comercial de São Paulo a fim de entrevistar um homem que esperávamos fazer jus a seu título: o presidente da Associação dos Empresários da Amazônia. O crescente movimento ambientalista internacional fez desse homem candidato a inimigo público número um. João Carlos Meirelles era o líder de um grupo de empresários que, estabelecido na desenvolvida região Sudeste do Brasil, era supostamente responsável pelo acelerado desmatamento da Amazônia. A pecuária, que muitas vezes ocupava fazendas do tamanho de alguns estados norte-americanos, era o ramo escolhido por eles.

Sobrancelhas grossas e um bigode de pontas retorcidas com cera, terno risca de giz e colete, relógio de bolso e uma bengala de castão prateado, ele era a perfeita encarnação da imagem que fazíamos de um aristocrata latino-americano. Com austeridade e veemência, ele nos disse: "Tenho uma paixão, não um emprego".

Apesar da hospitalidade, Meirelles nos surpreendeu com sua rudeza durante a conversa. Ele nos acusou de intromissão em áreas de interesse que não nos diziam respeito. "Os europeus é que estão muito preocupados com nossa floresta, os jornais e revistas europeus é que escrevem sobre a derrubada de árvores e inflamam os ecologistas", disse. "Eles têm tempo para ficar se preocupando com isso e causam um problema para nós. Não havia movimento pela ecologia quando o país de vocês estava se desenvolvendo, mas agora estão todos preocupados conosco".

Ele nos garantiu que nossa ignorância acerca da Amazônia apequenava nosso conhecimento, uma condição que, segundo ele, predominava entre europeus e norte-americanos.

Meirelles afirmava que os empresários que se estabeleceram na Amazônia tinham a mesma ambição e as mesmas habilidades que os magnatas que expandiram as fronteiras dos Estados Unidos. Ele caracterizou os empresários como heróis nacionais.

Dissemos a Meirelles que tínhamos ouvido falar que 1/3 da floresta tropical amazônica[2] fora desmatado e insistimos para que ele identificasse o "heroísmo" nesse dado estatístico. Meirelles fez troça. "A floresta é tão grande, acho que nem 1% foi destruído. Mais irá tombar: e há que tombar. Não temos tempo para parar e estudar. É o que lhes digo, é impossível deter a ocupação da Amazônia."

Deixamos São Paulo e fomos descobrir o que estava acontecendo na Amazônia. Na época, as informações sobre a região eram escassas, duvidosas e obsoletas. A Amazônia ainda era um lugar longínquo envolto no mito de um mundo remoto e inabitável. Mas a realidade, evidentemente, era bem outra, pois uma ocupação frenética da Amazônia estava em curso. Quem estava lá? Por quê? O que estavam fazendo? E quais as conseqüências?

Procuramos responder essas perguntas em um livro que tratava das mais variadas pessoas que viviam na Amazônia. Uma tribo indígena ameaçada de extinção nos convidou para jantar no nosso feriado de Ação de Graças. Andamos entre posseiros armados, desesperados para proteger suas terras de assassinos de aluguel contratados para matá-los. Visitamos a mítica mina de ouro de Serra Pelada e lendários projetos de proporções faraônicas: o gigantesco seringal de Henry Ford e a propriedade florestal de produção industrializada de D. K. Ludwig, que tinha o tamanho dos estados norte-americanos de Massachusetts e Rhode Island juntos[3]. Viajamos de ônibus com migrantes oriundos das áreas povoadas do Brasil, que se deixavam levar por boatos a respeito de terras disponíveis que eles poderiam reivindicar e onde seria possível começar uma nova vida. Abrira-se uma fronteira, sonhos perdidos atravancavam algumas paisagens e a esperança sobejava em outras; e, o tempo todo, a floresta sofria danos fatais. Por fim, concordamos com Meirelles quanto ao fato de que a ocupação humana e em grande escala da Amazônia era inevitável – e suas cicatrizes, indeléveis. Parecia que, para salvar a floresta amazônica e, simultaneamente, atender às necessidades da população que a habitava, seria preciso um milagre.

Na primavera de 2003, antes de voltarmos novamente à Amazônia, estivemos primeiro em um pomposo edifício público de estilo colonial na cidade de São Paulo. Fomos visitar João Carlos Meirelles, então com 68 anos de idade, que ocupava uma das secretarias do governo estadual[4]. Não tinha perdido nem um pouco de sua paixão, embora, ao pedirmos que refletisse sobre nossa conversa de 23 anos antes, sua expressão austera tivesse se suavizado. A história justificou ou desmentiu a autoconfiança que ele demonstrara em 1980? Ele riu. "Cometemos muitos erros: vocês sabem disso. E temos de aceitá-los com humildade, aprendendo com eles."

    Os erros a que Meirelles se referia haviam estimulado o movimento ambientalista internacional, que adotara o desmatamento da Amazônia como causa célebre nos anos

1980 e 1990. Uma área maior que a França havia sido desflorestada. Numerosas tribos indígenas perderam a batalha e não se adaptaram à era moderna. Os cientistas lamentavam a perda da biodiversidade (termo cunhado depois de nossa primeira visita) da mais rica de todas as florestas tropicais[5], antes mesmo que ela fosse catalogada. O próprio Brasil fora atacado por líderes mundiais por não conseguir preservar um recurso global.

Meirelles lamentou o fato de sua organização ter contribuído para o problema, já que os empresários "não construíram nada sustentável, feito para durar". Também ressaltou que muitos dos migrantes esperançosos que havíamos conhecido foram para a Amazônia com a expectativa de conseguir emprego em projetos públicos, como a construção de rodovias, mas esses trabalhadores foram "abandonados" uma vez terminado o serviço. A Amazônia era um lugar exótico para os brasileiros de outras partes do país, e muitos acharam difícil adaptar-se ao clima inóspito e ao solo aparentemente incultivável.

Apesar dessa ladainha de fracassos, Meirelles nos pareceu mais entusiasmado do que nunca. Elogiou a mudança de governo em meados dos anos 1980, da ditadura militar para um sistema democrático bem estabelecido, salientando que o presidente populista e recém-eleito, Luiz Inácio Lula da Silva ("Lula"), estivera na cadeia devido a suas atividades sindicais à época de nossas primeiras visitas. O otimismo de Meirelles em relação à Amazônia era incitado não só pelas lições aprendidas como também pelas novas ferramentas disponíveis. "Estamos em uma nova fase tecnológica", disse ele. "Temos informações de satélites que nos permitem determinar onde a agricultura pode obter êxito e onde não se deve tentá-la; temos informações sobre o solo que nos permitem cultivar áreas que nunca imaginamos aráveis; somos capazes de proteger a água e o solo da erosão; podemos criar gado com mais eficiência e ter pastos extremamente rentáveis, o que significa que menos terras terão de ser desmatadas."

E ele acrescentou: "Temos um apreço maior pelo meio ambiente. Agora, o desafio é definir o que temos de proteger, e protegê-lo indefinidamente".

A Amazônia mudou bastante nos mais de 25 anos que se passaram desde nossa visita por ocasião do primeiro livro, e *A última floresta* registra essa transformação. Nesse ínterim, a preocupação do mundo com o destino da floresta e o reconhecimento internacional de sua importância para o meio ambiente planetário aumentaram substancialmente. Todavia, o saber convencional, no que diz respeito ao que será preciso para salvar esse recurso, ficou parado no tempo.

Dizer que a Amazônia está sendo destruída é fazer uma descrição inexata do que está acontecendo. A Amazônia está sendo transformada. Às vezes, o desmatamento tem como resultado a criação de terras cultiváveis, capazes de sustentar uma família ou um grupo de famílias que acabará formando uma comunidade. Outras vezes, o desmatamento é o primeiro passo da construção do celeiro do futuro, que propiciará, a milhões de pessoas, novas fontes de proteína e, ao Brasil, moeda estrangeira suficiente para sustentar programas sociais de extrema necessidade. Outras ainda, o desmatamento é o primeiro passo de um processo que gera empregos e capital, o que proporciona uma sensação de segurança e compromisso com o futuro. Contudo, muitas vezes o desmatamento só acarreta a destruição desnecessária de um dos maiores recursos naturais do mundo e dos povos indígenas que o habitam.

Salvar a Amazônia agora implica salvar as pessoas que ali vivem – mais de vinte milhões – através de decisões fundamentadas e coordenadas sobre desenvolvimento e preservação. Querer ensinar ao Brasil – estando-se em Londres, Paris ou Washington – o que seus cidadãos podem ou não fazer, e no que podem ou não tocar, só causa rancor. Para salvar a Amazônia, é preciso perceber essa região não como uma vastidão exótica, mas sim como uma das poucas regiões inexploradas ainda existentes, onde há, como disse Meirelles, uma abundância de oportunidades. A Amazônia representa um desafio para o Brasil na construção da nação, a chance de emancipar seus cidadãos e criar uma idéia positiva de participação nacional, oportunidade rara hoje em dia entre os países em desenvolvimento. Também oferece ao Brasil a oportunidade de assumir uma enorme responsabilidade na grande família das nações: a de servir de guardião do maior repositório de biodiversidade existente, da maior fonte de água doce do mundo e de um estabilizador crucial do clima. Se tiver êxito, o país merecerá a gratidão internacional.

Por que essas coisas são importantes? A resposta fácil seria: por causa das previsões muito bem fundamentadas de que, caso a atual taxa de desmatamento seja mantida, haverá mudanças climáticas globais e ocorrerá o rápido esgotamento da riqueza natural do mundo. Mas a resposta mais complexa também indica uma solução. Em seu discurso de "alerta" pós-11-de-setembro, Blairo Maggi, governador do estado amazônico do Mato Grosso, advertiu que, reagindo à violência daquele dia, os países desenvolvidos perdiam de vista as causas de tal violência. O terrorismo, argumentou ele, é um sintoma da alienação, prima, por sua vez, da degradação ambiental. A degradação ocorre porque as pessoas não se vêem comprometidas com o futuro do meio ambiente, e não porque odeiam árvores e água limpa. As pessoas sensatas não desmatam seus quintais nem destroem o que lhes pertence. Os problemas ambientais da Amazônia surgiram porque os sistemas político e econômico do Brasil, tanto quanto os mundiais, não foram capazes de gerar interesse pela nítida conexão entre o bem-estar do indivíduo e o do meio ambiente. Ou então porque interesses comerciais egoístas costumam prevalecer sobre o interesse comum de proteger os recursos naturais. Isso tem de mudar.

Atualmente, a Amazônia se distingue de seu estereótipo histórico. Seus habitantes estão batalhando para transformar a oportunidade em um mundo produtivo e para criar uma sensação de inclusão nesse universo, a sensação de que eles têm o direito de fazer parte desse lugar. A resistência a tais esforços precisa ser rompida. A conseqüência dessa batalha influenciará o destino do meio ambiente global e de milhões de pessoas que querem a oportunidade de participar da economia mundial.

Leva-se tempo, às vezes mais de 25 anos, para identificar os problemas e encontrar soluções através do reconhecimento de que interesses conflitantes precisam ser conciliados. Neste livro, tentamos mostrar o que será preciso para salvar a Amazônia e, talvez, um universo ainda maior. Não é tarde demais, embora falte pouco.

CAPÍTULO 1
▎ Um começo inesperado

Desde criança, Nelsi Sadeck ouvia falar de pinturas rupestres lá do outro lado das serranias de arenito que, à semelhança de dedos, estendiam-se rumo à margem esquerda do rio Amazonas. Ele e os amigos já conheciam muito bem as pinturas no alto dos paredões mais próximos à cidade, que não passavam de linhas desbotadas contrastando com a rocha cinzenta. Por conhecerem apenas a cidade ribeirinha de Monte Alegre e seus arredores, eles não sabiam o quanto essas pinturas eram especiais na região. No Amazonas, não havia nada mais alto que as árvores 3 mil quilômetros rio acima, exceto aqueles paredões. E, a não ser pela água marrom-chocolate do rio célere e pelas árvores verdejantes que vigiavam suas margens, não havia outra cor. Qualquer pessoa de qualquer outro lugar da Amazônia acharia que Nelsi Sadeck vira algo especial no alto daquelas rochas, mas, para ele, as pinturas não passavam de arte local.

Então, no início da década de 1970, Sadeck começou a ouvir histórias a respeito de outras pinturas, espalhadas ao acaso por grutas escondidas nos pequenos montes do interior. Naquela época, ele já tinha ouvido vários visitantes comentar que não havia nada igual àquelas pinturas no vasto oceano verde da floresta amazônica. Por isso, ele resolveu se tornar um explorador. As pinturas que encontrou eram simples desenhos em vermelho e amarelo de animais e pessoas, infantis e exuberantes: representações primitivas de aranhas, rãs, corujas e cobras gigantes. Ele viu homens e mulheres, finos como palitos, e uma vaca macérrima dotada de chifres. Sóis radiantes e impressões palmares misturavam-se a espirais geométricas e quadrados concêntricos. Uma das pinturas parecia representar um calendário: um retângulo de 1,8 por 2,4 metros, delineado por quadrados precisos, alguns marcados com xis. Não há registro da sociedade que criou essas pinturas, portanto seria igualmente possível supor que elas representam um tabuleiro de xadrez, um jogo da velha ou um calendário. Sadeck veio a saber que existiam sete grutas iguais àquela, com centenas de pinturas. Contudo, 35 anos depois de sua primeira visita às cavernas, Sadeck crê que pode haver outras mais.

Não foi Sadeck quem descobriu as grutas. Mais de um século antes de Nelsi Sadeck se tornar um explorador, Alfred Russel Wallace, naturalista cuja importância se compara à de Darwin, foi à Amazônia estudar a flora. Ele era botânico, e não antropólogo. E, embora as descobertas científicas de Wallace tenham estabelecido os alicerces de boa parte do conhecimento ecológico sobre a Amazônia, ele estava muito mais interessado na natureza e perdeu a atração principal: o registro histórico da presença humana na região. Somente 140 anos depois é que a importância das pinturas seria reconhecida.

Em 1988, uma pesquisadora chamada Anna Roosevelt foi a Monte Alegre e pediu para ver as grutas. Àquela altura, Sadeck, professor de ecologia no ensino médio, havia se tornado guardião e guia das cavernas, o homem a ser procurado em Monte Alegre pelo turista diferente, que não se atém aos pontos pitorescos, ou pelo acadêmico audaz. Monte Alegre fica a cerca de noventa quilômetros rio abaixo do centro regional de Santarém, a maior cidade entre Belém – na foz do Amazonas, onde o rio encontra o Atlântico – e Manaus, aproximadamente 640 quilômetros rio acima. Santarém fica na margem direita do Amazonas, na interseção com o Tapajós, cujas águas azuis e cristalinas correm lado a lado com o lamacento Amazonas por cerca de 15 quilômetros antes de o marrom engolir o azul. A viagem de Santarém a Monte Alegre começa de carro. Ao chegar à beira do rio, pega-se uma balsa e, depois, há uma caminhonete alugada por Sadeck aguardando os visitantes.

Sadeck acompanhava a dra. Roosevelt na primeira vez que ela viu as grutas e também foi o guia em muitas de suas viagens posteriores. O entusiasmo dele não diminuiu com o tempo. "Este lugar é mágico, e Anna explicou isso ao resto do mundo", disse-nos ele. "Forneceu uma história à Amazônia"[1].

Na verdade, essas grutas fornecem muito mais que história. As descobertas de Roosevelt revolucionaram nossa compreensão do lugar ocupado pela Amazônia na história, no Brasil e no resto do mundo. Suas teorias de que seres humanos já haviam ocupado com sucesso a Amazônia (também sugeridas pelos antropólogos que a precederam, no entanto sem os surpreendentes indícios encontrados nas cavernas) alteraram radicalmente a maneira como a política e a ciência entendiam não só o passado como também o futuro da floresta.

Ao realizar essa pesquisa de tamanho alcance, Anna Roosevelt provou ser a digna herdeira de seu bisavô, o ex-presidente Theodore Roosevelt, cuja corajosa expedição pelo coração da agreste floresta amazônica foi bem documentada por Candice Millard em *The river of doubt*[2]. Roosevelt percorreu um rio que hoje ostenta seu nome, enfrentando todo o espectro de horrores tropicais: as doenças, os insetos, o isolamento e as tribos indígenas hostis. No fim, a selva venceu, pois Roosevelt, o símbolo do norte-americano vigoroso, morreu alguns anos após a Amazônia ter destruído sua saúde.

Anna Roosevelt, ex-curadora do Field Museum de Chicago e atual professora de antropologia na University of Illinois, fez as primeiras descobertas a respeito da Amazônia no início da década de 1980, em Cambridge, Massachusetts, no Peabody Museum de Harvard. Seguindo uma pista que encontrara em um artigo de 1960 sobre a arqueologia da Amazônia[3], ela foi até Harvard estudar uma coleção de conchas e peças de cerâmica havia muito tempo esquecida. A coleção era uma doação de Charles Frederick Hartt, um geólogo promissor que empreendera várias viagens à Amazônia nos anos 1860. Como não dispusesse de equipamentos sofisticados de datação, Hartt, assim como Wallace, não pôde avaliar a importância do que havia encontrado.

Roosevelt, utilizando a tecnologia de datação por carbono 14, concluiu que as amostras de Hartt tinham mais de 6 mil anos – "na época, a data mais antiga para a cerâmica do Novo Mundo"[4]. O fato de o mais antigo vestígio de uma sociedade da era da cerâmica no continente ter sido encontrado na Amazônia, escreveu ela, "preparava o terreno para a revisão da história cultural amazônica, um processo que acabaria por reverberar na história cultural do Novo Mundo como um todo".

A idade da cerâmica revelou uma sociedade amazônica que já trabalhava com esse material pelo menos 3 mil anos antes do suposto povoamento da região e, principalmente, que ela era anterior a qualquer cerâmica andina já encontrada[5]. Significava que a Amazônia não havia sido colonizada por "povos agricultores da era da cerâmica oriundos dos Andes", a teoria dominante durante todo o século XX. Os amazônidas vieram primeiro, ou ao menos se desenvolveram independentemente da sociedade andina.

O trabalho de Roosevelt no Peabody Museum não parou por aí. Ela também inferiu que "um [certo] maço de folhas amareladas"[6] deveria ser "o caderno de Hartt há muito perdido", o manuscrito que continha suas descobertas, que um de seus alunos enviara a Harvard após a morte do professor em 1878, no Rio de Janeiro, de febre amarela. Hartt escreveu que havia encontrado pontas de lança em um lugar perto de Monte Alegre. Roosevelt ficou intrigada, já que não se lembrava de ter visto essas relíquias em nenhum dos sítios da era da cerâmica que havia explorado ou sobre os quais tinha lido. Ela compreendeu que estava diante de uma sociedade ainda mais antiga.

Tanto Wallace como Hartt escreveram a respeito das pinturas nas paredes da caverna, e Roosevelt reconheceu a singularidade de um lugar como aquele na Amazônia. Charles C. Mann descreve o local no livro *1491*: "Ampla, pouco profunda e bem iluminada, a caverna da Pedra Pintada não tem tantos morcegos quanto algumas outras. A entrada em arco tem seis metros de altura e arrebata por seus petróglifos vistosos. Do lado de fora, há um pátio natural e ensolarado, adequado para se fazer piqueniques e ladeado por algumas pedras grandes. Durante minha visita, comi um sanduíche em cima de uma pedra particularmente convidativa, e de lá vi, por entre uma aléia de pupunhas, o rio, que ficava a 11 quilômetros de distância, e a floresta entre uma e outro. As pessoas que criaram os petróglifos, pensei, devem ter feito a mesma coisa"[7]. Roosevelt concentrou-se na espessa camada de barro negro sobre a trilha que leva à boca da caverna da Pedra Pintada, um local estonteante, embora estivesse infestado de vespas no dia de nossa visita. Ela trabalhou com a hipótese de que, escavando o solo ao redor dos petróglifos, descobriria mais coisas acerca do povo que os havia desenhado. Em 1991 e 1992, sua equipe descobriu "30 mil artefatos de pedra, pigmentos e milhares de castanhas, sementes, conchas e ossos queimados"[8]. O processo de datação comprovou a presença humana no local entre 11.200 e 10 mil anos atrás.

Até Roosevelt publicar na revista *Science* uma série de artigos com suas descobertas, os cientistas adotavam a teoria de que a civilização sul-americana era resultado de migrações vindas do norte[9]. Supunha-se que os esqueletos encontrados em Clovis, Novo México (daí o Homem de Clovis), pertencessem aos ancestrais das primeiras tribos da América do Sul. Pensava-se que, devido à escassez de alimento, eles teriam migrado para o sul e, por fim, para o leste, partindo dos Andes e chegando à Amazônia. Mas as descobertas de Roosevelt provaram que havia uma cultura contemporânea na Amazônia antes de o Homem de Clovis se deslocar para o sul. Essa descoberta de um universo paralelo e contemporâneo mais ao sul, assim como a descoberta de que os mais antigos artefatos de cerâmica do continente estavam na Amazônia, abalou o meio científico na década de 1990. O debate ainda não cessou.

A controvérsia se acirra principalmente porque, caso as teorias de Roosevelt estejam corretas, as teorias consagradas sobre o povoamento da Amazônia estarão obrigatoriamente erradas. A pessoa mais comumente associada ao ponto de vista contrário é Betty Meggers, do Smithsonian Institution, uma lenda entre os estudiosos da Amazônia. (Quando escrevemos sobre a Amazônia pela primeira vez, disseram-nos que nosso trabalho não teria a menor credibilidade sem a contribuição de Meggers; colocamos no topo de nossa lista uma visita a seu escritório embolorado e abarrotado de artefatos no Smithsonian.)

Em 1948, ela e o marido, o arqueólogo Clifford J. Evans, iniciaram trabalhos de campo em Marajó, uma ilha do tamanho da Suíça que obstrui a foz do rio Amazonas, perto de Belém, tal qual um punho cerrado faria a um filete d'água. Meggers e Evans concluíram que a escassez de vestígios de uma cultura estabelecida na ilha de Marajó implicava que os primeiros amazônidas eram nômades. Eles argumentaram, e de maneira convincente, que o ecossistema amazônico só é propício para a agricultura de coivara: queimam-se as árvores, planta-se sobre as cinzas ricas em nutrientes até a erosão carreá-las por completo e depois muda-se a roça de lugar. Os dois pesquisadores publicaram suas descobertas seminais na *American Anthropologist* em 1954: "Até mesmo as tentativas modernas de implantar a civilização na floresta tropical sul-americana fracassaram, ou sobreviveram apenas com a assistência constante do mundo exterior. Em suma, o potencial ambiental da floresta tropical é suficiente para permitir a evolução da cultura até o nível representado pela [agricultura de coivara]; a evolução nativa além desse estágio é impossível, e qualquer cultura mais evoluída que tente se estabelecer e se manter no ecossistema da floresta tropical irá inevitavelmente regredir até esse nível [o da coivara]"[10].

Essa última frase definiu o pensamento científico do século XX a respeito da ocupação humana da Amazônia, até aquela tarde de 1988 em que Sadeck e Roosevelt visitaram a caverna da Pedra Pintada. Meggers postulava que a Amazônia teria de permanecer intacta, caso contrário seria destruída. Essa era a lição deixada pela história. Não havia meio-termo, não havia precedente para o desenvolvimento sustentável.

Meggers escrevia sobre tábula rasa. Nenhum trabalho científico relevante havia sido publicado acerca do povoamento inicial da Amazônia; nunca se havia pensado sobre a história humana da Amazônia. E ela teorizava o óbvio: o clima era tão sabidamente hostil, que a explicação de Meggers para a inexistência de assentamentos duradouros e a presença exclusiva de populações nômades esparsas já tinha um público receptivo. O meio ambiente tornava a civilização inviável. Paul Richards, um biólogo norte-americano, forneceu o embasamento científico ao escrever, no início da década de 1950, que o solo da Amazônia não era fértil e continha um baixo, ainda que denso, nível de nutrientes, que eram carreados pelas chuvas torrenciais após alguns anos[11]. Sem a perspectiva de uma agricultura permanente e a capacidade de gerar excedentes de produção, não haveria a possibilidade de criar instituições estáveis e duradouras ou sistemas sociais, políticos e econômicos significativos.

Meggers ampliou sua teoria de que "nossa interferência destruirá a floresta, assim como todos a destruíram", no livro

Amazonia: man and culture in a counterfeit paradise[12], publicado em 1971. Ela afirmou que a Amazônia, "com toda a sua maravilhosa complexidade, [era] como um castelo de areia"[13]. Nunca se escreveu um livro tão influente a respeito da Amazônia. Tratava-se da mensagem certa na hora certa, justamente no momento em que o movimento ambientalista internacional estava em formação e procurava uma boa causa. Começava a despertar o interesse global pela Amazônia, e a mensagem de Meggers se adequava à crescente preocupação mundial com a preservação do meio ambiente. A mensageira também exercia um fascínio especial: não só era uma mulher corajosa em uma área dominada por homens, como também uma norte-americana que acolhera o trabalho de antropólogos locais. Seu prestígio e o posterior apoio acadêmico a suas conclusões, complementados pela atitude antidesenvolvimentista predominante na comunidade científica, tornaram a Amazônia "intocável" do ponto de vista ético.

Em 1975, outro livro importante acrescentou ao argumento ecológico uma certa dimensão de planejamento social. Dois cientistas do Banco Mundial, Robert Goodland e Howard Irwin, publicaram *Amazon jungle: green hell to red desert?*, usando a teoria de Meggers para criticar os projetos de desenvolvimento da Amazônia. "A intenção deste estudo", escreveram eles, "é mostrar como se sabe pouco a respeito dessa área imensa, porém frágil; relatar o que está sendo feito, prever os possíveis efeitos ambientais e sugerir alguns meios para evitar, ou ao menos atenuar, as já esperadas, imensas e trágicas conseqüências que estão por vir"[14]. Quando essas "imensas e trágicas conseqüências" começaram a aparecer na Amazônia, no final da década de 1970 – por exemplo, clareiras gigantescas que deram lugar a fazendas improdutivas de criação de gado ou a destruição ambiental provocada pela rodovia Transamazônica e o grande número de assentamentos mal-sucedidos ao longo do caminho –, acumularam-se provas de que era melhor deixar a Amazônia em paz. Parecia não haver meio de usar a Amazônia com fins produtivos. No entanto, quando os pioneiros começaram a migrar para a região, oriundos de outras partes do Brasil, e a experimentar diversas sementes e a rotação de culturas, e quando os cientistas, auxiliados por equipamentos avançados, realizaram trabalho de campo naquela área, a base de conhecimento sobre a capacidade do solo e as experiências passadas começou a crescer. Aos poucos, os indícios passaram a apontar na direção de outros postulados. Um dos primeiros a duvidar da teoria de Meggers foi Donald Lathrap, antropólogo da University of Illinois. Seu trabalho na Amazônia peruana no final da década de 1960 o levou a propor que a Amazônia, na realidade, havia sido povoada por grandes grupos sedentários, capazes de praticar uma agricultura sustentável[15]. Ele ainda propôs que essa civilização teria se deslocado da Amazônia para os Andes, e não o contrário. Suas teorias encontravam fundamentação agronômica nos estudos de Robert Carneiro, que contestara a idéia de que o ecossistema amazônico inibia a fertilidade do solo[16], e também nos de Carl Sauer, que chegara à conclusão de que os povos nativos haviam "modificado extensamente a floresta tropical" para praticar uma agricultura sustentável[17]. No entanto, Lathrap viu-se diante de um público cético, que se conformava com a visão de que a Amazônia nunca fora e nunca deveria ser povoada. Ele morreu em 1990, antes que suas idéias fossem aceitas.

Contudo, Lathrap rompeu uma barreira, e outros o sucederam, munidos de pesquisas empíricas. William Denevan, geógrafo da University of Wisconsin, descobriu um sítio arqueológico nas terras baixas da Bolívia que serviu de base para seu artigo "The pristine myth: the landscape of the Americas in 1492" [O mito primitivo: a paisagem das Américas em 1492], publicado em 1992, no qual ele argumentava que vastas áreas da floresta amazônica contemporânea foram, na verdade, assentamentos, e não simples escalas para viajantes provenientes de sociedades praticantes da agricultura de coivara[18]. O fato de seres humanos conseguirem sobreviver nesse meio ambiente hostil, principalmente com uma tecnologia tão rudimentar, desafiava a maneira como o mundo via a Amazônia até então. Talvez, começaram a especular os cientistas, a Amazônia fosse habitável desde o começo. A aceitação inicial da ocupação milenar da Amazônia começou a se insinuar no debate público.

Enquanto Denevan analisava suas descobertas, Roosevelt começava a publicar os resultados de suas visitas à ilha de Marajó[19], onde estivera antes de conhecer a caverna da Pedra Pintada. Como os instrumentos de pesquisa disponíveis nos anos 1980 eram superiores àqueles utilizados por Meggers e Evans na década de 1940, Roosevelt encontrou em suas escavações outras provas que confirmavam suas conclusões. E essas conclusões, em última instância, desacreditavam os estudos de Meggers: Marajó, segundo Roosevelt, abrigara uma civilização avançada, formada por cerca de 100 mil pessoas e que chegara a durar mais de mil anos. Ela declarou que Meggers entendera tudo errado. As pessoas haviam prosperado naquele local.

Meggers não reagiu bem. Ela acusou Roosevelt de incompetência. Declarou que Roosevelt tinha escavado não um sítio de grande densidade populacional, e sim sítios dispersos, ocupados por grupos pequenos que se sucederam no transcorrer de um grande período de tempo. Roosevelt, por sua vez, disse que Meggers estava a serviço da CIA, uma acusação que rendeu muitas manchetes de jornal, mas pouco acrescentou ao debate científico[20]. Roosevelt seguiu em frente, continuando rio acima até Monte Alegre, onde, na caverna da Pedra Pintada, fez novas descobertas que consolidaram sua posição.

Conflitos de egos à parte, Meggers foi atacada de todos os lados. A tecnologia desempenhou um papel importante. As análises de solo mostraram que provavelmente cerca de 10% da Amazônia eram constituídos de terra preta, com níveis elevados de matéria orgânica e carbono, um indício convincente de ocupação humana. A densidade da selva, que havia muito tempo era considerada uma prova da hostilidade da floresta aos assentamentos permanentes, em muitas áreas escondia indícios do contrário. Os antropólogos não viam vestígios de antigas civilizações, por isso presumiam que nenhuma civilização havia se estabelecido ali. Susanna Hecht, pesquisadora de muitas disciplinas relacionadas à Amazônia, traçou um paralelo entre essa percepção errônea e a contemplação de John Muir "da majestade do [Parque Nacional de] Yosemite". Ela escreveu: "O que ele encarava como uma selva era, aos olhos de outras pessoas, uma paisagem agrícola formada por árvores e trufas, algo que suas concepções de agricultura e natureza não eram capazes de compreender. Essa área, de beleza e vegetação majestáticas, fora tanto produto quanto habitat humanos"[21]. O mesmo se deu com a Amazônia.

Certa vez, Robert Goodland, a maior autoridade no assunto durante a década de 1970, nos disse sobre a Amazônia: "Pode-se considerá-la um deserto coberto por árvores"[22]. Tinha-se essa afirmação como indiscutível quando escrevemos nosso primeiro livro. Hoje trata-se de um erro, e talvez de grandes proporções. Atualmente, não se discute se grandes extensões de solo são férteis (de fato, elas são), e sim se os colonizadores elevaram a qualidade do solo até esse ponto de modo intencional e constante, ou se a melhoria do solo foi subproduto desses assentamentos freqüentes.

Vastas áreas da Amazônia foram povoadas através dos tempos e, o que é mais surpreendente, vastas áreas da Amazônia foram modificadas pelo homem. A crença estabelecida de que a Amazônia era um éden perdido caiu por terra. Os relatos de jornalistas que percorreram a região há vinte anos, como os de Andrew Revkin (*The burning season*[23]) e Jonathan Kandell

(*Passage through El Dorado* [Passagem por Eldorado]), mencionam a descoberta da terra preta e as opiniões de Denevan, mas parecem não querer reconhecê-las como válidas. Eram teorias antiambientalistas numa época em que esse movimento ainda se abrigava sob a redoma do absolutismo moral.

Atualmente, os cientistas estudam a transformação da terra preta, que de estéril passou a fértil, tentando entender se o processo foi ou não intencional e como reproduzi-lo, pois os grupos indígenas aparentemente alcançaram um nível invejável de harmonia com o meio ambiente. Como escreveu Mann, "o novo cenário não legitima automaticamente o asfaltamento da floresta. Nada disso: ele sugere que, durante muito tempo, grandes áreas da Amazônia foram usadas de maneira não destrutiva por pessoas inteligentes, que conheciam truques que ainda precisamos aprender"[24].

Ao que parece, essa civilização floresceu por toda aquela imensidão supostamente inabitável: mais de 3 mil quilômetros separam o local de trabalho de Roosevelt na ilha de Marajó e o de Denevan na Bolívia. Em 2003, Michael Heckenberger, da University of Florida, levou uma equipe à cabeceira do rio Xingu e descobriu indícios da mais sofisticada sociedade já encontrada[25]. Há cerca de 800 anos, concluiu sua equipe, a área foi largamente habitada. Havia uma rede planejada de 19 assentamentos – cada qual com uma população de 2.500 a 5 mil habitantes –, construídos ao redor de enormes rotundas de onde partiam estradas. Os assentamentos tinham vias guarnecidas de meio-fio, fossos de defesa, canais e pontes. As cidades também faziam o manejo das florestas e cultivavam os campos.

Essas descobertas ainda provocam debates acirrados. Mesmo assim, é cada vez maior o número de pesquisas que continuam a surgir, corroborando a teoria de que as pessoas viveram na Amazônia durante muito mais tempo do que se havia pensado, com padrões de vida superiores ao imaginado e de modo muito mais adaptativo do que se presumia.

A teoria de Meggers parece cada vez mais frágil. Hoje com mais de oitenta anos, ela continua afirmando que a Amazônia é um falso paraíso, inóspito à civilização. Meggers escreveu recentemente: "O apego ao mito persistente dos impérios amazônicos não só impede que os arqueólogos reconstruam a pré-história da Amazônia como também nos faz cúmplices da marcha acelerada com que a degradação ambiental avança"[26].

Há uma certa religiosidade nesse debate. A opinião de Meggers proporciona a justificativa histórica para aquilo que os ambientalistas mais desejam: que o lugar seja deixado em paz. Mas ele nunca foi deixado em paz. Durante mais de 10 mil anos, a maior parte da floresta nunca foi pura, primeva ou primitiva[27]. Se uma civilização anterior se estabeleceu com sucesso no local, antes de os europeus chegarem com suas enfermidades e sanguinolência, por que algo assim não poderia acontecer novamente? O ecossistema mundial, assim como o futuro do Brasil e de seus 190 milhões de habitantes, talvez dependa da resposta a essa pergunta.

CAPÍTULO 2
▌O mito dá lugar à ciência

As descobertas relacionadas aos assentamentos permanentes e a compreensão cada vez maior da tecnologia agronômica responsável pela terra preta lançaram nova luz sobre a história da Amazônia. No jargão atual, reconhece-se universalmente que ninguém proveniente de Espanha, Portugal ou até mesmo de Clovis, Novo México, "descobriu" a Amazônia (um dos capitães de Colombo cruzou a foz do Amazonas em 1500 e foi considerado o primeiro europeu a avistar o rio, mas milhares de pessoas já haviam "descoberto" a região e ali viviam).

A informação de que os seres humanos já estavam presentes havia mais de 10 mil anos reacendeu o debate a respeito da origem desses primeiros amazônidas. Pelo menos três teorias concorrentes tentam explicar como as pessoas chegaram ali: há quem diga que os primeiros amazônidas teriam vindo da África; alguns defendem a rota oceânica a partir da Ásia, na contramão do trajeto da *Kon-Tiki*[1]; outros insistem que o Homem de Clovis teria sido o primeiro colonizador. Independentemente de sua origem, dezenas de milhares de pessoas já viviam na Amazônia quando um bando de espanhóis sujos, famintos e castigados pelo clima "descobriu" o rio em 11 de fevereiro de 1542. Achados antropológicos recentes indicam que os amazônidas conheciam seu ecossistema e viviam em uma simbiose saudável que ainda não conseguimos reproduzir. Com a violência e as doenças infecciosas, os conquistadores destruíram sociedades produtivas que também conservavam o meio ambiente.

A história obsequiou heróis ilustres em lugares bem mais fabulosos deste mundo, como Hillary no topo do Everest, Lewis e Clark no Oeste dos Estados Unidos. Nessa escala de comparação, a Amazônia sai perdendo. Um dos personagens mais detestáveis das páginas da história é Gonzalo Pizarro, líder da expedição que acabou levando à primeira exploração européia do rio Amazonas[2]. Meio-irmão do conquistador dos incas, Francisco, que havia se autoproclamado governador do Peru em Cuzco, Gonzalo Pizarro o acompanhava desde a Espanha, obviamente em busca de benesses. Ele logo se tornou um parente-problema. Para se livrar dele, Francisco o nomeou governador de Quito, quase 1.500 quilômetros ao norte de Cuzco. Animado com o poder recém-adquirido, Pizarro logo elaborou um plano para explorar e aumentar seus domínios. Ele ouvira falar de certos bosques de caneleiras que levavam a um lago revestido de ouro, um lugar chamado Eldorado. Seu primo, Francisco de Orellana, que havia "descoberto" Guayaquil, no Equador, andava igualmente ansioso, e os dois decidiram juntar forças e partir em busca de glória. A expedição de Pizarro, dependendo do relato no qual se queira acreditar, contava com 350 soldados, 200 deles a cavalo; 2 mil lhamas; 2 mil porcos; 2 mil cães supostamente treinados para atacar os índios; e 4 mil índios, que os espanhóis tratavam como cães. Os exploradores levavam achas, machadinhas e cordas.

Pizarro esperou o primo juntar-se ao grupo, mas acabou perdendo a paciência e partiu para as montanhas sem ele. Até que se saiu bem para alguém que crescera nas áridas planícies da Espanha e traçara sua rota a partir de confissões arrancadas à força dos prisioneiros feitos pelo caminho, que, para evitar a tortura, declaravam conhecer a trilha secreta para Eldorado. Os cavalos dos espanhóis não conseguiram subir os penhascos cobertos de neve, os homens de Pizarro padeceram com as chuvas torrenciais, muitos animais morreram ou fugiram e os escravos foram tombando de exaustão ao longo do caminho. Quando atravessaram os Andes e entraram na floresta, o tormento só fez piorar. Orellana, tentando alcançá-los, impôs marcha pesada a seus homens. Todos os seus cavalos morreram, o que o obrigou a abandonar a bagagem.

Por fim, as duas unidades se encontraram. Estavam enfurecidos com os resultados da viagem e decidiram se separar, reconhecer o terreno e depois voltar a se reunir para trocar informações. Pizarro seguiu adiante e, de fato, achou algumas caneleiras, mas nada de ouro. Furioso, atirou metade dos índios sobreviventes aos cães e queimou viva a outra metade.

Orellana desceu o rio Napo, tendo embarcado em 26 de dezembro de 1541, à caça de aldeias que pudesse saquear, em busca de alimentos e provisões. Era óbvio que não tinha a intenção de se reunir novamente ao primo Gonzalo. Nesse ponto, os registros históricos deram sorte: Orellana levava consigo Gaspar de Carvajal, que mantinha um diário de viagem. Infelizmente, boa parte do texto era uma ficção deliberada. Os conspiradores, Carvajal e Orellana, inventaram um relato, como se tivessem se separado acidentalmente de Pizarro, pois imaginaram que ele os decapitaria caso descobrisse o que os dois estavam realmente tramando. Decidiram seguir o rio até a foz; não tinham planos de voltar e reabastecer o grupo de Pizarro, que a essa altura já havia comido os cães e os cavalos remanescentes. Mal sabiam Orellana e Carvajal que a jornada ainda duraria oito meses.

O primeiro relato de uma jornada pelo rio Amazonas é, portanto, muito mais um álibi egocêntrico do que um diário de descobertas. Carvajal enfatiza seu tormento para despertar pena nos leitores que talvez se incomodassem com o fato de ele ter abandonado Pizarro, que se arrastava de volta a Quito com um bando de mortos-vivos. De acordo com o diário de

Carvajal, eles foram atacados por várias tribos indígenas, uma após a outra, e em certo momento uma flecha o cegou após alojar-se em seu olho. Essa flecha teria sido atirada por amazonas, e as descrições das guerreiras, feitas por Carvajal, valeram-lhe 500 anos de zombaria. "As amazonas andam nuas, mas com as partes íntimas cobertas, com seus arcos e flechas nas mãos, e lutam tanto quanto dez índios homens"[3], escreveu ele. E acrescentou: "Vimos as amazonas à frente de todos os índios homens, como capitães mulheres, lutando com tanta coragem que os índios não ousavam fugir, e, se o fizessem, as mulheres os matavam com porretes diante de nossos próprios olhos"[4].

Durante meio milênio, ninguém acreditou nas descrições que Carvajal fizera da ocupação contínua de grandes extensões às margens do rio. Como a principal motivação de seu diário foi a fraude, e já que as descrições não condiziam com as observações de milhares de viajantes posteriores, ele foi desqualificado como mero contador de histórias mirabolantes. Perto de Santarém, ele afirmou ter deparado com centenas de canoas, cada qual transportando entre vinte e quarenta índios, e "esquadrões na margem do rio, dançando e abanando ramos de palmeira"[5]. Os historiadores concluíram tratar-se de fantasia e desqualificaram o relato como "vanglória descabida". O enredo criado por Carvajal para ludibriar Pizarro conseguiu direcionar de maneira equivocada séculos de estudos. Mas, agora que acreditam que milhares de pessoas habitaram a Amazônia em assentamentos organizados, os historiadores estão relendo a obra de Carvajal em busca de indícios da verdade. A população talvez não dançasse para celebrar a chegada dos espanhóis, mas ele viu muitas pessoas vivendo ali. Essa parte hoje parece ter sido confirmada.

Orellana e seu grupo chegaram ao oceano Atlântico em 26 de agosto de 1542. Ele voltou correndo para a Espanha e se fez nomear governador da Amazônia, mas morreu de febre tropical antes mesmo de subir o rio novamente. Mais tarde, Carvajal tornou-se arcebispo de Lima e morreu em 1584. Àquela altura, a ordem do assim chamado progresso naquela parte do mundo já estava estabelecida: os conquistadores seriam seguidos por missionários, que, por sua vez, seriam seguidos por mercadores. E a população nativa seria aniquilada – assassinada ou doente.

Cem anos se passariam antes do aparecimento de outro relato de viagem, escrito por um padre jesuíta, Cristóbal de Acuña, que publicou *Nuevo descubrimiento del gran río de las Amazonas* em 1641[6]. Acuña fez algumas observações proveitosas acerca da vida animal e vegetal e não parecia inclinado a matar todos os índios que via, mas sua narrativa, assim como a de Carvajal, também é suspeita devido a sua peculiar motivação: descrever um lugar tão idílico e valioso a ponto de fazer a coroa espanhola querer arrancá-lo de Portugal, que agora o possuía, a despeito do Tratado de Tordesilhas de 1494.

Outra centena de anos se passou antes do advento do diarista seguinte, um cientista francês, Charles-Marie de La Condamine. Àquela altura, a população local à época da viagem de Orellana havia sido dizimada. Embora a excursão de La Condamine dê uma idéia de como era a região em 1745, observações confiáveis sobre os 200 anos anteriores, período em que os assentamentos prosperavam, estão ausentes do registro histórico.

La Condamine escreveu *Relation abrégée d'un voyage fait dans l'intérieur de l'Amérique méridionale depuis la côte de la mer du Sud jusqu'aux côtes du Brésil et de la Guyane en descendant la rivière des Amazones*[7], resultado de uma expedição à América do Sul com a intenção de testar a teoria de Newton de que a Terra era abaulada na linha do equador e achatada nos pólos[8]. O método de La Condamine era medir a distância entre os graus de longitude em vários pontos de sua jornada, mas, ao chegar à Amazônia, ele decidiu ficar e explorar a região. O cientista francês fez observações elogiosas acerca das habilidades dos índios que visitou, apesar de achá-los inúteis, já que os julgava preguiçosos e desleixados. O conhecimento que tinham de seu próprio meio ambiente o impressionou, e ele foi o primeiro a registrar a existência da seringueira e da casca de quina, prenunciando o reconhecimento da importância de inventariar a floresta. Não há dúvida de que os consistentes relatos de La Condamine promoveram o avanço da ciência, mas sua maior contribuição talvez tenha sido a compreensão do conhecimento que os povos indígenas tinham sobre aquele meio ambiente. O leitor cuidadoso de seus relatos perceberia que um laboratório natural de enorme potencial e praticamente desconhecido aguardava ser descoberto.

Em meados do século XIX, três visitantes com poder de observação proporcional a seus objetos de estudo vieram catalogar a Amazônia: Alfred Russel Wallace, Henry Walter Bates e Richard Spruce[9]. Muitos consideram Wallace, um gigante entre os naturalistas, o cientista que, com seu trabalho, forneceu a base para *A origem das espécies*, de Darwin. Ele e Bates partiram juntos para a Amazônia em 1848, com o intuito de se dedicar a um estudo detalhado da região. Entretanto, seus pontos de vista divergiram e eles decidiram se separar em 1850. Wallace fundou a zoogeografia e estava interessado na teoria; Bates era um observador meticuloso e preocupado com minúcias[10]. Ambos foram bem-sucedidos: Wallace, com uma teoria que prenunciou a de Darwin, e Bates, com uma lista de 14.712 espécies diferentes, sendo 8 mil delas até então desconhecidas pela ciência. (Foi uma sorte Wallace ter se concentrado numa visão mais holista, pois seu navio pegou fogo ao voltar para a Inglaterra e ele perdeu todas as suas amostras, restando-lhe apenas sua teoria evolucionista para elucidar como todas elas se encaixavam.) A leitura dos artigos de Wallace e Darwin forneceu a Bates uma "estrutura unificada" para explicar a complexidade da floresta tropical[11]. O conceito de seleção natural explicava o que Bates vira em "uma espécie palatável [de borboleta] que mimetiza uma espécie desagradável ao paladar dos predadores" para sobreviver aos ataques de pássaros hostis. O relato de Bates, de saborosa leitura – *The naturalist on the river Amazons: A record of adventures, habits of animals, sketches of Brazilian and Indian life, and aspects of nature under the Equator, during eleven years of travel*[12] –, continua a ser uma obra-prima: nenhum livro aumentou tanto nosso conhecimento sobre a Amazônia[13].

A contribuição de Spruce foi quase tão importante, embora muito menos ilustre, já que ele não publicou suas descobertas[14]. Wallace, um cientista extraordinariamente generoso, reconheceu a importância da obra do colega e arranjou sua publicação[15]. É Spruce quem merece o crédito de ter compreendido o potencial da quinina para o tratamento da malária. Ele também deu o exemplo ao tratar humanamente os povos nativos, tanto é que aprendeu 21 idiomas diferentes.

Já na primeira metade do século XX, as histórias sobre a Amazônia afastaram-se das sóbrias investigações científicas e adquiriram contornos de histórias aventurescas e emocionantes: algumas, verdadeiras; a maioria, nem tanto. *Through the Brazilian wilderness*[16], livro de Theodore Roosevelt, publicado em 1914, é uma das obras mais enfadonhas e eruditas da época, ainda que a provação física da viagem muitas vezes o levasse à hipérbole. "A América do Sul", escreveu ele, "compensa a escassez de grandes carnívoros antropófagos, em relação à África e à Índia, com a extraordinária ferocidade ou a sede de sangue de certas criaturinhas[17]." A descrição que ele faz de uma dessas criaturas, a piranha, é um modelo de escrita hiperbólica, típica dos relatos sobre a Amazônia: "Elas rasgam e devoram vivo qualquer homem ou animal ferido, pois o sangue na água as leva à loucura. Os dentes, afiados como lâminas, têm forma de cunha como os dos tubarões, e os músculos da mandíbula possuem grande força. As mordidas furiosas enterram os dentes na carne e nos ossos. A cabeça, com seu rostro curto, olhos malignos e fixos, mandíbulas escancaradas e munidas de armas cruéis, é a encarnação da ferocidade diabólica".

Não obstante seus exageros, Roosevelt era extraordinariamente perspicaz e fez uma observação profética ao final do livro, chamando a Amazônia de "a última fronteira de verdade". Ele acrescentou: "Sem dúvida alguma, não se pode permitir que uma terra tão rica e fértil continue ociosa, que permaneça um sertão desabitado, quando tantos seres humanos se aglomeram como insetos nas regiões mais apinhadas e superpovoados do mundo".

A idéia de que a Amazônia poderia ser uma importante fronteira para os seres humanos ainda estava a quase meio século de distância (exceto pelo *boom* da borracha no começo do século XX). Nesse meio-tempo, boa parte da literatura sobre a região nada fez para aumentar nosso conhecimento a respeito dela, como atestam muitos títulos: *Wilderness of fools* [Selva de tolos]; *Gold, diamonds and orchids* [Ouro, diamantes e orquídeas]; *Across the river of death* [A travessia do rio da morte]; *Jungle wife* [Esposa das selvas]; *L'enfer vert* [O inferno verde]; *Lost in the wilds of Brazil* [Perdido na selva brasileira]; e o nosso favorito: *Bei den Kopfjägern des Amazonas* [O caçador de cabeças da Amazônia], de F. W. Up de Graff[18].

Desde a época dos primeiros relatos de Carvajal sobre guerreiras de seios desnudos, a Amazônia está envolta em mitos, em parte porque sua vastidão, complexidade biológica e clima inóspito dificultam sua exploração e ainda mais sua compreensão. Nos últimos 25 anos, viajamos pela Amazônia peruana, fizemos algumas escalas na Amazônia colombiana, percorremos boa parte da Amazônia brasileira e conhecemos poucas pessoas com uma quilometragem maior que a nossa na região. Ainda assim, nunca estivemos na Bolívia (só pousamos de passagem em território boliviano), na Venezuela, no

Suriname e na Guiana, e cada um desses países encerra uma grande porção de floresta amazônica em suas fronteiras. Em nosso mapa do Brasil, marcamos com percevejos os lugares onde estivemos: não há nem um sequer no estado de Roraima (que tem aproximadamente o tamanho de Utah), e há lacunas de dezenas de milhares de quilômetros quadrados nos estados do Amazonas e do Mato Grosso. É uma arrogância – e praticamente uma impossibilidade física – proclamar-se "especialista na Amazônia".

Em sua totalidade, a bacia do Amazonas estende-se por 6,5 milhões de quilômetros quadrados – é maior que a porção continental dos Estados Unidos que fica a oeste do rio Mississippi[19]. Ninguém é capaz de afirmar, com um mínimo de sensatez, ter conhecido o French Quarter de Nova Orleans, Louisiana, após passar uma semana em Boise, Idaho; ou San Diego, Califórnia, depois de esquiar em Aspen, Colorado; a fauna do Parque Nacional de Yosemite difere consideravelmente daquela que se encontra no centro de Minneapolis, em Minnesota. Essa é a amplitude da Amazônia.

O rio Amazonas começa nos Andes peruanos e percorre 6.450 quilômetros na linha do equador até chegar ao oceano Atlântico. Em *Amazonia without myths* [A Amazônia desmitificada], um compêndio de supostos dados factuais, os autores declaram que o Amazonas tem "6.762 quilômetros de extensão, maior que o Nilo (6.671 quilômetros), que por muito tempo foi considerado o maior rio do mundo"[20]. O Nilo continua a ser o mais extenso, segundo a maioria das fontes, mas a questão é que os descritores do Amazonas são tão assombrosos que até os "dados factuais" podem parecer fictícios.

Dificilmente faz-se referência ao rio sem que se mencione uma lista de trivialidades dignas do Guinness, algumas das quais são bem difíceis de averiguar: o rio Amazonas descarrega cerca de 640 bilhões de litros de água por hora no Atlântico, tingindo o mar de marrom com o aluvião por 240 quilômetros[21]. A vazão diária do Amazonas equivale a 11 vezes à do Mississippi, sendo ele responsável por quase 1/5 da vazão total diária de água doce em todos os oceanos do mundo. (A presença de água doce despertou a curiosidade de Vicente Yáñez Pinzón, que, em 1500, deu o nome de Mar Doce à foz do Amazonas, sem saber que, na realidade, havia "descoberto" um rio.) Os brasileiros o chamam de Rio Mar, e os cargueiros de longo curso podem navegá-lo desde o Atlântico até o porto de Iquitos, no Peru, 3.700 quilômetros rio acima. A drenagem da bacia amazônica é formada por 200 afluentes principais; há quem afirme que 17 deles têm mais de 1.500 quilômetros de extensão; outras pessoas asseveram que apenas sete chegam a esse tamanho. Isso depende, em parte, do ponto em que a mensuração é interrompida: quando os rios mudam de nome ou quando finalmente desembocam na corrente principal do Amazonas.

Nas cabeceiras, a força do rio é alimentada por centenas de pequenos riachos andinos. Despencando de uma altura de 490 metros, ele atravessa ravinas íngremes nos primeiros 960 quilômetros e acaba por formar uma torrente de 1.500 metros de largura no norte do Peru[22]. Depois o rio ganha corpo e, ao desembocar no Atlântico, chega aos 320 quilômetros de largura. Ao cruzar a fronteira do Peru, o Amazonas entra na enorme tigela que constitui boa parte do centro da América do Sul. Trata-se de uma bacia extraordinariamente plana que, despojada de suas árvores, talvez lembrasse as Grandes Planícies dos Estados Unidos ou o Saara africano. Bem no meio dessa tigela, o rio Amazonas recorta uma calha profunda, cujo desnível é de apenas trinta metros no último trecho de 3.200 quilômetros até o Atlântico. O rio deve sua imensa força a muitos de seus grandes afluentes, que desembocam estrondosamente em seu leito, movimentando aproximadamente 160 milhões de toneladas de lama por ano ao longo da planície aluvial.

Do ponto de vista geológico, a bacia fica entre duas das mais antigas formações rochosas da Terra: o escudo das

Guianas, ao norte, e o escudo Brasileiro, ao sul. Essas proeminentes cordilheiras – cada qual, talvez, com 600 milhões de anos – hoje estão reduzidas a planaltos ondulados. A área entre elas provavelmente foi o fundo de um mar antigo que secou durante o período Carbonífero (há cerca de 350 milhões de anos) e deu origem a uma série de rios que corriam para o oeste e desaguavam no oceano Pacífico. A nascente do Amazonas fica a cerca de 150 quilômetros do Pacífico, mas sua desembocadura fica a 6.400 quilômetros de distância, no oceano Atlântico. Há dezenas de milhões de anos, quando começaram a se elevar, os Andes contiveram os rios e criaram um mar interior. Essa água represada acabou irrompendo nas baixadas que uniam os dois escudos perto do que hoje é a cidade de Óbidos, no Pará, e abriu caminho até o Atlântico, sulcando com tanta força o sedimento fofo que, em alguns pontos, o leito principal do rio chega a mais de sessenta metros de profundidade. Nos milhões de anos que se seguiram, o formato da bacia e dos rios permaneceu o mesmo, mas é provável que a área tenha sido alagada e drenada várias vezes com o aumento e a redução do nível dos oceanos por causa das glaciações. Mesmo agora, quando a bacia – que, em grande parte de sua área, fica meros centímetros acima do nível do mar – enfrenta um período de enchentes particularmente intenso, a região começa a lembrar um mar interior à medida que a distância entre as margens passa de 8 para 29 quilômetros.

A evolução climática da Amazônia ainda não é totalmente compreendida, mas é provável que a área tenha se tornado, em média, um dos lugares mais úmidos do mundo porque a cordilheira dos Andes impedia o deslocamento das nuvens de chuva na direção oeste. Se a Amazônia deve ou não ser chamada de selva – "floresta tropical úmida" é o termo técnico[23] – é uma questão controversa. O clima varia imensamente entre as diversas partes da bacia e no decorrer das diferentes estações. A precipitação máxima no oeste da Amazônia – as terras baixas andinas – supera os 3.800 milímetros por ano; mesmo na Amazônia central, que apresenta um período de seca acentuado e cuja vegetação lembra um pouco mais as florestas decíduas norte-americanas, o total geralmente fica bem acima dos 1.500 milímetros. A temperatura média é de 24°C durante todo o ano, mas muitas vezes passa de 32°C. A umidade, um fenômeno inesquecível para qualquer visitante, fica em torno de 80%. A distribuição de chuvas, *grosso modo*, se divide em dois períodos. Ao norte do equador, chove torrencialmente de abril a agosto; já na parte sul, chove de dezembro a abril. Essa variação ajuda a controlar as cheias do Amazonas, mas o rio tende a subir aproximadamente 12 metros a cada ano, até chegar a seu nível mais alto em maio ou junho.

Esse clima tão úmido e estável produziu uma enorme variedade de plantas. A vegetação que cobre a bacia constitui metade das florestas tropicais remanescentes na Terra. Houve uma época em que se acreditava que essas árvores eram responsáveis por mais de 80% da produção mundial de oxigênio; no entanto, estudos mais recentes refutaram sistematicamente esse dogma do ambientalismo contemporâneo. A Amazônia não é "o pulmão do mundo", e sim uma floresta madura. Como tal, ela mantém o equilíbrio entre a produção e a absorção de oxigênio.

A bacia, em sua totalidade, é a área mais rica do globo em termos de diversidade de seres vivos. É possível que, dentre os 5 milhões de espécies de plantas e animais que se estima haver no mundo, 1 milhão viva na Amazônia; muitas não existem em nenhum outro lugar. Em 1983, Terry Erwin, do Smithsonian Institution, cunhou o termo "fronteira biótica" em um artigo revolucionário que explicava como estávamos subestimando imensamente o número de espécies existentes nas florestas tropicais do mundo. Trabalhando no Panamá, Erwin calculou que naquela época houvesse "163 espécies de besouros vivendo na copa de uma única espécie de árvore. Por sua vez, existem cerca de 50 mil espécies de árvores tropicais no mundo inteiro; chegamos, portanto, a 8.150.000 espécies de besouros. Então, supondo que os besouros representem 40% de todas as espécies de artrópodes e, por fim, que existam tantos artrópodes (em sua maioria insetos) nas copas quanto no chão, [Erwin chegou] a uma estimativa aproximada de 30 milhões de espécies nas florestas tropicais do planeta"[24]. Sua pesquisa superava em vinte vezes as estimativas anteriores. Desde então, os cientistas reduziram o número para cerca de 5 ou 6 milhões, mas ninguém admite que esse seja o limite superior.

O trabalho de Erwin nos deu uma nova idéia da variabilidade de espécies encontradas em áreas vizinhas na floresta amazônica. Ele demonstrou que um hectare de floresta perto de Manaus abrigava 300 tipos diferentes de árvores e que havia pouca redundância em outro hectare de floresta a menos de cem quilômetros de distância. Cada árvore abriga pelo menos uma família exclusiva de insetos, e algumas árvores chegam a acolher 1.500 espécies, uma abundância assustadora de formas de vida diferentes em um espaço tão pequeno. Os cientistas também catalogaram 2.500 espécies de cobras, 2 mil espécies de peixes (só para comparar, o Mississipi tem 250), 1.500 de aves e 50 mil de plantas superiores: cerca de 1/5 do total mundial. Sabe-se pouco a respeito desses seres, e os cientistas avaliam que ainda resta descobrir no mínimo esse mesmo número de espécies em qualquer uma das categorias.

No final dos anos 1980, E. O. Wilson, de Harvard, e Peter Raven, do Missouri Botanical Garden, criaram o termo "biodiversidade", que desde então é usado para exprimir a multiplicidade e a complexidade de seres vivos da floresta tropical[25]. O dado mais importante para o futuro da Amazônia é que existem, atualmente, milhões de representantes da espécie humana vivendo ali: 21 milhões somente na Amazônia brasileira.

CAPÍTULO 3
▌A fronteira interna

Em Manaus – hoje uma cidade de quase 2 milhões de habitantes, três vezes maior do que quando a visitamos pela primeira vez, em 1980 –, um shopping novo e mais moderno parece ser inaugurado a cada semana, empurrando a floresta tropical para mais e mais longe. O mais novo shopping está ligado a um hotel executivo cinco estrelas e a um complexo de consultórios médicos, além de três restaurantes, dois dos quais pertencem a cadeias nacionais. Estávamos em uma churrascaria de origem paulista, abençoada com ar-condicionado, acompanhados de nosso amigo Jaime Benchimol, um próspero empresário, e narramos nossas últimas entrevistas com madeireiros e garimpeiros do interior do estado do Amazonas. Jaime, nascido e criado em Manaus, fez uma careta, como fazia com freqüência quando nos referíamos à "selva" e à "fronteira selvagem". Então ele disse: "O problema com o que estão escrevendo é que vocês estão atrás de um Brasil que desaparece um pouco mais a cada dia"[1].

Ele teme que outro livro sobre a Amazônia venha a perpetuar o estereótipo de que os brasileiros andam com frutas na cabeça, como Carmem Miranda, ou que usam saias de capim, caçam macacos ou uns aos outros; que vivem em favelas apinhadas e estão presos a um interminável ciclo de pobreza. Essas impressões equivocadas o incomodam tanto quanto a incapacidade dos norte-americanos de distinguir Brasil, Bolívia ou Belize, ou mesmo de se importar em saber onde se fala português, espanhol ou inglês. Quando os Estados Unidos dão alguma atenção ao sul, é graças a sua obsessão pelos três cês – Castro, Chávez e cocaína –, eis a opinião daqueles que vivem abaixo da linha do equador.

Muitos brasileiros ficam abismados e desolados com o fato de que seu país de dimensões continentais, com tantos recursos naturais e quase 190 milhões de habitantes, parece não ter importância para os Estados Unidos, principalmente se comparado com a atenção dedicada, no Brasil, às notícias mais atuais sobre a política e a cultura norte-americanas.

Poucos países foram tão firmemente leais aos Estados Unidos quanto o Brasil, poucos países podem exercer tamanha influência sobre toda a América do Sul (somente o Equador e o Chile não fazem fronteira com o Brasil). Todavia, o Brasil continua a ser um lugar desconhecido, até mesmo exótico, para os norte-americanos.

O Brasil foi conhecido durante grande parte da segunda metade do século XX como "o país do futuro – e [que] sempre será"[2], com um pé no século XIX e o outro no XXI. Foi apelidado de Belíndia[3], epíteto que sugere uma riqueza semelhante à da Bélgica e uma pobreza equivalente à da Índia, e parecia ter a tendência de arrebatar a derrota econômica das garras da prosperidade. Mesmo após os oito anos de governo de Fernando Henrique Cardoso, de 1995 a 2003, que proporcionaram estabilidade política e disciplina econômica, a economia do Brasil despencou da posição de oitava maior do mundo para o 14º lugar em 2004[4]. Logo agora, quando o país começa a amadurecer como democracia e a perceber seu potencial econômico de força industrial e agrícola, uma Índia revitalizada e uma China florescente também chegam para roubar a cena.

A globalização, porém, está entranhada na economia brasileira, e dessa vez é difícil crer que as mudanças econômicas positivas serão tão fugazes quanto em alguns episódios passados. Entre as arrancadas ilusórias estão o *boom* da borracha em Manaus, há cem anos, que tornou a cidade tão rica quanto a Arábia Saudita na época do auge do petróleo, e o milagre brasileiro dos anos 1960 [sic], que arrebatou montes de dinheiro dos banqueiros internacionais, seduzidos pelas taxas de crescimento anuais de dois dígitos – empréstimos que nunca foram pagos, pois os déficits na balança comercial e as crises do petróleo de 1973 e 1979 provocaram uma inflação incontrolável.

O que torna diferente o momento atual é o fato de o Brasil ter investido pesadamente em tecnologia da informação e no bem mais importante da era da informação: o acesso. A tecnologia sem fio caiu do céu, solucionando o problema endêmico das grandes distâncias e o custo de conectar um país tão vasto através do sistema de linhas fixas. Seja perto da fronteira boliviana, no posto militar avançado de Rio Branco, seja a um continente de distância, a quase 240 quilômetros da costa do Atlântico, no remoto arquipélago de Fernando de Noronha (as Galápagos brasileiras), nunca nos vimos privados do acesso imediato ao correio eletrônico ou ao serviço de telefonia celular. Nossos amigos nos Estados Unidos, que talvez nos imaginassem lutando com sucuris, viram-nos cuidando dos negócios como se estivéssemos em nossos escritórios. As informações disponíveis na internet, assim como a capacidade de se comunicar instantaneamente e sem grandes custos com qualquer pessoa, em qualquer lugar, pertencem à população do Brasil. O capital financeiro da Europa e dos Estados Unidos não consegue mais monopolizar o capital intelectual, a semente da inovação econômica. O Brasil entrou para o que Tom Friedman chama de "mundo plano"[5]. Esse acesso – que permite aos produtores encontrar os consumidores e aos consumidores fazer escolhas, que disponibiliza as pesquisas científicas aos agricultores e oferece oportunidades educacionais – mudará o Brasil de maneira permanente e positiva, assim como fez com outras economias emergentes.

A recente descoberta de uma sociedade amazônica contemporânea à do Homem de Clovis na América do Norte indica a existência de universos paralelos no Novo México e na Amazônia, um ponto de vista que contesta a primazia norte-americana. Os Estados Unidos e o Brasil são tão parecidos em tantos pontos – são nações de imigrantes e de diversidade racial; nações maculadas por um histórico de escravidão; nações de dimensões continentais e ricas em recursos, que falam um mesmo idioma e permanecem unidas apesar das peculiaridades regionais –, que seria razoável esperar uma evolução paralela. Mas o desenvolvimento dos dois países foi tudo menos semelhante.

Por ter sido colônia de Portugal, que evitou o esclarecimento social e político dos séculos XVII e XVIII, o Brasil não teve êxito na transição para um governo participativo. Portugal era um país "habitado por uma aristocracia que exerce o poder sob as asas de uma monarquia hereditária [...]; [n]ada poderia ser mais antiigualitário que isso"[6]. É provável que a razão mais significativa para o Brasil não ter se desenvolvido no mesmo ritmo que os Estados Unidos tenha a ver com a distribuição de riquezas, especialmente a posse da terra. O Brasil é um país dividido entre os que têm e os que não têm: uma herança do sistema português de favoritismo e nepotismo, ou o que um estudioso caracterizou como uma "sociedade patrimonialista e paternalista"[7]. Por outro lado, os fundadores dos Estados Unidos e as gerações seguintes promoveram um sistema de posse individual de terras (com a evidente exceção da escravidão), que formou a base de um governo estável. A educação universal e financiada pelo Estado preparou a população dos Estados Unidos para as oportunidades apresentadas por uma economia igualitária. O Brasil, em comparação, padeceu com a participação limitada no governo, a ausência de igualdade em seus sistemas legal e social e um déficit educacional que atingiu toda a população.

A culpa também pode ser atribuída a um único fator demográfico: não havia portugueses suficientes para colonizar um país tão grande. Para estabelecer seu domínio sobre tamanho território, a família real dividiu o Brasil em 15 capitanias, faixas paralelas de terra limitadas a leste pelo oceano Atlântico e a oeste pela linha criada pelo Tratado de Tordesilhas[8]. Essas capitanias, que implicavam as soberanias virtuais das propriedades, eram subdivididas em grandes territórios, sendo o controle repartido entre amigos, familiares e outros favorecidos. A posse da terra concentrava-se em algumas mãos apenas. O Brasil nunca deu a seus cidadãos as oportunidades que o Homestead Act [Lei de Concessão de Terras] deu aos norte-americanos, garantindo a posse da terra àqueles que a colonizassem e disseminando a igualdade econômica pelos estados mais jovens. E o Brasil nunca passou por uma guerra civil – caso do México –, com a consequente dissolução dos grandes latifúndios. Ainda hoje, mais de 50% das terras aráveis do Brasil pertencem a apenas 3% da população[9]. Previsivelmente, a riqueza segue um padrão semelhante. Os 1% mais ricos ganham mais que os 50% mais pobres[10]. De acordo com o semanário *The Economist*, o Brasil é "a quarta maior democracia do mundo, mas o terceiro país mais desigual".

A questão da posse da terra determinou o passado recente da Amazônia e, em grande parte, definirá seu desenvolvimento futuro. O ideal declarado pelo governo militar (e desacreditado por muitos) nos anos 1970, na fase inicial da migração para a Amazônia, era o de que os migrantes receberiam as escrituras, desenvolveriam uma noção de permanência e posse, construiriam comunidades como fonte de estabilidade e melhoria de vida. A promessa era que o povoamento da Amazônia criaria uma classe média e proprietária legal de terras, uma mudança no injusto sistema de propriedade do resto do Brasil. Isso nunca aconteceu.

No final da década de 1970 e começo dos anos 1980, quando acompanhamos os migrantes desesperados que iam para a Amazônia com o plano de conseguir um pedaço de terra, era perceptível a ânsia por um lar. A possibilidade de mudar o próprio destino levou dezenas de milhares de famílias a se mudar para uma floresta tropical intocada ou para terras reivindicadas por tribos remotas. Naquela época, o país não estava pronto – e, na verdade, ainda não está – para conciliar a necessidade de migração com um sistema antiquado de escrituras, que pende em favor daqueles que estão dispostos a corrompê-lo e têm os meios para tanto. A disputa pela terra ainda absorve a Amazônia, causando mortes rotineiramente: algumas pessoas são despejadas das terras que ocuparam durante anos, ao passo que outras são assassinadas a sangue frio. Muitos argumentam que, se as pessoas realmente detivessem a posse da terra, em lugar de reivindicá-la com documentos falsos ou à força, haveria uma redução da taxa de desmatamento. O desrespeito pela terra, prossegue o argumento, surge quando não há investimento, seja de capital ou de trabalho. Quando a terra não tem dono – e a posse torna-se lei –, a destruição passa a ser a mais segura demonstração de propriedade.

Toda a família real portuguesa fugiu para o Brasil quando Junot, um dos generais de Napoleão, chegou a Lisboa em 1808. A partir do Rio de Janeiro, a família conduziu os negócios de Portugal até 1821, sendo ele o único país europeu a ser administrado a partir da colônia. O Brasil declarou independência de Portugal em 1822, mas, ao contrário dos Estados Unidos, que emergiram imediatamente como uma democracia, o Brasil tornou-se um império regido pelo filho do rei de Portugal. Os herdeiros do trono português governaram o país até 1889, quando o Brasil se tornou uma república.

Em seu perspicaz e interessante livro *The Brazilians* [Os brasileiros][11], Joseph A. Page cita o início da república como o ponto de ruptura social do país por diversas razões. A escravidão foi abolida em 1888. Antes disso, o Brasil havia importado 3,5 milhões de escravos, seis vezes mais do que os Estados Unidos, devido à imensidão territorial e à escassez de mão-de-obra local. O fim da escravidão marcou o início de uma grande onda de imigração para o Brasil, pois os proprietários de terras procuravam uma fonte de mão-de-obra barata para substituir os escravos libertos. Aonde quer que se vá no Brasil, encontram-se pessoas com sobrenomes japoneses, italianos e alemães, cujos ancestrais, em sua grande maioria, chegaram nesse período, e muitas ainda se apegam a suas origens com tanta força quanto os grupos étnicos dos Estados Unidos. Pode-se encontrar uma excelente pizza na pequena cidade amazônica de Sinop, colonizada por descendentes de italianos oriundos do sul do país. E encontra-se *sushi* fresco em Belém, porque imigrantes japoneses estabeleceram grandes monoculturas de pimenta ali perto.

O começo do século xx trouxe prosperidade ao Brasil, devido à demanda mundial por seus produtos agrícolas: café, açúcar e borracha. Mas as migrações resultantes do colapso desses mercados nos anos 1920 tiveram um impacto profundo sobre o país. Os trabalhadores rurais correram para as cidades em busca de trabalho, dando origem às miseráveis favelas, que surgiram no começo do século. Outro impacto substancial da depressão econômica deu-se na política. Getúlio Vargas, o ditador que governou o país de 1930 a 1954 (mas com interrupções)[12], chegou ao poder com uma estranha coalizão que defendia um Estado assistencialista capaz de promover tanto a industrialização quanto a sindicalização. Vargas tinha a extraordinária habilidade de agradar tanto os trabalhadores (embora se opusesse ao comunismo) quanto a classe dominante. Ele criou muitas das gigantescas estatais que ainda existem até hoje, como a Petrobras, e seus programas levaram o controle governamental a quase todas as áreas da economia. A iniciativa privada foi prejudicada. O capital pertencia ao governo e a seus monopólios parasitários.

Vargas cometeu suicídio após a crise política de 1954. Pouco tempo depois, foi empossado Juscelino Kubitschek, ex-governador do estado de Minas Gerais[13]. Conhecido pelas iniciais JK, Kubitschek injetou uma nova dose de patriotismo na população, semelhante ao que JFK faria nos Estados Unidos alguns anos depois. O lema de JK era "50 anos em 5", e ele quase alcançou esse objetivo. Criou indústrias nacionais de automóveis, aço, petroquímica e construção civil, e protegeu essas indústrias dos competidores, banindo, por exemplo, a importação de carros estrangeiros. Durante seu governo, a produção de aço dobrou, o número de quilômetros de estradas construídas aumentou em 80% e a produção de energia hidrelétrica triplicou. Seu feito mais importante, entretanto, foi a construção de Brasília, a nova capital do país.

Rebento de Portugal, nação de marinheiros, o Brasil se acomodou em sua belíssima costa, o que facilitou as relações comerciais com a Europa e os Estados Unidos. Conseqüentemente, a grande maioria de sua população vivia em uma pequena fração do território disponível. O interior do país era (e ainda é) tão exótico aos olhos da maioria dos brasileiros quanto para o resto do mundo. Houve incursões para além da costa povoada, principalmente por parte de aventureiros conhecidos como bandeirantes, que entraram em conflito com os missionários devido a seu "arrogante desdém pelas regras da conduta cristã e [...] seu desejo insaciável de escravos índios"[14]. Como Page ressalta em *The Brazilians*, "há que se reconhecer que esses intrépidos indivíduos realizaram dois feitos notáveis": a expansão das fronteiras brasileiras e a descoberta das riquezas minerais do país, único estímulo para a ocupação do interior antes do governo JK[15].

Quando JK foi empossado em 1955, o movimento em direção ao interior do país já havia estagnado. O superpovoamento da costa e as terras subutilizadas no interior preocupavam os planejadores da economia. JK propôs, como parte de sua plataforma, que uma cidade fosse construída no interior e ligada ao resto do país através de rodovias e de um aeroporto, e que a capital fosse transferida para lá (uma idéia que surgia de tempos em tempos e foi até mesmo incorporada à Constituição de 1891 como um objetivo de longo prazo; o local aparecia nos mapas dos livros didáticos como "a futura capital do Brasil"[16]). Aqueles que tinham se habituado ao conforto e à sofisticação da capital no Rio de Janeiro e à proximidade do centro empresarial de São Paulo resistiram ao plano. Mas JK, cuja visão grandiosa fazia jus aos sonhos grandiosos de seu país, não se deixaria dissuadir.

O desenvolvimento inexorável da Amazônia no final do século XX começou com a fundação de Brasília em 1960. A cidade se tornaria o símbolo da ambição e da capacidade do Brasil, e sua localização redirecionaria o foco da expansão do país. As oportunidades agora estavam no interior, e Brasília era o primeiro passo para tornar acessíveis essas regiões inexploradas. A construção da Belém-Brasília, a primeira conexão rodoviária entre a Amazônia e o resto do Brasil, expôs a floresta a ondas migratórias. Antes disso, toda a população da região era ribeirinha e ficava isolada do resto do país. A integração da Amazônia tornou-se não só uma possibilidade como um *fait accompli* tão logo a primeira pá de terra foi lançada no local onde seria construída a nova capital.

Para conduzir essa empreitada, JK escolheu o arquiteto Oscar Niemeyer, que declarava ser sua obra inspirada "nas linha curvas e sensuais, nas curvas que vejo nos morros brasileiros, no corpo de uma amante, nas nuvens do céu e nas ondas do oceano"[17]. Para planejar a cidade, JK escolheu Lúcio Costa, um discípulo de Le Corbusier, o pai das cidades planejadas e mecanicistas que viraram moda na Europa do pós-guerra (as casas deveriam ser "máquinas de morar"[18]). O que eles criaram em Brasília parece um avião quando a cidade é vista de cima. A praça dos Três Poderes – a Presidência, o Congresso e o Supremo Tribunal Federal – ocupa a cabine do piloto. A primeira classe são as duas fileiras de prédios envidraçados que abrigam os ministérios. O bairro comercial e financeiro fica no centro do avião. As asas são áreas residenciais, compostas de prédios de poucos andares, escolas e lojas que formam comunidades, todas identificadas por números: "Moro na SQS 316, bl. A, apto. 102". Atravessando as asas e a fuselagem, avenidas amplas se encontram numa complicada rede de trevos que tornam os sinais de trânsito desnecessários. As calçadas são raras.

Maravilhas do planejamento à parte, a cidade precisou de algum tempo para se tornar o que é. Situa-se em um planalto de fértil argila vermelha e desprovido de árvores; na limpidez do ar, parece quase possível tocar as nuvens descomunais. Como havia bastante espaço, os prédios foram construídos longe uns dos outros, o que gera uma sensação de abandono mesmo nas horas mais movimentadas. A arquitetura moderna tornou a cidade visualmente atraente, mas esteticamente distinta do resto do país – com a clara intenção, salientaram os planejadores nacionalistas, de desenvolver uma escola moderna de arquitetura brasileira, diferente da arquitetura colonial portuguesa dominante ao longo da costa povoada. Depois de ver Brasília pela primeira vez, o astronauta russo Yuri Gagarin exclamou: "Eu não esperava chegar a Marte tão cedo"[19].

No início, burocratas relutantes pegavam um avião para Brasília de manhã e à noite voltavam para casa, em São Paulo ou no Rio de Janeiro. Isoladas, as embaixadas não conseguiam fazer muita coisa, e logo os diplomatas seguiram o exemplo dos burocratas. Mas, com o passar do tempo, a cidade de 500 mil habitantes se desenvolveu e tornou-se a capital cosmopolita que JK havia imaginado. Entretanto, diferentemente de outras cidades do Brasil, não há tantos pobres. Não importa o quanto as outras cidades brasileiras tentem esconder suas favelas, elas são abundantes demais e evidentes demais para serem ignoradas. Não em Brasília. Em vez de favelas, Brasília é cercada de cidades-satélites, chamadas certa vez de "círculos da miséria" por um padre[20]. Os pobres não estão à vista. E, durante muitos anos, eles também foram esquecidos.

A lei proibia JK de exercer um segundo mandato, e o progresso do país ruiu quando ele deixou o cargo. Embora tenha deixado um legado de realizações, ele também deixou uma cultura de corrupção e uma perniciosa inflação advinda de tamanho crescimento econômico em ritmo tão acelerado. Seu sucessor, Jânio Quadros, ex-governador de São Paulo, declarou estranhamente que "forças ocultas" o impediam de governar e renunciou ao cargo, esperando, segundo se diz, que o povo, por meio de um referendo, implorasse sua volta[21]. Isso não ocorreu. Seu sucessor, João Goulart, nunca teve chance. Ao tomar providências para nacionalizar indústrias, expropriar terras improdutivas e restringir o envio de divisas para o exterior, ele desagradou a elite dominante. Goulart era simpatizante de Fidel Castro em uma época em que os Estados Unidos usavam a Doutrina Monroe (mais especificamente, o chamado Corolário Roosevelt) para justificar intervenções. Com as bênçãos dos Estados Unidos, os militares brasileiros se rebelaram, mandaram Goulart para o exílio no Uruguai e viriam a governar o país de 1964 a 1985. Os governos seguintes, liderados por generais, adotaram uma postura bem militar quanto ao que fazer com a Amazônia: eles se prepararam para conquistá-la.

CAPÍTULO 4
Segurança nacional e ambientalismo internacional

O espaço vazio assustava os militares. Os bordões aprendidos nas academias preparatórias resumiam a estratégia para lidar com essa ameaça: "integrar para não entregar"[1] e "a Amazônia é nossa".

Os generais se concentraram na segurança nacional, não na preservação. Em 1964, presumia-se a existência de 250 tribos indígenas sem qualquer contato com a sociedade contemporânea[2] (mesmo hoje, existem supostamente 17[3]). O governo militar temia o que poderia acontecer se essas tribos permanecessem isoladas. Ou se o espaço continuasse vazio. O que aconteceria se os colombianos atravessassem as fronteiras e explicassem aos índios que eles, na verdade, eram colombianos, e não brasileiros? Donos de uma identidade tribal, e não nacional, não haveria razão para resistir, principalmente se houvesse um incentivo – um motor de popa, talvez – para se tornarem colombianos. O que aconteceria se esses índios fossem integrados à economia da cocaína e se transformassem em abelhas polinizadoras da coca? O que aconteceria se aprendessem a falar espanhol, em vez de português? Ou o que aconteceria se fossem doutrinados no islamismo, e não no catolicismo? A resposta é que eles não só seriam diferentes do resto do Brasil como também poderiam representar uma ameaça. E isso seria o fim da idéia de nação. Os espaços vazios (ou o que os militares brasileiros chamavam de "permeabilidade natural" da Amazônia) ameaçavam o conceito de identidade nacional, e a perda de identidade aumentava as preocupações em relação à segurança nacional. Num país tão diverso quanto o Brasil, ao olharem para um mapa com quase 11.300 quilômetros de fronteiras somente na Amazônia – com a Venezuela, o Peru, a Colômbia, a Bolívia e outros países –, os líderes em Brasília sentiam a necessidade de conquistar a si próprios.

O controle incipiente sobre a nacionalidade dos índios simplesmente ilustra a ameaça que os militares percebiam naquele vácuo; as próprias políticas públicas tratavam da conquista do território, mas não especificamente dos grupos indígenas. O método escolhido foi a construção de rodovias. A Belém-Brasília, terminada em 1960, perpetuou-se rapidamente no flanco oriental da Amazônia, deflagrando um movimento migratório que deixou o governo deliciado: os brasileiros estavam ocupando as terras desabitadas do Brasil. Em 1970, a idéia da Transamazônica, uma estrada de 4 mil quilômetros que ia da costa atlântica à fronteira com o Peru, tinha dois objetivos: mostrava-se uma solução humanitária para a miséria causada pela seca no Nordeste, ao oferecer uma porta de entrada para uma região chuvosa e supostamente fértil, e parecia abrir caminho para os brasileiros tomarem um espaço vazio. "Terra sem homens para homens sem terra" era o slogan da rodovia. O governo também recorreu a incentivos fiscais para fomentar a criação de grandes fazendas de gado; permitiu, por exemplo, que as pessoas adquirissem terras na Amazônia em troca dos impostos devidos. Outros incentivos remuneravam o desmatamento da floresta para a criação de pastos. Esses empreendimentos, sem exceção, nada tinham de lucrativos, mas estabeleceram a presença brasileira nos espaços vazios. O resto do mundo reclamava das taxas de desmatamento nas décadas de 1960 e 1970, mas os generais do Brasil viam os mesmos indicadores como prova de sucesso. O que algumas pessoas usavam para medir a destruição, outras usavam para medir a integração.

    Essas tentativas ocorreram em uma época na qual a ciência e o planejamento social ainda estavam muito aquém das ambições dos generais dirigentes. Em 1975, Charles Wagley, idealizador de um pioneiro programa de pesquisas sobre a Amazônia na University of Florida, lamentava: "O Brasil parece estar tentando mudar a Amazônia mais com o espírito patriótico do que com um genuíno planejamento científico"[4]. As incursões ignoraram o próprio impacto ambiental desses movimentos e perpetuaram um abjeto e injusto sistema de propriedade de terras. "O governo planejou a abertura da Amazônia como um meio de impedir a concentração da propriedade no campo e de atenuar a miséria urbana"[5], escreveram Marianne Schmink e Charles H. Wood, alunos de Wagley, em *Contested frontiers in Amazonia* [Disputa de terras na Amazônia]. "As políticas públicas vigentes levaram a uma distribuição de terras ainda mais distorcida nas zonas rurais da região Norte e só fizeram reproduzir nas áreas inexploradas a ecologia urbana do Brasil metropolitano." Houve mais fracassos que êxitos. Os desmatamentos, os conflitos sociais e a pobreza no campo foram os resultados dos programas que Brasília impôs à região.

O governo militar teve fim em 1985 e as políticas nacionais começaram a se importar menos com a ocupação pura e simples e mais com a questão de como responder às queixas do resto do mundo por causa da violência ambiental que o Brasil impingia a si mesmo. Na década de 1980, o Brasil teve de tolerar a grandiloquência de países que já haviam degradado seriamente o meio ambiente e cujos interesses agrícolas eram sustentados por pesados subsídios governamentais. Al Gore opinou: "Ao contrário do que os brasileiros pensam, a Amazônia não é propriedade deles; ela pertence a todos nós"[6]. Imagine como essa declaração foi recebida em São Paulo. Mais ou menos como os agricultores de Des Moines, Iowa, teriam reagido se Mao Tse Tung dissesse: "Meu povo está morrendo de fome e precisa do milho do Iowa, que deve ser considerado um recurso internacional". François Mitterrand apresentou uma proposta de "soberania relativa"[7] para a Amazônia, ou seja, o Brasil poderia abrigar a floresta, mas usá-la apenas com a aprovação internacional. O primeiro-ministro britânico John Major disse: "As campanhas ambientalistas internacionais relacionadas à Amazônia deixaram a fase da propaganda para dar início a uma fase operacional, que certamente pode implicar intervenções militares diretas na região"[8]. E Mikhail Gorbachev, líder, talvez, do país mais destrutivo da história do ponto de vista ambiental, observou: "O Brasil deveria delegar parte de seus direitos sobre a Amazônia a organizações internacionais competentes"[9].

Com uma nova liderança civil aproveitando-se da boa vontade internacional resultante da transição pacífica de uma ditadura militar para uma democracia, o Brasil parecia disposto a reconhecer o cerne do problema, embora o governo, sem dúvida alguma, se irritasse com a intromissão e as atitudes condescendentes por trás dessas declarações. O presidente, na época, era José Sarney Costa, ex-senador do empobrecido estado nordestino do Maranhão, proprietário de terras, oligarca e amigo dos militares. Sarney sucedeu o popular Tancredo Neves, ex-governador do estado de Minas Gerais, eleito por voto indireto, em 1985, como o primeiro presidente civil desde João Goulart. Neves morreu de infecção pós-operatória antes mesmo de tomar posse. O passado de Sarney indicava que ele faria falsas promessas aos ambientalistas e continuaria a subsidiar as grandes fazendas de gado e a construção de rodovias na região.

Contudo, Sarney foi empossado no momento em que tempestades simbólicas – arautos da crise – formavam-se sobre a Amazônia e colocavam a floresta no centro das atenções. Na história da Amazônia, os dois anos mais importantes foram os de 1988 e 1989, quando o debate deixou as salas de reunião de Brasília, chegou ao resto do país e extrapolou suas fronteiras.

Sarney era visto, mesmo durante seu mandato, como um mero nacionalista reacionário que acabaria ignorando, ou contrariando, o ambientalismo internacional. Talvez essa fosse realmente sua verdadeira natureza, mas, em retrospecto, o tratamento dado por Sarney à questão ambiental amazônica foi ambíguo. "Nixon vai à China" é uma expressão usada até mesmo pelos brasileiros para justificar políticas governamentais aparentemente contraditórias; nesse caso, em particular, os brasileiros adotaram a expressão para conciliar aquilo que esperavam de Sarney e o que ele realmente fez.

Visitamos Sarney no final de 2003[10] para discutir a interação do desenvolvimento de uma consciência ambiental no Brasil e da tradicional preocupação com a segurança do país. Também perguntamos se ele defendera uma plataforma ambientalista com o intuito de proteger a Amazônia ou de impedir a participação internacional. Um exemplo da ambigüidade de Sarney estava no programa Nossa Natureza, um pacote abrangente que criava tanto agências quanto leis ambientais que, se de um lado institucionalizavam a proteção ao meio ambiente, de outro posicionavam um escudo "verde" e geopolítico sobre o país. Começando com esse programa, o Brasil aliciou os projetos ambientalistas internacionais e neutralizou muitas declarações hipócritas de políticos estrangeiros que se intrometiam nos assuntos brasileiros.

A idéia de motivação ambígua surpreendeu Sarney. "Não é verdade que as mudanças ocorreram apesar de mim: elas ocorreram por minha causa", ele nos disse em seu gabinete oficial de presidente do senado. Mais de 13 anos após deixar a presidência da República, ele ainda exerce uma influência extraordinária sobre a política nacional. Negava ter se beneficiado de conseqüências imprevistas das medidas tomadas em 1988 e 1989. Para sermos mais exatos, ele se considerava o pai de um plano calculado para reagir a uma crise.

Sua antiga preocupação com o meio ambiente, alegou Sarney, estava apenas aguardando a hora certa de vir à tona. "Apareceu com a queda do Muro de Berlim", disse-nos. "Naquele momento eu entendi que a questão da ecologia se tornaria uma prioridade mundial. E eu sabia que a atenção do mundo se voltaria para o Brasil por causa da Amazônia."

A Amazônia realmente prendeu a atenção do mundo por vários motivos, em parte porque a prioridade internacional se desviava das rivalidades da Guerra Fria para as questões multilaterais, como o meio ambiente e o comércio global. Os Estados Unidos tinham suas próprias razões egoístas para dar atenção especial à Amazônia. Durante o verão de 1988, o mais quente havia décadas, o rosário de desgraças dos agricultores norte-americanos chamou a atenção da mídia e, em seguida, de toda a nação. Bandas fizeram shows para arrecadar fundos e salvar as fazendas da execução das hipotecas. Os norte-americanos nativos ressuscitaram as cantigas tradicionais que acompanhavam a dança da chuva e inúmeros idosos morreram de intermação nas grandes cidades.

Enquanto isso, as queimadas na Amazônia escapavam ao controle. Mais de 8 milhões de hectares (quase 20 milhões de acres) de floresta foram queimados em 1987, o auge daquilo que o cineasta Adrian Cowell chamou de "a década da destruição"[11]. Nesse mesmo ano, no estado amazônico de Roraima, quatro milhões de hectares – área maior que a Suíça – foram queimados em menos de um mês[12]. Aquilo para o que os cientistas vinham nos alertando havia anos agora aparecia nos jornais como fato: a liberação de grandes quantidades de carbono no ar poderia aquecer a atmosfera. Essa hipótese havia muito ignorada começou a ganhar atenção.

O planeta se aquecia, e perder a Amazônia seria como perder nossa capacidade pulmonar: uma asfixia global, segundo a teoria. Essa idéia, apesar de render muitas manchetes, mais tarde seria desmistificada pela ciência quando os pesquisadores demonstrassem que a Amazônia absorvia a mesma quantidade de oxigênio que produzia[13]. Ainda assim, o potencial de liberação de carbono de uma selva em chamas alarmava os cientistas e, enquanto o aquecimento global passava dos cadernos de ciência para as primeiras páginas dos jornais, a preocupação com a Amazônia chegava para ficar. O destino de uma árvore na Amazônia determinaria o destino de uma vaca no Texas. Uma teoria improvável havia se tornado um dogma.

Mas a Amazônia pertencia ao Brasil (e, em menor proporção, à Colômbia, ao Peru, ao Equador e a alguns outros países), e o Brasil não entregaria a soberania sobre 60% de seu território ao senado dos Estados Unidos nem aos editoriais do *New York Times*. Para o bem ou para o mal, há tempos o Brasil resiste às intervenções estrangeiras. O tratado e best-seller escrito em 1957 por Artur César Ferreira Reis, *A Amazônia e a cobiça internacional*[14], ainda é o grande manual desse nacionalismo. De quando em quando, esse tipo de nacionalismo paranóico irrompe, como em 1967, com o plano do Hudson Institute de criar uma série de barragens e um sistema de navegação semelhante ao dos Grandes Lagos norte-americanos de uma extremidade a outra do Amazonas[15]. Em julho de 1993, a revista *IstoÉ* divulgou que "dez entre dez" membros das forças armadas brasileiras acreditavam que "os gringos [queriam] tomar a Amazônia". Em abril de 2003, faixas espalhadas pelos viadutos de Brasília proclamavam "HOJE É O PETRÓLEO DO IRAQUE, AMANHÃ SERÁ A ÁGUA DA AMAZÔNIA"[16]. Um falso livro didático correu a internet em 2003, dando a entender que era aquilo que os estudantes norte-americanos aprendiam. O livro ensina que oito países amazônicos são incapazes de cuidar da floresta, que esta precisa ser arrancada das mãos deles, e insinua uma invasão iminente por parte dos Estados Unidos[17].

Até o Brasil começar a cuidar internamente do futuro da Amazônia – o que, para o resto do mundo, não acontecera de maneira satisfatória durante o governo militar –, parecia que as vacas do Texas estavam fadadas a aguentar verões bem quentes. Especulava-se que esse apocalipse derreteria as calotas polares e inundaria Manhattan, e esse temor forneceu mais uma justificativa para o boato de que os Estados Unidos estariam planejando dominar a Amazônia: salvar Manhattan. Sarney crê ter transformado as preocupações mundiais em progresso interno, a fim de provar ao mundo que o Brasil era capaz de cuidar de si mesmo. "A ironia", zombou ele, "é que [os Estados Unidos] nunca cuidaram do meio ambiente enquanto se desenvolviam, e os países europeus sempre poluíram o meio ambiente"[18].

O debate que levou à adoção de uma nova constituição em 1988 (em substituição à de 1967, outorgada pelos militares) exemplifica como Sarney afirma ter expressado essa preocupação. "Era importante demonstrar internacionalmente que estávamos a par desses problemas e que, para enfrentá-los, estávamos desenvolvendo uma consciência ambiental nacional", recordou. Ele lembra que o debate se concentrava nas grandes queimadas que ocorriam nas propriedades de empresas multinacionais, em sua maioria subsidiadas pelo governo federal. (Divulgou-se que uma queimada na fazenda da Volkswagen teria sido "maior que a Bélgica"[19]. Alex Shoumatoff, que escreve sobre a Amazônia há trinta anos, mais tarde corrigiu jocosamente esse exagero em uma nova reportagem: "maior que Rhode Island"[20].)

"Sempre condenei esses incentivos por permitirem a apropriação dos recursos naturais pela iniciativa privada", Sarney nos disse. "Achava errado o governo conceder incentivos fiscais para o desmatamento no norte, ao passo que, ao mesmo tempo, concedíamos incentivos fiscais para o plantio de árvores no sul. Essas grandes empresas estavam comprando terras apenas para obter incentivos e, em troca, só ofereciam destruição."

Se confiarmos na memória de Sarney, concluiremos que ele apoiou as proteções ambientais garantidas pela constituição, a criação do que viria a ser o Ministério do Meio Ambiente e a criação do Ibama (Instituto Brasileiro do Meio Ambiente e dos Recursos Naturais Renováveis). "Tivemos a sorte de o interesse internacional pelo meio ambiente ter coincidido com o momento em que esboçávamos a constituição e essas leis, pois isso nos permitiu discutir essas questões importantes na hora certa", disse ele.

A constituição brasileira de 1988 representa, em relação às questões ambientais, a mais esclarecida declaração de intenções já vista. Ainda se discute se o intuito da carta era simplesmente aplacar a comunidade internacional da época – uma nação sem uma trajetória democrática recente talvez não apreciasse a importância de uma constituição – ou se foi realmente uma transformação radical da opinião pública. A constituição estabeleceu o "princípio de que tanto o direito à propriedade quanto a ordem econômica precisam ser compatíveis com a proteção do meio ambiente". Deu a todos os cidadãos o direito a um meio ambiente "ecologicamente equilibrado", algo que cabia ao governo proporcionar (seria como se a Declaração de Direitos dos Estados Unidos assegurasse a liberdade de expressão, de religião, de associação *e* o direito de respirar ar puro).

A constituição também introduziu o conceito de "ação popular", que concedeu aos cidadãos o direito de fazer cumprir as leis ambientais. Na prática, isso talvez não significasse muita coisa; contudo, tratava-se de mais uma maneira de exprimir a transferência de poder dos militares para o povo. O passo mais dramático nessa direção foi a determinação clara da Carta Magna de que a responsabilidade política e fiscal cabia, mais do que nunca, aos estados e municípios. Ao conceber essa constituição, o governo nacional se descentralizava. Com o amadurecimento da democracia brasileira, esse novo federalismo viria a determinar o futuro da Amazônia e, mais do que nunca, a balcanizar o país. As leis nacionais eram tão efetivas quanto os recursos disponíveis e a vontade necessária para impô-las, mas a transferência de poder para os estados criou áreas de influência que deram forma à política ambiental, independentemente das intenções de Brasília.

Sarney manteve os três princípios da política militar para a Amazônia: soberania, segurança e desenvolvimento. Mas a tendência mundial de se afastar do conflito entre Ocidente e Oriente, na direção das organizações multilaterais e das questões globais, redefiniu esses conceitos. Para reafirmar sua soberania sobre a Amazônia, mantê-la segura e criar sua própria política de desenvolvimento, o Brasil teve de convencer o resto do mundo de seu compromisso com o projeto ambientalista internacional e de que estava preparado para desempenhar um papel de liderança. A fim de proteger seus objetivos nacionalistas, o Brasil teve de abraçar o internacionalismo.

O caminho trilhado por Sarney em direção a um governo ecologicamente responsável também foi determinado por forças que escaparam a seu controle. Em dezembro de 1988, Chico Mendes, um seringueiro então relativamente desconhecido e que vivia no Acre, estado situado no oeste da Amazônia, foi assassinado. Considerado um incansável porta-voz dos pobres e, pelos fazendeiros, um criador de caso, Mendes havia organizado os trabalhadores rurais em "empates" nas terras que os seringueiros utilizavam, mas não possuíam. Arquiinimigos dos seringueiros, os fazendeiros, em muitos casos, tampouco detinham a posse legal da terra. No entanto, eles tinham meios para corromper funcionários públicos e "registrar" os títulos de propriedade, além de contratar pistoleiros para fazer cumprir os registros. Ao matar Chico Mendes no quintal de sua própria casa, na cidadezinha de Xapuri, perto da fronteira com a Bolívia, o atirador, filho de um fazendeiro, não silenciou a voz do seringueiro como pretendia. Em vez disso, os fazendeiros acabaram associando involuntariamente um rosto humano e identificável a uma causa até então defendida fundamentalmente por cientistas e ambientalistas estrangeiros. Nascia um mártir.

Muito embora Mendes tivesse organizado e freqüentado reuniões em nível nacional e internacional para tratar dos interesses dos seringueiros sem terras, sua causa permanecera relativamente desconhecida até sua morte. "Fiquei surpreso com a reação à morte dele", relembrou Sarney. "Eu realmente nunca tinha ouvido falar dele. E aconteceu em um lugar tão distante, e estávamos enfrentando outros grandes problemas no resto do Brasil. E aí veio a reação internacional, que nos pegou de surpresa. Acho que isso ajudou a todos nós que estávamos tentando proteger o meio ambiente." A recente adoção da causa de Chico Mendes por Sarney não condiz com as lembranças daqueles que consideravam o governo dele avesso aos objetivos do seringueiro. Seu revisionismo, sem dúvida alguma, é fruto das lições da vida pública, e Sarney, ainda influente nos dias de hoje, sabe reconhecer uma causa popular tão bem quanto qualquer outro político.

O assassinato de Chico Mendes teve outra conseqüência, tanto no Brasil como fora do país. Pela primeira vez, um problema oriundo da selva se apresentava com um componente humano. Não eram só as árvores que estavam morrendo, pessoas também morriam. A morte de Mendes não se enquadrava no modelo do índio que morria por não conseguir lidar com a modernidade, nem com o modelo do dissidente político eliminado por um governo brutal. O assassinato de Mendes produziu, de fato, apelos espontâneos para que se salvasse a Amazônia, mas a reação não foi tão simples assim. Sua morte lembrou ao mundo que milhões de pessoas viviam na Amazônia. Qualquer solução para os problemas ambientais também deveria levar em conta esse componente humano. Pode ser que a solução mais radical para o problema – cercar a Amazônia com arame farpado e não deixar ninguém entrar – caísse muito bem para os especialistas de Washington e Londres, mas ela ignorava a realidade.

Houve também uma certa medida de irrealidade logo após a morte de Chico Mendes. Robert Redford e Sônia Braga, estrela do cinema brasileiro, tentaram obter os direitos para transformar a vida de Mendes em filme. Sting abraçou a causa e tornou-se um destacado porta-voz da floresta. A sorveteria norte-americana Ben & Jerry's descobriu a castanha-do-pará e passou a utilizá-la em seus produtos. Xapuri, onde Mendes foi assassinado, virou *dateline* corriqueiro nos jornais do mundo todo, e houve grande clamor quando o assassino fugiu da prisão (sendo recapturado mais tarde), talvez mais ainda do que quando Chico Mendes foi morto.

Todas essas tentativas, das bem-intencionadas às oportunistas, agitaram o Brasil e motivaram o governo a controlar os desdobramentos desse espetáculo internacional. Alex Shoumatoff escreveu em seu relato da morte de Mendes: "Chico tornou-se, quase instantaneamente, um símbolo não só dos problemas da Amazônia e da floresta mas também da degradação ambiental no mundo todo"[21].

No Brasil, Sarney reagiu com a efetivação do programa Nossa Natureza, que exigia: 1) a criação de reservas e parques nacionais; 2) o fim dos incentivos fiscais para a criação de gado e de outros programas que promoviam o desmatamento; e 3) uma série de estudos científicos sobre a região. Os céticos acusaram o governo de mascarar o problema. Diziam que Sarney estava acuado e precisava reagir em nome de sua própria sobrevivência política e da credibilidade do Brasil perante a comunidade internacional. Hoje, Sarney discorda. "Precisávamos demonstrar ao Brasil e ao mundo que estávamos criando uma consciência nacional a respeito do meio ambiente. Esse programa nos permitiu fazer isso", ele nos disse. O programa foi a primeira de uma série de medidas para a criação de uma consciência ambiental de cunho popular, iniciando um movimento semelhante ao dos Estados Unidos no começo dos anos 1970.

O programa Nossa Natureza apresentava, ao menos no papel, muitas áreas inéditas de envolvimento governamental na questão do meio ambiente. Reconhecia a degradação causada pela mineração e pelas queimadas, ressaltava a necessidade de pesquisas, a urgência de tirar do mercado grandes extensões de terra e preservá-las através da criação de reservas e florestas nacionais. Os críticos destacaram que o programa não levava em consideração o ritmo do crescimento em larga escala e a necessidade premente de uma reforma agrária. Contudo, a jovem democracia havia criado uma política que poderia ser debatida na legislatura e na imprensa, e isso introduziu o jargão ambientalista no discurso público.

No entanto, a ação mais importante de Sarney talvez tenha sido sua aprovação à surpreendente oferta brasileira de sediar a Conferência das Nações Unidas sobre Meio Ambiente e Desenvolvimento de 1992, considerada a mais importante reunião de líderes mundiais, tanto políticos quanto científicos, da história do ambientalismo. A decisão do Brasil de sediar a conferência sobre meio ambiente, no vigésimo aniversário do encontro de Estocolmo, indicava que o medo de uma intervenção internacional havia diminuído. A decisão também era uma manifestação de autoconfiança: o Brasil compreendia a magnitude dos problemas e tinha a intenção de apontar as soluções. Vinte anos antes, em Estocolmo, o principal representante do Brasil na conferência pedia aos países desenvolvidos: "Tragam sua poluição para cá"[22], um convite às multinacionais para industrializar o Brasil. Já em 1992, ele estava na vanguarda do movimento ambientalista brasileiro.

"Mostramos ao mundo que estávamos discutindo essas questões, que estávamos assumindo a liderança nessa discussão e que éramos capazes de preservar nossos próprios recursos naturais. Nenhum outro país detentor de florestas tropicais podia dizer a mesma coisa", recordou Sarney.

Ambientalistas de todo o mundo aplaudiram a perspectiva revolucionária do Brasil em relação ao meio ambiente. Enquanto a Eco-92 era planejada, os países desenvolvidos se reuniam na cidade de Houston em 1990 e propunham um programa abrangente para supervisionar o desenvolvimento da Amazônia. Chamado de Programa Piloto para a Proteção das Florestas Tropicais do Brasil, ou PPG-7, ele levou à criação de importantes reservas florestais. Mas o nacionalismo brasileiro ainda não desaparecera por completo, e a recusa do governo em abdicar de sua soberania sobre a política de meio ambiente incentivou uma mudança crucial na política social do país. O Brasil insistia em ser um dos protagonistas do projeto PPG-7, o que, por sua vez, exigia que o país nomeasse participantes qualificados e formasse uma nova geração de cientistas, pesquisadores e planejadores sociais. Esse empenho levou ao surgimento, no Brasil, de um quadro de jovens que viria a se juntar às organizações nacionais e internacionais e a imprimir uma marca totalmente brasileira à supervisão ambiental da Amazônia. As ONGs brasileiras desenvolveram rapidamente um conhecimento considerável e habilidades políticas que tornaram o Brasil uma presença incontornável em qualquer discussão sobre o futuro da Amazônia.

O governo Sarney colocou o Brasil no caminho para a integração da Amazônia ao debate e à pauta política da nação. A Amazônia não era mais vista como um lugar a ser povoado principalmente por latifundiários absentistas, industrialistas e bem relacionados e pelos sem-terra do resto do país. Em 1955, Kubitschek previra que o Brasil se voltaria para o interior, para Brasília; em 1989, esse horizonte estava em expansão, como ele sonhara. O fim do isolamento da Amazônia estaria repleto de promessas e perigos.

CAPÍTULO 5
▍As maravilhas naturais deste mundo

A promessa da Amazônia apresenta o enigma de como encarar essa região e o que defender para seu futuro. Embora a Amazônia seja a última grande reserva da natureza, ela também se tornou, como previra Theodore Roosevelt, uma grande fronteira humana, sem dúvida uma terra de oportunidades. Nossas pesquisas aleatórias e sem método científico em saguões de hotéis e restaurantes, principalmente ao longo da rodovia BR-364, no flanco ocidental, provaram repetidamente que milhares de famílias pioneiras oriundas do sul criaram uma segunda geração de profissionais instruídos e produtivos que consideram a Amazônia seu lar. Essas pessoas ocupam uma paisagem muito diferente daquela encontrada por seus pais nos anos 1970 e 1980, quando estes chegaram munidos de facões e fósforos. A floresta, mesmo para aqueles que vivem sob sua sombra, em cidades como Manaus, Belém, Porto Velho, Rio Branco e Cuiabá, é um ambiente exótico.

A revelação de que populações nativas com práticas agrícolas que respeitavam o meio ambiente viviam em vastas áreas há mais de cinco mil anos é uma prova de ocupação humana no passado. Mas a descoberta não oferece muita esperança, apesar das pesquisas correntes, de que a ocupação do século XXI possa reproduzir essa harmonia. Atualmente, há pessoas demais com necessidades demais e ferramentas demais. Elas competem com a natureza por ar, água e espaço. Caso os seres humanos vençam (como inevitavelmente acontecerá), a natureza perderá: não há equilíbrio. Qualquer desenvolvimento humano – seja ele chamado de racional, sustentável ou gentil com o meio ambiente – altera o universo da natureza e interrompe *seu* desenvolvimento.

Muitos argumentam que essa interrupção não tem importância: qualquer alteração da natureza que beneficie o desenvolvimento humano é aceitável, já que somos seres superiores e a seleção natural nos permite uma existência exploradora, principalmente se colhermos bons resultados. O slogan "Mate uma árvore para alimentar uma criança", ouvido no governo ostensivamente "verde" de Lula para justificar o desenvolvimento econômico, se encaixa nesse modelo.

Por outro lado, a destruição da natureza ainda é um ato permeado de ignorância, pois não temos a capacidade de entender suas implicações. Ninguém sabe ao certo que impacto o desmatamento da Amazônia tem sobre os climas regionais, ou ainda o papel que o desmatamento desempenha no aquecimento global. Nem podemos prever os efeitos da perda de organismos que melhoram nossa qualidade de vida. Em 2005, o biólogo David G. Campbell escreveu um belo livro, *A land of ghosts* [Uma terra de fantasmas], lamentando a perda de gigantescas porções da floresta e das lições de vida que havia em seu interior. "Toda essa beleza, esse refúgio da imaginação acabará em breve", escreveu ele. "Minha geração será a última a viver em um mundo rico em espécies, em uma época em que a maioria dos grupos taxonômicos nem sequer foi descoberta. E minha geração verá esse mundo acabar. Nossa própria espécie está forjando a próxima grande extinção em massa na Terra, depreciando para sempre nosso único lar. [...] As mudanças efetuadas na Amazônia vão alterar a trajetória da vida na Terra. As decisões que tomamos agora, no ápice de dois milênios, irão reverberar daqui a 500 anos, daqui a 5 milhões de anos[1]."

O processo evolutivo da floresta nunca se repetirá. E sua desconstrução, fazenda por fazenda, projeto hidrelétrico por projeto hidrelétrico, causa tantas mudanças cataclísmicas e com tanta rapidez, tanto em escalas microscópicas como globais, que não podemos acompanhar seus efeitos.

A floresta é um sistema totalmente integrado, onde cada espécie se liga a uma outra, e a compreensão dessas relações nos permite ver como qualquer intromissão, por mais inofensiva que possa parecer, viola esse mundo. Ghillean Prance, um especialista em botânica amazônica, descreveu como a reprodução da gigantesca castanheira-do-pará depende de uma abelha de dossel específica e de um rato[2]. A abelha poliniza as flores na copa da árvore e, mais tarde, o roedor dispersa as sementes que caem no chão, garantindo que nem todas elas serão consumidas por insetos e que serão poupadas da competição com a árvore-mãe. Quando a floresta está alagada, parece que peixes que comem as sementes executam a função de dispersá-las. Candice Millard aprehende o sentido dramático em *O rio da dúvida*, ao descrever a imersão de Theodore Roosevelt na floresta, chamando-a de "o maior campo de batalha natural do mundo, sede de lutas contínuas e encarniçadas pela sobrevivência de que se ocupa cada um de seus habitantes, a qualquer minuto do dia. Era quase impossível um observador casual discernir isso, mas cada centímetro de espaço estava vivo, desde o solo negro e pululante sob as botas de Roosevelt até o alto do dossel muito acima de sua cabeça, e tudo se conectava"[3].

A natureza, que parece tão hostil a uma pessoa solitária, atua sozinha harmoniosamente, embora pareça estar em meio a milhões de guerras civis. Em *Tropical nature* [Natureza tropical], uma adorável cartilha da vida na selva[4], Adrian Forsyth e Ken Miyata narram a organização das relações sob o caos aparente. Eles usam o exemplo de um monte de estrume para ilustrar "um dos grandes espetáculos da natureza em uma escala mínima, a competição por um recurso precioso em seu momento mais intenso"[5]. Os primeiros a chegar são "os minúsculos rola-bostas e as moscas-varejeiras. As moscas logo começam a procurar parceiros sexuais, uma disputa na qual os machos se empenham em vigorosas arremetidas alternadas, acompanhadas pelo célere bater das asas. Enquanto isso acontece, os rola-bostas se ocupam de seu simples ofício: mergulham no estrume e começam a se alimentar. Muitas fêmeas estão cheias de ovos, prontos para a postura, e pode ser que elas enterrem alguns ovos enquanto devoram o banquete com satisfação"[6]. Os autores continuam a descrever como o ataque ao monte vira um "empreendimento cooperativo" para alguns besouros e causa brigas furiosas entre outros, em função do prêmio e da oportunidade de impressionar as fêmeas da espécie. *Tropical nature* está repleto de histórias de interdependência entre plantas e animais, transmitindo a mensagem inequívoca de que mexer em qualquer parte dessa engrenagem afetará o todo.

Pouquíssimos visitantes realmente vêem ou compreendem essa beleza. O cerco da natureza à humanidade nunca arrefece, e não há "empreendimento cooperativo" entre uma e outra. Mesmo uma visita breve é um tormento provocado por picadas de insetos, erupções cutâneas e desarranjos intestinais. Ao final da edição de agosto de 2003 da *National Geographic*, que apresentava um artigo sobre tribos indígenas distantes, o escritor Scott Wallace confessava: "Já estava indo bastante à academia de ginástica, mas nada na minha vida poderia ter me preparado para a privação e o esforço físico de passar três meses na selva"[7]. E ele tinha os próprios alimentos, equipamentos e companhia. Essa frustração avassaladora sem dúvida levou a algumas teorias fatalistas entre os primeiros observadores de que o lugar nunca tinha sido habitado. Quem gostaria de viver ali? A virtude moral, do ponto de vista de Meggers, de que seres humanos são incapazes de coexistir em uma escala significativa com o universo da natureza, encontra ampla confirmação na intuição e na experiência.

O calor e a umidade fazem do ato de respirar uma provação; o ar é sufocante como um cobertor molhado. Os enxames de insetos são constantes: picam e fogem, e então chega outra leva. Alguns podem ser vistos e ouvidos, zumbindo, zunindo, zoando. Outros, como os piuns, adquiriram o descritivo apelido de "no-see-ums" [invisíveis]. Suas picadas aparecem como pontos vermelhos ou gotinhas de sangue do tamanho de uma cabeça de alfinete. O capítulo de *Tropical nature* intitulado "Eat me" [Devore-me] tem como tema as variedades de "frutas silvestres ou semi-silvestres da floresta tropical", embora o título também descreva apropriadamente a tabuleta que os seres humanos evidentemente carregam, bem visível para o reino dos insetos. Os desejos que inspiramos, explicam os autores, podem ser avaliados pela constatação daquilo que nunca vemos no chão da selva: pessoas mortas. "Nos trópicos, dificilmente alguém encontrará um cadáver por acaso; esse cabedal de vida extinta rapidamente se decompõe e retorna ao mundo dos vivos[8]."

Nós também tivemos dias em que a morte nos parecia uma alternativa atraente. Visitamos Manaus durante um surto de "arbovírus", termo genérico usado para classificar patógenos novos demais para serem identificados e combatidos. Alguns, como os vírus Mayaro, Mucambo e Guaroa, já foram identificados, mas ainda não têm tratamento. Nossa enfermidade, em particular, acabou com todos os nutrientes e líquidos que havia em nossos corpos por cerca de dez dias.

Escapamos das doenças mais comuns transmitidas por mosquitos, como malária, dengue e febre amarela, mas testemunhamos a devastação que causaram em cidades recém-estabelecidas, onde antes havia floresta, como se o desmatamento tivesse causado um frenesi de vingança nessas pragas. Em algumas cidadezinhas ao longo da rodovia BR-364, todas as famílias passaram por vários surtos de malária. (Um estudo detalhado mostrou que 90,1% dos habitantes de uma nova cidade no estado de Rondônia tiveram malária em 1986[9].) Em uma de nossas visitas ao Instituto Evandro Chagas, em Belém do Pará, para buscar aconselhamento médico sobre o que fazer quanto a uma erupção cutânea na perna que avançava rapidamente (e coçava de maneira insuportável), vimos fotografias das obras dos mosquitos portadores da leishmaniose, que corrói as partes internas do nariz e do palato no decorrer de um longo período de tempo, e dos barbeiros transmissores do mal de Chagas, outra doença insidiosa que atrofia o coração e o esôfago. Depois disso, a erupção cutânea não parecia tão ruim assim.

Tropical nature descreve "a larva de Jerry", um berne que se instalou em um dos alunos de pós-graduação dos autores. Os insetos "desenvolveram dois ganchos anais que os seguram com firmeza em sua toca de carne. Se você der um puxãozinho na larva, os ganchos se enterram ainda mais fundo e prendem firmemente a larva a sua carne"[10]. Foi assim que "a larva de Mark" reagiu a seu nada leve puxão; os ganchos tiveram de ser removidos cirurgicamente do tornozelo dele no Georgetown Hospital. E houve também "os vermes de Mark", que devoravam suas refeições antes que ele as pudesse digerir – uma estratégia alimentar eficaz – e saíam de seu corpo durante a noite, infestando os lençóis. Os médicos de Georgetown também acabaram conseguindo derrotá-los.

Ninguém sai da Amazônia sem vívidas lembranças das formigas. Há milhares de espécies diferentes. Edward O. Wilson registrou sua onipresença em The diversity of life: "Na floresta tropical da Amazônia elas constituem mais de 10% da biomassa de todos os animais. Isso significa que, se alguém recolhesse, secasse e pesasse cada animal de um trecho da floresta, de macacos e pássaros a ácaros e nematódeos, ao menos 10% seria somente desses insetos. As formigas representam quase metade da biomassa total de insetos e são 70% dos insetos encontrados nos topos das árvores"[11]. As formigas temem poucas coisas, mas temos muitos motivos para temê-las. Os índios usam algumas formigas como primeiro socorro emergencial: elas mordem a pele em volta do corte, depois são mortas, e o resultado é uma sutura natural. Contudo, se lhes permitirem viver tempo demais, o corte aumentará e o resultado será um sangramento incontrolável. Os visitantes logo aprendem que elas adoram as partes quentes e úmidas do corpo e que o sal do suor é um afrodisíaco. É impossível exterminá-las: algumas rainhas dão à luz 300 mil filhotes por semana.

O chão ostenta uma série de perigos. As lagartas, "por mais bonitinhas que sejam, [...] podem causar uma brotoeja cáustica e uma dor quase sobrenatural"[12]. Entre os outros insetos "a se evitar estão alguns percevejos de cores vivas, que lançam compostos ardentes de cianeto quando incomodados, e enormes barbeiros que dão fortes picadas". As baratas, que estão entre as criaturas mais adaptáveis da natureza, exploram o chão da floresta com a mesma voracidade que demonstram em nossos lares urbanos. Seu sistema digestivo evoluiu a tal ponto que elas são capazes de comer quase qualquer coisa em qualquer lugar. As aranhas tendem a ocupar o topo das árvores, onde têm acesso fácil a rãs e lagartos de pequeno porte. Também há tarântulas e escorpiões, embora suas picadas raramente sejam fatais. Os horrendos besouros-de-chifre conseguem carregar até dois quilos em seus referidos apêndices. E pirilampos brilham no escuro para avisar aos parceiros onde se divertir.

A diversidade difere não só de lugar para lugar e de habitat para habitat – água ou terra – mas também de nível para nível. Nos anos 1970 e 1980, os biólogos Donald Perry e Terry Erwin examinaram o dossel da floresta e catalogaram um universo de espécies totalmente novo, desconhecido no chão. Perry descreveu os topos das árvores como "botes salva-vidas abarrotados, com as superfícies superiores apinhadas de plantas agarradas às bordas"[13].

Nesse nível, as 2 mil espécies de borboletas da Amazônia participam da luta pela sobrevivência com uma astúcia que não corresponde a sua beleza. Algumas espécies, incapazes de picar os inimigos, aprenderam a se proteger dos predadores tornando-se tóxicas. As aves que as comem morrem. O interessante é que essa informação se espalha pela selva e, com o tempo, as aves desenvolvem outras dietas. Como as aves aprendem a não comer uma determinada borboleta, a espalhar essa notícia entre seus contemporâneos e depois passá-la às gerações seguintes? Seria até difícil estudar os hábitos de uma espécie em particular para tentar determinar uma resposta. Em maio de 2002, os cientistas localizaram o dançador-de-coroa-dourada[14], um pássaro que não fora visto novamente desde sua descoberta, em 1957, pelo ornitólogo Helmut Sick. Ver um pássaro uma vez a cada 45 anos dificulta a previsão de padrões comportamentais.

As borboletas ilustram a capacidade adaptativa dos habitantes da floresta: camuflagem (as lagartas "reproduzem as cicatrizes dos gomos e a textura dos galhos sobre os quais se alimentam"[15]), simulação (outras lagartas transformam seus corpos na cabeça de uma víbora, intimidando qualquer pretenso predador[16]), mimetismo (Bates foi o primeiro a observar os animais imitando criaturas desagradáveis ao paladar para "reduzir o risco de serem devorados"[17]), e mudança evolutiva (a melhoria na visão das aves para que elas pudessem distinguir alimento e veneno[18]).

À noite, a selva irrompe em atividades, principalmente em efeitos sonoros. Um dos motivos para a vegetação no solo ser tão esparsa e a das copas das árvores tão densa é que o sol não consegue penetrar o dossel (menos de 1% de sua luz "consegue chegar até o chão da floresta ao meio-dia"[19]); a lua não tem nenhuma chance. A escuridão é absoluta, exceto pelo ocasional rastro de muco deixado por uma lesma ou a luz de um pirilampo. Os gritos altos e queixosos dos guaribas lembram alguém sendo estrangulado; os jacarés se atiram violentamente na água, em busca de peixinhos. Um coro de rãs gorgoleja; algumas são tão venenosas que a toxina existente em sua pele mataria qualquer pessoa cuja ferida aberta entrasse em contato com elas. A noite também traz os morcegos. No estado do Pará, a menos de cem quilômetros de Belém, na primavera de 2004, 13 pessoas morreram depois de serem mordidas por morcegos[20]. E à noite faz um frio exacerbado pela umidade.

As cobras, obviamente, devem ser temidas. Elas tendem a ser tímidas e reservadas até alguém incomodá-las, e esta é uma atitude bem estúpida. A picada de uma caiçaca, um tipo de jararaca, reduz a expectativa de vida de uma pessoa a duas horas. Alguns guias de viagem descrevem a surucucu de três metros, enfeitada com manchas que parecem diamantes, como uma cobra que "raramente morde", mas invariavelmente o resto da frase é: "mas quando morde, é sempre fatal". A visão de uma sucuri de nove metros, capaz de engolir uma criança pequena de uma só vez, faz com que qualquer turista pense duas vezes antes de continuar a viagem.

A água, é claro, tem seus próprios perigos, como Redmond O'Hanlon observou em *In trouble again* [Encrencado de novo]: "a enguia elétrica só pode descarregar seus 640 volts antes do café da manhã, a piranha só lhe fará em pedaços se você já estiver sangrando, e a piraíba simplesmente gosta de arrancar seu pé fora quando você está nadando"[21]. E há o candiru, um peixinho apreciador de urina e predisposto a subir pela uretra a fim de achar sua fonte, quando então ele incha e torna sua extração muito dolorosa.

Exceto cobras e peixes, poucas criaturas grandes são perigosas, e é por isso que os riscos são tão traiçoeiros. Nenhum rinoceronte, leão ou tigre surge da selva; animais grandes têm problemas para sobreviver na floresta densa, onde perambular atrás de comida é uma atividade penosa. A diversidade limita a disponibilidade de fontes de alimento, já que há poucos espécimes de uma determinada planta em áreas pequenas.

Onças-pintadas e javalis vivem ali, mas não podem andar em bando (a vegetação é densa demais) e estão tão desacostumados com animais do mesmo tamanho que também eles deixarão os seres humanos em paz se não forem incomodados. Por serem tão poucos e raros os animais de tamanho considerável, os cientistas ainda encontram novas espécies. Em junho de 2004, um cientista holandês registrou a descoberta de um gigantesco porco-do-mato, que parece um javali, mas tem menos gordura, não tem barbicha nem colar de pêlos brancos em volta do pescoço[22]. Consta também que seu odor é um pouco melhor. Mais ou menos na mesma época, Rob Wallace, da Wildlife Conservation Society, descobriu uma espécie nova de macaco na Amazônia boliviana[23].

As plantas executam a mesma sinfonia da vida, repletas de técnicas de adaptação e proteção, e participam do sistema ecológico mais diverso que existe no planeta. Também servem às necessidades humanas de várias maneiras – desde fornecer madeira para a construção até ser a fonte de alguns de nossos remédios mais importantes. Os naturalistas pioneiros descobriram na Amazônia o curare e a quinina para a malária, e supõe-se que a cura para o câncer esteja ali, esperando para ser descoberta, e é por isso que muitos argumentam que o lugar deve permanecer intocado.

Em seu notável levantamento da cornucópia medicinal da Amazônia, *Tales of a shaman's apprentice* [Histórias de um aprendiz de xamã], Mark Plotkin escreve: "Recolhemos plantas suficientes para abastecer uma farmácia: as folhas da árvore nah-puh-de-ot, boa para cãibras nos pés; a seiva da liana tah-mo, um tratamento para a dor de ouvido; e a seiva de kam-hi-det, que cura dor de dente. Descobrimos a enorme árvore ku-tah-de, cuja casca é um bom tratamento para a malária; a disseminada liana ah-kah-d-mah, eficaz contra tosses e resfriados; e a flexível trepadeira ah-tuh-ri-mah, cuja seiva pode ser bebida para aliviar dores de estômago"[24]. O mentor de Plotkin, Richard Schultes, professor de Harvard, criou o campo da etnobotânica[25], que encara a selva como um enorme e útil baú de remédios, cuja chave se encontra em poder da população nativa. Durante nossa caminhada pela floresta, perto de Xapuri, no Acre, nosso guia, Nilson Mendes, apontou tratamentos para hemorróidas, hepatite, malária e picadas de cobras; uma planta que retém água, para que você não morra de sede; outra que coagula o sangue; e um "Viagra natural"[26].

Obviamente, é possível um ser humano se adaptar a essa vida com o tempo. Se uma ave pode aprender quais borboletas a deixarão doente, uma pessoa pode aprender o que comer e permanecer saudável. A percepção daquilo que acontece na floresta, assim como em qualquer lugar, depende do ponto de vista e do conhecimento. Os insetos que nos torturam estão, na realidade, transportando organismos de um lado para o outro. As abelhas polinizadoras são os taxistas da biodiversidade, levando a flora de um lugar inacessível a outro. Vemos insetos perigosos, ao passo que os insetos vêem um sistema de suporte à vida. Os índios apalaís, do estado do Amapá, certa vez nos contaram sobre os fantasmas que os deixavam doentes, fantasmas que eles não viam. Demonstramos ceticismo. Eles também teriam feito a mesma coisa se disséssemos que os germes nos deixam doentes; nós acreditamos em germes. Os mesmos fantasmas, palavras diferentes.

A floresta tropical não representa um risco claro e imediato para ninguém. Ninguém do lado de fora foi ameaçado pelas plantas e os animais. Esse mundo natural evoluiu muito bem sem intromissões. Faltam aos povos nativos que ali vivem as habilidades necessárias para sobreviver em qualquer outro lugar, e eles não incomodam ninguém fora dos limites da floresta. Por que não cercar a Amazônia e deixar as coisas como estão?

CAPÍTULO 6
▌Vozes da experiência

A cada ano, um pedaço de terra equivalente a um estado norte-americano de tamanho médio desaparece na Amazônia[1]. No ano encerrado em agosto de 2004, foram desmatados 26.130 quilômetros quadrados, aproximadamente 1,6 vez o tamanho de Massachusetts. De acordo com a Conservation International, isso representa algo entre 1,1 e 1,4 bilhão de árvores de dez centímetros ou mais de diâmetro[2]. No ano encerrado em agosto de 2003, foram desmatados 24.430 quilômetros quadrados, quase duas vezes o tamanho de Connecticut. No ano encerrado em agosto de 2002, foram desmatados 23.266 quilômetros quadrados, uma área superior à de Nova Jersey. O ano recordista em desmatamento foi o que acabou em agosto de 1995, com 29.059 quilômetros quadrados. Pense da seguinte maneira: é como se florestas ininterruptas cobrissem toda a Nova Inglaterra; menos de dez anos depois, tudo isso havia desaparecido. Não restava árvore alguma.

Esse desmatamento ocorreu em uma época em que o ambientalismo estava em alta no Brasil, durante uma sólida volta à democracia, quando uma abrangente legislação de proteção à Amazônia foi promulgada e sancionada com amplos poderes. A reação do governo brasileiro e das organizações não governamentais a esses dados estatísticos anuais pode ser resumida pela frase pleonástica de Yogi Berra: "É como um *déjà-vu* tudo de novo". Os supostos especialistas expressam "choque e surpresa" diante dos números. O choque passa, depois ressurge no ano seguinte. São apontados os culpados da vez: em alguns anos, são os pecuaristas; em outros, os plantadores de soja; em outros anos, a migração de pequenas famílias que desmatam lotes de terra. Madeireiros, garimpeiros e fazendeiros são denunciados regularmente; nos últimos anos, a mortalidade natural da floresta, causada por sua própria mudança climática, tem sido culpada: um círculo "vicioso" de auto-asfixia[3].

E, como resposta, o governo geralmente reserva outro parque nacional equivalente em tamanho a um pequeno estado norte-americano. O orçamento de uma repartição federal é aumentado em mais de 100 milhões de dólares, ao menos publicamente. Às vezes, um representante do governo renuncia. As organizações não governamentais usam os dados estatísticos em seus pedidos anuais de doações. O *New York Times* escreve um editorial lembrando ao Brasil que "a floresta tropical não é uma mercadoria a ser explorada por motivos egoístas"[4]. A revista *The Economist* repreende as instituições brasileiras, que são "fracas, mal coordenadas e propensas à corrupção e ao tráfico de influência"[5]. Os estrategistas políticos exibem o desmatamento como um sinal de economia saudável; afinal de contas, o florescente ramo da construção civil precisa de fontes de madeira; outros estrategistas especulam que o desmatamento é um sinal de economia doente, obrigada a abrir espaço para que as exportações agrícolas compensem a falta de investimentos estrangeiros. Havia uma teoria de que o ciclo de desmatamento chegava ao auge a cada quatro anos, coincidindo com as eleições presidenciais e a relutância do governo em fazer cumprir as leis, mas dados estatísticos recentes mostram que as taxas de desflorestamento não diminuem de um ano para outro.

E, de um ano para outro, o processo se repete e a Amazônia encolhe.

Quando fomos à Amazônia pela primeira vez, em 1980, cerca de 3% havia sido desmatado. Atualmente, cerca de 20% já desapareceu. Em 1980, disseram-nos que, com aquela taxa exponencial de desmatamento, a floresta inteira acabaria dentro de 25 anos. Voltamos. Grande parte da floresta ainda estava de pé em 2005, e então nos disseram que não haveria mais árvores em 2080. Gostaríamos de poder fazer essa visita.

Por trás desses dados estatísticos gritantes, encontram-se as tragédias do bem comum. Em nossa primeira visita, nosso jantar de Ação de Graças foi celebrado com os índios paracanãs, uma tribo praticamente dizimada pelas doenças e pela incapacidade generalizada de se adaptar ao contato com a sociedade moderna. Condenados à extinção, eles seriam retirados das terras de seus ancestrais, o único lugar no qual sabiam caçar e viver, para dar lugar à usina hidrelétrica de Tucuruí. Restam apenas cem índios paracanãs. A perda das tradições, da língua e dos próprios indivíduos vai além das vítimas. Ao perder essas culturas, nós ficamos mais pobres. Eliminamos milhares de anos de um modo de vida específico e não poderemos reproduzir esses valores nem seu potencial. Se ainda estamos descobrindo espécies de macacos e porcos-do-mato na Amazônia, é seguro presumir que outras espécies serão queimadas ou submersas em milhares de quilômetros quadrados e, portanto, nunca serão descobertas. Limitando nossa biodiversidade, limitamos a possibilidade de melhorar nossas vidas.

É provável que Tom Lovejoy[6], atualmente à frente da Heinz Foundation, mereça mais crédito do que qualquer outro indivíduo pela popularização da causa amazônica, tanto internacionalmente como dentro no Brasil. Seus primeiros trabalhos eram estudos acadêmicos tradicionais, como o anilhamento de aves. Mas, ao escrever um artigo ("Highway to extinction?" [Caminho para a extinção?]) questionando a construção da rodovia Transamazônica, então chamada de "o orgulho do Brasil", Lovejoy apresentou o argumento, à época original, de que os cientistas tinham de sensibilizar os estrategistas políticos quanto ao impacto ambiental das decisões desenvolvimentistas. Ele previu uma espécie de manifestação dos intelectuais diante dos gabinetes dos estrategistas. Não se pensava em integrar as preocupações com o meio ambiente ao planejamento de projetos, e não haveria precedentes a seguir mesmo se as políticas de preservação fossem adotadas. Como o manejo de conservação era um conceito novo naquela época, as questões que hoje parecem óbvias precisavam ser estudadas com urgência. Onde os parques nacionais deveriam se situar para que se concentrassem nas áreas mais ricas em termos de biodiversidade e assegurassem sua inviolabilidade? Que tamanho os parques deveriam ter para minimizar a interrupção da evolução em curso e evitar as controvérsias políticas que poderiam acompanhar a demarcação de reservas governamentais? Lovejoy conseguiu o apoio do primeiro ambientalista brasileiro, Paulo Nogueira Neto, para pressionar o governo militar a considerar a idéia de tirar do mercado grandes extensões de terra.

Integrante do World Wildlife Fund no final dos anos 1970, Lovejoy desenvolveu um projeto próximo a Manaus a fim de determinar que tamanho uma floresta precisaria ter de modo a maximizar a preservação das espécies que a habitavam. Simplificando, determinando-se que a proteção de um hectare preserva 50 espécies de flora e fauna, que a proteção de dois hectares preserva 350 espécies e a proteção de três hectares preserva 375 espécies, tem-se aí uma boa noção de como maximizar a preservação em uma floresta tropical em processo de encolhimento. Também se pode ver como manejar fragmentos de tamanho inferior ao mínimo ideal. O exercício, entretanto, é obviamente bem mais complicado do que parece. Todas as partes se relacionam: ao perder alguns insetos, perdem-se algumas borboletas que os comem, e perdem-se as sementes que as borboletas carregam, e também as plantas que crescem dessas sementes, e assim por diante. Levam-se anos para compreender as dimensões dessas perdas e suas implicações.

Ao idealizar o projeto, Lovejoy imaginou que ele duraria vinte anos, mas ainda hoje não dá sinais de que esteja perto do fim. "Eu não tinha noção das taxas de mudança", declarou ele. "Esperava que, se houvesse mudanças, elas ocorreriam logo. Além disso, descobrimos que alguns fragmentos perdiam suas espécies com tanta rapidez que já não havia mais tempo para implementar medidas de conservação. Eu nem sequer imaginava a importância do que estávamos fazendo. Quanto mais informações obtínhamos, mais perguntas tínhamos de responder [7]."

O que deixou Lovejoy mais alarmado com os resultados observados foi o efeito bola-de-neve acarretado pela perda da floresta, ou o que ele caracterizou como a "questão perturbadora e ainda não respondida de quanto desmatamento será necessário para desencadear uma tendência irreversível à aridez". Lovejoy nos disse que a floresta cada vez menor trazia consigo uma "sinergia negativa" que estava "consumindo o tampão" que os planejadores pensavam poder controlar periodicamente com a intervenção humana, como, por exemplo, uma suspensão do corte de madeira. Ele advertiu: "o desmatamento anual não consiste em aumentos insignificantes" que podem ser considerados aceitáveis ou inaceitáveis ou ainda controlados pelos planejadores. Seu projeto de fragmentação demonstrou a inter-relação do sistema ecológico: depois de infligido o trauma, as conseqüências não podem ser controladas[8]. "A cada ano o ciclo de devastação se aproxima de um ponto de ruptura", escreveu ele recentemente. "A aridez e a vulnerabilidade ao fogo cada vez maiores sugerem que o ponto de ruptura não está muito longe."

Phil Fearnside é outro ícone entre os cientistas que se dedicam à Amazônia. Norte-americano, ele passou os trinta anos de sua carreira profissional em Manaus, estudando a destruição causada pela pecuária extensiva – um empreendimento não lucrativo subsidiado pelo governo – e o crescimento populacional descontrolado (chamado por ele de "capacidade de suporte humano"[9]). Fearnside foi um dos primeiros a criticar a construção de rodovias na floresta tropical, argumentando que o acesso irrestrito levaria a um desmatamento desenfreado. Parece que a história de sua vida foi sempre dar o alarma, assistir com tristeza à concretização de suas previsões e depois passar a outro campo de estudo[10]. "Realmente não vejo a coisa em termos de vitória ou derrota", afirmou ele. "Temos de agir segundo a premissa de que tudo isso está sujeito à vontade humana. Não se pode ser fatalista. É preciso simplesmente tentar salvar a floresta árvore por árvore."

Quando visitamos Fearnside em Manaus, ele parecia cansado, não devido à idade (ele continua tão produtivo quanto sempre foi, tendo publicado mais de 300 artigos), mas sim de tanto gritar em vão. Alto e esguio, docente, formado pela University of Michigan, ele se desculpou pela distância entre a recepção e seu gabinete no Inpa – Instituto Nacional de Pesquisas da Amazônia. "Eles me colocaram no porão", disse, sem saber ao certo se isso aconteceu porque as caixas com os dados de sua pesquisa criavam um problema estrutural para o prédio ou, o que era mais provável, porque uma vez "longe dos olhos, longe do coração".

Sua pesquisa mais recente trata do aquecimento global e de como utilizar a renovação do Protocolo de Kyoto para preservar a Amazônia. Fearnside se reatualizou como especialista na política da climatologia. Ele condena os Estados Unidos por "não acreditarem no aquecimento global, o que afasta [os norte-americanos] do resto do mundo". Mas vê erros semelhantes na posição dos países europeus, acusando-os de abandonar a causa do desmatamento tropical a fim de atender a interesses econômicos egoístas.

"Era de se esperar que as ONGs européias insistissem em salvar as florestas tropicais através do Protocolo de Kyoto", ele explicou. "Mas muitas delas andam dizendo que não vale a pena salvar as florestas porque elas vão desaparecer de qualquer jeito. Além disso, os governos europeus não querem que os Estados Unidos comprem créditos para salvar as florestas tropicais, pois querem que os Estados Unidos reduzam suas próprias emissões de combustíveis fósseis e, com isso, encareçam a produção." Os europeus, deduziu Fearnside, preferem obrigar os Estados Unidos a gastar milhões no controle da poluição, o que acarreta custos mais elevados de produção, a vê-los direcionar esses fundos para preservar as florestas tropicais. O desejo de obter uma vantagem competitiva triunfa sobre o desejo de preservação.

Ele suspirou como um pesquisador atropelado pela realidade. "Inacreditável, não é?"

Um grupo mais jovem de cientistas aprendeu com a experiência de Fearnside que as críticas antidesenvolvimentistas radicais, ainda que baseadas em fatos, serão esmagadas por forças econômicas e políticas superiores. Dan Nepstad[11], do Woods Hole Research Center, fundador do Ipam (Instituto de Pesquisa Ambiental da Amazônia), uma ONG sediada em Belém do Pará, concentrou-se nos microclimas – possíveis culpados que podem ser abordados localmente – em vez de enfocar questões que envolvem tratados internacionais e que exigiriam a aprovação do senado dos Estados Unidos. Nepstad e seus colegas confirmaram o receio de Lovejoy de que o desflorestamento afeta a si mesmo, isto é, com a alteração dos microclimas da região, o ciclo de perda florestal se acelera. Os pesquisadores se baseiam no trabalho inovador de um cientista brasileiro, Enéas Salati, que nos anos 1980 provou que a floresta amazônica gera seu próprio clima. A vegetação e o clima têm ciclos co-dependentes: mexa em um e o outro será afetado. Nepstad tem defendido a conservação florestal em larga escala devido à "relação estreita" entre a floresta e o clima: "a transformação contínua em pastos e terras cultivadas pode abalar os padrões de precipitação que atualmente sustentam essas florestas, sua diversidade biológica e os sistemas de produção agrícola".

Para colocar essas idéias em prática, Nepstad, fugindo ao padrão dos cientistas, procurou empresários e políticos locais para educá-los sobre a importância da utilização sustentável da terra. Ele pediu permissão para conduzir experiências nas propriedades da região e prometeu compartilhar os resultados da pesquisa e auxiliar na sua incorporação ao planejamento de utilização da terra. Já que a ocupação é inevitável, pensa ele, o diálogo também tem de ser. Ele observou: "eu simplesmente não conseguia enxergar como se poderia fechar uma fronteira onde havia tanta abundância de recursos".

Nepstad tomou um caminho diferente da abordagem ambientalista tradicional adotada por organizações como a Conservation International, cujo trabalho na Amazônia inclui a aquisição de extensas áreas para tirá-las do mercado. Ainda que Nepstad admire essas tentativas de pôr de quarentena florestas do tamanho de um país, ele as caracteriza como impraticáveis "à luz dos recursos disponíveis". Ele se preocupa com a eficácia dessa abordagem, por concentrar-se principalmente na preservação, e não na conservação da terra em uso. "Ela nos exclui da discussão sobre como usar a terra que na verdade está sendo usada."

Os esforços da Conservation International e outros semelhantes, apesar de muito bem intencionados, chegam perto do estereótipo de superioridade moral internacional que enfureceu os nacionalistas brasileiros. A meta estrutural é o anátema da soberania, independentemente de quantos brasileiros estão envolvidos na organização. Se parques do tamanho da

Suíça pertencem a – e/ou são administrados por – ONGS internacionais, então o controle por parte do Brasil foi reduzido. Se o propósito do plano de preservação é manter as pessoas afastadas, os proprietários de terras não terão motivos para estabelecer diálogo com os governos estadual e federal ou com os interesses econômicos privados predominantes.

Nepstad está buscando uma "preservação mais qualitativa do que quantitativa", o que demanda capital para a aquisição de terras. Seu tipo de ambientalismo começa pela aliança com as "forças de ocupação"[12]. Três áreas são as que mais o preocupam: a liberação de carbono, a mudança climática e os sistemas de abastecimento de água, "pois todos eles precisam de gestão na fronteira". A defesa do desenvolvimento com responsabilidade nessas áreas exige um novo tipo de planejamento estratégico que envolve ambientalistas, proprietários de terras e autoridades públicas. Como exemplo, Nepstad aponta que a exigência de preservar 80% da mata nativa de um lote de terra – uma lei federal que rege grande parte da Amazônia – não faz sentido caso os 20% desmatados se encontrem nas margens dos rios, o que facilita a erosão. "Também estamos tentando apontar as áreas onde o desflorestamento causaria maior impacto no clima regional, ou onde faria sentido reflorestar certas áreas para melhorar o clima da região", explicou.

Ainda que lentamente, os empresários começam a entender que a ciência tem um papel na interrupção da degradação da área e na melhoria da qualidade de suas terras: o que é bom para o meio ambiente pode ser bom para os negócios. "Claro que eu preferiria que deixassem a Amazônia em paz", admitiu Nepstad. "Mas isso não vai acontecer. Então, se você reconhece que essa expansão é inevitável, não dá para fazer cara feia, juntar todas as suas coisas e ir embora. Ainda dá para melhorar a paisagem."

Por muitos anos, Everton Vargas foi o principal representante do Ministério das Relações Exteriores para assuntos ambientais e fez parte da equipe do Brasil que propôs à Organização das Nações Unidas que ela patrocinasse a Eco-92. Enquanto alguns argumentam que a Eco-92 foi um fracasso, tendo em vista o desmatamento constante desde a conferência, Vargas pensa o contrário. Ele vê o progresso resultante da exposição dos países desenvolvidos aos fatores responsáveis pelas necessidades dos países em desenvolvimento. Afinal, destacou ele, o meio ambiente não é só uma questão ambiental. "É preciso entender que o desmatamento não é um problema só para o meio ambiente", afirmou. "O desmatamento é uma questão econômica. Ele não será evitado simplesmente dizendo 'Não cortem as árvores'. É necessário dizer: 'Esses são os motivos para vocês não precisarem cortar árvores'[13]."

Vargas disse acreditar que as manchetes acerca do problema da floresta tropical no começo da década de 1990 serviram para chamar a atenção para o dilema que o Brasil vivia: como desenvolver a economia e preservar um recurso global? Isso trouxe uma valiosa assistência internacional, disse ele. Mas reclama que a comunidade internacional, de modo geral, não compreende o problema. Ele não tem certeza se tal equívoco é intencional; esse equívoco permite que os líderes dos países desenvolvidos sintam-se moralmente superiores ao impor uma política ambiental que eles mesmos ignoraram quando seus países estavam se desenvolvendo.

"O mito dos 'pulmões do mundo' já foi rechaçado", disse Vargas. "A Amazônia consome tanto oxigênio quanto produz. Agora nós sabemos disso, mas é algo que ainda rende boas manchetes. Quando as pessoas começaram a perceber isso, parece que o entusiasmo diminuiu um pouco, e a complexidade da questão tornou-se evidente. Então, ainda se vêem as mesmas manchetes, mas a história agora é diferente."

Há muitas razões para ficarmos preocupados com os efeitos da Amazônia sobre o mundo, mas o fim do oxigênio não parece ser uma delas. Apesar do consenso científico de que a Amazônia é um ecossistema maduro que absorve tanto oxigênio – por meio da decomposição de matéria vegetal – quanto produz – com o crescimento de novas plantas –, o epíteto "pulmão do mundo" surge com regularidade sempre que há uma matéria sobre a Amazônia na imprensa, mesmo em noticiários cuidadosos como o *Washington Post* e a BBC. O jornal *The Guardian*, do Reino Unido, recentemente chamou a Amazônia de "um vasto pulmão que produz 20% do oxigênio da Terra"[14].

Vargas explicou que, sem um risco claro e iminente de desastre ambiental, os europeus, em especial, percebem que a questão da Amazônia talvez seja complexa demais para ser abordada efetivamente. Vargas acredita que os motivos da Europa mudaram e que agora se baseiam somente em interesses egoístas. Alguns europeus vêem o Brasil mais como uma ameaça a suas economias do que como uma ameaça ao meio ambiente, principalmente os agricultores europeus, que se beneficiam de subsídios do governo e impedem a importação de grãos de soja e trigo de países como o Brasil. Apesar de toda a sua diplomacia, Vargas, assim como muitos brasileiros, ressente-se daquilo que lhe parece ser uma hipocrisia dos europeus, que exigem que o Brasil não desenvolva a Amazônia pelo bem do mundo, mas fecham os mercados que poderiam fornecer ao Brasil a devida receita oriunda das exportações.

"O Greenpeace se preocupa com o fato de que há muitos brasileiros desempregados porque a Europa fecha seu mercado para o nosso açúcar? Não. A visão da comunidade internacional é a de que toda a floresta deveria ser mantida virgem, cercada com arame farpado. Eles nunca levaram em consideração que a floresta não é virgem. Muitas pessoas ganham seu sustento na floresta. O meio ambiente tem recebido bastante atenção, mas isso pode ofuscar o fato de que temos muitos outros problemas sociais." Ele desfiou a ladainha de características do Terceiro Mundo: pobreza, desrespeito às leis nas cidades, desnutrição, distribuição desigual de renda. Representante do Brasil nos assuntos ambientais, Vargas acha difícil fazer com que compreendam que o meio ambiente é um elemento de uma pauta mais ampla.

"O Brasil é como Manchester, na Inglaterra, na década de 1880", declarou ele. "Muita produtividade, muitos problemas sociais e muita poluição. A Inglaterra teria fechado as fábricas de Manchester? Quando se fala de controle ambiental, está se falando de padrões de vida inferiores. Se o resto do mundo pensa que temos de controlar a Amazônia, o que eles vão fazer quanto a nosso padrão de vida? É como estar no Louvre, cheio de gente que não tem o que comer. Talvez as pessoas queimem os quadros para se aquecer."

Os brasileiros, afirma Vargas, já estão cheios das matérias na imprensa internacional e de relatórios de grupos ambientalistas estrangeiros que depreciam a competência agrícola do Brasil e a relacionam à destruição da Amazônia. O Ministério da Agricultura, citando o "foco distorcido" de certas matérias em *The Economist*, *The Guardian* e outros meios de comunicação, emitiu uma declaração com um alerta: "Há fortes indícios de que muitos desses artigos têm como objetivo desacreditar a competitividade do agronegócio brasileiro"[15]. Vargas concorda. "Para competir com os subsídios oferecidos pelos Estados Unidos e pela União Européia a seus agricultores, temos de expandir a fronteira agrícola, e essa é uma das principais causas do desmatamento. Temos de expandir nossas fronteiras para sermos competitivos."

Quando se investiga mais a fundo o problema, encontram-se questões que ultrapassam a noção simplista de ser pró-desenvolvimentista ou pró-ambientalista. O meio ambiente não estará seguro até que seja respeitado e até que as instituições encarregadas de protegê-lo sejam respeitadas.

Esse respeito surge da percepção que o cidadão tem de seu envolvimento na sociedade, uma sensação de bem-estar e produtividade. É difícil ser um diplomata na questão ambiental, pois os países que exercem mais pressão em relação às questões ambientas não estão dispostos a reconhecer e abordar as nuances e a complexidade da situação do Brasil. Em última análise, essa compreensão é a chave para qualquer solução a longo prazo. "Os outros países simplesmente terão de confiar a Amazônia a nossos cuidados. É assim que terá de ser."

Mas a verdadeira raiz de todos os problemas, diz ele, é o dinheiro. "Precisamos de capital. Precisamos disso para tantas coisas. É preciso entender que, quando tivermos capital, isso não necessariamente significará que poderemos monitorar o que está acontecendo na Amazônia e fazer cumprir as leis. É isso o que todo mundo quer. É isso o que nós queremos. Mas, no Brasil, há outros problemas além do desmatamento. O meio ambiente urbano é um problema. A saúde é um problema. O saneamento básico é um problema. A educação é um problema. A segurança de nossas fronteiras é um problema. Há recursos limitados e problemas ilimitados."

Samuel Benchimol faleceu em 2002, aos 78 anos. Quando ainda não conhecíamos a região, ele se deu ao trabalho de nos explicar a importância de uma abordagem holística para tratar dos problemas da Amazônia. Nós o encontramos, à época, na loja de eletrodomésticos conhecida como Bemol, da qual era proprietário, localizada perto do cais no aglomerado de ruas estreitas do centro de Manaus. Ele nunca fez parte de nenhuma lista de fontes indispensáveis. Não era cientista, ambientalista nem antropólogo. Vendia geladeiras, televisores e máquinas de lavar roupas. Também distribuía gás propano e era um pequeno exportador de óleos essenciais. Os intelectuais nunca lhe deram muita atenção. Ele era um empresário que toda noite ia para casa ler e escrever sobre a Amazônia. Foi um ilustre professor da Universidade Federal do Amazonas, em Manaus, durante um bom tempo; embora provavelmente ninguém tenha duvidado de sua sabedoria, as pessoas talvez não tenham percebido sua amplitude. A família Benchimol chegou à Amazônia na década de 1820, com o êxodo de famílias judaicas oriundas do Marrocos. Muitos descendentes desses judeus sefarditas ainda são empresários proeminentes em toda a região. Houve uma época em que a maioria dos comerciantes importantes de Santarém era formada por judeus, e seus vestígios podem ser vistos em um cemitério deveras incongruente: alfabeto hebraico na selva amazônica. A família Bensabe controlava o comércio em Guajará-Mirim, a estação final da estrada de ferro Madeira-Mamoré, na fronteira com a Bolívia. O primo de Benchimol, Isaac Sabba, já foi conhecido como o rei da Amazônia (título que muda de mãos aleatoriamente, dependendo do ramo de atividade que está na moda) devido a sua enorme fortuna, fruto de uma refinaria de petróleo, uma gigantesca fábrica de beneficiamento de juta e um contrato lucrativo com a Wrigley's para o fornecimento de chicle, a base da goma de mascar.

O pai de Samuel Benchimol nasceu na cidade Aveiros, no rio Tapajós, mas mudou-se para Manaus no início do século XX, quando a borracha tornou-se a grande fonte de lucro da Amazônia. Ele foi um barão da borracha, apesar de não ter sido "um dos mais ricos"[16], de acordo com Samuel. Ele perdeu tudo no prolongado colapso da indústria da borracha brasileira pouco depois do nascimento do filho em 1923. O preço da borracha caíra de 655 libras esterlinas por tonelada para quase 34 libras, chegando ao fundo do poço em 1932. A família Benchimol mudou-se para o sudoeste da Amazônia, onde o pai, que um dia fora rico, extraía o látex das árvores. "Foram anos de luta, de pobreza, de miséria e doenças; anos que deixaram nele e em nós as marcas indeléveis da penúria", escreveu Benchimol em *Amazônia*[17].

Mas o pai de Samuel Benchimol viveu o suficiente para ver a família prosperar novamente. Apesar da pobreza extrema, todos os filhos de Benchimol fizeram faculdade, e Samuel ajudou a tornar os Benchimol uma das famílias mais ricas de Manaus. Quando de sua morte, a família tinha nove lojas Bemol em Manaus, âncoras nos novos shopping centers, uma em Porto Velho e projetos para a construção de várias outras. Os vasilhames azuis de gás propano da Fogás, outro empreendimento da família, são tão onipresentes no norte da Amazônia quanto a Coca-Cola.

Tanto como empresário de sucesso quanto como acadêmico idiossincrático, Benchimol não era fácil de rotular. Sua obra era composta, em grande parte, por compilações de recordações pessoais, dados brutos e reflexões acerca da região. Seu principal livro, *Amazônia*, contém desde seus trabalhos escolares e a monografia de graduação até textos que ele escreveu sobre o futuro econômico da Amazônia à medida que as idéias lhe vinham à cabeça. Ele narrou a desastrosa tentativa do governo brasileiro de reviver o *boom* da borracha durante a Segunda Guerra Mundial, induzindo centenas de milhares de nordestinos miseráveis a migrar. Benchimol publicou um útil resumo de informações censitárias, detalhando o crescimento da região entre os anos de 1970 e 1980, e, quando o visitamos em seu escritório, estava matutando sobre um monte de dados estatísticos acerca das espécies de peixes capturadas em várias cidades ao longo do Amazonas. "Alguém vai querer saber quantos tucunarés foram apanhados em Tabatinga em março passado. Tenho certeza disso. Tantos números. Eles vão me servir para alguma coisa", ele nos disse.

Em nossas visitas mais recentes, passamos algum tempo com o filho de Samuel, Jaime, que administra os negócios da família, e que nos disse que o câncer terminal do pai o motivou a escrever com mais furor do que nunca. "Ele achava que ainda tinha muito a explicar", declarou Jaime. "Ele tomava notas na sala de espera dos consultórios médicos. Depois ficava acordado a noite toda, juntando as anotações para escrever seu último livro, *Zênite ecológico e nadir econômico-social*, o que havia de bom e mau sobre a Amazônia." Jaime riu. "O conteúdo dos livros era sempre melhor que os títulos[18]."

Através de *e-mail*, perguntamos a Jaime como seu pai teria avaliado o desmatamento contínuo, considerando-se o progresso alcançado nos últimos 25 anos no que se refere à compreensão das causas e dos efeitos do desmatamento.

Ele respondeu:

"Eis algumas notas rápidas acerca do trabalho de meu pai[19]:
1. Samuel Benchimol, ao longo de sua obra, tentou sempre nos convencer de que a região amazônica é bastante heterogênea em matéria de flora, fauna, ecossistema etc., e que, portanto, é perigoso e errado ter políticas uniformes para toda a região.

2. Ele combateu a tendência de considerar a natureza a única preocupação ao se definir políticas para a região. Tanto a população nativa quanto a urbana precisam entrar na equação. Ele era muito favorável ao desenvolvimento da região de acordo com os seguintes termos: 'O mundo amazônico não pode ser isolado nem alienado do desenvolvimento brasileiro e internacional, mas terá de se sustentar de acordo com quatro parâmetros essenciais, isto é, ele deve ser economicamente viável, ecologicamente adequado, politicamente equilibrado e socialmente justo'.

3. Se é para nos abstermos de desenvolver a Amazônia pelo bem do planeta, então as nações poluidoras têm de pagar um imposto ambiental internacional para compensar os custos das oportunidades perdidas. Atualmente, estamos oferecendo um serviço gratuito às nações poluidoras e ao planeta, pois mantemos subdesenvolvida uma região vastíssima, a um custo humano muito alto."

Escrevemos de volta com uma pergunta:

"Sabemos que seu pai achava justo que a comunidade internacional compensasse o Brasil (ou a região amazônica) pela cooperação na utilização (ou não-utilização) da terra. Afinal de contas, ninguém em Manaus diz a um fazendeiro de Iowa quantos hectares ele precisa preservar como floresta virgem. Contudo, como ele responderia ao argumento de que esse era um processo de liquidação da soberania? Os nacionalistas argumentariam que isso abriria um precedente ruim ao reconhecer o domínio internacional sobre o território brasileiro. Como ele ponderava esses dois argumentos?"

Jaime respondeu:

"Creio que ele não via a questão como uma liquidação da soberania, mas sim como a justa compensação pela preservação. Ele provavelmente responderia que a pobreza e o subdesenvolvimento talvez sejam a perda suprema de soberania."

CAPÍTULO 7
▌Alguém em nosso jardim

Para constatar a discrepância entre o policiamento virtual do desmatamento da Amazônia e o real cumprimento das leis, deixamos o luxuoso Hotel Tropical, em Manaus, onde estávamos hospedados, e seguimos de táxi até uma instalação simples e bem iluminada, um conjunto de prédios ultra-secreto e de alta tecnologia, guardado por militares uniformizados e armados, na rodovia recém-asfaltada que leva ao Aeroporto Internacional Eduardo Gomes. Construída ao custo de 1,4 bilhão de dólares e financiada por um empréstimo do Export-Import Bank dos Estados Unidos e uma subvenção da Suécia, a instalação foi projetada originalmente para proporcionar um sofisticado monitoramento aéreo de toda a Amazônia[1]. O sistema é conhecido como Sivam (Sistema de Vigilância da Amazônia) e foi construído pela empresa norte-americana Raytheon. Por causa disso, é óbvio que algumas pessoas no Brasil viram a implantação do sistema como uma infiltração da CIA. O Sivam foi concebido na Eco-92, inicialmente com fins militares, mas desde então tem se mostrado consideravelmente promissor para a proteção ambiental. Se os militares pudessem policiar a Amazônia pelo ar, seria possível abrandar a estratégia de "integrar para não entregar"[2] – justificativa para o afã destrutivo de construir rodovias e criar gado com o intuito de estabelecer a presença brasileira na região. "Monitorar para não entregar" é uma alternativa geopolítica que não agride o meio ambiente. A vigilância aérea poderia permitir que o governo desencorajasse intromissões em áreas importantes do ponto de vista estratégico, apesar de delicadas do ponto de vista ambiental. A vigilância também poderia detectar invasores nas reservas e permitir ações imediatas.

Os cientistas civis também perceberam o potencial do sistema para monitorar padrões de desmatamento e o comportamento climático, e acoplaram ao Sivam um programa próprio, o Sipam (Sistema de Proteção Ambiental da Amazônia).

Juntos, os programas têm 900 postos de monitoramento em terra, 19 estações de radar, cinco aviões a jato de alarme antecipado e três aeronaves de sensoriamento remoto; todos transmitem as informações a satélites que as retransmitem para os centros regionais de Manaus, Belém e Porto Velho.

Quando o Sivam começou a operar, o *New York Times* publicou: "o sistema é tão sofisticado e abrangente que os representantes do governo brasileiro agora se gabam de poder ouvir um galho partindo em qualquer lugar da Amazônia"[3].

Os jovens cientistas que trabalham na sede do Sipam monitoram avidamente milhares de quilômetros quadrados por dia. Seu voyeurismo é entusiástico. "Podemos observar a derrubada ilegal de árvores no ato", disse-nos Luciano Valentim. "Podemos observar as pessoas garimpando ouro, e podemos confirmar o que estão fazendo monitorando amostras de água das proximidades para ver se há sinais de mercúrio." A capacidade de monitorar atividades em terra ficou tão sofisticada que eles são capazes de calcular a probabilidade de ocorrência de extração seletiva e ilegal de madeira em uma região de vegetação densa. Valentim mostrou mapas detalhados, gerados a partir de imagens de satélite, da região de Terra do Meio, no Pará, onde o desaparecimento do mogno era um problema constante. Apontando uma área delimitada no mapa, declarou: "Eles não sabem que estão sendo observados, mas sabemos exatamente o que estão fazendo e onde"[4].

Eles podem monitorar incêndios florestais, espionar pistas de pouso ilegais e detectar incursões em terras indígenas. Há um porém, claro. Disse-nos o governador do Amazonas, Eduardo Braga: "O Sivam/Sipam nos fornece as informações, mas, sem uma ação por terra, não podemos deter [as atividades criminosas]. Vemos pelo ar o que acontece, mas só podemos fazer alguma coisa por terra"[5].

Em uma situação ideal, Valentim poderia acionar o Ibama, a agência de proteção ambiental, para desbaratar a extração ilegal de madeira, ou chamar a polícia para proteger as terras indígenas. "Mas não temos recursos", ele lamentou. "Podemos dar os telefonemas, mas não temos os recursos para punir os crimes que descobrimos, então acabamos assistindo às pessoas infringindo à lei e escapando impunes. É muito frustrante."

Em novembro de 2003, o Ibama e a polícia federal foram chamados para interromper a extração ilegal de madeira próximo à cidade de Medicilândia, na rodovia Transamazônica[6]. Mas esse incidente mostrou como o processo pode ser problemático. O sistema funcionou até certo ponto: o Sivam detectou as atividades ilegais, o Ibama foi alertado (por meio de um esforço conjunto com o Greenpeace), o Ibama e os agentes federais foram deter os madeireiros. Mas foi aí que a Amazônia se intrometeu. O prefeito de Medicilândia, ele mesmo um madeireiro, reuniu seus aliados e eles cercaram os representantes do governo no hotel e os fizeram reféns. Recusaram-se a soltá-los até o Ibama desistir da idéia de criar uma reserva extrativista na área, o que teria impedido a derrubada das árvores (a reserva extrativista dá aos seringueiros a permissão de extrair o látex das árvores, mas não a posse da terra).

Monitorar e administrar a Amazônia são atividades que deveriam ter pontos em comum, mas muitas vezes isso não ocorre; não só devido à escassez de recursos e aos prefeitos rebeldes, mas também por causa da imensidão da Amazônia. Por exemplo, as reservas indígenas funcionam muito bem no papel, mas não tão bem no mundo real, onde representam uma oportunidade para colonos ávidos por terras e garimpeiros ávidos por minérios. Não são áreas muradas, e sua segurança depende da vigilância e da presença do governo. A menos que alguém atenda o telefone quando o Sivam ligar e informar que foram avistados invasores em terras indígenas, toda aquela aparelhagem moderna não passará de um monte de brinquedinhos caros. O conflito entre civilizações, principalmente por recursos escassos, acontece nos cantos escuros dessa floresta remota, com a mesma violência que se vê nos campos de petróleo do Iraque. Em março de 2002, por exemplo, a polícia federal expulsou 1.300 garimpeiros da reserva indígena Roosevelt, no estado de Rondônia. A reserva abriga a tribo dos cintas-largas, cujo primeiro contato com os brancos se deu no começo dos anos 1960. A reserva tem um histórico de invasões violentas, com destaque para o Massacre do Paralelo 11 em 1963[7]. Assassinos de aluguel supostamente contratados por donos de seringais metralharam uma aldeia dos cintas-largas localizada no rio Aripuanã, matando 3.700 dos 5 mil índios. O Sivam foi criado para detectar essas invasões e alertar as autoridades antes que um conflito armado tenha início. Ainda assim, algumas áreas são tão remotas, e os recursos do governo tão limitados, que aquilo que parece bom no papel geralmente fracassa em campo.

    Os garimpeiros voltaram. Em abril de 2004, após sucessivas invasões na maior mina de diamantes da América do Sul, uma guerra estourou na terra dos cintas-largas. Vinte e nove garimpeiros foram mortos à queima-roupa com bordunas, lanças e armas de fogo.

    A cobertura da imprensa revelou a dificuldade de investigar os crimes. Em 22 de abril de 2004, a Associated Press relatou que a reserva onde os assassinatos ocorreram tinha "6,7 milhões de acres"[8]. No dia seguinte, a Reuters declarou que a reserva tinha "5,2 milhões de acres"[9]. Um erro aproximadamente do tamanho do estado norte-americando de Delaware. Também houve relatos contraditórios acerca de quem era o verdadeiro culpado, em parte graças à velada antipatia pelos índios que se vê em toda a Amazônia. O ressentimento é particularmente intenso no estado amazônico de Roraima, onde poucas pessoas possuem muita terra (nesse caso, 1.300 cintas-largas habitam uma reserva no mínimo três vezes maior que Delaware). Segundo alguns relatos, o chefe da tribo havia recebido cerca de 10 mil reais dos garimpeiros para que estes pudessem usar a terra. Ele teria garantido aos garimpeiros que a quantia seria distribuída entre os membros da tribo. Aparentemente não foi. Os índios que atacaram pensaram estar agredindo invasores; as vítimas acharam que tinham adquirido o direito de explorar a terra.

A segurança da Amazônia pesa desproporcionalmente sobre os ombros de um homem que parece surgir sempre que há algum problema, inclusive na investigação dos assassinatos nas terras dos cintas-largas e na expulsão dos garimpeiros. Nós o visitamos em seu escritório, em um conjunto de edifícios brancos e baixos que se escondem atrás de um portão trancado, na rua principal de Tabatinga, o ponto no rio Amazonas onde Brasil, Colômbia e Peru se encontram.

No escritório, ouvem-se o zumbido dos aparelhos de arcondicionado e os sussurros dos homens que falam ao telefone celular, traçando planos secretos. Terminais de computador circundam a sala espaçosa, mostrando imagens de satélite similares àquelas que vimos no Sivam. Cópias impressas das imagens cobrem as paredes, assim como mapas gerados por radar e mapas topográficos.

Mauro Spósito, o oficial encarregado, tem cinqüenta e poucos anos, cabelos grisalhos e ralos, cortados à escovinha[10].

Seu olhar é intenso, mas ele tem um ar descontraído. Trata seus subordinados por "amor" e "lindão" (no Brasil, um homem precisa estar bastante seguro de sua masculinidade para se dirigir a um policial federal dessa maneira). Eles ignoram essas lisonjas, mas o tratam com respeito. É provável que Spósito seja o homem mais viajado da Amazônia. Não importa onde nem quando, se houve algum problema na Amazônia nos últimos 25 anos, Mauro Spósito esteve presente.

Delegado da polícia federal em Marabá no início da década de 1980, ele conseguiu impor algo parecido com lei e ordem. Ainda ocorrem tiroteios por causa de terras em áreas remotas, mas hoje a violência nas cidades já estabelecidas de Marabá, Xinguara, Rio Maria e Conceição do Araguaia é simplesmente chamada de criminalidade urbana, em parte graças aos esforços dele. Em setembro de 2000, o Brasil o escolheu para liderar a Operação Cobra, nominalmente um esforço conjunto da Colômbia e do Brasil, mas, na realidade, uma operação realizada para garantir que os problemas da Colômbia na esfera da política e das drogas não cruzassem a fronteira. Em 2003, o governo francês enviou oficiais do serviço secreto a Manaus para tentar negociar com os seqüestradores colombianos a libertação de um cidadão francês (e colombiano). Os franceses esconderam o objetivo da missão. Quando o Brasil soube do ardil, chamaram Spósito para localizar e prender o negociador francês.

Uma experiência ainda o assombra. Quando Chico Mendes foi assassinado, Spósito estava no comando da polícia federal do Acre. Ele foi acusado de não ter protegido Mendes após ter recebido a informação de que o homicídio estava para acontecer. Spósito contestou a acusação diversas vezes, lembrando que um policial acompanhava Mendes quando ele foi morto. Mendes, porém, se queixava com freqüência de que Spósito queria vê-lo morto. Spósito abriu um processo por difamação, que ainda aguarda julgamento. Várias vezes, ele nos garantiu que as acusações eram falsas, mesmo quando não tocávamos no assunto.

Nada nessa história seria digno de nota não fosse irônico o fato de que o próprio Spósito é considerado um herói, embora não da mesma grandeza que Mendes. Ele arquitetou sozinho uma estratégia para desmantelar a produção de drogas ilícitas em lugares de difícil acesso da Amazônia brasileira e providenciou o policiamento diário para inibir as incursões das Forças Armadas Revolucionárias da Colômbia (Farc). Essas forças formam uma das organizações guerrilheiras mais brutais e preparadas do mundo e operam quase como um país independente dentro do território colombiano, próximo à fronteira com o Brasil.

É raro Spósito deixar a delegacia sem um colega fortemente armado a seu lado. Tudo o que ele realizou pode ser desfeito com uma bala enfiada em sua cabeça por um narcotraficante. Ele não tem nenhum sucessor óbvio.

"Estou vivo e sou livre", Spósito nos disse quando o motorista abriu o portão para visitarmos a Colômbia. "Vocês verão agora as casas de muitas pessoas, e elas não estão vivas nem são livres. Até o momento, estou ganhando", disse ele, rindo em seguida.

Passamos pelo aeroporto de Tabatinga, onde Spósito guarda dois de seus troféus: as fuselagens enferrujadas de um DC-3 da Aviopacifico, uma companhia aérea equatoriana, e de um bimotor Carajás, destruído pelo mau tempo. Nenhum outro aeroporto manteria aqueles dois monstros de sucata; ali, são monumentos.

"O maior pertencia a Evaristo Porras Ardila. Sabem quem é?" Spósito acha inconcebível não o conhecermos. Ele contornou os aviões pelo que devia ser a milésima vez. "Ele foi um dos três fundadores mais importantes do narcotráfico. Era como um rei aqui. Era."

O rei tinha dois colegas: Roberto Suárez ("El Padrino") e Luis Cárdenas Guzmán ("Mosca Loca")[11]. Spósito sorriu, desdenhoso. "Eles também eram chamados de os reis da cocaína." Na década de 1970, os três reis controlavam o fornecimento mundial de pasta de coca, que saía da Bolívia e do Peru e seguia para a Colômbia, para ser refinada e exportada.

Suárez e Guzmán circulavam livremente pela Amazônia, entregando o produto e fazendo negócios. Porras Ardila estabeleceu-se em Letícia, cidade colombiana pegada a Tabatinga, e tornou-se o maior empregador da região. Os cartéis de Cali e Medellín ficaram conhecidos no mundo todo, mas Porras Ardila era o maior fornecedor de drogas dessas famílias. Spósito disse que o traficante ficou tão rico que "comprou um ditador e um país": Manuel Noriega e os bancos panamenhos, principais financiadores do narcotráfico.

Durante nossa visita, Spósito orientou o motorista para nos levar até um hotel que, nos anos 1980, foi uma verdadeira sala de reuniões para os grandes narcotraficantes. Inocentes, ignaros do submundo em que havíamos nos metido durante nossa visita em 1981, nós ficamos no Hotel Anaconda, até que uma batida do exército em uma casa de bilhar acabou na emissão de uma ordem para que deixássemos o país no dia seguinte. Ninguém conseguia entender por que estávamos ali. Ninguém acreditava que estávamos "levantando informações para escrever um livro". Comprar drogas ou prender traficantes eram os dois únicos motivos para as pessoas irem a Letícia.

Porras Ardila começou a perder seu poder quando foi acusado de planejar o assassinato do ministro da Justiça da Colômbia, Rodrigo Lara Bonilla, em 1984, um crime que inflamou a oposição aos traficantes de drogas e levou os Estados Unidos a lutar contra eles. Em 1987, Porras Ardila foi preso, acusado de mandar matar o editor de um jornal colombiano, e, no final da década, Noriega foi deposto. Tendo perdido seu patrocinador, Porras Ardila também perdeu sua influência.

Os cartéis de Cali e Medellín assumiram o controle de todas as operações, desde o cultivo até o processamento, mas logo depararam com as Farc, cuja intenção era romper o monopólio da pasta. O sucesso dos Estados Unidos contra os plantadores de coca na Bolívia e no Peru empurrou as plantações de coca para a zona rural da Colômbia, onde o governo não estava presente. As Farc apoiaram os plantadores locais, prometeram que haveria mercado para o produto e fizeram acordos de fornecimento junto aos cartéis, que montavam as refinarias e cuidavam das exportações. Letícia ainda era uma porta de entrada para as drogas vindas da Bolívia, por avião, e do Peru, pelo rio, e dali também partia a cocaína que deixava a Colômbia.

"Eu realmente não gosto de ir a Letícia, pois prendi muita gente, e os parentes desse pessoal não gostam de mim", afirmou Spósito ao entrarmos na Colômbia. "Primeiro eram só as famílias, e elas não queriam ter problemas com a polícia. Mas agora as Farc matam qualquer um."

"Ali está um", disse Spósito. Ele apontou um adolescente que não devia ter mais de 16 anos; o garoto tinha pele escura, estava sem camisa, vestia calças jeans, usava botas de borracha e uma toalha amarela na cabeça: o uniforme dos rebeldes. "Na semana passada mesmo, um menino de 12 anos foi morto. Ele fazia parte das Farc. Eles não se importam se você é jovem ou velho." A violência gratuita das Farc fazia Spósito ter saudades dos tempos de Porras Ardila, quando uma única fonte de poder controlava o comércio das drogas. "É muito mais fácil quando o inimigo é visível."

Passeamos de carro por Tabatinga e depois por Letícia, observamos inúmeros adolescentes pelas ruas empoeiradas, matando o tempo, sonhando em se tornar astros de futebol, ou conseguir um emprego, ou uma namorada, o que é difícil sem dinheiro. Recrutadores a serviço dos traficantes aparecem trazendo armas e prometendo salários de 400 dólares por mês. "Meu trabalho", explicou Spósito, "é garantir que aquilo que acontece na Colômbia permaneça na Colômbia. As Farc sabem que não posso fazer nada com elas em seu país, mas quando entram no Brasil..." Ele fez o gesto de quem dispara uma arma de fogo com a mão direita e puxou o gatilho.

A economia de Letícia foi erigida sobre as drogas, e Tabatinga se ergueu sobre a economia de Letícia. "Olhem só as pessoas que vivem aqui", disse ele, apontando os barracos sujos e contaminados pelo esgoto às margens do rio em Letícia. "Basta oferecer um pouco de dinheiro e elas vão trabalhar para os narcotraficantes." Já correu muito dinheiro por ali. Letícia não tinha mais de 25 mil habitantes, mas dali saíam, todos os dias, um vôo com passageiros e carga para Bogotá e outro só com carga, um tráfego aéreo extraordinário para uma cidade tão pequena.

Spósito nos mostrou a casa abandonada de Vicente Wilson Rivera González, outro chefe do tráfico de coca. Não era a mansão que esperávamos, e sim uma casa de taipa e três quartos, guardada por um portão enferrujado. Segundo Spósito, nenhum dos reis das drogas teve um final feliz: todos foram assassinados, presos ou empobreceram. "Isso não impede os outros de tentarem", ele adverte. "O que mais eles podem fazer?"

Ele disse que é fácil ser contra as drogas ilegais quando se está em um escritório confortável em Washington. "Mas olhem para isto", disse, apontando o lixo nas ruas e as crianças desocupadas. É difícil convencer as pessoas dos males causados pela cocaína quando o esgoto passa incessantemente em frente a suas casas, ou seus irmãos estão morrendo de disenteria, ou quando elas passam os dias sem ter nada para fazer, sem perspectiva de emprego, cozinhando naquele calor infestado de mosquitos. "Se não dermos às pessoas a esperança que desejamos que tenham, elas agarram a esperança que outras pessoas têm para lhes dar", afirmou ele.

Quando o controle das drogas passou dos organizados cartéis para os criminosos protegidos pelas Farc, abriu-se um vácuo de poder em Letícia e Tabatinga. Na virada deste século, assassinatos ocorrem nas duas cidades com a freqüência e a brutalidade que se esperaria encontrar em grandes centros urbanos. Spósito tem uma lista de traficantes conhecidos, onde eles foram assassinados e em quais circunstâncias. "Mas quando um morre, aparecem outros dois", disse ele.

Spósito se vê como um médico que só tem uma agulha hipodérmica para combater uma epidemia[12]. "Deram-me 180 homens", disse. "Isso não chega ao número de seguranças de um shopping em Manaus." Ele também tem 18 barcos de patrulha, dois aviões e um helicóptero para combater um movimento rebelde que está travando uma guerra civil contra o exército colombiano.

Seu plano era modesto. Impedir que o Brasil se tornasse uma Colômbia implicava manter os colombianos fora do Brasil, uma tarefa nada encorajadora, considerando-se a fronteira de 1.643 quilômetros, toda coberta de selva indomada. "No primeiro ano, descobrimos nove pistas de pouso usadas para transportar drogas. Destruímos todas elas." Ele desenhou com o dedo a área de fronteira entre o Brasil e a Colômbia no Amazonas, uma região conhecida como a "Cabeça do Cachorro" devido à sua forma, uma região onde impera a anarquia, tão distante ela se encontra de qualquer lugar habitado. Quando Spósito chegou, em 2000, a média mensal de apreensão de cocaína era de uma tonelada; três anos depois, caiu para 250 quilos.

Spósito explicou como o tráfico de drogas funcionava. "Em Itaituba", começou ele, "eles têm a maior coleção particular de aviões do país." São resquícios da corrida do ouro das décadas de 1980 e 1990. "Os pilotos voam de Itaituba até pequenas pistas de pouso no meio da floresta, ao longo da fronteira, e levam as drogas; depois vão para o sul, em direção ao Rio de Janeiro, entregam as drogas, seguem para o Paraguai e pegam munições, depois fazem o circuito todo de novo. Fazendo a viagem inteira, o piloto ganha até 200 mil dólares. Aí ele começa tudo de novo." Ele assoviou. "Ricos como os gringos", riu.

Quando encontramos Spósito, ele estava se preparando para ir a São Gabriel da Cachoeira, uma viagem de quase duas horas em um bimotor Carajás, partindo-se de Tabatinga e sobrevoando uma terra esquecida pelo tempo. O propósito da viagem era planejar o bombardeio de um campo de aviação a 280 quilômetros de São Gabriel e a apenas três quilômetros da fronteira colombiana. Construído há cerca de vinte anos por uma companhia de mineração, o campo foi abandonado até as Farc o encontrarem e começarem a usá-lo. A Aeronáutica bombardeou o local durante a campanha preliminar de destruição de aeroportos, mas os índios informaram aos homens de Spósito naquela área que as Farc tinham voltado para reconstruí-lo, uma informação confirmada por satélite.

"Vamos fazer dele nossa Bagdá", explicou. "Vamos bombardear e depois bombardear mais uma vez." Ao contrário do que acontece em guerras convencionais, porém, Spósito não queria o elemento surpresa. Ele havia informado a imprensa para que os jornalistas pudessem assistir ao ataque. Ele queria se certificar de que todos na região soubessem com grande antecedência que o aeródromo seria bombardeado. "Não me preocupo de alguém se safar", explicou. "Mas me interessa que todos saibam que temos conhecimento do que está acontecendo ali. Não quero que ninguém saia ferido, então quero garantir que eles saibam o dia e a hora do bombardeio. E quero que as pessoas saibam que, se fizerem alguma coisa para ajudar as Farc, nós vamos ficar sabendo."

Em 1998, o exército da Colômbia chegou a entrar no Brasil ao bater em retirada depois de ser derrotado pelas Farc. As invasões das Farc, apesar dos esforços de Spósito e de seus colegas do exército, fazem parte do cotidiano. Não há proibição ao envio de produtos legais para a Colômbia, e consta que brasileiros abasteçam as Farc. Os habitantes pobres das regiões fronteiriças, sem eletricidade, tratamento de esgoto e educação, não conseguem resistir às ofertas de dinheiro e mandam comida e outros suprimentos para o outro lado da divisa.

"Só podemos reprimir o que dá para reprimir", disse Spósito, bebendo uma cerveja gelada em uma lanchonete de beira de estrada, após ter definido a logística do bombardeio.

Spósito nos convidou para acompanhá-lo até São Gabriel e observar os últimos preparativos para o bombardeio. A cidade foi construída há 250 anos pelos portugueses, nas corredeiras do rio Negro. O povoado, no início, era um baluarte contra incursões espanholas que desciam o rio em direção ao Amazonas, e, das cidades que vimos, é uma das poucas que apresentam belezas naturais. As águas negras e rápidas contrastam com as praias de areia branca. Colinas estreitas destacam-se como polegares verdes na paisagem florestal. A não ser pelos morros ao redor da caverna da Pedra Pintada, em Monte Alegre, não tínhamos visto outras elevações na Amazônia.

São Gabriel ainda ostenta as fortificações construídas pelos portugueses com o intuito de proteger a cidade dos espanhóis que vinham do Equador. O motivo para alguém querer conquistar aquele lugar é um mistério. O remoto curso superior do rio Negro só é importante por seu isolamento. As tentativas mais expressivas de preservar a floresta virgem acontecerão ali. Não há estradas que liguem a cidade a outros povoados. Para chegar a São Gabriel, é preciso pegar um barco em Manaus, o que leva mais de uma semana, ou um avião de pequeno porte. Essa é uma das áreas que poderiam ser cercadas sem afetar o comércio ou o desenvolvimento social. A única razão concebível para estar ali é garantir que outras pessoas não estejam.

Geraldo Castro tem 31 anos e faz parte da equipe de Spósito. Ele tinha acabado de voltar a São Gabriel, depois de trinta dias em Içana. São Gabriel era suficientemente urbana para seu gosto. "Morei lá em Içana com todas as pessoas da vila: três famílias indígenas, vinte pessoas. Nós observamos o rio dia e noite. Procuramos armas, drogas e gasolina. Paramos todos os barcos que entram no Brasil." Esse tipo de trabalho põe à prova os brios dos funcionários públicos, até mesmo os mais dedicados, mas não há outro modo de controlar as entradas do Brasil. "Faz muito calor e é muito chato", admite Castro. "Mas é uma missão importante para o país." Um engenheiro de Belo Horizonte com senso de dever: essa pode ser a arma mais importante que o Brasil possui.

CAPÍTULO 8
▌A herança do Eldorado

A febre do Eldorado ainda está entranhada na Amazônia, uma voracidade que leva a desmatamentos da noite para o dia, ocupação intensiva e, alguns anos depois, abandono. As invasões ficam por conta de grupos de garimpeiros, que seguem os rumores sobre a existência de ouro assim como os fãs itinerantes do rock-and-roll procuram o próximo festival. Os garimpeiros se associam, separam e reúnem em diferentes grupos, e costumam se reencontrar em um outro local anos mais tarde. O número varia "de acordo com as chuvas, o calendário agrícola e os altos e baixos da economia urbana", escreveu David Cleary em *Anatomy of the Amazon gold rush* [Anatomia da corrida do ouro na Amazônia][1]. Para Cleary, a melhor estimativa do número de garimpeiros permanentes na região é 300 mil. Eles levam uma vida dura, longe das cidades e de comodidades como luz elétrica e encanamento, e deparam constantemente com a decepção, com a qual parecem ter se conformado, já que nunca abandonam essa vida. Seu otimismo é despreocupado, como o de um adolescente inabalável que convive com a decepção, mas sabe que ela não irá matá-lo.

Uma de nossas primeiras visitas à Amazônia coincidiu com a descoberta da mina de ouro de Serra Pelada, um achado que trouxe ao Brasil verdadeira riqueza, mas também teve uma importância simbólica inestimável. A descoberta do garimpo veio a definir a transformação da sociedade brasileira. A cerca de cem quilômetros do centro regional de Marabá, sobre uma pequena colina em meio à selva intacta que só se distinguia pelo escasso número de árvores (daí o nome "Serra Pelada"), uma árvore gigantesca teria caído durante uma tempestade em janeiro de 1980 e exposto um filão de ouro. Desde que esse relato nos chegou em primeira mão, surgiram histórias conflitantes. Em seu livro, Cleary conclui: "As circunstâncias exatas da descoberta já foram enterradas pelas lendas e são várias as versões"[2]. Segundo uma das lendas, um garimpeiro que bateava o riacho descobriu pedras de ouro e percebeu que havia riquezas sob seus pés; outra versão conta que o proprietário da terra contratou um geólogo após ouvir falar que haviam achado ouro nas redondezas. Aquele solo, todos concordam, continha pepitas de ouro. As minas localizadas em florestas costumam produzir somente partículas reluzentes de metal, mesmo após árduas horas na bateia e na lavagem. Em um mês, 20 mil garimpeiros invadiram Serra Pelada, como formigas em uma tigela de açúcar. A maioria deles levara uma vida penosa, sonhando com o Eldorado, uma lenda que ainda sobrevivia 500 anos depois. A cada pá de terra, alguns garimpeiros descobriam mais riquezas do que jamais acreditaram existir.

José Maria da Silva[3], um garimpeiro de 34 anos que havia passado a vida inteira procurando ouro na Amazônia sem nunca achar mais do que o equivalente aos rendimentos de um dia, encontrou 327 quilos de ouro de uma vez só: 6 milhões de dólares. No decorrer de alguns meses, ele extraiu 1.300 quilos. Pouco depois, divorciou-se da esposa. Um dos garimpeiros nos contou: "Então ele comprou uma casa nova e convidou a cantora de uma boate para morar com ele. Ele já queria dormir com ela antes, mas ela tinha dito 'não' porque ele era pobre. Então ele morou com ela, aí ele parou. Agora ele come muitas moças, moças bem jovens. Muitas".

José Maria, um herói popular para esses homens, muitos dos quais nunca receberam mais que um salário mínimo antes da garimpagem, jurou diante de nós: "Vou tomar conta dos meus amigos". Ele prometeu construir "o melhor motel da Amazônia, para que todos os [seus] amigos [pudessem] levar lá suas mulheres e ['comessem'] como gente fina, com uísque e ar condicionado. Um lugar limpo". Ele cumpriu a promessa. O Motel de Ouro em Marabá continua funcionando, 25 anos depois, apesar de ser mais um monumento a uma época do que um refúgio para encontros amorosos. José Maria mora na mesma rua e supervisiona as fazendas que comprou com sua fortuna. O garimpo de Serra Pelada há muito foi fechado. Disseram-nos que ele é um dos poucos garimpeiros que conseguiu manter o que conquistou.

Antônio Gomes Souza[4], que tinha 44 anos quando chegou a Serra Pelada, era amigo de José Maria. Souza, cujos dentes são revestidos com tanto ouro que sua boca parece um bordado, contou que havia encontrado 17 milhões de cruzeiros (a moeda da época) em ouro, aproximadamente 275 mil dólares. A praça principal de Serra Pelada chamava-se praça das Mentiras, pois a prosperidade repentina produzia exageros. Era uma exorbitância de fanfarronices. Pedimos a Gomes que nos desse um prova de seu patrimônio líquido, pois era difícil acreditar naqueles números.

Gomes apresentou um recibo do Banco do Brasil. Nós o examinamos. O garimpeiro estava errado. O recibo do banco não era de 17 milhões de cruzeiros, e sim de 173 milhões, cerca de 2,75 milhões de dólares.

Antes da mina, Gomes tinha sido trabalhador braçal: colhia castanhas-do-pará. "Agora vou comprar grandes fazendas de gado", disse. Ele nos contou que outro amigo garimpeiro também era muito rico e ia comprar cinco aviões. "Ele é maluco." Gomes ria quando contava a história. "Ele nem sabe dirigir um carro."

Joaquim Almeida[5], um psicólogo do Rio de Janeiro, 32 anos, estava assistindo ao noticiário certa noite, com a esposa e os três filhos, e viu uma reportagem sobre a descoberta de Serra Pelada. Uma noite em claro se seguiu. Pela manhã, suas malas estavam feitas; ele deu um beijo de despedida na família e foi para a selva procurar seu próprio quinhão de ouro. "Peguei um ônibus até Marabá, aí consegui uma carona, depois andei as últimas 14 horas pela selva", ele nos contou.

"Você ficou com medo?"

"Sim, senhor", respondeu. "Eu mal tinha posto os pés fora do Rio de Janeiro na minha vida, e ali estava eu, na selva amazônica. Vi dois homens mortos no caminho, mas acho que eles deviam estar de saída e foram raptados."

"Valeu a pena?", indagamos.

"A vida aqui é terrível. Sinto saudades da minha esposa e dos meus filhos. Não saio deste lugar há cinco meses. Minha casa é um plástico preto qualquer sustentado por varetas e, quando chove, ela cai. Estou sempre tirando insetos de cima de mim. É claro que valeu a pena", disse ele, piscando os olhos e esfregando o polegar no indicador.

Almeida ganhava 240 dólares por mês no Rio de Janeiro; a esposa, também psicóloga, ganhava a mesma quantia. Em Serra Pelada, ele lucrava 300 dólares *por dia* após pagar o sócio e os 16 homens que carregavam terra para ele e a reviravam em busca de ouro.

No começo da década de 1980, essas histórias reverberavam por todo o país, com uma euforia semelhante à bolha especulativa do mercado financeiro. O Eldorado fora encontrado. Em seis meses, 30 mil pessoas encheram Serra Pelada. Cleary escreve a respeito do "deslocamento econômico" que Serra Pelada causou na região[6]. Empresas tiveram de fechar porque os funcionários do baixo escalão, os auxiliares de escritório e os operários abandonaram os empregos para procurar ouro.

A maioria dos homens fisicamente aptos, tomados pela febre, atravessou a selva a toda a velocidade para chegar ao Eldorado. O Brasil, um país que havia muito acreditava em sua riqueza natural, apesar da intangibilidade dessa riqueza, finalmente a havia encontrado em abundância. E não era só o ouro que agitava o país. Os geólogos continuavam a inflar as estimativas de reservas de minérios de ferro nas colinas vizinhas de Carajás; a mina de bauxita em Trombetas, ao norte do rio Amazonas, perto de Santarém, acabava de ser inaugurada, gerando empregos e receita oriunda de exportações; a terceira maior mina mundial de caulim (a argila branca responsável pelo brilho do papel das revistas e pelo adesivo dos remédios antidiarréicos) havia sido descoberta recentemente, nas margens do rio Jari, ao norte de Belém.

Contudo, Serra Pelada foi, em muitos aspectos, a mais importante dessas descobertas. Era a única que as pessoas comuns tinham a permissão de tocar e à qual podiam se aferrar. O governo e as grandes empresas privadas controlavam a maioria das riquezas minerais do país. Mas não Serra Pelada. As reportagens apresentavam um novo milionário a cada dia. E os sortudos representavam muito bem a sociedade brasileira: os pobres, os aventureiros, os profissionais liberais ambiciosos. Eles vinham de cidades industrializadas, de vilarejos da Amazônia e de outros garimpos da região. Uma vez ali, viviam juntos em condições provisórias e precárias, dormiam embaixo de encerados, trabalhavam a noite toda, nunca tomavam banho. Era a cena mais comum na imprensa da época. Nossa matéria apareceu na capa da revista *Parade*[7]. As fotografias que acompanhavam o texto lembravam *O jardim das delícias*, de Hieronymus Bosch. O fotógrafo brasileiro Sebastião Salgado ganhou vários prêmios internacionais com suas imagens, que foram comparadas ao *Inferno* de Dante.

Com pás e enxadas, os garimpeiros escavavam os lotes, que tinham as mais variadas profundidades, ligavam-se uns aos outros por meio de uma série de escadas feitas a mão e eram contornados e atravessados por mangueiras. Milhares de homens cobertos de lama, ombro a ombro, em movimento perpétuo, passavam sacos de terra de um lote a outro e, por fim, para aqueles que, alquebrados, os carregavam até as calhas, onde a terra era filtrada.

A princípio, houve boatos de que o governo iria expulsar todos os garimpeiros e declarar a área uma instalação de segurança nacional, acionando a empresa estatal de mineração[8]. O desperdício causado pelos métodos primitivos de mineração era uma das justificativas; a outra era que toda aquela riqueza seria extraída e ninguém pagaria o imposto de renda devido. O governo perderia um recurso valioso e nada receberia em troca. Além disso, a violência nos primeiros meses foi horrível: irrompiam brigas, inflamadas pelo excesso de álcool, por causa de lotes de terra e pelo afeto das hordas de prostitutas que invadiam a área. Sem saneamento, as doenças se espalhavam pelas multidões aglomeradas. A exploração também floresceu, pois os artigos importados eram vendidos a preços extorsivos. Essas condições precárias deram-se em uma região da Amazônia com um histórico especial de agitação social e política.

Na época, o Brasil ainda era uma ditadura militar, o governo central era controlador, e a dívida externa, exorbitante. A intervenção, em nome do estabelecimento da ordem e da recuperação do patrimônio nacional, seria coerente com a política dos militares de manter a estabilidade social e econômica. Mas isso nunca aconteceu. A reação do governo a esse fenômeno refletiu, em um microcosmo, as mudanças que acabariam arrebatando o país na geração seguinte.

Em maio de 1980, o major Curió – um oficial do exército de figura esguia, bigodão, cabelos escuros e por cortar – desceu de um helicóptero, foi até o meio da íngreme rampa de terra em Serra Pelada, sacou o revólver, apontou-o para o céu e puxou o gatilho. Esse ato mudou o mundo para dezenas de milhares de homens. Mudou para melhor.

"Vocês podem ficar com as armas, mas não se esqueçam de que a arma que fala mais alto aqui é a minha", ele teria gritado para a multidão. Em um mês, milhares de armas de fogo foram depositadas a seus pés. Ele emitiu um decreto proibindo mulheres, álcool e jogatina, dissolveu grandes propriedades adquiridas por alguns garimpeiros bem-sucedidos e exigiu a presença de todos na cerimônia matutina de hasteamento da bandeira. Registrou todos os garimpeiros que já se encontravam no local e prometeu barrar a entrada de mais gente. Os lotes abandonados por 72 horas eram redistribuídos. Ele expulsou repetidas vezes um aspirante a garimpeiro que, em 42 tentativas, sempre entrava no garimpo pela selva; Curió acabou cedendo e registrou o homem. O presidente do senado brasileiro mandou uma carta pessoal a Curió, pedindo-lhe que registrasse um amigo como garimpeiro e, segundo conta a lenda, Curió enviou a carta de volta ao remetente com uma resposta simples: não. Ele construiu um hospital gratuito e um posto de controle da malária, uma agência dos correios, linhas telefônicas e uma loja estatal onde tudo era vendido a preço de custo. E exigiu que todo o ouro fosse vendido para o governo a preço de mercado.

O mais importante foi ele ter deixado a terra nas mãos dos garimpeiros. Ele e sua equipe de 150 soldados, engenheiros e geólogos rapidamente demarcaram lotes de 25 metros quadrados, tendo como base a ocupação na época em que Curió chegou ali. Nenhum garimpeiro poderia ser proprietário de mais de um lote; se tivesse, ele era obrigado a escolher um e entregar os outros a Curió para que fossem redistribuídos através de um sistema de loteria (contudo, os garimpeiros mais arrojados criavam participações minoritárias em seus lotes e as trocavam por outras para diluir o risco). O sistema trazia justiça, um conceito que aqueles pobres coitados nunca haviam conhecido.

Também garantia a propriedade e oferecia a oportunidade de estabelecer relações trabalhistas. Os donos precisavam de trabalhadores para escavar os lotes, carregar a terra e peneirá-la. Curió restringiu a população a 40 mil pessoas. Muitos garimpeiros usavam camisetas com um retrato de Curió estampado[9]. As letras que formavam seu nome também compunham um lema, um slogan de virilidade pregado por muitos professores de eduação física nos Estados Unidos: C(oordenação), U(nidade), R(espeito), I(dealismo), O(rganização). "Para nós, é Deus no céu e o dr. Curió na terra", disse um garimpeiro.

Curió também foi um símbolo importante da transformação do Brasil. Nascido em Minas Gerais, em 1934, com o nome de Sebastião Rodrigues de Moura[10], ele ganhou o apelido por ser um boxeador vigoroso quando jovem – o curió é um pássaro preto, pequeno e agressivo. Graduou-se na academia militar e foi treinado para atuar no serviço secreto, na repressão a insurreições e em operações militares na selva. Quando guerrilheiros esquerdistas começaram a aparecer no vale do Araguaia em 1969, com o plano de fomentar uma revolução camponesa maoísta/castrista contra o governo militar, Curió liderou o contra-ataque. O episódio, cercado de mistérios, é um lembrete histórico do brutal controle militar. Milhares de soldados passaram três anos perseguindo não mais do que uns 200 guerrilheiros, que nunca conseguiram incitar a população local à rebelião[11]. Ao que consta, muitos foram mortos após serem torturados. Há pouco tempo, em 2004, a imprensa relatou a descoberta de sepulturas com vítimas decapitadas.

Devido à experiência de Curió na região, o governo o empregou como negociador para resolver diversos problemas sociais e territoriais na fronteira. Ele era uma espécie de James Bond misterioso, sem hierarquia de comando identificável, e usava alternadamente os títulos de "doutor" e "major", inventando pseudônimos com freqüência e raramente usando uniforme. Um bispo da Amazônia certa vez se recusou a reunir-se com ele, dizendo que não se encontrava com pássaros. Curió mandou dizer que não era um pássaro, mas sim o major Marco Antônio Luchini, nome de um membro da família de sua esposa.

E então Serra Pelada o transformou. Em novembro de 1980, o presidente João Figueiredo, o último general a governar o Brasil, foi a Serra Pelada para testemunhar o fenômeno: milhares de homens vivendo tão próximos em paz e diligência. O que o taciturno general viu o levou às lágrimas. Ele prometeu que o garimpo continuaria nas mãos dos garimpeiros.

A promessa garantiu a posição de Curió entre os garimpeiros e chamou a atenção dos assessores de Figueiredo, que começavam a planejar a transição do governo militar para um governo civil. A meta era manter o poder nas mãos do Partido Democrático Social (PDS), o braço parlamentar dos militares. As eleições de 1982 – que elegeriam deputados, senadores e governadores – seriam a primeira parte da transição. Quem poderia ser melhor candidato a deputado naquela região do que Curió? A fim de tirar vantagem da popularidade de Curió, o governo suspendeu a restrição ao número de garimpeiros permitidos em Serra Pelada. A população chegou a 116 mil e Curió ganhou a eleição com facilidade.

Tendo alcançado a vitória nas urnas com Curió, Figueiredo não cumpriu a promessa feita aos garimpeiros. Pressionado pelo Ministério de Minas e Energia para desfazer o precedente da propriedade individual de recursos naturais, pressionado a aumentar a produção através da mecanização, o governo propôs, em 1983, assumir o controle do garimpo e transferir os garimpeiros para outras minas na Amazônia. Curió se viu entre os garimpeiros e os militares.

Ao olhar para trás, vinte anos depois, Curió sente-se mais perplexo do que perturbado em relação àquela época[12]. Ele teve de fazer uma escolha. "Eles me pediram para incendiar a cidade", disse-nos. Ele se referia à cidade epônima de Curionópolis, a cerca de trinta quilômetros de Serra Pelada, onde o visitamos para ver se o tempo havia sido gentil com o mito. Curió estava sentado logo abaixo de uma fotografia em preto e branco de si mesmo, na qual estava cercado por uma porção de homens cobertos de lama. Uma bela assistente de vinte e poucos anos agora estava sentada ao lado dele e segurava-lhe a mão de quando em quando. De perto, ele mostrava o que a idade faz com as pessoas, até mesmo com o mais feroz dos homens. A cabeleira rebelde e escura, agora cortada à máquina e tingida de damasco ou louro, dependendo do ângulo da luz, emoldurava-lhe o rosto, antes anguloso e agora rechonchudo. Seus olhos marejavam. Os movimentos eram os de um idoso, lentos.

Curionópolis surgiu espontaneamente para atender as necessidades dos garimpeiros após a descoberta de Serra Pelada. Esposas, filhos e prostitutas encontraram refúgio ali depois da chegada de Curió. Era ali que as festas regadas a álcool podiam acontecer. A cidade cresceu sobre uma economia de promessas, em que as contas se acumulavam até que o garimpeiro pudesse pagá-las. Quando Curió recebeu as ordens de arrasá-la, havia 100 mil pessoas em Curionópolis.

"Tocar fogo na cidade?", Curió recordou. Na época, a ordem não soara tão absurda. Ele havia sido um soldado, e aquelas eram suas ordens. Mas também tinha se tornado um político, e aquelas pessoas eram seus eleitores. Ele explicou: "Eu vinha aqui para ver o que eles queriam que eu fizesse, e as crianças saíam para a rua. 'Curió! Curió!', elas gritavam. Elas me seguiam por todos os cantos". Ele fez uma pausa. "Eu não podia fazer aquilo. Não podia incendiar a cidade. Em vez disso, construí uma estrada. Construí uma escola. Tentei fazer por eles o que eu havia feito por seus pais e maridos."

A manobra seguinte de Curió mostrou a rapidez com que o Brasil se transformava, passando de uma autocracia para uma democracia inspirada, e não pouco, em Serra Pelada. Curió apresentou um projeto de lei para manter Serra Pelada nas mãos dos garimpeiros, organizou uma sucursal do sindicato nacional dos garimpeiros e tentou uma aliança com os poderosos sindicatos dos metalúrgicos de São Paulo. Curiosamente, entre as lideranças sindicais estava José Genoíno, um líder da guerrilha do Araguaia que Curió havia capturado dez anos antes. O político organizou os garimpeiros para que viajassem em massa a Brasília e fizessem lobby em favor de sua legislação. Ele contestou a encampação de Serra Pelada na Justiça e plantou matérias na imprensa. Serra Pelada se tornou a primeira causa nacional a se utilizar de todas as instituições embrionárias de uma democracia prestes a nascer.

A lei foi aprovada, mas o presidente Figueiredo vetou o projeto. Contudo, Figueiredo decidiu adiar a encampação. Ele queria que o governo civil, que deveria assumir em 1985, tomasse a decisão final. Mas os garimpeiros não estavam satisfeitos e, em 1984, uma rebelião irrompeu na área. Os garimpeiros fizeram protestos de vulto, exigindo direitos de longo prazo à propriedade. Bloquearam estradas, cortaram linhas telefônicas e fizeram reféns os funcionários públicos federais de Serra Pelada. Curió interveio e convenceu os garimpeiros de que uma intervenção militar, seguida de derramamento de sangue, era iminente; ele fez o mesmo apelo ao governo. No final, Figueiredo acabou cedendo e assinou o projeto de lei que dava aos garimpeiros a propriedade das terras durante mais cinco anos.

Curió deixou o Congresso em 1986, estabeleceu-se em Curionópolis e continuou a trabalhar para consolidar o controle dos garimpeiros sobre Serra Pelada. Em 1987, a questão do controle levou a um confronto violento. Os garimpeiros tomaram uma ponte da estrada de ferro perto de Marabá, e o governador do Pará ordenou que a polícia militar os expulsasse. De acordo com a Anistia Internacional, 86 garimpeiros foram baleados e atirados da ponte[13]. Os garimpeiros pareciam viver em um estado contínuo de conflito por questões de propriedade. Em outubro de 1996, a União enviou mil soldados e 63 policiais federais para reprimir o Movimento pela Libertação de Serra Pelada, formado por garimpeiros para impedir a exploração da área pela empresa estatal de mineração. Enquanto isso, Curió supervisionava os vários processos judiciais dos garimpeiros. Um deles pedia ao governo 50 milhões de dólares de indenização por ter subestimado a pureza do ouro comprado dos garimpeiros. Um outro processo tentava estabelecer a propriedade das terras, uma campanha que foi encerrada com sucesso em 2002, quando o Congresso devolveu os direitos à cooperativa de garimpeiros formada por Curió.

Curió voltou à política em 2000, quando foi eleito prefeito de Curionópolis, embora continuasse a se concentrar nos direitos dos garimpeiros. Quando o visitamos, estava negociando a venda do garimpo para uma empresa sediada em Michigan, a Phoenix Gems Ltda., que, ao que consta, pagaria aos garimpeiros 240 milhões de dólares em dinheiro, além dos futuros royalties[14]. Curió estima que ainda há 500 toneladas de ouro no solo. A título de comparação, de 1848 a 1856, a corrida pelo ouro na Califórnia extraiu uma média de 80 toneladas de ouro por ano, e, em seu auge, a corrida em Klondike gerou 42 toneladas por ano. Embora em seu ano de apogeu, 1983, Serra Pelada tenha gerado 14 toneladas de ouro, a produção do país inteiro chegou a 120 toneladas em 1987, deixando o Brasil atrás somente da África do Sul e da União Soviética.

Perguntamos a Curió o que aconteceu aos homens que conhecemos durante nossa primeira visita – àqueles que compravam relógios Rolex quando nem sabiam ver as horas; àqueles que compravam fazendas de gado, incapazes de entender a burocracia associada ao negócio; e àqueles para quem uma noite de comemoração era sinônimo de casamentos sucessivos e divórcios caros.

Ele riu com as lembranças daqueles tempos. "Ninguém mais tem o dinheiro. Quase ninguém. Foi como uma febre.

Deixou todos eles doentes. Mas ao menos tiveram seu momento. Acho que quem se deu melhor foram os homens que transportavam a terra. Eles recebiam dez vezes mais do que receberiam em qualquer outro lugar do Brasil. O suficiente para viver. Não o suficiente para ficarem ricos."

Caso a venda da mina para a Phoenix Gems seja realmente concretizada, alguns desses homens podem ficar ricos de novo. Muitos garimpeiros que precisavam urgentemente de dinheiro e não acreditavam que o processo judicial os levaria a algum lugar venderam suas ações para outros, entre os quais Curió. "Não tenho tantas ações quanto alguns", explicou. "Mas também não me restam tantos anos para gastar o dinheiro. E também, o que é mais importante, sou o primeiro garimpeiro na lista de acionistas porque foi assim que os outros quiseram que fosse."

Durante nossa visita, fomos a uma partida de futebol com Curió. Convenientemente, o jogo era entre dois times de adultos que obviamente já haviam passado da idade. "Girls just want to have fun", de Cindy Lauper, retumbava nos alto-falantes e a multidão torcia em uma atmosfera que evocava as feiras agrícolas norte-americanas.

Curió parecia gostar de nossa companhia. Talvez o fizéssemos lembrar que ele é mais do que um simples prefeito de uma dispersa cidade amazônica. Sentados ao lado dele, vimos seus simpatizantes se aproximarem da plataforma fechada, à altura do meio-campo, que servia de camarote VIP. Pediam-lhe que os ajudasse a limpar o lixo das ruas, ou indagavam se uma determinada estrada seria asfaltada logo.

Para nós, Curió fora o representante de uma geração, alguém que personificava um momento específico da história – a primeira centelha de auto-descoberta nacional –, como um Joe Louis ou um Eugene McCarthy para os Estados Unidos, cujo impacto pessoal nunca poderia ser transmitido com justiça pelos livros de história. No passado, ele perseguiu guerrilheiros comunistas na floresta tropical. Agora o comunismo está quase desaparecido, a floresta tropical deu lugar às estradas, e o garimpo está sendo vendido para uma empresa norte-americana. Todo mundo tem um telefone celular. Antenas parabólicas guarnecem os telhados das mais simples casas de madeira. A banda larga está chegando a Curionópolis. É só mais um lembrete de como este mundo está mudando rapidamente.

CAPÍTULO 9
▎Petróleo: espoliador ou salvador?

Em 1980, vimos Serra Pelada pela primeira vez como um ponto rosa nos mapas gerados por satélite e usados para rastrear o desmatamento. Verde-escuro indicava floresta intacta; rosa mostrava invasões temporárias. Preto significava assentamento permanente. O padrão de cores variava de um mapa para outro, dependendo do satélite que havia tirado as fotografias e de qual departamento as examinava. Naquela época, entretanto, todos os mapas eram tomados pelo verde na parte oeste da Amazônia.

Carlos Marx era o encarregado, à época, do recente programa brasileiro de mapeamento por satélite. O movimento ambientalista internacional havia apenas começado a entender o desmatamento da Amazônia como um indicador inteligível do ritmo de destruição da natureza. Antes não havia dados estatísticos que mostrassem o desmatamento acelerado. A tecnologia agora poderia ser usada para avaliar a proteção que o Brasil assegurava à Amazônia e poderia fornecer dados empíricos com o intuito de conseguir financiamento para o esforço de preservação. Com o passar do tempo, a divulgação anual desses dados se tornaria equivalente a um check-up anual do ambientalismo, e os resultados seriam veiculados e reproduzidos no mundo inteiro.

Na época, Marx estava fascinado pela parte técnica do processo, e não pela política. O desmatamento não chegava a atingir mais de 3% da Amazônia brasileira. Embora alguns cientistas estivessem alarmados com o aumento exponencial do desflorestamento devido ao ritmo de construção das rodovias, havia tanto verde naqueles mapas que era difícil ver ali uma redução significativa. "A maior parte da floresta deve durar para sempre", disse-nos Marx. Ele apontou para o coração do estado do Amazonas, o centro do verde. "Ninguém consegue chegar ali", ele nos garantiu[1]. Apesar de admitir que o desmatamento afetaria as bordas daquela área, ele tinha certeza de que a inacessibilidade da selva seria sua própria salvação.

Em 1980, conhecemos somente uma pessoa que contestava a hipótese de Marx. Dorival Knipboff, um empreiteiro milionário do sul do Brasil, contou-nos que planejava desmatar cerca de 1,5 milhão de hectares no coração da floresta para criar uma plantação de dendezeiros. Com pouco refinamento, o óleo de dendê poderia ser usado como substituto do diesel. A floresta poderia ser transformada em uma gigantesca refinaria de álcool. "Temos a tecnologia. Vamos só dar tempo ao tempo. Esperamos ficar ali por muitos, muitos anos"[2], gabou-se ele.

Vinte e cinco anos depois, ninguém tinha ouvido falar de Knipboff. Ninguém com quem conversamos em São Paulo, onde ouvimos seu nome pela primeira vez na associação comercial dos empresários da Amazônia; ninguém em Brasília; e ninguém em Manaus, a cidade mais próxima de seu sonhado projeto. O mais provável é que ele nunca tenha cortado uma árvore. Todavia, quando demos uma olhada em mapas recentes gerados por satélite, vimos a cor rosa exatamente onde Knipboff planejava situar a plantação, o mesmo ponto indicado por Carlos Marx ao afirmar que ninguém conseguiria chegar ali.

Fomos descobrir o que havia lá.

As chamas no horizonte são impressionantes, um estreito cone alaranjado que cintila acima da linha das árvores. Depois de voar por quase duas horas em direção ao sudoeste de Manaus, com nada além de árvores e um ou outro rio marrom serpenteando abaixo de nós, qualquer sinal de civilização é satisfatório. A fonte do fogo torna-se visível quando nos aproximamos: uma série dispersa de chaminés brancas, parte de um complexo industrial de alta tecnologia que parece uma instalação militar secreta. Um exército de operários metidos em macacões alaranjados anda em meio a um labirinto de tubulações, torres de aço e edifícios baixos e atarracados. Não víamos cidade alguma por centenas de quilômetros em qualquer direção, nem mesmo uma estrada, exceto a linha de asfalto que vimos ao nos aproximarmos da clareira. Um prospector de Oklahoma, que explorava a Amazônia peruana em busca de petróleo, certa vez nos disse: "Como regra geral, deve-se lembrar que o Senhor é um homem bom, mas escolheu uns lugares terríveis onde enfiar o petróleo"[3]. O lugar em que estávamos era um deles.

Esse campo de petróleo e gás natural nas cabeceiras do rio Urucu fica praticamente no centro do continente sul-americano, cercado pela floresta tropical primária por centenas de quilômetros em todas as direções. Se havia uma parte da Amazônia que até mesmo o mais apreensivo dos ambientalistas consideraria impenetrável, seria aquela. É a única mancha rosa em meio a todo aquele verde, mas significa que não existem mais lugares inatingíveis.

As torres flamejantes da fábrica fazem parte de uma típica unidade de produção de petróleo e gás natural, complexa na arquitetura, mas simples nos objetivos: separar os hidrocarbonetos extraídos dos poços espalhados por uma área de mais de 6.500 quilômetros quadrados e encaminhá-los a um oleoduto. É o processo padrão de extração petroquímica, excepcional apenas porque ninguém imaginava que um dia iria acontecer no centro da bacia amazônica.

O petróleo da Amazônia, assim como o ouro, é um produto que muitos pensavam ser abundante, mas impossível de obter. Durante quase um século, os geólogos brasileiros presumiram sua existência: uma floresta tropical primária localizada em uma bacia em forma de tigela era o terreno ideal para o petróleo. Acredita-se que o coração da América do Sul tenha sido uma antiga planície, e depois um mar interior. O rio Amazonas, antigamente, corria para o oeste e desaguava no oceano Pacífico, até que os Andes se ergueram e inclinaram as placas tectônicas para o outro lado. Na década de 1960, encontrou-se petróleo na Amazônia equatoriana, no que poderia ter sido o delta do rio que corria para oeste, ou talvez o litoral. Depois de muito perfurar o solo da floresta peruana, descobriam-se quantidades substanciais de petróleo e enormes reservas de gás natural. Mas, até recentemente, nem uma gota fora encontrada no Brasil.

A exploração de petróleo na Amazônia brasileira começou em 1917, com um bando de crédulos que percorreu toda a bacia, hectare por hectare. Os prospectores viajavam durante semanas, de barco ou canoa, e se embrenhavam na floresta para abrir buracos e fazer sondagens. No papel, a bacia do Solimões, ao sul do rio principal, era um lugar absolutamente promissor. Emoldurada por estruturas subterrâneas conhecidas como o arco de Iquitos, a oeste, e o arco do Purus, a leste, ela parecia estar sobre um rico filão de xisto devoniano e areias carboníferas. Mas, repetidas vezes, o esforço deu em nada. Era como enfiar alfinetes em um tapete de dimensões continentais. Já nos anos 1960, Walter Lake, um lendário explorador de petróleo na América do Sul, teria jurado: "Vou beber todo o petróleo que encontrarem na Amazônia".

A Petrobras achou o primeiro sinal de gás em 1978, perto de Urucu. A magnitude da descoberta só ficou clara em 1986, e mais dois anos foram necessários até que a produção se iniciasse. Estima-se a existência de pelo menos 100 bilhões de metros cúbicos de gás e 18 milhões de barris de petróleo na região de Urucu[4].

"Não é a Arábia Saudita, mas, para o Brasil, será de grande ajuda", disse-nos Ronaldo Coelho, administrador da unidade, durante uma visita[5]. A reserva de gás da Amazônia é a segunda maior do país e desempenhará um papel importante no esforço feito pelo Brasil para se tornar auto-suficiente. Em 2007, a Petrobras espera suprir toda a necessidade de petróleo do Brasil apenas com as fontes internas[6]. Isso provavelmente não se dará apenas devido à expansão das reservas de petróleo, mas também, e mais importante ainda, porque há uma demanda reduzida por petróleo graças à expansão do gás natural e a fontes alternativas de combustível. Toda a gasolina vendida no Brasil já contém 26% de etanol, produzido a partir da cana-de-açúcar[7]. Em 2004, os agricultores brasileiros produziram 385 milhões de toneladas de cana-de-açúcar, com os quais os usineiros fizeram 15 bilhões de litros de álcool combustível, volume suficiente para substituir 460 milhões de barris de petróleo. O etanol também é uma bênção para o equilíbrio da balança comercial brasileira, já que se espera que as exportações saltem de 600 milhões de dólares em 2005 para 1,3 bilhão em 2010. Esse aumento se deverá principalmente ao compromisso de Suécia e Japão de adotar esse combustível para ajudar a cumprir as cotas de emissão de poluentes impostas pelo Protocolo de Kyoto.

A independência energética do Brasil é uma meta antiga. Sozinhas, as crises do petróleo na década de 1970 – a primeira em 1973, após a Guerra do Yom Kippur, e a segunda logo depois da revolução iraniana de 1979 – destruíram o Milagre Brasileiro, a Camelot econômica vivida pelo Brasil no início do governo militar. As conseqüências desse desastre, vistas na dívida externa paralisante (40% da receita gerada pelo câmbio exterior era usada para importar petróleo), ainda assolam a economia. As reservas de petróleo e gás natural da Amazônia, portanto, têm uma importância crucial para o crescimento da área. A proximidade da zona industrial de Manaus, uma fonte importante de receita com exportações e de empregos, é um trunfo para atrair investimentos financeiros. Os custos de exploração são elevados – entre 1954 e 2004, a Petrobras gastou 7,5 bilhões de dólares –, mas a geologia da área minimiza os custos operacionais. Os hidrocarbonetos são de alta qualidade e de fácil extração[8]. Os campos se encontram a uma profundidade de apenas 2.500 metros e têm pressão suficiente para que o petróleo e o gás subam com facilidade pelos dutos. O petróleo bruto é excepcionalmente puro e sai borbulhando da boca do poço como café expresso. "Quase dá para coá-lo no lenço e colocá-lo direto no tanque de gasolina", disse Coelho, esfregando um pouco de óleo entre os dedos. "O único problema é transportá-lo daqui para o mercado. E é um problema político, e não técnico[9]."

É realmente um grande problema político. Em 1998, a Petrobras completou a instalação de uma série de dutos, com cerca de 280 quilômetros de extensão, ligando os poços ao porto de Coari, no rio Amazonas, onde o óleo é carregado em petroleiros para seguir por mais 16 horas até Manaus. Um outro duto transporta gás liquefeito de petróleo (GLP), conhecido como gás de cozinha, que também é enviado a Manaus por barco. Esse gás vai parar nos vasilhames azuis da Fogás, uma empresa da família Benchimol, e é o principal combustível de uso doméstico em toda a região.

A produção diária dos poços é de 60 mil barris de petróleo e 10,5 milhões de metros cúbicos de gás natural[10]. Em janeiro de 2005, depois de cinco anos de audiências públicas e processos, a Petrobras começou a construir um gasoduto de 400 quilômetros de extensão entre Coari e Manaus, que permitirá o transporte do gás natural do local de extração para a cidade. A fim de garantir as concessões para o novo gasoduto, a Petrobras concordou em redirecionar as linhas e minimizar o impacto ambiental. A empresa também concordou em providenciar gasodutos para cidades pequenas da região, contratar trabalhadores locais e fornecer acesso à internet e serviços telefônicos às cidades ao longo do caminho. O toma-lá-dá-cá desse processo, que compreendeu relatórios de impacto ambiental, foi mais um contraste em relação aos grandes projetos de 25 anos antes, quando não havia envolvimento com a população, apenas decretos militares.

Agora a atenção está voltada para o segundo gasoduto, que deverá entrar em operação em 2007. Ele atravessará 515 quilômetros de Urucu até Porto Velho, a capital do próspero estado de Rondônia. Toda vez que uma rota de acesso foi criada em Rondônia, houve um influxo espontâneo de migrantes ávidos por terras e pouco controle estatal sobre o desenvolvimento. Repetem-se as mesmas advertências ouvidas antes da ativação do duto de Manaus. Os ambientalistas o vêem como o golpe fatal que acabará com a remota selva ocidental, temem que esse gasoduto seja uma porta de entrada para a floresta desabitada e as reservas indígenas, que abra caminho para uma torrente de madeireiros, garimpeiros e pecuaristas. A polêmica do gasoduto complicou o debate tradicional sobre os projetos que destroem florestas e seus benefícios limitados. A construção desses dutos vai alterar a floresta tropical, mas também vai gerar energia para milhões de pessoas a centenas de quilômetros de distância. São 2 milhões de habitantes somente em Manaus, e eles precisam de energia. Ocorrem apagões na cidade diariamente. A falta de energia retardou a construção de fábricas, impedindo a geração de empregos. Ao aprovar o gasoduto de Manaus, em abril de 2004, o presidente Lula disse: "Se as pessoas querem um desenvolvimento que preserve o meio ambiente, precisamos de energia. De nada adianta as pessoas dizerem que a Amazônia tem de ser o santuário da humanidade e esquecerem que há 20 milhões de pessoas vivendo ali"[11].

A placa acima do posto de comando de Urucu declara: PROGRESSO EM HARMONIA COM A NATUREZA. Os campos de extração foram projetados de acordo com o que Sven Wolff, diretor do projeto, chama de "modelo de alto-mar": é como se estivessem no oceano, e não na terra. "Queremos deixar as menores marcas possíveis[12]." Não há estradas para Urucu. Os equipamentos pesados precisam ser transportados em barcaças. Os 1.800 operários chegam e partem em três vôos diários, alternando duas semanas de trabalho com outras duas de descanso[13]. Eles moram em um conjunto pré-fabricado que lembra uma base militar, composta também de um hospital e de uma biblioteca com acesso à internet. A água bombeada dos campos de extração é tratada. O lixo é reciclado ou enviado de volta a Manaus. Há até um amplo viveiro de plantas que já deu origem a milhões de mudas replantadas nos lugares onde a terra foi revirada. Até mesmo as centenas de poços causam impacto mínimo: são lajes de concreto com seis metros de lado e alguns dutos no meio. É fácil visualizar a Petrobras lacrando os poços e deixando a floresta retomar o local poucos anos depois.

De acordo com Wolff, o duto de Manaus será construído segundo os mesmos princípios, passando por uma pequena brecha na floresta, sem nenhuma estrada de acesso a seu lado. "Vamos ter helipontos ao longo do caminho para fazer a manutenção, mas isso não vai virar uma estrada para os colonos", disse Wolff.

A Petrobras, ao penetrar o coração da Amazônia e lucrar com ela, mostrou que o lugar não é tão inacessível assim. Nem tão assustador. "Temos poucos acidentes e doenças", afirmou Ronaldo Coelho, o gerente de um projeto que alguns de seus amigos pensam ser tão longínquo quanto a lua. "Não tivemos nenhum caso de malária nem de qualquer uma das doenças exóticas que preocupam tanto as pessoas. Talvez uma ou duas picadas de cobra em todos esses anos. Para as pessoas do ramo petrolífero, ou talvez até de qualquer ramo, não é um local de trabalho complicado."

A oposição aos gasodutos e oleodutos de Urucu não se deve apenas à factibilidade de construí-los com o devido respeito às medidas de proteção ambiental. O verdadeiro receio não está ligado ao percurso do duto, e sim ao produto que ele transporta. O petróleo traz consigo a civilização moderna. Aparelhos de ar-condicionado. Gás barato. Indústrias. Cidades prósperas. Os brasileiros, inclusive os que vivem na Amazônia, lutam por esses recursos. Esses benefícios são mais importantes do que preservar os campos de caça de uma tribo de 500 pessoas? Ou um trecho de floresta que pode ou não abrigar a cura para o câncer? Essas perguntas determinarão o futuro da Amazônia. Hoje podem-se fazer análises de custo-benefício, ao passo que, há 25 anos, praticamente não havia ninguém capaz de apontar um *trade-off* razoável entre desenvolvimento e desmatamento.

CAPÍTULO 10
▎Onde os sonhos não morrem mais

No começo dos anos 1980, a cidade de Sinop, no estado do Mato Grosso, 310 quilômetros ao norte da capital Cuiabá, foi selecionada para ser o ponto de partida de uma revolução que pretendia tornar o petróleo irrelevante. Um cientista brasileiro excessivamente criativo postulou que a mandioca, um tubérculo como a batata, poderia substituir o petróleo como fonte universal de energia. Charles Wagley, cujo livro *Amazon town*[1], de 1953, forneceu as primeiras descrições confiáveis da vida cotidiana na Amazônia, observou a onipresença da planta e sua importância como principal produto da região. "A mandioca é uma planta vigorosa", escreveu ele, "bem adaptada aos trópicos e aos solos tropicais lixiviados. Ela cresce em vários tipos de solo. É resistente aos insetos, principalmente às saúvas, muito mais do que a maioria das culturas. Prospera tanto na chuva branda quanto na chuva intensa[2]."

Através da alquimia moderna, essa lavoura de subsistência seria transformada em substituto da gasolina. Petróleo? Quem precisa disso? Cultive mandioca! Depois que, em meados dos anos 1970, a alta do petróleo do Oriente Médio afetou severamente a economia brasileira, essa mania se espalhou. O governo estava desesperado para encontrar fontes alternativas de combustível. A cana-de-açúcar, base do etanol, já se mostrava promissora. Havia uma certa predisposição para projetos absurdos.

Muitas pessoas caíram nessa. Sinop atraiu milhares de agricultores em busca de um oportunidade, mascates que esperavam enriquecer rapidamente em cima dos pioneiros, e pequenos comerciantes que se estabeleceram ali para servir a essa economia. Fundada oficialmente em 1972, Sinop era uma gigantesca feira de ciências aberta ao público. Por volta de 1980, já tinha 25 mil habitantes, grande parte deles dedicada a uma única finalidade: transformar o solo da Amazônia em ouro negro. Os madeireiros cortavam a floresta, os serralheiros vendiam a madeira, os agricultores cultivavam a terra, os trabalhadores colhiam a mandioca e os operários das fábricas a transformavam em uma poção miraculosa.

Era a quintessência da aventura brasileira: uma idéia revolucionária posta em prática em grande escala e em um lugar exótico. A produção de etanol a partir da mandioca combinava a ciência e a visão do século XXI à terra abundante do Brasil. Pode ter sido mais um caso de desperdício de dinheiro público, mas essa extravagância escondia uma tentativa séria de criar uma história de sucesso singularmente brasileira. A paisagem amazônica era uma fonte inesgotável de matérias-primas para um produto final que teria uma demanda inesgotável. Se funcionasse, aquele mar de terras baratas viraria um mar de riquezas. O futuro do Brasil estava na destilaria de álcool de 33 milhões de dólares, subsidiada pelo governo, que, tal qual uma grande construção de brinquedo, fazia vulto sobre dezenas de milhares de hectares de mandioca que um dia foram floresta.

Sinop também representava um novo cenário para oportunidades. Esse projeto de vanguarda era diferente da descoberta de ouro ou petróleo: a primeira só atraía garimpeiros monomaníacos e anti-sociais; a segunda acabava levando o governo ou as iniciativas multinacionais a entrarem em cena e assumirem o controle. Quando a economia brasileira balançou no final dos anos 1970, milhares de agricultores do sul foram para a Amazônia em busca de terras baratas, certos de que poderiam torná-las aráveis apesar de não terem a menor experiência com aquele solo nem modelos que pudessem copiar. A imobiliária responsável por Sinop anunciava que o projeto fazia jus à competência dos agricultores, era digno das habilidades desses fazendeiros, condizente com suas ambições, estável e seguro para suas famílias e impregnado pelo *éthos* de uma meritocracia.

Se a Amazônia um dia tivesse de ser ocupada de maneira sustentável, teria de ser em comunidades dirigidas por uma autoridade reconhecível e acessível; e teria de começar com a garantia da posse da terra, um conceito de difícil compreensão na fronteira inexplorada. Sinop era um projeto privado de colonização, propriedade de um único indivíduo, Ênio Pepino, que deve ter sido um ótimo vendedor de areia no deserto, pois conseguiu vender a idéia de uma fábrica que transformava mandioca em etanol como catalisador de um empreendimento imobiliário, como acontece com os campos de golfe nos Estados Unidos. No entanto, essa autoridade de cunho privado, que vendia barato lotes de terra claramente demarcados, aumentou as chances de êxito de Sinop como comunidade permanente. A cidade não seria o porto de escala acidental de um movimento migratório provocado pela abertura de uma estrada. As agências governamentais não correriam para se manter em dia com as escrituras das terras, o cumprimento de leis ambientais ou a instalação de serviços sociais. A idéia de lucro por trás de Sinop – vender terras aos colonos, que tinham todo o interesse em valorizar suas propriedades – deu aos colonos um incentivo para permanecer e prosperar, em vez de desmatar e queimar os lotes e depois se mudar.

Sinop também estava no caminho da futura estrada Cuiabá-Santarém, a BR-163, que na época era mais uma artéria em processo de construção, concebida para ligar o sul do Brasil ao rio Amazonas. A intenção da promessa econômica representada por Sinop era que as pessoas parassem ao longo da estrada e criassem raízes, algo que, naquela década, não acontecia desde a construção da rodovia Transamazônica. Essa estrada simplesmente havia criado uma abertura na selva, por meio da qual agricultores não especializados iam de um lugar a outro, deixando em sua esteira o desmatamento e a terra devastada. O sonho por trás de Sinop era um ramo de atividade capaz de sustentar uma segunda geração de colonos. Esperava-se que esses agricultores criassem instituições, como escolas, postos de saúde e outros serviços municipais.

Na Amazônia, as estradas feitas de ambição se apagam com tanta freqüência quanto as estradas feitas de terra, portanto não ficamos surpresos quando retornamos e soubemos que a experiência de Sinop com a mandioca havia fracassado: era apenas mais um dado estatístico que corroborava o triunfo da Amazônia sobre as tentativas de implantar a monocultura. A mandioca pode até ter servido de combustível para um carro em algum lugar, em algum momento, mas somente como curiosidade, e não como uma ameaça à hegemonia do petróleo. A fábrica de Ênio Pepino, com seus canos enferrujados, tonéis descascados e painéis cobertos de teias, dominava o horizonte de Sinop como um silencioso dinossauro pré-histórico. Nosso taxista nem sequer sabia do que se tratava. Havia algo naquele fracasso que o diferenciava de todos os outros que testemunhamos na Amazônia. Dentre os moradores de Sinop com quem conversamos vinte anos depois, poucos sabiam da existência da destilaria ou nem mesmo compreendiam o motivo pelo qual ela havia sido construída[3]. Sinop tem atualmente 120 mil habitantes vivendo em ruas asfaltadas e bairros limpos, esperando pacientemente a finalização do novo aeroporto e do novo shopping center com 46 lojas. O sonho da mandioca morreu, mas a cidade perseverou.

Talvez esteja chegando ao fim a série de fracassos que há muito tempo se alastra pela Amazônia. Passamos meses visitando notáveis (e trágicas) extravagâncias enquanto fazíamos a pesquisa para escrever nosso primeiro livro, cujo título provisório chegou a ser "Onde morreram os sonhos: o destino do homem na Amazônia". Em Porto Velho[4], a capital do estado de Rondônia, visitamos a planejada estação final da ferrovia Madeira-Mamoré, que antigamente ligava a produção dos seringais da Bolívia, sem saída para o mar, até um porto no rio Madeira, que, por sua vez, ligava-se ao Amazonas. O Brasil e a Bolívia concordaram em construir a ferrovia em 1867, como parte de um tratado de amizade, mas ela só foi terminada em 1912. Por ironia, naquele mesmo ano o preço da borracha sul-americana chegou ao auge. O preço foi caindo gradualmente e a estrada de ferro acabou na obscuridade.

São poucos os lugares da Terra em que tantas pessoas morreram por motivos tão fúteis, sem que houvesse uma guerra. "Dizem que há uma caveira em cada dormente", disse nosso guia, Silas Shockness, cujo pai veio de Granada em 1914 para trabalhar na ferrovia. Com 1.630 dormentes para cada um dos 365 quilômetros, seriam quase 600 mil caveiras (o número verdadeiro provavelmente é uma fração disso). Já que grande parte dos trabalhadores era de imigrantes pobres de países que iam da China até a Grécia, não há registro confiável do número de vítimas, a maioria das quais morreu por causa da malária e da febre amarela.

O Teatro Amazonas, em Manaus, talvez seja o mais famoso monumento às idéias grandiosas que deram errado. "Antes da borracha, Manaus era só uma cidade espalhafatosa na selva, com alguns milhares de habitantes"[5], escreveu Jonathan Kandell em *Passage through El Dorado*. "Mas, na virada do século [xx], a população saltara para 75 mil habitantes e, tendo o tamanho que tinha, a cidade era mais luxuosa que Paris." No final do século XIX, quando a borracha se tornou o que a mandioca deveria ter sido no final do século XX, a população de Manaus podia comprar qualquer coisa. Construíram um pomposo teatro, que definiu aquele momento histórico[6]: candelabros vindos da França, o mármore da Itália, as escadas e os balcões de ferro batido da Grã-Bretanha. As cadeiras, feitas do mogno local, foram entalhadas e finalizadas na Europa, e revestidas de veludo. A cúpula verde e dourada era composta por dezenas de milhares de ladrilhos minúsculos importados da Europa. Os cidadãos de Manaus trouxeram Anna Pavlova para dançar e Jenny Lind para cantar para eles. Terminado em 1896, após 14 anos de construção, o teatro há tempos é o mais famoso símbolo da ocupação da Amazônia, objeto de escárnio, e não façanha. Sua decadência no decorrer de boa parte do século XX reforçou o alerta de Betty Meggers de que a modernidade e a floresta tropical nunca poderiam coexistir. O majestoso edifício, que antes reluzia como uma mesquita sagrada, tinha algo de tristonho, como se a beleza tivesse morrido por desuso. Foi restaurado recentemente, um símbolo adequado do ressurgimento de Manaus depois de noventa anos.

Outro notável resto mortal do esplendor fica a cerca de 480 quilômetros de distância, nas margens do rio Tapajós, aproximadamente 200 quilômetros ao sul da interseção desse rio com o Amazonas, na cidade de Santarém: a extravagância de Henry Ford, Fordlândia. Ford chegou à Amazônia em 1927, desesperado para escapar das garras do cartel da borracha formado por Grã-Bretanha e Holanda, que manipulava o fornecimento e o preço da borracha asiática. Os europeus chegaram para dominar o mercado da borracha porque o inglês Henry Wickham, sozinho, conseguiu empobrecer a Amazônia com um ato de biopirataria. Em 1876, ele roubou sementes de seringueira e as levou para a Malásia, onde prosperaram no clima e solo tropicais, livres das pragas naturais que impossibilitavam a monocultura na Amazônia.

Os brasileiros esperavam que a engenhosidade de Ford os ajudasse a cultivar árvores em grande quantidade e a retomar o controle do mercado mundial. Ford reagiu prontamente, pois precisava de um fornecedor barato. O Brasil concedeu a Ford quase 2,5 milhões de acres e grande parte dos lucros que ele conseguisse arrancar da terra. Mas a Amazônia não era um meio ambiente onde árvores poderiam ser produzidas como em uma das linhas de montagem de Ford; elas morreram em pouco tempo devido a um fungo que se propagava de árvore em árvore e à incontrolável erosão do solo.

Em 1938, Ford trocou aproximadamente 700 mil acres por uma área mais próxima de Santarém, chamada Belterra. Ele mandou alguns pesquisadores para a Ásia em busca de linhagens de árvores resistentes a doenças, que foram depois enxertadas nas variedades amazônicas por meio de um procedimento caro e, no final das contas, inútil. Ford tentou borrifar compostos químicos para acabar com as pragas, mas isso não deu certo, e, apesar de ter conseguido plantar mais de 3,6 milhões de árvores, ele perdeu quase todas. Ford admitiu a derrota em 1946, depois de ter perdido cerca de 30 milhões de dólares com o empreendimento.

Entretanto, talvez o prêmio de fracasso mais fascinante na história da Amazônia pertença a Daniel Keith Ludwig, devido ao tamanho do projeto, ao alcance da imaginação de Ludwig, à soma de dinheiro envolvida e ao apreço do homem pelo sigilo[7]. Ludwig, um bilionário de Michigan que venceu na vida sozinho e, ao que consta, foi o homem mais rico do mundo durante algum tempo, fez fortuna ao inventar o superpetroleiro e, em seguida, reunir uma frota desses navios. Ele não possuía uma empresa reconhecida publicamente e tinha fobia de publicidade, e as duas coisas contribuíam para aumentar o mistério em torno dele. Em meados dos anos 1960, Ludwig havia se convencido de que a escassez de madeira iria atingir o mundo antes do final do século XX. O crescimento populacional causaria o aumento da demanda por artigos florestais, e a pressão por terras para uso comercial e residencial significava que a oferta diminuiria. Seria preciso encontrar uma nova fonte.

A solução de Ludwig para essa escassez era descobrir uma árvore de crescimento rápido que se adequasse à monocultura em áreas subdesenvolvidas, onde a terra era abundante e barata. Tal árvore também teria de produzir rapidamente a madeira e a celulose de que o mundo em breve precisaria tanto. O bilionário contratou observadores para rodar o mundo em busca de uma árvore que crescesse rápido em clima tropical. Demorou dez anos, mas ele achou a gmelina, que crescia 30 centímetros por mês, segundo os agrônomos contratados. A espécie, nativa do sudeste asiático, fora transplantada para a África pelos britânicos, que a usavam como combustível e também como viga de sustentação em minas.

A notícia de que Ludwig estava procurando terras chegou aos ouvidos do embaixador do Brasil nos Estados Unidos, que tentou convencer Ludwig de que o Brasil satisfazia os quatro pré-requisitos que ele estabelecera para o projeto: grandes e ininterruptas extensões de terras, uma fonte de mão-de-obra barata, proximidade a um porto de águas profundas e um governo estável. O fato de a terra estar na Amazônia, que nunca sucumbira às mãos do homem, não tinha importância para Ludwig. Ele nunca havia fracassado antes.

O Projeto Jari (cujo nome vem do rio que o atravessa) teve início em 1967 e ocupava um terreno maior que os estados de Connecticut e Rhode Island juntos[8]. Ludwig construiu mais de 4.800 quilômetros de estradas, sessenta quilômetros de ferrovias e um porto de águas profundas. Ele plantou 260 mil acres de árvores. Antecipando-se à safra, ele construiu duas instalações de 17 andares e 30 mil toneladas cada uma – a primeira, uma usina de celulose; e a segunda, uma usina de energia – por 269 milhões de dólares. Ambas foram transportadas, já totalmente montadas, de Kure, no Japão, para o Jari, em uma viagem de 24 mil quilômetros que levou três meses. A imprensa publicou fotografias e matérias a respeito das instalações sobre barcaças, uma cidade moderna flutuante. Levadas para dentro de um lago de contenção, que teve sua entrada fechada e o nível de água elevado, as usinas foram posicionadas sobre 37 mil estacas em forma de charuto e feitas de maçaranduba, uma madeira resistente à decomposição. Depois as usinas foram baixadas e instaladas em seus devidos lugares com a abertura do dique e o retorno da água a seu nível original. A instalação foi tão perfeita que as articulações entre a usina e o maquinário que já estava no local nunca se desalinharam mais do que dez milímetros. Ludwig também teve sorte. Ele encontrou a terceira maior mina de caulim do mundo em suas terras e construiu uma usina de beneficiamento de 25 milhões de dólares com o intuito de preparar o produto para a exportação.

Mas a Amazônia também frustrou Ludwig. Ao desmatar a área, as escavadeiras danificavam o solo delicado e, portanto, as árvores tiveram de ser derrubadas com motosserras, um processo caro e meticuloso. A gmelina não se adaptou ao solo arenoso do Jari, então Ludwig a trocou por uma espécie de pinheiro caribenho, que não crescia tão rápido quanto a primeira. Ele também via a Amazônia como um possível celeiro, mas suas vastas plantações de arroz só podiam ser semeadas, fertilizadas e pulverizadas pelo ar, o que encarecia demais o processo. E o solo não era capaz de sustentar vários plantios seguidos de arroz. Ludwig demitiu trinta diretores em 13 anos, acreditando tratar-se de um problema administrativo, e não ambiental.

E o mais importante: ele foi vítima do fim da censura à imprensa no Brasil, que começou a questionar por que um norte-americano era dono de um pedaço de terra do tamanho de um país em pleno Brasil, por que 35 mil pessoas trabalhavam para ele, por que ele tinha 12 aviões e por que não gostava da imprensa nem de inspeções federais em sua propriedade. Com os custos cada vez maiores e sem o apoio do governo, Ludwig basicamente desmantelou seu império para financiar esse projeto. Vendeu sua coleção de hotéis, minas, plantações de laranja e campos produtores de petróleo e gás espalhados pelo mundo, mas esse dinheiro todo não conseguiu salvar o empreendimento. Ludwig acabou por vender seus negócios para um consórcio de empresas brasileiras em 1982 por menos de 1/3 do investimento que fizera, um prejuízo de quase 1 bilhão de dólares. Ele morreu em 1992, aos 95 anos.

Sinop, por outro lado, foi uma experiência fracassada que, de certo modo, teve êxito. Embora sua fundação tenha se baseado no mesmo tipo de visão arrogante que a Fordlândia e o Jari, Sinop era diferente em um aspecto crucial: a posse individual e registrada da terra.

É fácil deduzir, pelo tráfego intenso de caminhões ao longo da BR-163, a estrada recoberta de terra que corta Sinop, que a prosperidade não será passageira. Em breve, toda a BR-163 será asfaltada, ligando Cuiabá a Santarém e oferecendo um escoadouro para a produção agrícola da área. O valor das terras em volta da estrada como um todo aumentou, e a tendência é continuar. Mas a especulação imobiliária não é a única explicação para a prosperidade de Sinop.

Jaime Luiz Demarchi, 42 anos, é dono de algumas fazendas e tem uma loja de tratores na estrada de acesso à BR-163, logo na entrada da cidade; o comércio ali é dominado por oficinas mecânicas. "Cheguei aqui no dia 7 de junho de 1974[9]." (A maioria dos migrantes bem-sucedidos que conhecemos na Amazônia sabia com exatidão o dia em que suas famílias chegaram.) "Viemos do Paraná bem no início. Havia somente 38 casas aqui. Para sobreviver, tínhamos de caçar e pescar na selva." Eles venderam a casa e tudo o que tinham no Paraná e compraram um lote da empresa de colonização. Foram anos de sofrimento apenas para sobreviver. Mas eles nunca deixaram de acreditar que acabariam descobrindo como cultivar qualquer tipo de solo, fosse na selva ou em qualquer outro lugar, contanto que tivessem tempo para aprender com seus erros e a oportunidade de compartilhar informações com os vizinhos, que também se digladiavam com um solo desconhecido.

"Nossa única alternativa era o sucesso", disse Jaime. "Ninguém que eu conheço voltou para o sul. Para quê? As únicas pessoas que deixaram Sinop desde que chegamos foram para o norte para abrir novas fronteiras. Minha família e as famílias que vieram para cá seguiam a filosofia de que quanto mais difícil fosse, melhor. Essa gente tem espírito pioneiro e coragem, e é inteligente. Podem não ser inteligentes na escola, mas são inteligentes porque sabem sobreviver."

Demarchi riu ao lembrarmos a mania da mandioca. "Era uma ótima idéia, mas não fazia sentido. Construíram uma fábrica e esperaram que, já que existia uma fábrica, eles poderiam plantar mandioca. É uma loucura."

Foram anos até Jaime e os vizinhos compreenderem o solo: quais culturas davam certo, de que rotação precisavam, qual fertilizante funcionava melhor. "Agora temos rotações que passam pela soja, o algodão, o trigo e o arroz", explicou. "E cada uma dessas culturas pode precisar de uma semente diferente, dependendo de onde estão, de como é o solo, de qual será a rotação. Podemos descobrir essas coisas porque temos a tecnologia mais moderna do mundo. Aqui mesmo, na Amazônia."

Em sua loja, Demarchi tem um computador com acesso de banda larga à internet, o que lhe permite compartilhar informações sobre variedades de sementes com órgãos de pesquisa, baixar informações sobre o clima, comprar e vender equipamentos e se manter atualizado a respeito do mercado de produtos agrícolas. Ele tem telefone celular. A vantagem que os fazendeiros norte-americanos e europeus um dia tiveram sobre Demarchi – acesso à informação e à tecnologia – acabou. A matriz competitiva agora pende a seu favor, pois ele também tem um clima quente o ano inteiro, chuvas abundantes e muita terra.

Para a família Demarchi, a expansão em direção à fronteira terminou em Sinop. Essa migração foi uma mudança radical na crença de que a Amazônia só era boa para a agricultura de coivara. Pai de três filhos – de três, doze e dezesseis anos –, Demarchi encontrou um lar onde pretende permanecer e jura que não venderá suas terras em volta da BR-163, cujo valor duplica a cada dois anos.

Ângelo Carlos Maronezzi, 44 anos, outro migrante pioneiro, chegou a Sinop em 1974 com uma mala de roupas e "a promessa de uma vida melhor"[10]. Seu pai, outro arrendatário do sul, usou suas economias para comprar terras no início da expansão de Sinop e "pôs a família inteira para trabalhar no solo".

Agora, Maronezzi tem uma fazenda enorme a 16 quilômetros de Sinop, onde faz experiências com tipos variados de arroz e soja, tentando combinar a cultura certa com o solo correto. Embora o plantio de soja seja mais lucrativo, disse Maronezzi, "nós aqui já aprendemos a lição de que não devemos ter uma economia baseada na monocultura, pois isso nos deixa mais suscetíveis a perder tudo".

A dificuldade de aprender os caminhos da agricultura tropical fizeram com que Maronezzi e seus colegas se tornassem humildes. "Há vinte anos, os agricultores não tinham nenhuma consciência ambiental", disse ele, não entendiam nem a dificuldade de obter êxito na Amazônia nem as conseqüências de seu afã. "Eles desmatavam tudo até as margens do rio e envenenavam a água, e isso não era ruim só para o meio ambiente, mas também arruinava a possibilidade de usar a terra por muito tempo. Os agricultores estão tentando deter esse desmatamento onde ele não tem finalidade alguma, porque não ajuda nossos negócios. Estou tentando descobrir como obter safras otimizadas com o mínimo possível de desmatamento."

O desafio de Sinop e outras cidades semelhantes será prolongar esse sucesso. Maronezzi salientou que "qualquer um pode plantar por um ou dois anos"; esses agricultores esperam que várias gerações ainda usem a terra. Ele admitiu que tentativa e erro, a única maneira de progredir, freqüentemente produz resultados diferentes, pois o que deu certo durante 15 anos pode não funcionar depois de cinqüenta. A cooperação dos agricultores e sua capacidade de recorrer a recursos de todas as partes do mundo fizeram com que a dinâmica se voltasse para a criatividade e a adaptabilidade. O tempo irá dizer se isso bastará para lidar com as defesas de um ambiente de criatividade e adaptabilidade infinitas.

CAPÍTULO 11
▍Da pobreza à soberania

A rodovia BR-163 é uma cronologia dos últimos trinta anos na história da Amazônia. Em 1973, quando foi concluída, o único planejamento evidente era onde ela iria começar e onde iria terminar: Cuiabá e Santarém. Mais uma veia facilitando o fluxo de migrantes tinha sido aberta, satisfazendo aos objetivos do governo militar. Onde essas pessoas iriam se fixar, nas terras de quem, e o que fariam com a terra ocupada eram questões que pouco importavam para os generais. Um mínimo de planejamento poderia ter evitado o caos que se estabeleceu ao longo da estrada e que se espalhou graças a ela, tais como conflitos por terras, pecuária destrutiva e extração ilegal de mogno. A BR-163 atendeu ao propósito geopolítico do governo em Brasília ao inundar a área de migrantes. Mas fez pouco pelos que ocuparam a área. A cidade de Sinop e alguns outros projetos privados de colonização foram exceções.

O governo Lula, empossado em 2003, aproveitou a oportunidade representada pelo iminente asfaltamento da BR-163 para tentar desfazer alguns de seus pecados originais, ou ao menos não repeti-los. A nova ministra do Meio Ambiente, Marina Silva, colocou a BR-163 em sua lista de prioridades, reconhecendo que a pavimentação provocaria uma nova onda de assentamentos. Ela percebeu que uma estrada em melhores condições também facilitaria o modelo de desenvolvimento de oeste para leste. Tal modelo, previu ela, aumentaria o desmatamento provocado pela rodovia Belém-Brasília e prenunciaria um corredor estéril no coração da Amazônia. Além disso, a estrada inevitavelmente levaria a um desmatamento de leste para oeste, o que colocaria em risco áreas que permaneciam intactas exclusivamente devido a sua inacessibilidade.

Silva defendeu a supervisão interministerial do projeto de pavimentação, pois imaginou que interesses conflitantes poderiam ser conciliados, evitando a ocupação caótica uma vez iniciadas as obras. Ela trouxe para a mesa de negociação as pastas da agricultura, da energia, dos transportes, da justiça, da integração nacional e do meio ambiente. Também deixou claro para os governos estaduais do Mato Grosso e do Pará que não abriria mão da jurisdição na área caso eles conseguissem levantar capital da iniciativa privada para pagar a pavimentação da estrada. Silva mobilizou ONGs brasileiras e internacionais para ajudar na preparação da população ao longo da estrada para o tráfego mais intenso e o conseqüente desenvolvimento.

Com o asfaltamento da BR-163, Silva esperava revolucionar o planejamento das estradas nacionais ao reproduzir o modelo usado na construção de rodovias em seu estado natal, o Acre. A diferença entre o modelo do Acre e o planejamento responsável pelas principais estradas da Amazônia (BR-364, Belém-Brasília e a própria BR-163, até então sem asfalto) era que o governo militar, no afã de ocupar o território, construíra estradas para depois lidar com as conseqüências. O modelo do Acre defendia o planejamento da rodovia antes de sua construção. Isso significava delimitar reservas florestais ao longo da estrada para mantê-las fora do alcance dos colonizadores que chegariam; regularizar as escrituras das propriedades no entorno da rodovia, onde a densidade populacional seria maior, e os conflitos, mais prováveis; educar a população local a fim de prepará-la para o aumento do tráfego, o influxo de colonos e a sobrecarga dos recursos existentes; fornecer uma infra-estrutura de serviços sociais para que os colonos optassem por se estabelecer e construir, em vez de desmatar, queimar e depois ir embora; analisar o solo para orientar os futuros agricultores; instalar sistemas de monitoramento para impor restrições ao desmatamento; e permitir que o Ministério da Justiça e os governos estaduais planejassem a preservação da lei e da ordem.

A experiência dos últimos trinta anos mostrava que boa parte desse planejamento seria inútil, mas isso não deteve Marina Silva. A expansão da fronteira agrícola na região fizera da BR-163 uma rota vital entre as plantações e os portos de Itaituba e Santarém, ambos equipados para receber as fartas colheitas. Devido à importância econômica da rodovia, Silva tinha o controle da situação: suas preocupações ambientais teriam de ser ouvidas, senão agricultores e pecuaristas deixariam de ter sua estrada asfaltada.

Tampouco conseguiriam driblá-la com facilidade. Lula atribui a Marina Silva – companheira de batalha de Chico Mendes e de vários outros ativistas do Acre, inclusive do governador Jorge Viana – o mérito de criar o braço rural do Partido dos Trabalhadores. Ela tem uma estreita relação pessoal com o presidente, fruto dessas lutas em comum. Tão importante quanto é o fato de que Silva tornou-se uma estrela no movimento ambientalista internacional; sua nomeação agradou as ONGs e os países preocupados com o destino da Amazônia. Portanto, o governo não resistiria a sua demissão em protesto contra a pavimentação da BR-163, e os órgãos que talvez pudessem se opor a ela receariam a condenação nacional e internacional. A força de Silva talvez esteja não naquilo que ela é capaz de fazer, e sim naquilo que ela fará se não fizerem o que ela quer.

Não foi difícil observar as mudanças ocorridas no Brasil ao longo de uma geração quando chegou a hora de visitarmos novamente "a pessoa mais importante da Amazônia" em Brasília. Em nossa primeira visita, essa pessoa era Mário David Andreazza, um ex-coronel que, na época, comparamos a um "chefe distrital de Chicago da mais alta classe, ainda que, com seu rosto bronzeado, cabelos grisalhos e ondulados e o terno de seda bem cortado, ele parecesse mais um milionário em Miami Beach"[1]. Ministro dos Transportes no começo dos anos 1970, Andreazza supervisionou a construção da rodovia Transamazônica. Na época de nossa primeira visita, ele era ministro do Interior, posição que lhe dava um poder ilimitado sobre a Amazônia. Os próprios estados ainda não tinham a autonomia que a constituição de 1988 lhes concederia (Rondônia e Amapá nem sequer eram estados), e Andreazza tinha o controle total. Chamamos sua atenção justamente quando, como escrevemos na época, ele "reverteu publicamente sua filosofia de desenvolvimento a qualquer custo e afirmou estar tentando introduzir um pouco de racionalidade no processo de expansão para o oeste". Para provar sua intenção, ele nos disponibilizou aviões, helicópteros e jipes. Disse-nos para irmos aonde quiséssemos. Ver o que quiséssemos. Escrever o que desejássemos. Sem compromissos. Estávamos no lugar certo e na hora certa.

Quando voltamos a Brasília 22 anos depois para ver "a pessoa mais importante da Amazônia", vimo-nos diante de uma frágil mulher de pele morena que tinha sido camareira e trocava roupas de cama quando Andreazza era ministro. Nascida em 1958 no estado do Acre, Marina Silva tinha dez irmãos, três dos quais morreram na infância[2]. Seu pai, um seringueiro, passava dias longe de casa, trabalhando duro, uma vida particularmente sofrida, feita de solidão, pobreza e enfermidades. Silva cresceu em uma casa de madeira, construída sobre estacas e coberta com folhas de palmeira – a habitação típica da floresta tropical –, sem eletricidade, telefone ou acesso a assistência médica. Como o pai precisava da ajuda de toda a família, ela nunca foi à escola.

Em meados da década de 1970, o instituto responsável pela reforma agrária dividiu a terra onde a família de Marina Silva extraía o látex e deu pequenos lotes aos seringueiros e aos milhares de migrantes que chegavam do sul. O novo regime de posse mudou o modo como a terra era usada. O pai de Silva e outros seringueiros não podiam mais percorrer grandes extensões de floresta pertencentes a um barão da borracha; em vez disso, os novos proprietários geralmente cortavam as árvores das próprias terras, vendiam um pouco de madeira, queimavam o resto e depois plantavam café, arroz e mandioca. Seu pai e os outros passaram de esforçados seringueiros a agricultores de subsistência e, com isso, acabaram degradando a terra. Esses desmatamentos provocaram todos os tipos de epidemia, e a malária devastou muitos dos pequenos povoados. Silva teve malária cinco vezes. Duas de suas irmãs morreram por causa disso. Sua mãe morreu de meningite e, aos 14 anos, Marina Silva tornou-se chefe de família.

Pouco depois, ela sucumbiu à hepatite; mais tarde descobriria que a doença estava ligada ao envenenamento por mercúrio. Hoje, corre a lenda de que seu ambientalismo vem do desejo de se vingar da poluição que quase a matou. Durante meses, sua saúde foi se debilitando, e o pai percebeu que ela precisava de cuidados médicos. Ela foi a Rio Branco morar com um primo e procurar tratamento em um hospital católico gratuito. Na cidade, passou a entender o fardo do analfabetismo, o que a impeliu a fazer um curso de alfabetização. Mudou-se para um convento, onde trabalhava como empregada doméstica, e matriculou-se na escola.

No final da década de 1970, a Igreja Católica estava praticamente sozinha na oposição organizada ao governo militar, e Marina Silva foi influenciada pelo senso de justiça social das freiras com quem vivia. Nessa época, um ativista chamado Wilson Pinheiro começou a organizar os seringueiros do Acre em atos de resistência denominados "empates". Os seringueiros participavam de greves de ocupação em terras sem dono ou propriedade duvidosa e reivindicavam o direito de usá-las. Esses confrontos lembravam as manifestações do movimento norte-americano pelos direitos civis e costumavam terminar de maneira violenta. Dois pistoleiros mataram Wilson Pinheiro em 1980. No funeral, "1.500 [seringueiros] fizeram fila para jurar vingança, colocando as mãos sobre o corpo", escreveu Alex Shoumatoff em *The world is burning*[3]. Os seringueiros invadiram a fazenda do homem suspeito de arquitetar o assassinato de Pinheiro, julgaram-no e executaram-no sumariamente. A polícia reagiu de imediato. Centenas de seringueiros foram presos, muitos foram torturados.

A morte de Pinheiro e a reação desproporcional do governo à vingança dos seringueiros inspiraram um movimento. "O ciclo de violência que teve início nos dias secos e quentes de julho de 1980 varreria o Acre com força cada vez maior nos meses e anos seguintes", observou Andrew Revkin em *The burning season*[4]. O movimento produziu líderes locais com uma nova visão da Amazônia, uma visão que enfocava um animal esquecido no meio ambiente: o ser humano. Até a morte de Pinheiro, que logo seria seguida pelas ainda mais célebres vida e morte de Chico Mendes, o debate a respeito do destino da floresta raramente levava em consideração o destino dos milhões de pessoas que a habitavam. Nos oito anos seguintes, Mendes iria batalhar por melhores condições para os trabalhadores rurais e os sem-terra. Isso lhe custaria a vida.

Já em meados dos anos 1980, Marina Silva era uma mulher casada e mãe de dois filhos, estudante universitária, professora e organizadora do Partido dos Trabalhadores, e os empates ainda aconteciam com freqüência. O impacto dessas manifestações se disseminou quando Silva e Mendes, aconselhados por Mary Allegretti (uma antropóloga do sul do Brasil que se tornaria a secretária de Coordenação da Amazônia no ministério de Silva) e Steve Schwartzman (um antropólogo norte-americano que, após trabalhar com a tribo dos crenacarores no Acre, juntou-se ao Environmental Defense Fund em Washington), determinaram que a articulação de uma campanha para "salvar a Amazônia" chamaria a atenção do movimento ambientalista internacional para os seringueiros e seus interesses, além de, com um pouco de sorte, trazer o apoio financeiro oferecido pelo movimento. Essa campanha tornou-se a base da coalizão revolucionária de Mendes: ao apelar para um público internacional preocupado com as árvores, ele procurava a segurança de seus companheiros, os homens e as mulheres que viviam em meio àquelas árvores.

Um paradoxo natural surge dessa união, já que o ambientalismo tradicionalmente se opõe à ocupação humana da floresta. Marina Silva e seus colegas caracterizaram seu objetivo como "desenvolvimento sustentável". A expressão, da maneira como é empregada na Amazônia, tem a conotação de uma coexistência harmoniosa entre o meio ambiente e os habitantes, empenhados em atividades não destrutivas, como a extração de látex e a colheita de castanhas. Mas a expressão perdeu seu significado. Desde o início dos anos 1990, a designação foi cooptada por uma diversidade tão grande de partícipes para justificar sua presença e suas atividades, que o "desenvolvimento sustentável" hoje não passa de um padrão de comparação (por exemplo, o plantio de soja é mais sustentável que a pecuária) e deixou de ser um princípio do ambientalismo.

Marina Silva estava em São Paulo à época do assassinato de Chico Mendes, em 1988, à procura de tratamento para a hepatite que continuava a afligi-la. Destacada sobrevivente do movimento dos seringueiros, ela foi arrastada pela súbita onda de fortalecimento dos movimentos civis gerada pela reação solidária à morte de Mendes. Ela percebeu que a política oferecia a seus companheiros oportunidades melhores do que os confrontos violentos. Ela fizera amizade com um líder sindical de São Paulo que discursara no funeral de Pinheiro: Lula. Junto com Mendes e outras pessoas, ela fundou uma sede do Partido dos Trabalhadores no Acre, um aliado campesino da organização sindicalista e urbana de Lula.

Silva venceu com facilidade as eleições para deputada estadual em 1990, usando como plataforma a defesa do desenvolvimento sustentável, argumentando que o desenvolvimento e a destruição não precisavam caminhar juntos. Contudo, seu mandato foi interrompido por outro surto de enfermidade, quando o envenenamento por mercúrio foi finalmente identificado. Ela estava grávida de novo e o tratamento era precário. Levou quase um ano para recuperar a saúde.

Ainda assim, sua popularidade nunca diminuiu e, em 1994, aos 36 anos, ela foi eleita senadora. De pele escura, pobre, mulher, natural da Amazônia, analfabeta durante quase a vida toda, cronicamente doente: ela era também uma heroína nacional. Tornou-se líder do Partido dos Trabalhadores no Senado, e era óbvio que ela ficaria com a pasta do Meio Ambiente quando Lula venceu a eleição em 2002. O fato de Marina Silva tornar-se ministra do Meio Ambiente era um símbolo de que qualquer pessoa poderia ser qualquer coisa neste país.

Ela conversou conosco em Brasília, sentada atrás de uma escrivaninha que evidentemente tinha sido feita para um homem alto e com um ego enorme, como se os designers de móveis burocráticos não tivessem previsto a possibilidade de ela ocupar o gabinete[5]. Ela trazia os cabelos escuros esticados e presos atrás da cabeça, e seu rosto era magro e emaciado. Ela bebericava chá enquanto falava. Podia comer somente alguns alimentos, nada industrializado. Era frágil, faltava a compromissos com freqüência devido à enfermidade, e falava com um sussurro áspero.

Por quase uma hora ela respondeu às perguntas com frases suaves e curtas, pautadas por uma retórica cheia de princípios morais. Já tínhamos ouvido dizer que o cargo a oprimia; que a espuma asquerosa dos esgotos industriais de São Paulo, o ar poluído do Rio de Janeiro e os inexoráveis e deprimentes dados estatísticos sobre o desmatamento haviam diminuído seu otimismo. Também soubemos que ela estava batendo de frente com os ministérios da Agricultura e das Minas e Energia, focados mais na receita das exportações do que na preservação.

Ela admitiu não ter previsto a necessidade de colaboração entre os ministérios para que seus programas fossem bem-sucedidos, que era mais fácil defender e criticar estando no Senado do que tentar cumprir as diretrizes dentro do governo, embora todos tivessem origem no mesmo partido político. "Não há muito o que fazer sem recursos, e há competição por recursos entre os ministérios", disse. Ela explicou que pelo menos em um aspecto seu trabalho era mais fácil, pois o empenho de legislaturas anteriores a isentava agora de promulgar novas leis ambientais: as que já estavam no papel eram as mais progressistas possíveis.

Mas ela precisava de meios para fazer cumprir as leis e compreendia que os meios talvez estivessem além de seu alcance. "Sei que dinheiro é um recurso importante, mas agora nós temos um recurso ainda mais importante: o empenho ético por parte do governo, que tem princípios e defende a justiça social. Isso vai nos ajudar a ganhar o respeito de nossa população e o respeito de outros países. É um capital intangível, mas precisamos dele para ter certeza de que teremos o apoio necessário para qualquer coisa que desejemos realizar."

Acreditar que os princípios tomariam o lugar do dinheiro era uma maneira frágil de governar. Mas, até certo ponto, Silva não tinha escolha, como estava começando a entender. Seu ministério estava encalacrado entre outras pastas, que tinham ordens para produzir valores de produto interno bruto que gerassem empregos e uma base de cálculo para os impostos, ministérios que tradicionalmente consideravam o ambientalismo um luxo de países desenvolvidos. O próprio Lula havia lembrado os ambientalistas de que essa era a realidade em junho de 2003, quando disse: "Essa região não pode ser tratada como uma coisa do outro mundo, intocável, na qual o povo não tem direito a benefícios"[6].

Estava a cargo de Marina Silva vender essa mensagem para a comunidade ambientalista como se fosse apoio ao desenvolvimento sustentável, o que não era verdade. Lula começava a perceber que a condição *sine qua non* para a reforma política era o sucesso econômico, e esperava-se que a Amazônia fizesse sua parte. Lula, que havia empenhado seu governo no programa Fome Zero, estava disposto a cortar uma árvore para alimentar uma criança, ou quantas árvores fossem necessárias. Em seu discurso de posse, ele disse: "Se, ao final do meu mandato, todos os brasileiros conseguirem tomar café da manhã, almoçar e jantar, eu terei cumprido a missão da minha vida". O meio ambiente, na medida em que impedia o desenvolvimento econômico, ficaria em segundo plano.

Mas Marina Silva não estava disposta a abraçar o que essa iniciativa social e econômica exigia. Verdadeira adepta da idéia de que desenvolvimento econômico e preservação ambiental não precisavam ser mutuamente exclusivos, e mesmo com recursos depauperados e uma cadeira secundária nas reuniões ministeriais, ela ainda tinha uma vantagem: o governo não poderia arcar com sua desaprovação pública. À medida que sua permanência no governo se prolongava, ela também foi capitalizando um outro bem: a integridade. O governo Lula sucumbiu a diversas renúncias devido a suspeitas de corrupção, mas o ministério de Marina Silva não foi atingido pelas acusações. Os programas de muitos ministérios talvez estivessem à venda, mas não os dela. Também houve escândalos no estado pró-agropecuarista do Mato Grosso. Esses escândalos enfraqueceram o poder dos políticos que defendiam a oposição às restrições ambientais impostas pelo governo federal.

Ao mesmo tempo, Silva começou a entender como usar seu cargo influente e sua boa vontade, passando da estratégia do "empate" para a do engajamento. Ela iniciou um diálogo com o governador do Mato Grosso, Blairo Maggi, o maior produtor de grãos de soja do mundo, a fim de incentivá-lo a incorporar à expansão da fronteira agrícola o uso planejado da terra e o manejo de bacias hidrográficas. Em suas tentativas de impor o planejamento racional da pavimentação da BR-163, ela explicou aos prefeitos locais, durante os regulares encontros regionais aos quais esteve presente, que a lei e a ordem eram os sustentáculos do crescimento econômico, e os encorajou a tratar os problemas referentes ao registro das propriedades como a principal causa da violência. Ela convidou pesquisadores e ONGS para participar dessas reuniões, que também contavam com políticos e empresários, expondo todos os participantes a pontos de vista divergentes: um novo conceito naquela região, em que decisões inegociáveis eram sempre impostas a distância. Seu reconhecimento de que a prosperidade econômica não era incompatível com a preservação do meio ambiente indicava que uma conciliação era possível. "Ao cuidarmos das pessoas que vivem na floresta, também cuidamos da floresta", disse ela.

A eficiência de Marina Silva no tratamento da Amazônia será julgada em grande parte pela maneira como a pavimentação da BR-163 for concluída. Ela tem habilmente acelerado a criação de reservas nacionais em resposta aos protestos por causa das taxas de desmatamento e à reação ao assassinato de uma missionária norte-americana na Amazônia, em fevereiro de 2005, que alcançou proporções semelhantes às da reação à morte de Chico Mendes[7]. Essas tentativas, porém, não exigem o mesmo tipo de requinte que as negociações acerca da estrada. Caso consiga dar pelo menos uma aparência de planejamento racional à BR-163, Marina Silva terá provado que os mais variados e intransigentes grupos de interesse podem chegar a um acordo. Um conceito revolucionário na Amazônia.

As entrevistas com Marina Silva são muito visadas por causa de sua celebridade, mas frustrantes devido a sua retórica permeada por clichês ("Temos de conciliar as necessidades da população com as necessidades da floresta", por exemplo). Suas entrevistas evocam um certo misticismo, o que explica por que muitos pensaram que ela não demoraria a renunciar, frustrada com a posição que ocupava no governo. Mas suas ações revelam uma hábil articuladora política. Limitada pelos recursos escassos e em competição com os outros ministros, ela descobriu como capitalizar seus princípios. Já que não pode comprar influência retendo ou fazendo uso de recursos públicos, ela substitui esses trunfos com sua imagem. Suas vitórias, se vierem, serão êxitos tanto de seu caráter quanto de uma causa.

A importância do estado natal de Marina Silva, o Acre, para o desenvolvimento da Amazônia é surpreendente, dado seu isolamento, escondido no extremo oeste da Amazônia, a 3.200 quilômetros de Brasília. E também devido a seu tamanho, cerca de 1/6 da área do Mato Grosso e 1/8 do Pará. A extração de látex dominou sua economia até o começo da década de 1970, quando a rodovia que liga a capital Rio Branco à fronteira boliviana foi finalizada. O influxo de migrantes acabou com a tradicional economia do látex, levando à consolidação dos títulos de propriedade; por volta de 1982, os 15 maiores proprietários de terras do Acre eram donos de 26% do estado.

    Graças ao isolamento do estado, uma oligarquia feudal tornou-se a classe dominante sem a interferência do governo federal. A disparidade de renda criou cismas sociais e políticos, realçados pelos "empates" liderados por Chico Mendes e pela corrupção generalizada. A proximidade do Acre à Bolívia e ao Peru fez do estado a rota ideal para a cocaína, uma droga que envenena tanto a ordem social quanto seus usuários. Os dois principais livros norte-americanos a respeito do assassinato de Chico Mendes – *The world is burning*, de Shoumatoff, e *The burning season*, de Revkin – retratam uma sociedade amoral no Acre, dividida entre aqueles que se dedicam à autopreservação através da violência e os que se dedicam à justiça social através da violência. Em uma área povoada de maneira tão esparsa, todos se conhecem, e é como se essa guerra acontecesse entre gangues rivais do mesmo colégio.

A atenção internacional que se seguiu à morte de Chico Mendes foi o primeiro passo da desinfecção. Brasília não queria que a imprensa mundial pensasse que o Acre e o resto do Brasil eram a mesma coisa. Entre as medidas paliativas tomadas pelo governo federal estava a aprovação de um plano de ação para asfaltar os 500 quilômetros da BR-364, de Porto Velho a Rio Branco, o que proporcionaria uma confiável conexão por terra com o resto do país. Além disso, a corrupção tornou-se tão comum que, ironicamente, deu cabo de si mesma.

Em 1992, o governador Edmundo Pinto foi assassinado em um hotel de São Paulo, aonde teria ido negociar comissões por contratos públicos[8]. Sua morte, segundo diziam, teria sido ordenada pelo deputado federal Hildebrando Pascoal, que estaria irritado por ter sido excluído das benesses de Edmundo Pinto. Pascoal tinha uma carreira particularmente pitoresca: em 1999, ele foi cassado pela Câmara dos Deputados por ter liderado um esquadrão da morte responsável pelo assassinato de 150 acreanos desde o começo dos anos 1980, inclusive uma vítima cujos membros foram amputados com uma motosserra e uma outra que foi mergulhada em um tonel de ácido.

A derrocada dessa máfia política local coincidiu com a ascensão do Partido dos Trabalhadores, liderado por Marina Silva e Jorge Viana, que havia sido prefeito de Rio Branco antes de ser eleito governador em 1998, aos 39 anos. Viana, um engenheiro florestal que havia trabalhado muito próximo a Chico Mendes, tomou posse com a missão de criar um "Governo da

Floresta" e fazer do Acre o primeiro "estado verde" do Brasil. Para tanto, ele percebeu que precisaria de dinheiro rapidamente. Seu partido era minoritário em Brasília, então Viana concentrou-se em outro lugar. O *Chicago Tribune* relatou o sucesso das primeiras tentativas de Viana: "Suas opiniões progressistas acerca da floresta tropical [...] aliadas a uma ampla limpeza política e a uma nova e eficiente administração, composta por técnicos em vez de indicações políticas, já [nos primeiros seis meses] angariaram 200 milhões de dólares em financiamentos nacionais e internacionais para o estado do Acre"[9]. (Viana nos mostrou que as expectativas ultrapassaram a realidade[10]; o valor real era de 108 milhões de dólares[11].)

O sucesso de Viana na arrecadação de fundos não deveria ser uma surpresa, dados sua aparência fotogênica e seu charme pessoal[12]. "Eu tinha a intenção de que os primeiros quatro anos de minha administração fossem dedicados ao planejamento e, se tivesse a sorte de ser reeleito, os quatro anos seguintes seriam para executar esses planos. O dinheiro era necessário para tudo isso", ele nos disse. Inclinando-se sobre a mesa de conferências de madeira clara e polida em seu gabinete no centro de Rio Branco, Viana descreveu sua concepção do Acre como uma mistura de Costa Rica e Finlândia: dois países que tiraram máximo proveito de suas enormes florestas. "A Finlândia tem um forte setor de produtos florestais e um padrão de vida elevado. A Costa Rica é um paraíso turístico, além de ser um biolaboratório. Achamos que podemos ser as duas coisas. E vocês podem começar a ver os resultados."

O primeiro "resultado" que um turista vê em Rio Branco é um aeroporto moderníssimo ligado à cidade de 300 mil habitantes por meio de uma estrada bem iluminada e de asfalto uniforme. "As primeiras impressões são importantes", disse Viana. Sua devoção às obras públicas fica óbvia nos quilômetros de ciclovias que atravessam a cidade. Essas ciclovias substituíram malcheirosos e repugnantes canais de esgoto e oferecem um meio de transporte alternativo. Não há nenhum outro lugar na Amazônia com um tráfego de bicicletas tão intenso. As ruas estão em melhores condições do que na maioria das cidades amazônicas, e há parques municipais com pistas de cooper e restaurantes limpos. Viana enfatizou que "as pessoas precisam gostar do lugar onde moram. Elas cuidam melhor dele, e isso faz com que sejam cidadãos melhores". Rio Branco fora vitimada por infortúnios, principalmente devido a sua incapacidade de lidar com o influxo repentino de seringueiros desempregados, o que se refletiu no crescimento da população urbana do estado, que passou de 47% em 1970 para 75% em 1980. Mas só quando Viana tomou posse a infraestrutura foi atualizada.

A reputação de Viana, no entanto, não advém do que ele fez pela cidade, mas sim de sua concepção de floresta e de como ela poderia oferecer oportunidades econômicas para seus habitantes. Seu modelo difere do habitual. Em vez de abrir a floresta para a migração e depois manejar os assentamentos, ele defende a concessão de incentivos aos assentamentos já estabelecidos, tais como o subsídio aos preços da borracha e da castanha-do-pará. Faz parte da concepção de Viana aproximar os processos que agregam valor e as fontes de matéria-prima, com a construção, por exemplo, de fábricas rurais e usinas de beneficiamento. Ele argumenta que oferecer oportunidades de empregos em centros rurais regionais desestimula o desmatamento visando ao comércio de madeira ou à criação de gado. O governo estadual garante um preço mínimo para o látex, e agora uma quantidade substancial dessa produção vai para uma nova fábrica de preservativos em Xapuri, cidade natal de Chico Mendes. As rodovias que levam à Bolívia foram melhoradas para incentivar o transporte de castanhas para posterior beneficiamento.

"Em 2002, uma lata de castanhas-do-pará valia cerca de cinco reais", disse-nos Valério Gomes, doutorando da

Universidade Federal do Acre[13]. "Hoje a lata custa vinte reais, valorizada por uma demanda maior do mercado. Agora é menos provável que uma família camponesa desmate uma área de floresta. Eles vão dar uma olhada e perceber que uma certa área tem quatro ou cinco castanheiras, com as quais podem ganhar uma boa soma de dinheiro por ano, sendo menos provável que queimem a área ou vendam a madeira." A decisão de desmatar ou não passa a ser uma escolha entre dois balancetes. A meta de Jorge Viana é apresentar aos habitantes da floresta atividades econômicas alternativas para suas terras. Ele quer que as pessoas comparem a renda atual, oriunda da colheita de castanhas, com a renda potencial advinda do corte de árvores da mesma área, seguido de formação de pastagens ou criação de gado. Ele incentivou ONGS e pesquisadores de universidades federais a auxiliarem os acreanos na hora de decidir entre as opções.

O Acre também se tornou um projeto-piloto para o desenvolvimento de florestas certificadas, onde a extração acontece em uma área de acordo com um ciclo predeterminado e é logo seguida de reflorestamento. As árvores são derrubadas de maneira estratégica a fim de evitar danos às cercanias, e a extração das espécies é organizada de modo a evitar o esgotamento da diversidade local. Como parte desse programa de agregar valor no próprio local, Jorge Viana subsidiou a construção de uma fábrica de móveis em Xapuri, que fabrica produtos sofisticados, vendidos em São Paulo com o selo de madeira certificada. "É uma maneira de envolver os consumidores na tomada de decisões ambientais", explicou Viana. "Se eles só comprarem madeira certificada, as florestas certificadas que oferecem bons salários e condições seguras para as pessoas e para o meio ambiente serão bem-sucedidas."

Mas o Governo da Floresta ainda depende de dinheiro. Os consumidores pagarão um preço maior para tomar parte na salvação da floresta? Os conselheiros que Viana envia à floresta conseguirão convencer os seringueiros e os produtores de castanha de que um plano de dez anos baseado na extração dos produtos é mais desejável do que um plano de dois anos baseado no desmatamento e na pecuária? O governador do estado vizinho, Rondônia, alvo freqüente das críticas do Acre a respeito de como não se deve alcançar o desenvolvimento, opinou: "O estado do Acre é um lugar que tem excelentes idéias e discursos, mas sem resultados econômicos"[14]. Assediado pelo desprezo do vizinho, o governador de Rondônia avisou: "Se o governo do Acre não parar de criticar Rondônia, eu vou fechar a rodovia federal e a população do Acre vai morrer de fome".

    O isolamento do Acre permite-lhe adotar políticas que estados maiores e mais populosos talvez considerem diletantismo. O isolamento do estado também ressalta a artificialidade do sucesso de Viana. O Acre não é um estado auto-suficiente. As atividades econômicas preocupadas com o meio ambiente, como as reservas extrativistas, são muito dependentes de recursos provenientes de fora do estado para subsidiar as atividades que não poderiam se sustentar sozinhas, seja no Acre ou em qualquer outro lugar. E não se trata de empreendimentos com um número significativo de funcionários, portanto alguém pode indagar se o dinheiro público não seria mais bem empregado em outro local.

    Viana reconhece a importância dos subsídios, mas argumenta que o propósito deles, em qualquer lugar, é incentivar atividades economicamente desejáveis, seja o plantio de algodão no Alabama, a colheita de trigo na França ou a produção de castanhas no Acre. O fato de um governo promover certas atividades econômicas e não outras não deveria causar polêmica. O objetivo do governo é incentivar os cidadãos a fazerem as melhores escolhas, o que implica o investimento de dinheiro público para encorajá-los a de fato fazerem as melhores escolhas. Contratar professores, médicos e economistas é a prática padrão dos governos; a alocação desses profissionais é uma decisão política com o fim de promover programas específicos. Viana não reestruturou o governo do Acre, somente suas prioridades.

A eficácia da concepção de Jorge Viana não depende tanto de sua lucidez, mas de sua durabilidade. A menos que ele consiga institucionalizar as melhorias físicas do Governo da Floresta e incutir seus princípios em seus eleitores, sua maneira de governar corre o risco de ser desmantelada tão rápido quanto foi montada. O mandato de Viana terminou em 2006. Os políticos corruptos aguardavam a transição de governos, supostamente sob as ordens do ex-deputado federal Hildebrando "Motosserra" Pascoal, que estava na cadeia. Quando Jorge Viana concorreu à reeleição em 2002, seus oponentes impugnaram temporariamente sua candidatura, convencendo o tribunal eleitoral do estado de que a utilização, em sua campanha, do logotipo de uma castanheira estilizada – o mesmo do Governo da Floresta – era uma apropriação indébita de um patrimônio do governo estadual. Essa decisão, derrubada logo depois, foi tomada por funcionários públicos que negaram a Viana o acesso às súmulas antes da audiência e que indeferiram seu pedido de apresentar provas e testemunhas. Os inimigos do governador estão prontos para retornar.

O legado do Governo da Floresta também enfrentará desafios econômicos e culturais, independentemente de quem for o sucessor de Jorge Viana[15]. Se as atividades não se tornarem auto-suficientes com o tempo, seus financiadores acabarão se afastando, não necessariamente por causa do custo contínuo, mas porque os projetos não terão mais o mesmo valor como exemplos. Os doadores internacionais, convencidos de que esse modelo não pode ser reproduzido, irão deslocar seus recursos para lugares e causas onde experiências econômicas se comprovem com o passar do tempo e possam ser transferidas para outras áreas com problemas semelhantes, uma espécie de "prove [a eficácia] ou perca [o financiamento]". Esses projetos também enfrentam o declínio do apoio local, uma questão de sustentabilidade do desenvolvimento sustentável. O doutorando Valério Gomes destaca que a próxima geração "terá um espectro maior de conhecimento no qual se basear para decidir o que é bom e o que é ruim"[16]. As crianças da floresta agora compreendem o que a vida urbana pode lhes oferecer em termos de educação, diversão, saúde e interação social. A infância de Marina Silva, por mais miserável que pareça, é típica das áreas remotas da floresta. Sem uma geração seguinte comprometida com o estilo de vida econômico promovido pelo Governo da Floresta, ela poderá ser em breve apenas uma relíquia.

Irving Foster "Butch" Brown acorda em Rio Branco às quatro horas da manhã para se preparar para uma de suas freqüentes visitas ao centro do universo[17]. É sua hora favorita do dia, quando a cacofonia humana da vizinhança ainda está adormecida e os ruídos da fauna selvagem remanescente na orla do bairro barulhento o fazem lembrar onde está. Brown, um professor de cinqüenta e poucos anos da Universidade Federal do Acre, onde sua especialidade é a dinâmica do uso da terra, aprecia os momentos que o silêncio lhe proporciona para preparar suas aulas. Com uma xícara do forte café brasileiro ao lado do *laptop*, ele envia várias mensagens eletrônicas para seus colegas de classe em Amherst College, para os colegas cientistas em Woods Hole, Massachusetts, e para seus contatos na imprensa mundial e nas ONGs. Ele escreve para alertá-los e informá-los a respeito das conseqüências da já proposta rodovia Interoceânica, que ligará o Atlântico ao Pacífico: a ameaça que a estrada representa para o meio ambiente, assim como a reviravolta que causará nos estilos de vida da Amazônia. Ele está no Brasil há mais de vinte anos. Nos anos 1990 e no começo da década de 2000, Brown mandava periodicamente a seus correspondentes os capítulos de *Innocence in Brazil* [Inocência no Brasil], seus confrontos com seqüestradores, cobras, péssimas e intermináveis viagens de ônibus e várias doenças potencialmente letais. Ultimamente, ele não tem tido tempo para essas façanhas.

"A estrada está chegando", diz. "E não estamos prontos. Estamos lutando contra o tempo para preparar as pessoas. Nós estamos tentando forjar alianças para ajudar o desenvolvimento da área e, ao mesmo tempo, preservar a terra e a água de que as pessoas precisam para sobreviver. E perco muito tempo tentando conseguir dinheiro para custear tudo isso." A burocracia o tira do sério.

Vários colegas de trabalho se espalham por sua bagunçada casa de taipa perto da universidade, casa compartilhada com a namorada de longa data, Vera Reis, que passou vários anos desenvolvendo programas educacionais para crianças e adultos na cidade fronteiriça de Assis Brasil, a fim de prepará-los para as conseqüências da rodovia: o tráfego mais intenso, o desmatamento, o influxo de migrantes e a chegada do comércio em grande escala. Brown e Reis têm viajado regularmente até a fronteira nos últimos cinco anos, prevenindo a população local sobre a mudança iminente.

O campo de trabalho de Brown fica ao longo da Estrada do Pacífico, uma rodovia transcontinental que ligará o Rio de Janeiro ao oceano Pacífico e abrirá mais uma veia na Amazônia, especialmente na área ecologicamente delicada de Madre de Dios, no Peru[18]. O sonho de conectar os oceanos é centenário na América do Sul. A estrada atravessará três países, cada um em um estágio diferente de desenvolvimento e, portanto, com prioridades específicas. A Amazônia constitui metade da área do Peru, mas somente 5% de sua população vive na floresta; portanto ela escapou do desmatamento em larga escala... por enquanto. As estradas que cortam a floresta tropical peruana terão o mesmo impacto que tiveram sobre o Brasil. No próprio Peru ainda se discute qual porto será o ponto final da estrada e colherá os lucros do tráfego crescente, embora Ilo seja o candidato mais forte. O desmatamento da região de Madre de Dios deve provocar uma mudança no clima regional, se o que aconteceu no Brasil pode servir de referência. Na Bolívia, recentemente, houve tumultos em todo o país por causa da internacionalização das fontes de gás natural, um sinal de preocupação com a predominância brasileira[19]. Entretanto, a estrada promete à Bolívia o fim de sua condição de país sem saída para o mar – situação que certa vez fez com que a rainha Vitória, irritada com o tratamento dispensado a seu embaixador pelos bolivianos, declarasse que um país sem porto simplesmente "não existia".

Brown já viu os desdobramentos da construção de rodovias – o convite ao contrabando de madeira, aos colonos adeptos da agricultura de coivara e aos especuladores do mercado imobiliário – e o impacto sobre as populações locais. Com muita energia, como se estivesse fugindo de uma torrente de lava, ele incentivou o trabalho de campo entre seus alunos de pós-graduação, encorajando-os a difundir a alfabetização, noções de higiene e o conhecimento básico de agrimensura, para que as populações locais entendessem aquilo que possuíam. Para complementar esse trabalho, ele tem organizado encontros regionais no Brasil e coordenado seus colegas nos países vizinhos sob a sigla MAP – M(adre de Dios, Peru), A(cre, Brasil) e P(ando, Bolívia). Ele se tornou uma espécie de herói popular entre os moradores e seus alunos, não só devido a seu óbvio altruísmo, mas também graças a sua permanência. Muitos pesquisadores chegam e partem; Brown já está definitivamente ligado ao lugar. "Para a maioria das pessoas, este lugar é o fim do mundo", diz. "Não para mim. Eu vivo aqui. Para mim, isto aqui é o centro do universo."

Mónica de los Rios, Elsa Mendoza e Nara Pantoja aparecem antes do alvorecer, cada qual com uma mochila contendo água, uma pequena faca, um kit de primeiros socorros, canetas, um caderno e um *laptop*. Brown encheu o Jipe com redes, cordas, facões, um kit grande de primeiros socorros e uma maca de madeira. Eles decidem o roteiro de viagem e partem antes do amanhecer.

O ar é um pouco frio a essa hora, mas a fumaça ainda incomoda, pois a estação seca trouxe novamente as queimadas. Há indícios empíricos de uma incidência cada vez maior de asma ao longo das principais estradas do Acre, o que é fácil de acreditar, dado o cheiro. O nível dos rios estava particularmente baixo no verão de 2005, como se tivessem sido atingidos pela seca. O Acre é um dos lugares onde o clima domina as conversas. Ali ele é visto como um indício da atividade humana, não apenas como um produto de forças sobrenaturais. Queimadas demais, chuva de menos. Enchentes demais, floresta de menos.

Passando por cima do rio Acre, vemos a Gameleira, a via mais antiga da cidade[20]. Ela foi revitalizada durante o governo de Viana e é margeada por construções de cores rosa, amarelo, azul e pêssego: uma salada de frutas por panorama. Há uma danceteria na vizinhança, que, nas noites de sábado, é tomada pelas multidões e pelo forró. Ao saírmos da cidade, vemos o local do novo estádio de futebol, em frente a uma série de lojas de implementos agrícolas e autopeças. Estamos na via Chico Mendes. A estrada conecta-se, através de um entroncamento, à BR-364, que segue em direção à mais longínqua cidade do oeste, Cruzeiro do Sul, e, a leste, para Porto Velho e a Estrada do Pacífico, nosso destino naquele dia.

A paisagem logo muda de pequenas chácaras para grandes fazendas de gado, quilômetros e mais quilômetros de pastagens por todos os lados e poucas árvores visíveis no horizonte. Brown ressalta que aquilo que estamos vendo não é a Amazônia, mas a África (as variedades de gramíneas) e a Índia (as raças bovinas). Na estação chuvosa, diz ele, os pastos são verdes e nevoentos, por causa da evaporação. Agora as cores predominantes são o marrom e o amarelo, e a fumaça se deve ao fogo. Sem a barreira da floresta, o céu fica alto e profundo; as nuvens, carregadas e lentas. A estrada tem curvas e inclinações para aproveitar ao máximo as terras altas. Os pontos mais baixos são inundados na estação chuvosa. Brown pára de tempos em tempos, anotando os pontos em que o asfalto rachou. Ele vai avisar as autoridades competentes quando voltar, ou então reclamar em uma carta para o jornal. É um ranheta.

O asfalto de boa qualidade desaparece em Senador Guiomard, uma cidadezinha a cerca de quarenta minutos de Rio Branco, que se resume a uma churrascaria, uma rodoviária, uma agência do Banco do Brasil (primeiro sinal de civilização na fronteira brasileira, juntamente com um padre) e uma meia dúzia de quebra-molas. Nas cidades pequenas pelas quais passamos, os carros de boi são tão comuns quanto os automóveis. A rua fica agitada às seis da manhã, principalmente ao redor das padarias, que oferecem café expresso grátis. O próximo sinal de vida é uma delegacia da polícia militar, indiferente a um veículo que segue *em direção* à fronteira. Brown aponta o fato como um dos muitos indícios da preocupação do Brasil em relação à abertura da fronteira com o Peru e a Bolívia, principalmente em um local tão próximo às regiões de cultivo de coca.

A lendária Xapuri, onde Chico Mendes foi morto a tiros, fica a uma hora e meia de Rio Branco, a vários quilômetros de distância da estrada principal, e merece ser visitada[21]. Júlio Barbosa, o prefeito, vai até a prefeitura de bicicleta: pneus grossos, quadro vermelho, sem marcha. "Desculpem-me pelo atraso", diz ele. "Tive de ir a um funeral que parecia que não ia acabar nunca." Faz uma pausa. "E, primeiro, vocês vão precisar me dar licença, pois tenho que dar uma entrevista para uma estação de rádio do Peru. Eles querem saber o que vão ver quando a rodovia for aberta."

Barbosa é outro expoente da era Chico Mendes, seu sucessor como presidente do sindicato dos seringueiros. Seu eleitorado é uma cidadezinha de 7 mil habitantes que se tornou uma espécie de peça de resistência nacional, além de beneficiária dos investimentos governamentais, que ficam evidentes na nova escola e nas fábricas de preservativos e de móveis. A casa azul-bebê com detalhes em rosa de Chico Mendes permanece do mesmo jeito que estava no dia em que ele morreu, certamente um dos museus mais remotos do mundo. As resistentes construções de taipa da época do *boom* da borracha se estendem pela asseada rua principal. Uma procissão de carros de boi, que se alternam com algumas caminhonetes, tumultua o centro. Em uma ruazinha, um cachorro grande e amarelo luta com um grupo de urubus para ficar com um pedaço de carne rejeitado.

"A vida aqui é muito melhor do que quando Chico estava vivo", diz Barbosa, "graças a Deus." Mas ele reclama que a atividade econômica da cidade está por um fio. As fábricas de madeira certificada ou borracha dependem de subsídios, e também a fábrica de castanhas depende do apoio do governo. Ele sabe que, se os subsídios forem retirados, as fábricas serão fechadas e as pessoas serão deixadas na floresta a sua própria sorte.

"Vai ser ruim de novo", diz ele. "A floresta nativa não tem valor monetário suficiente como floresta, então as pessoas vão se voltar para a criação de gado ou se mudar para a cidade, e quem chegar depois vai destruí-la." Como que para provar o que Barbosa dizia, o vice-prefeito de Xapuri, João Batista da Silva, foi preso em setembro de 2005 por iniciar incêndios ilegais próximo à Reserva Extrativista Chico Mendes.

Durante as duas horas de viagem até Epitaciolândia e Brasiléia, observamos alguns barracos de madeira no caminho, algumas placas com nomes de fazendas de gado, algumas igrejas evangélicas e nenhuma árvore. Deparamos com a "curva da morte", uma curva muito fechada na estrada, com uma placa de aviso que muitos motoristas tomam como um desafio para acelerar – fato que não chega a surpreender em um país em que fotografias do falecido Ayrton Senna são tão comuns nas paredes das casas quanto as imagens de Jesus Cristo. Passamos por um novo centro esportivo, e então pequenas lojas começam a surgir, de início alternadas com casas. Depois há apenas uma sucessão de estabelecimentos comerciais: supermercados, bancos, mercearias, padarias, repartições públicas. A estrada se bifurca diante de uma igreja e um pequeno parque. Estamos perto do último posto da polícia federal, onde poderíamos ser parados caso estivéssemos planejando pegar uma rodovia para cruzar a fronteira com o Peru ou a Bolívia. Em vez disso, esperamos em uma ponte de pista única para entrar na cidade de Brasiléia. Burros carregados com sacas de arroz balançam os rabos diante de nós, esperando para atravessar a ponte, que só tolera uma fila de veículos por vez.

Diante de Brasiléia, vemos a primeira placa da Estrada do Pacífico, e a qualidade do asfalto melhora. As placas sinalizam as áreas sujeitas à erosão e as curvas que estão por vir. Observamos barracos de madeira e algumas pessoas à espera do ônibus, carregando caixas com galinhas vivas, potes e panelas. Os avanços da engenharia são mais rápidos que as mudanças culturais. Brown destaca essas imagens contraditórias. "A coexistência desses dois mundos é empolgante. Às vezes, é avassaladora. Pelo menos sei que nunca vou ter uma crise existencial. Olho ao meu redor e sei que sou necessário. Ao menos acho que sou. Há problemas que assolam esta área: incêndios florestais, decrescente abastecimento de água, uma população com baixo índice educacional e erosão generalizada." Ele faz uma pausa. "Esses problemas vão existir aqui com ou sem minha presença, não é isso o que quero dizer. É que talvez eu esteja ajudando as pessoas a lidarem com eles por conta própria."

Só mais uns dez minutos de estrada ruim perto de Assis Brasil. Então vemos o marco da fronteira trinacional e a placa que informa que o oceano Pacífico está a 1.469 quilômetros de distância. Na direção oposta, uma placa avisa: SÃO PAULO 3.200 KM.

Jerry Correia, 19 anos, assistente do prefeito, é nosso comitê de boas-vindas[22]. Ele abraça Brown e informa-lhe o paradeiro de meia dúzia de pessoas que o pesquisador diz precisar encontrar. Voltando-se para nós, ele explica aonde chegamos. "Para os brasileiros, o Acre é o fim do mundo. Quando se diz que 'alguém foi para o Acre' se quer dizer que a pessoa morreu. Mas, para os acreanos, Assis Brasil é o fim do mundo. Então, isto aqui é o fim do fim do mundo."

O esqueleto de uma ponte que passa sobre o leito estreito do rio Acre e entra no Peru simboliza a mudança iminente. É possível vadear a água barrenta durante a estação seca e ficar com uma parte do corpo em cada um dos três países. Uma sensação palpável de apreensão pontua nossas conversas. "Acho que a maior mudança serão as drogas", diz Correia. "Quando começarem a trafegar os grandes caminhões vindos do Peru, vai haver muito tráfico de cocaína. É isso que vai mudar a vida das pessoas.".

Brown acrescenta sua lista de preocupações ambientais, observando que a bacia do Acre anda mal de saúde, já que o desmatamento privou o rio da proteção da bacia hidrográfica e a população crescente poluiu seus afluentes. "Às vezes nos perguntamos se haverá algo de bom nisso", ele reflete em voz alta. "Depois nos perguntamos como impedir isso, e concluímos que não temos como. Então lidamos com esse fato da melhor maneira possível".

Para os empresários acreanos, a estrada abre novos e importantes mercados, principalmente o da carne, na parte oriental dos Andes peruanos. Os produtores de soja do Mato Grosso e do sul do Acre a vêem como um saída para o Pacífico e um porto para a Ásia, embora seja difícil justificar o custo-benefício do transporte rodoviário através dos Andes, mesmo que as distâncias sejam menores que aquelas percorridas pelas chatas e os transportadores de grãos que transitam pelas vias fluviais da Amazônia.

    O sonho de interconectar esses países não pára nessa fronteira. Vários projetos estão encaminhados para ligar as hidrovias do Amazonas/Orinoco ao rio da Prata, na Argentina. O presidente da Venezuela, Hugo Chávez, propôs um gasoduto ligando seu país à Argentina e atravessando o coração da Amazônia. O Mercosul é limitado por barreiras físicas que só podem ser superadas com vultosos investimentos de dinheiro público. Vale a pena realizar esse sonho? Será que as conseqüências valem o preço: a degradação do meio ambiente, o desvio de recursos de outros programas, os contratempos para as comunidades locais? A Estrada do Pacífico dará as primeiras respostas.

CAPÍTULO 12
▌O desbravamento da floresta tropical

Na cidade de São Félix do Xingu, no quadrante sudoeste do estado do Pará, visitamos Marco Antonio Pimenta[1], voluntário local do Greenpeace, a gigantesca organização internacional de defesa do meio ambiente que transformou em causa a tentativa de controlar a extração ilegal de mogno na Amazônia. Em uma série de relatórios bem documentados, o Greenpeace argumenta que o comércio de mogno é tão ilícito quanto o narcotráfico[2]. Já que algumas pessoas que possuem armas, dinheiro e poder político na Amazônia muitas vezes valorizam mais o mogno do que os seres humanos, há pessoas que morrem em desfesa da floresta. Uma árvore, principalmente o mogno, costuma valer tanto quanto uma vida.

 A extração de mogno no Brasil, atualmente, é tão ilegal quanto cultivar coca, mas o valor do mogno é tão alto que as restrições são vistas como desafios a serem vencidos, e não como leis a serem obedecidas. O Greenpeace alega que a extração indiscriminada de mogno não só está esgotando um recurso natural raro, como também está minando a estrutura social e política da região.

 "O mogno corrompe", disse Pimenta, que, além de ser voluntário do Greenpeace, trabalha em tempo integral como segurança de um banco da cidade. "A maioria dos fiscais do governo é formada por corruptos. Eles aceitam suborno para permitir a extração de árvores das reservas indígenas. Dizem ao público que são áreas protegidas, mas não é verdade." Ele afirma que são concedidas licenças para a extração legal de outras árvores, mas os madeireiros usam a autorização para derrubar o mogno e muitas vezes não há fiscalização posterior no caso de suborno.

Segundo Pimenta, o Ibama – Instituto Brasileiro do Meio Ambiente e dos Recursos Naturais Renováveis – apreendeu 15 mil metros cúbicos de mogno no Pará em 2003, uma fração do verdadeiro volume extraído. Pimenta passa boa parte de seu tempo livre preparando "denúncias" que identificam atividades suspeitas. Ele as envia aos representantes do governo estadual, em Belém, ou ao governo federal em Brasília. "Depois espero uma resposta." Após uma pausa, ele faz o tradicional gesto brasileiro de estalar os dedos, indicando que a espera pode ser longa. "E continuo esperando."

Pimenta, um homem baixo com físico de halterofilista, nos disse que o mogno corrompeu todos os funcionários públicos de São Félix. "O prefeito está envolvido em um esquema para extrair árvores em áreas pertencentes aos índios caiapós. Há 21 processos contra ele na justiça. Já mandei denúncias detalhadas para Brasília. Mas nada acontece. Ninguém vai me ajudar."

Ao perguntarmos por que ele não procurava a polícia, ele riu com desdém. "Há informantes nas delegacias da polícia federal que supervisionam a área. Quando uma equipe chega, algumas pessoas em Xinguara e Tucumã telefonam para avisar os madeireiros, e eles escondem toda a madeira antes de a polícia chegar."

Ele culpa até o clero. "O padre Danilo costumava falar dos conflitos, mesmo durante os casamentos. Mas não o atual, o padre Paulo. O padre Paulo chegou a vender terras, até os grileiros confirmam isso. Todo mundo está envolvido."

Desde a época dos primeiros exploradores europeus, o mogno-brasileiro, que chega a ter mais de 38 metros, é apreciado por sua inconfundível cor castanho-avermelhada, a grã direita e as pranchas longas e retas dele extraídas. É chamado de "ouro verde" na Amazônia. Uma lâmina que seja, retirada da extremidade de uma dessas pranchas, é suficiente para fazer uma excelente mesa de jantar, do tipo que se vê nos *showrooms* de Manhattan, vendida a 15 mil dólares. Uma única árvore rende dezenas de milhares de dólares em móveis, revestimentos, corpos de violões ou mesmo ataúdes elegantes. Os marceneiros adoram a resistência e o peso controlável da madeira. Ao contrário de algumas densas madeiras de lei tropicais, o mogno se deixa cortar e laminar com precisão, e ainda mantém a forma. Os construtores navais há muito apreciam o fato de que essas vigorosas pranchas à prova d'água são longas e flexíveis, mas conseguem resistir ao impacto de uma bala de canhão tão bem quanto o deselegante carvalho. Os melhores móveis do século XVIII eram feitos com o mogno escuro do Caribe, hoje extinto, que os artesãos norte-americanos de Chippendale e Hepplewhite transformavam em armários e mesas elegantes, com volutas intrincadas e superfícies muito polidas. O tipo mais comum agora é o mogno hondurenho, embora a maioria dessas árvores venha da Amazônia brasileira, boliviana e peruana.

 O mogno não tem nada de excepcional à primeira vista: apresenta sapopemas, como muitas árvores amazônicas, e uma casca cinzenta e escamosa. A copa, que chega aos pontos mais altos do dossel da floresta, é surpreendentemente pequena. Homens bem treinados, com duas motosserras, podem derrubá-lo em menos de uma hora. Levariam mais tempo se tentassem direcionar sua queda de modo a causar o mínimo possível de dano à floresta, algo que raramente acontece. Como grande parte da extração é claramente ilegal ou se dá em terras protegidas, a pressa é a alma do negócio. A madeira fresca por baixo da casca cinzenta é de um rosa-avermelhado que lembra carne crua.

O acesso a essa árvore tem sido um fator importante na expansão da fronteira amazônica. O governo não se faz presente nas áreas remotas e inabitadas onde ela cresce, e os próprios madeireiros abrem as estradas, função que tradicionalmente caberia ao governo. O governo só aparece quando a população chega a uma massa crítica. Até então, a lei da selva prevalece: se alguém que tiver contratado assassinos de aluguel quiser a terra que outra pessoa ocupa, é melhor ela se retirar, ou acabará morta. A subseqüente presença do governo nem sempre muda isso.

Como boa parte da flora amazônica, o mogno cresce isoladamente. Mesmo na área de maior concentração, em algumas regiões do Pará, existem cerca de três árvores por hectare, cercadas por centenas de outras espécies arbóreas, todas diferentes umas das outras. Os madeireiros sabem onde estão os mognos, embora as árvores pareçam cada vez mais raras na região onde o tráfico é mais intenso: o "cinturão do mogno", que começa na Amazônia oriental e vai formando uma faixa rumo ao sudoeste. A densidade ali, antes da extração, era de uma árvore para cada cinco a vinte hectares. Muitas das árvores restantes ficam em florestas nacionais de acesso restrito ou em reservas indígenas, e é proibido cortá-las. Essa dificuldade de acesso não detém os madeireiros. Ouve-se muito falar em suborno de agentes federais para que façam vistas grossas à extração em áreas protegidas, ou em acordos feitos com índios para que, em troca de pagamento, suas terras sejam invadidas.

O madeireiro típico é um empreiteiro insignificante que contrata poucos trabalhadores. Nas primeiras horas do dia, ele e sua equipe percorrem a floresta até acharem o mogno. Às vezes precisam abrir a própria trilha, mas em geral seguem caminhos já abertos por colonos ávidos por terras ou por garimpeiros, que costumam ser os desbravadores da Amazônia.

Caso o madeireiro consiga levar uma escavadeira para o local, normalmente a árvore inteira é arrastada até o lugar mais próximo e acessível a um caminhão. Caso contrário, o mogno é cortado em toras de seis metros e arrastado pelos homens por meio de cordas. Tanto esforço pode render a esses trabalhadores o equivalente a 15 ou 20 dólares por dia, um bom salário na Amazônia.

O valor do mogno se eleva ao longo da cadeia comercial. Em um artigo de 2002 publicado na revista *Outside*, Patrick Symmes detalhou como a árvore se valoriza à medida que passa da Amazônia para a sala de jantar[3]. A árvore em si é gratuita. O custo inicial é o necessário para se chegar até ela: construir uma estrada, subornar um funcionário público ou até matar alguém; ou as três coisas. Pronta para ser retirada da floresta, a árvore vale 30 dólares. Na serraria, geralmente localizada em uma cidadezinha com acesso às rotas dos caminhões, ela vale 3 mil dólares. A serraria vende o mogno para um exportador que o transporta para um porto, em geral o de Belém, e o vende a uma empresa ou um comprador direto por mais de 50 mil dólares. O valor final da árvore no varejo, quando já tiver se transformado em um móvel, será de mais de 250 mil dólares. Esse comércio é o caso clássico de um artigo de Terceiro Mundo que rende pouco àqueles que o extraem, mas atinge seu valor integral no topo da pirâmide, representado pelos consumidores de Primeiro Mundo. Essa estrutura é semelhante à do tráfico de cocaína.

Não é só a perda dessas árvores que ameaça a floresta. Além de interferir no papel vital do mogno no ecossistema, a extração cria veredas destrutivas que causam mais danos. As marcas deixadas pelos madeireiros invasores não cicatrizam. Essas trilhas minúsculas muitas vezes são visíveis do céu, e seu padrão lembra uma bacia hidrográfica invertida. O fim da trilha é uma veiazinha pálida que termina na base do que um dia foi um mogno. O tronco imenso é arrastado até uma trilha mais aberta, que, por sua vez, leva a uma estrada de terra isolada. Fazendo o caminho de volta pela estrada, à medida que ela se alarga, podemos ver as estradas que dela se projetam como espinhas de peixe, estreitas no começo, mas cada vez mais amplas à medida que nos aproximamos da civilização. Nas extremidades das espinhas encontram-se trechos mais ou menos quadrados de fazenda, e, mais ao longe, vastas clareiras abertas para a criação de gado ou para as lavouras mecanizadas, como a de soja ou arroz. Por fim, em algum lugar ao longo da estrada, encontra-se uma cidadezinha.

Esse padrão conta a história do desmatamento da Amazônia nos últimos trinta anos. O Greenpeace defende que a derrubada do mogno e a abertura dessa trilha de arrasto seriam o começo do fim para um pedaço da floresta, uma afirmação irrefutável. "O mogno inicia um ciclo de destruição"[4], disse Scott Paul, diretor do programa florestal do Greenpeace em Washington. "A árvore vale o suficiente para financiar essas primeiras entradas na floresta e, depois disso, a demanda reprimida é tamanha, que todo o resto se torna inevitável."

A trilha de arrasto é um convite, uma porta de entrada para outros madeireiros à procura de espécies menos valiosas, mas mais numerosas, como alguns tipos de cedro, o jatobá e o resistente ipê, todas elas cada vez mais estimadas. Abertas as trilhas, o local é invariavelmente tomado por grileiros, famílias nômades que tentam sobreviver ao longo da fronteira. Eles se mudam quando ameaçados ou pagos para sair. Os ativistas que incentivam os pequenos agricultores a permanecerem onde estão geralmente acabam mortos. A Comissão Pastoral da Terra, ligada à Igreja Católica, calcula que 475 ativistas foram assassinados no Pará entre 1996 e 2001. Seu crime: organizar os ocupantes dos pequenos lotes de terra para contestar a legitimidade das escrituras reivindicadas por madeireiros, especuladores imobiliários e pecuaristas.

O padrão geral, que preocupa grupos como o Greenpeace, é que essas famílias são expulsas pelos madeireiros, os quais passam a ter acesso facilitado e tentam incorporar novas extensões de terra a suas posses, desmatando-as e depois vendendo-as aos especuladores imobiliários. Estes chegam quando a floresta já foi desmatada e fundem as propriedades em terrenos ainda maiores, depois vendidos para os pecuaristas. E, quando o solo é fértil e plano, como em grandes áreas no sul do Pará e no Mato Grosso, as fazendas de gado acabam dando lugar a grandes plantações.

Em um relatório divulgado em 2001, o Greenpeace concluiu que: "Estimulado pela alta demanda do mercado internacional, o mogno está levando a floresta tropical da Amazônia brasileira à destruição [...]. O comércio ilegal de mogno é só a ponta do iceberg. Ele sinaliza o fracasso dos governos mundiais em suas ações para proteger a Amazônia"[5].

Devido a sua imponência e a seu valor econômico, o mogno é uma maneira simples de explicar um problema complicado. O governo brasileiro, reagindo à pressão internacional, restringiu a venda de mogno até que sejam desenvolvidos métodos não destrutivos de extração. Em 1996, o governo suspendeu a emissão de novas licenças para a extração do mogno. Tal medida mostrou-se ineficaz e, logo depois do relatório do Greenpeace em 2001, foram completamente proibidos a extração, o transporte e a exportação de mogno. A árvore agora é protegida pelas normas da Convenção sobre o Comércio Internacional das Espécies da Fauna e da Flora Selvagens Ameaçadas de Extinção (CITES), que torna quase impossível obter uma licença de exportação. O governo complementou essa ação com as midiáticas batidas policiais nas serrarias do Pará, onde foram confiscados 7.165 metros cúbicos de mogno, cujo valor estimado é de 7 milhões de dólares.

A cooperação entre o governo e o Greenpeace poderia ser facilmente interpretada como uma confissão de que o governo é incapaz de controlar esse problema. O Greenpeace passou dois anos preparando um relatório intitulado *Parceiros no crime – A extração ilegal de mogno*, que identifica os chefões do comércio ilegal de árvores, a localização das serrarias e os nomes das empresas que participam do contrabando como consumidores finais. O relatório detalha as estratégias dos madeireiros: invasão de terras indígenas, falsificação de escrituras e licenças de extração, adulteração dos levantamentos de espécimes e do número de árvores cortadas.

A eficiência do trabalho do Greenpeace pode ter despertado algumas discussões mais amplas sobre a privatização dos órgãos responsáveis pelo cumprimento das leis ambientais. Nenhuma foi adiante. Esse episódio, como muitos outros, demonstrou que os engajados ambientalistas das ONGs estavam mais adiantados do que seus equivalentes governamentais no que se refere à capacidade de pesquisar e identificar atividades ilegais específicas. As instituições públicas que protegem o meio ambiente costumam ser afligidas por acusações de corrupção ou de clientelismo em favor de burocratas incompetentes; e, mesmo quando funcionam de verdade, faltam-lhes os recursos necessários. A concessão do poder de fiscalizar, mesmo que fosse a uma ONG brasileira, provavelmente se revelaria um grande instrumento de arrecadação de fundos, seja através da iniciativa privada, seja através de órgãos internacionais de financiamento. Uma conseqüência indireta seria a liberação de recursos e funcionários do governo, que poderiam se concentrar em outras áreas. O mais provável é que isso nunca aconteça. A privatização da fiscalização seria vista, no Brasil, como uma perda de soberania e, portanto, a atenção seria desviada para outro foco. Além disso, devido à desmedida violência inerente a esse problema, a troca dos fiscais transformaria em alvos móveis os voluntários do Greenpeace ou de qualquer outra ONG.

Em todo caso, o Greenpeace motivou o governo a acompanhá-lo, ao menos na retórica. À luz do trabalho de fiscalização de 2001, o dirigente do Ibama se vangloriou: "A postura do governo é bem clara: queremos pôr fim à extração ilegal de mogno". O contraste entre essas palavras e o fascínio que o mogno desperta apareceu nas manchetes em junho de 2005, quando 89 pessoas foram presas e acusadas de participar de um esquema que levou à extração ilegal de 370 milhões de dólares em madeira da Amazônia desde 1990. O diretor do Ibama no Mato Grosso e quarenta funcionários do órgão estavam entre as pessoas que foram presas e acusadas de falsificar licenças para extração e de permitir a derrubada de árvores em 48 mil hectares de terras protegidas.

Para compreender como essas forças se comportam ao longo do tempo, voltamos à cidade de Redenção, no sul do Pará. Há 25 anos, Redenção tinha a fama de ser a cidade mais violenta da região amazônica. A causa imediata da violência naquela época era a descoberta de ouro nas redondezas. Por se tratar do povoado mais próximo aos garimpos, Redenção se tornaram um centro comercial. Dezenas de aviões chegavam e partiam, ainda que não houvesse um aeroporto na cidade. A rua principal era usada por ônibus, carros e aviões. Todo mundo carregava uma arma na cintura, à moda dos caubóis, e os assassinatos ocorriam, em média, uma vez por dia.

Na época, entrevistamos o coronel Ary Santos, um policial federal que trabalhava disfarçado e fora enviado por Brasília para reprimir a violência[6]. Logo que ele chegou à cidade, um homem cambaleou em sua direção. Santos pensou se tratar de um bêbado que vinha cumprimentar um recém-chegado. Mas então percebeu que uma grande peixeira estava enfiada nas costas do sujeito.

"Ninguém fez nada. Eu nem acreditava no que estava acontecendo. Ele ainda não estava morto, mas ninguém se mexeu para ajudá-lo. Se eu fizesse alguma coisa, eles saberiam de imediato que eu era de um outro mundo. A polícia era parte do problema, pois era corrupta. Matava por dinheiro e também fazia vistas grossas por dinheiro. Não havia ordem", disse.

Ele sabia quem procurar. Havia feito uma lista de 12 pistoleiros supostamente responsáveis por muitos dos assassinatos. Entre eles estavam Pedro Paraná, homem conhecido pelo nariz torto e retalhado à faca, e Zezinho de Condespar, que comandava uma organização de assassinos de aluguel. Por cinqüenta dólares, eles matavam um zé-ninguém; o preço subia de acordo com a importância da vítima.

Santos organizou uma reunião secreta com os líderes da cidade: o médico, os comerciantes e os pecuaristas. Todos queriam a limpeza de Redenção e fariam o que pudessem para ajudar. Uma semana depois, Santos pousou na cidade com sessenta agentes de segurança nacional em dois enormes aviões Buffalo. Em 24 horas, capturaram 11 dos 12 pistoleiros da lista. "Nós os mantivemos na prisão por dois ou três meses", afirmou Santos, "mas ninguém se dispunha a testemunhar contra os pistoleiros. Tinham medo. Então tivemos de soltá-los. Mas eu deixei claro que, se um dia voltassem, eu estaria esperando por eles."

Redenção passou de uma cidadezinha caótica e poeirenta para um próspero centro comercial com 70 mil habitantes. A violência diminuiu significativamente. O nome "Redenção" é bastante adequado. Não há indícios de que a floresta tropical tenha vicejado ali, a não ser pelo calor e a estação chuvosa. São quilômetros e quilômetros sem que se aviste uma árvore.

Mariano e Carmelinda Sroczynski, filhos de imigrantes poloneses que se estabeleceram no Rio Grande do Sul, migraram para Redenção em 1975 e estão entre as famílias pioneiras[7].

"Vim para cá para testar a área como base de operações para a extração de árvores", disse Mariano, 66 anos, que mais parecia um jogador de golfe da Flórida do que um madeireiro do Brasil com aquela camisa pólo azul, as calças escuras e os óculos de aro grosso e preto. "Nem era uma cidade ainda." A esposa, que vestia vistosos shorts azul-fluorescente e uma camiseta regata branca, para não mencionar as unhas pintadas de vermelho-vivo, estava ávida para contar sua história.

"É isso mesmo", disse ela. "Não tinha loja nenhuma. Não tinha nem 'fim de semana'. Não tinha Natal. Nós trouxemos a primeira árvore de Natal para cá. Tivemos até de ensinar às pessoas como comemorar os aniversários. Mostramos como se fazia um bolo de aniversário. Dá para imaginar? Não tinha luz elétrica. Nada de geladeira, nada de carros, nenhuma estrada de verdade. Naquele tempo, o único meio de transporte era o avião, e eles decolavam de onde hoje é a praça da cidade." A casa deles tem ar-condicionado, e os serviços de telefonia celular e internet de banda larga estão disponíveis em toda a cidade.

Os Sroczynski montaram o negócio de extração de mogno antes de o governo tentar controlar o comércio dessa madeira. "O mercado estava explodindo na época", disse Mariano, explicando a vida relativamente confortável que eles levam.

Não mais, afirmaram os dois. As árvores das redondezas foram todas derrubadas. As normas do Ibama e o resto da burocracia governamental sufocaram o setor ao se mostrarem ineficazes, desencorajando as empresas legítimas a fazerem negócios. "Isso não impede a extração; só impede a extração legal", disse Mariano. Como acontece com muitas leis na Amazônia, o caos desgovernado ou o controle intolerável podem ser burlados por aqueles que sabem manipular o sistema. "Havia vinte madeireiras em Redenção, mas quase todas estão fechadas", observou Mariano. "E ainda assim muitas árvores são cortadas."

Carmelinda acrescentou: "Quando havia muito mogno, nunca tivemos problemas. Mas agora nosso negócio precisa de mais infra-estrutura e apoio, e não estamos recebendo isso".

A extração diminuiu tanto que o filho deles, de 23 anos, assinou contrato em 2004 com uma madeireira que o mandou para o Congo. Segundo Carmelinda, é na África que a extração dá dinheiro atualmente. "Não aqui. Tem o custo de transportar as matérias-primas de um lugar a 200 quilômetros de distância para cá. É caro. O preço do petróleo está muito alto agora. Os caminhões são caros. Tem os impostos. Não há incentivos." São os ossos do ofício, mas, quando os madeireiros perderam o mogno, que era extremamente lucrativo, os custos começaram a atrapalhar os negócios.

"Mas o verdadeiro problema", disse ela, como se quisesse castigar alguém com uma palmatória, "é o governo. Para obter licenças, é preciso passar por oito ou dez secretarias, pagar o mapeamento do terreno e a demarcação. É preciso ir até Belém e passar uma semana – ou sabe-se lá quanto tempo – em um hotel, esperando, afundando-se em gastos. Você perde tempo e dinheiro, não trabalha, espera, e nada. Não se ganha nada com isso! As exigências do Ibama impõem custos mais elevados que os lucros, e as empresas levam prejuízo."

Segundo ela, o Ibama entendeu tudo errado. É o agricultor, e não o madeireiro, que precisa ser controlado. "As pessoas nos culpam pelo desmatamento. Supõe-se que o madeireiro seja o vilão. Mas, veja só, existem centenas de árvores pequenas embaixo da grande. Quando ela cai, cria-se uma área ensolarada, e as pequenas crescem. Eu tiro uma, mas deixo dez. Elas logo crescem e preenchem a floresta. Eu, assim como as pessoas que dependem da floresta para sobreviver, não quero que ela desapareça."

Mas a floresta está desaparecendo, e os madeireiros são os responsáveis, pelo menos a princípio. A aura mística do mogno faz dele um estudo de caso de fácil identificação: como o fascínio exercido por um artigo de obtenção gratuita pode dar início a um ciclo destrutivo. A proibição ao corte do mogno pode, nas estatísticas oficiais, levar à redução de sua extração, mas a demanda mundial aumenta independentemente da vontade brasileira de proteger uma espécie em particular. Sempre haverá mercado para madeiras tropicais. A menos que o controle da extração seja ditado por um sistema mais eficaz do que a burocracia ineficiente, o resultado será a extração descontrolada. O fechamento do negócio dos Sroczynski por meio da imposição de custos institucionais não enfraqueceu o mercado existente para o produto.

Tão logo os madeireiros derrubem uma árvore que seja, a área inevitavelmente perderá em definitivo sua proteção natural. O acesso propiciado pelos madeireiros passa a controlar o influxo de migrantes, que irão ocupar a terra de acordo com ciclos previsíveis, começando com os pequenos agricultores que irão desmatar mais terras, dando lugar aos pequenos pecuaristas, depois aos grandes pecuaristas, e então, dependendo das condições do solo, à agricultura mecanizada. Esse ciclo de ocupação se repete em todas as regiões da Amazônia que estão em processo de desenvolvimento.

CAPÍTULO 13
▌E então chegou o gado

Marabá, o tradicional centro de extração de madeira e garimpagem de ouro, também é a capital da pecuária no Pará. Localizada no sul do estado, no cruzamento das principais rodovias, a Belém-Brasília e a Transamazônica, Marabá é atravessada pela estrada de ferro que vai da serra dos Carajás, rica em minerais, ao porto de São Luís, e pelo rio Tocantins, que é navegável até Belém.

Apesar da localização, ideal para uma rede de transportes, Marabá fica em uma planície aluvial ativa, e a cidade teve de mudar de lugar no decorrer de sua história. O primeiro povoado, erguido em áreas baixas, perto do rio, era inundado quase todos os anos, o que obrigava os residentes a passar semanas fora de casa. Depois de um tempo, eles simplesmente se estabeleceram em terras mais altas e fundaram uma vila chamada Cidade Nova. E então, quando a rodovia Transamazônica chegou, na década de 1970, Nova Marabá foi construída para hospedar as repartições públicas e os projetos de reassentamento.

Devido ao fato de que a pecuária amadureceu primeiro nas redondezas de Marabá, muitas das conclusões iniciais sobre o impacto ambiental da criação de gado foram tiradas a partir das áreas próximas. Durante nossa primeira série de visitas, viajamos desconfortavelmente em um ônibus de Marabá até Belém por mais de 18 horas e vimos as marcas deixadas pelos rebanhos. Escrevemos naquela época: "Pela janela vimos provas de que estavam certas as terríveis previsões quanto ao que aconteceria caso a Amazônia inteira fosse desmatada. Ali, a debandada selva adentro começara havia apenas duas décadas, com o final da construção da rodovia Belém-Brasília. Rapidamente, as árvores foram cortadas e queimadas para dar lugar às pastagens. A relva que as substituiu foi rareando ano após ano, até que deixou de crescer por completo. Vacas magras andavam quilômetros entre uma refeição e outra. O deserto de fazendas falidas continuou por uma hora: céu cinzento, terra cinzenta. Foram 80 quilômetros de paisagem lunar"[1].

O desatino dessa atividade tornou-se ainda mais evidente quando, visitando uma fazenda após outra, descobrimos que ninguém estava ganhando dinheiro. Eles tinham aperfeiçoado os métodos de desmatamento, mas não faziam idéia de como criar gado de maneira lucrativa.

A pecuária tem sido atacada desde que o movimento ambientalista começou a se concentrar na Amazônia. Nas décadas de 1970 e 1980, o governo ofereceu subsídios generosos para a pecuária em todo o país, avaliados em cerca de 3,2 bilhões de dólares segundo a cotação da moeda em 1990. A motivação do governo era geopolítica, e não econômica: preparar-se para a ocupação brasileira de grandes extensões da Amazônia brasileira. Como era de se esperar, a concessão de terras e o apoio financeiro foram parar nas mãos dos ricos ou de grandes empresas ligadas ao governo.

Em 1989, Susanna Hecht e Alexander Cockburn observaram em *The fate of the forest* [O destino da floresta]: "A criação de gado tornou-se o uso definitivo das terras da Amazônia brasileira, ocupando mais de 85% da área desmatada. Com níveis muito baixos de produtividade, um animal a cada 2,4 acres, ou um hectare, o custo da pecuária raramente se compara ao preço de venda. Por outro lado, o valor dos créditos subsidiados [e a dedução de impostos] e a valorização cada vez maior das terras compensavam largamente a produtividade risível da pecuária"[2].

O clamor em torno dessa destruição subsidiada se intensificou nos anos 1980, quando circulou o boato sensacionalista, porém incorreto, de que "a conexão hambúrguer" era a principal responsável pelo desmatamento da Amazônia. Proliferam na internet histórias sobre essa época, afirmando que "O McDonald's desmata a Amazônia há vinte anos"[3]. Segundo essa teoria, os habitantes da Amazônia não tinham terras para que os norte-americanos pudessem comer as vacas que os desalojaram. Nada disso era verdade[4] (na época, os Estados Unidos não importavam a carne brasileira), mas a imprensa se deleitou.

Ainda assim, a premissa do ataque à pecuária parecia válida: "Vários estudos mostraram que a criação de gado na Amazônia não é lucrativa sem subsídios ou especulação"[5], escreveram Hecht e Cockburn. A estratégia do movimento ambientalista, portanto, parecia relativamente simples: se o governo cortasse os subsídios, a pecuária acabaria. A floresta estaria a salvo. Parte do plano foi executada, e o governo restringiu os subsídios no começo da década de 1990. No entanto, entre 1990 e 2005, o número de cabeças de gado na Amazônia passou de 26,2 milhões para 65 milhões[6]. Ao mesmo tempo, a área total desmatada na Amazônia aumentou de aproximadamente 41,5 milhões para 62,5 milhões de hectares[7]. Com essa proporção de 5,5 para 1 entre áreas desmatadas pela pecuária e áreas desmatadas pela agricultura[8], o gado acabou levando a culpa.

Acontece que, em algum momento, um pressuposto importante do argumento de que era preciso "cortar os subsídios para deter o gado" acabou mudando. A pecuária tornou-se lucrativa. Um estudo revolucionário conduzido por Sergio Margulis, do Banco Mundial, no final de 2003, destacava essa mudança econômica: "A criação de gado [de corte] no leste da Amazônia ou na fronteira já estabelecida é altamente lucrativa para a iniciativa privada e gera índices de retorno econômico superiores àqueles obtidos com a mesma atividade nas áreas tradicionalmente dedicadas à pecuária [no sul] do país. Além da disponibilidade de terras baratas, esse retorno é resultado de condições de produção surpreendentemente favoráveis: sobretudo a precipitação, a temperatura, a umidade do ar e os tipos de pasto disponíveis. A margem de lucro da própria pecuária (fora a renda obtida com a venda de madeira) ultrapassa sistematicamente os 10%"[9]. O negócio é ainda mais impressionante quando se considera que a terra onde se cria gado acaba sendo valorizada. A valorização da terra em si oferecia uma alternativa privada ao apoio do governo, pois os bancos, vendo a terra como garantia suficiente, emprestavam de bom grado o capital necessário para sustentar a pecuária. Hoje, tanto a atividade econômica quanto as terras onde ela ocorre dão lucros.

Essa economia ascendente apavora os defensores da preservação. Agora eles precisam enfrentar o teorema de Coase, que deve seu nome ao prêmio Nobel de economia Ronald Coase: as pessoas usam os recursos da maneira mais rentável possível. Se a extração de madeira for mais lucrativa, então ocorrerá a extração. Mas, se a terra desmatada é usada para a pecuária não rentável, então a expansão nesse nível ficará estagnada. Sem os subsídios do governo, a pecuária não sobreviveria. Nessa situação, a população da Amazônia não só abandonaria a pecuária, como a economia também desestimularia a extração de madeira. Não haveria compradores para as terras desmatadas, o que reduziria o incentivo ao desmatamento. Era essa a expectativa quando os subsídios foram eliminados. Mas quando a pecuária, na ponta dessa dinâmica, tornou-se lucrativa, isso levou os fornecedores de matéria-prima – terras, nesse caso – a oferecer um estoque maior. A mudança econômica ameaça o meio ambiente.

Fomos até o recinto de exposições agropecuárias, nas cercanias de Marabá, para entrevistar James "Jimmy" de Senna Simpson, o tesoureiro do Sindicato dos Produtores Rurais, e Diogo Naves Sobrinho, presidente da associação de pecuaristas[10]. Cansados de serem difamados na imprensa mundial, atacados pelo Greenpeace e assediados pelo Movimento dos Sem-terra (MST), que tenta ocupar suas propriedades, nenhum dos dois nos recebeu com cordialidade.

"Obedeço à lei. Ganho dinheiro", disse Simpson bruscamente, à guisa de apresentação.

Não havia motivos para duvidar de nenhuma dessas afirmações. Mas os fatos inerentes à atividade pecuária implicam a destruição da floresta amazônica, a menos que se encontre um jeito de conciliar os direitos desses cidadãos cumpridores das leis, que participam de uma economia de livre mercado, e as necessidades ambientais visíveis de um grupo maior, tanto na região quanto distante dali. Na medida em que o desmatamento da Amazônia afeta o aquecimento global, essas atividades lícitas são as culpadas. Sob qual alegação se pune alguém por obedecer à lei?

Simpson, cuja família emigrou da Escócia em 1948 para trabalhar em fazendas de gado no sul do Brasil, chegou ao Pará em 1992. Com cerca de cinqüenta anos e já ficando calvo, vestindo camisa pólo e calças jeans bem passadas, ele estava sentado atrás de uma mesa organizada em um escritório com ar-condicionado no recinto de exposições vazio, falando com segurança a respeito de sua causa. "A Amazônia não é o que dizem fora do Brasil que ela é. Não é cheia de criminosos nem está sendo destruída. Ela está crescendo e se desenvolvendo. É a última fronteira agrícola, querendo o mundo ou não."

Aparentemente, há uma infinita oferta de terras na Amazônia e uma demanda infinita por carne no mundo. Entre 1997 e 2003, o volume de exportação de carne do Brasil passou de 232 mil para cerca de 1,2 milhão de toneladas[11]. A oferta elevada levou a uma estabilização e até mesmo a uma redução do preço da carne no Brasil e no mercado de exportações, tornando essa fonte de proteínas mais acessível e, portanto, mais disponível, o que talvez seja um ótimo resultado. Além disso, essas exportações renderam aproximadamente 1,5 bilhão de dólares em receitas cambiais muito bem-vindas. Simpson nos lembrou de que o Brasil se tornou o maior exportador de carne do mundo. "E é por isso que os Estados Unidos não querem que a Amazônia se desenvolva. Concorrência."

Para Simpson e outros produtores, as preocupações ambientais do mundo são tentativas disfarçadas de certos interesses econômicos nos países desenvolvidos de impedir o crescimento da economia brasileira. Simpson vê uma hipocrisia inerente nos defensores do meio ambiente. "Quem compra nossa madeira?", indagou Simpson. "Vocês compram. A Europa compra. A Europa é hoje a maior destruidora da floresta. Não comprem nossa madeira e nós não teremos motivos para cortá-la."

Esses argumentos já foram parte da postura defensiva assumida pelos vorazes pecuaristas da Amazônia. A maioria dos observadores achava que a tensão um dia iria se dissipar. O Brasil se cansaria de subsidiar iniciativas que não só davam prejuízo como também eram internacionalmente impopulares. Os pecuaristas voltariam a suas casas no sul. Isso não aconteceu. A natureza se curvou à vontade de obter sucesso – e lucros. Os pecuaristas que persistiram, depois de anos fazendo experiências com tipos diferentes de pastagens e raças diferentes de gado, agora apresentam um dilema ainda mais desconcertante. Quando a atividade econômica, que altera o meio ambiente, torna-se lucrativa, as opiniões convergem. Na década de 1970, ninguém além dos generais poderia justificar o enorme desmatamento causado pela pecuária. Atualmente, o livre mercado o justifica.

Em nossa entrevista com Diogo Naves Sobrinho, o presidente da associação de pecuaristas nos disse: "Havia menos de um milhão de cabeças de gado no Pará quando minha família chegou, em 1974. Hoje há mais de 16 milhões. Existem 19 matadouros, e cada um deles emprega muitas pessoas. Há vinte anos tínhamos 1,5 cabeça por hectare, agora temos cinco, às vezes sete cabeças. O que isso significa? Significa mais produção em menos terras".

Também significa mais terras em uso. O processo começa com o acesso e, previsivelmente, a malha rodoviária da Amazônia aumentou em mais de 80 mil quilômetros entre 1970 e 2000[12]. Oitenta e cinco por cento do desmatamento ocorre a cinquenta quilômetros de distância das estradas.

Não há fim para o efeito multiplicador causado pela lucratividade da pecuária. Se o uso final é lucrativo, todo o processo também é. Não é diferente do ciclo da cocaína, só que a terra é a matéria-prima que é refinada e transformada em pecuária. Todos os participantes do ciclo que desmatam a terra, consolidam pequenas propriedades ou plantam nelas terão lucro. A grilagem tornou-se um meio de vida na Amazônia e envolve: exércitos de pistoleiros contratados que expulsam os moradores dos lotes mais distantes; falsificação de escrituras ou suborno das autoridades competentes para alterar as escrituras registradas. Mesmo esse processo ilegal acaba sendo legitimado, como a afirmação de Simpson já sugeria, por compradores de boa-fé, que adquirem as terras mais tarde sem saber de qualquer irregularidade nas escrituras. Contestar a propriedade de pessoas como Simpson por meio do exame das escrituras nessa confusão de registros é impossível.

A expansão para áreas mais remotas da Amazônia, onde a terra é mais barata e o lucro final maior, faz com que a aquisição de terras fuja ao controle do governo. As restrições legais à porcentagem de floresta que pode ser desmatada são inúteis em uma área aonde as autoridades só conseguem chegar depois de dias e dias de viagem. E, mesmo que viajasse dias até um lugar longínquo, o representante do governo teria de enfrentar madeireiros armados e dispostos a intimidá-lo com violência ou, na melhor das hipóteses, prontos para lhe oferecer propina. O representante do governo enfrenta um dilema que perturbaria qualquer indivíduo sensato: impor a lei para salvar uma árvore inidentificável em uma propriedade não demarcada ou proteger sua própria segurança e bem-estar. Faltam ao governo o capital e os recursos humanos necessários para a fiscalização. Se há um policial inativo no país, ele deveria ser enviado em uma viagem de quatro dias para impedir as pessoas de cortarem árvores ou para uma esquina em um bairro do Rio de Janeiro, onde ocorrem cinqüenta assassinatos por mês? De janeiro de 1987 a dezembro de 2001, 3.937 crianças morreram baleadas somente no Rio de Janeiro[13].

A distribuição de recursos está entre os problemas mais incômodos enfrentados pelo governo, principalmente nessa democracia onde quem vota são as pessoas, e não as árvores. A questão da distribuição é a base de todos os aspectos do bem-estar social na Amazônia. Havendo dinheiro disponível para a educação, os professores devem ser mandados para uma área rural onde a população é esparsa e onde as habilidades de ler e escrever são menos necessárias para a vida cotidiana do que em uma cidade amazônica? Se a escolha favorece uma cidade amazônica, então por que não escolher uma cidade maior no sul, que é mais populoso? O mesmo problema se apresenta em relação às decisões sobre o oferecimento de assistência médica: presumindo que só se pode arcar com as despesas de um posto de saúde, ele deve ser construído para atender a uma comunidade populosa ou a uma extensão pouco povoada da floresta tropical? Os fiscais ambientais provavelmente também podem atingir mais pessoas ao interceptar fontes de poluição do ar e da água em áreas urbanas abarrotadas de gente do que ao atravessar a selva para confrontar espertos madeireiros. O dinheiro ou a falta dele, explicou o diplomata Everton Vargas em Brasília, dita as complicadas escolhas que o governo tem de fazer e, portanto, as conseqüências com as quais terá de lidar.

Naves nos explicou: "Vejam só, o município de São Félix corresponde a nove Bélgicas e meia. Como policiar isso? As pessoas chegam, invadem terras, conseguem escrituras, depois vendem as terras e se mudam. Isso, por si só, é um negócio. Quem se beneficia? Ninguém. Mas, quando a área é tão grande e nem sequer foi mapeada, como o governo pode fazer algo a respeito?".

O relatório do Banco Mundial ressalta que, mesmo se o governo quisesse enviar um agente destemido e diligente para tentar impedir o desmatamento, seria tarde demais. "O desmatamento está ocorrendo sem ser detectado pelo sensoriamento remoto. Durante o primeiro ano de desmatamento, as árvores menores são derrubadas e ocorre o plantio concomitante de capim: um trabalhador distribui as sementes em determinadas áreas, enquanto escavadeiras mecânicas 'limpam' o terreno. Um ano depois de o capim ter se firmado sob as árvores, o gado é introduzido na área. Portanto, os rebanhos tomam conta da floresta sem que o governo note que algumas árvores foram cortadas. O capim é queimado no segundo ano, como parte de uma segunda 'limpeza'. As árvores de médio porte são derrubadas, restando somente as grandes. O capim cresce de novo (suas raízes sobreviveram à queimada) e isso permite que, mais uma vez, o gado venha pastar na área devastada. Só no terceiro ano acontece a queimada que destrói o resto da cobertura florestal, permitindo assim a detecção por satélite. Contra esse modelo de desmatamento, qualquer ação tomada pelo Estado é incapaz de reverter a destruição que já aconteceu ou de impedir que o restante da floresta seja arruinado[14]." Aqueles que estão distantes do Brasil e criticam os direitos do país sobre a floresta tropical podem perceber, através desse ciclo de desmatamento, a complexidade do desafio da conservação. Embora leis esclarecidas tenham sido aprovadas nos últimos 25 anos e indivíduos esclarecidos e dedicados tenham assumido cargos no governo e nas ONGS, as árvores estão tombando a uma velocidade alarmante, porque escorrem como água por entre nossos dedos.

As condições de trabalho também conspurcam essa fase inicial da pecuária. O Brasil aboliu a escravidão em 1888, mas entre 1995 e 2005 mais de 5 mil escravos foram libertados, a maioria deles na Amazônia. Em 2003, Binka Le Breton, uma jornalista que escreveu alguns livros sobre as classes baixas do Pará, publicou *Trapped: modern-day slavery in the Brazilian Amazon*, em que descreve como os trabalhadores são ludibriados e levados a trabalhar em fazendas longínquas, depois proibidos de partir[15]. Os trabalhadores contraem dívidas com os grileiros ou os pequenos pecuaristas, que lhes oferecem alimentação e moradia. O sistema tem precedentes históricos. O escritor brasileiro Euclides da Cunha descreveu o sistema de extração de látex como um processo no qual "o homem [...] trabalha para escravizar-se"[16]. A Igreja Católica estima que ainda existam 25 mil escravos no Brasil[17], 10 mil deles somente no estado do Pará.

O assunto da escravidão irrita Simpson. "Essa história de escravidão não existe", afirmou. "Ninguém trabalha quando não quer. Por que a imprensa publica essas histórias? Bom, só para criar manchetes. A maioria desses casos nem sequer é verdade. A imprensa chama de trabalho escravo quando os trabalhadores vão embora sem terminar o serviço. É óbvio que não vão ser pagos até que o trabalho todo esteja terminado! É natural. Vocês pagariam os pedreiros que estivessem construindo uma varanda nova na sua casa antes que ela estivesse pronta? É claro que não." As negações de Simpson são contundentes, mas não convencem. Ninguém sabe o que acontece além dos limites da floresta.

A autoconfiança de Simpson e Naves, compartilhada por vários pecuaristas e agricultores bem-sucedidos da região, é fruto de suas experiências. De certo modo, quem pode culpá-los? Como seus semelhantes em Sinop, eles trocaram um ambiente familiar pela selva. Contra todas as expectativas, prosperaram. Não é de estranhar que se irritem com aqueles que ficam de braços cruzados, criticando-os.

Eles usam a internet e o correio eletrônico para trocar informações sobre a reivindicação de terras degradadas e a seleção de espécies de capim que ofereçam boa resistência a pragas e a plantas invasoras, além de permitir um manejo mais adequado das pastagens. Os pecuaristas comercializam seus produtos em conjunto a fim de estimular a criação de matadouros nas redondezas, reduzindo assim os custos com transporte e oferecendo um suporte para a geração de empregos e o crescimento econômico. Como observou o Banco Mundial em seu relatório: "Parece que a experiência do Oeste americano pode ser uma lição para o que está acontecendo na Amazônia: o fracasso econômico inicial não impede a expansão da 'fronteira', e sim acelera o processo de adaptação a novos métodos técnicos e de manejo"[18].

Grande parte das pesquisas responsáveis pelo aumento da lucratividade da pecuária veio do outro extremo da Amazônia: do estado do Acre, onde há três cabeças de gado por pessoa. Judson Valentim, que dirige o escritório da Empresa Brasileira de Pesquisa Agropecuária (Embrapa), na zona rural da capital Rio Branco, foi o grande responsável pela pesquisa dos métodos que fizeram com que a pecuária passasse a dar lucro[19]. A Embrapa é uma instituição semi-estatal de pesquisa agropecuária que faz pesquisas financiadas com dinheiro público em parceria com empresas privadas. Valentim tem viajado por toda a Amazônia, detectando problemas comuns aos criadores de gado, e depois produzindo um fluxo constante de artigos sobre assuntos como espécies de capim, manejo de pastagens, controle de pragas e técnicas de reprodução.

Seu trabalho com as forragens, por exemplo, demonstra como essa pesquisa se traduz facilmente em um eficiente planejamento econômico. Como Meggers, Goodland e outros dos primeiros críticos do desenvolvimento argumentaram, as chuvas contínuas na Amazônia rapidamente carreiam o nitrogênio do solo. Os nutrientes de muitas áreas da região ocupam uma fina camada fértil sobre um subsolo muito lixiviado, uma composição oportuna para a agricultura de coivara. Quando Valentim, filho de um pecuarista de Minas Gerais, chegou ao Acre em 1979, ele observou que os pastos produtivos duravam cerca de cinco a seis anos; depois disso, o solo tornava-se infértil. Fazendo experiências com forragens tropicais (leguminosas), como o kudzu e um tipo de alfafa, ele estendeu a vida útil dos pastos para 22 anos, sem a necessidade de queimadas freqüentes, que erradicavam as plantas invasoras e faziam a reposição temporária de nutrientes.

Valentim era contra o emprego da queimada para limpar as pastagens, o que constituía uma divergência radical. Ele mostrou que o fogo muitas vezes deixa de matar as raízes das plantas queimadas, destrói o pasto remanescente e provoca a disseminação de sementes de plantas invasoras através da fumaça. As queimadas também destroem a cobertura protetora dos rios, levando à erosão incontrolável e a inundações. Por queimar a flora de modo indiscriminado, o fogo priva os pastos da sombra das árvores, algo de que o gado precisa bastante nessa área. Um estudo recente de Valentim mostra a correlação entre o sombreamento e o aumento da cobertura de capim na estação seca.

Ele e seus colegas da Embrapa já fizeram avanços em outras áreas, tais como a inseminação artificial para gerar rebanhos mais produtivos e o desenvolvimento de padrões de rotação de pastagens, similar à rotação de culturas, para evitar o uso excessivo e o esgotamento. Essas melhorias transformaram a pecuária na Amazônia e podem suavizar seu impacto sobre o meio ambiente. Com a possibilidade de planejar a manutenção de uma pastagem durante 22 anos, em vez de apenas cinco ou seis, o pecuarista pode redirecionar seus esforços para a reconstrução de seu inventário de recursos e para novos investimentos em sua propriedade, sabendo que seu tempo para liquidar a dívida foi quadruplicado, o que reduz a pressão para ampliar os subsídios e diminui visivelmente a taxa de transformação de florestas em pastos. As espécies forrageiras mais duráveis também aumentaram a produtividade da terra onde foram plantadas, levando a um maior número de cabeças de gado por hectare. "Podemos criar de 2,5 a 3 animais por hectare", Valentim nos disse. "É melhor que a Nova Zelândia." Ele acrescentou: "Podemos fazer um novilho ganhar peso na metade do tempo em que os Estados Unidos o fazem"[20].

O sucesso da pecuária se auto-alimenta. Com a rentabilidade maior dos pastos e a maior estabilidade da área, as atividades associadas podem ter certeza de que o fornecimento será ininterrupto. É provável que mais matadouros se estabeleçam na Amazônia, uma grande mudança em relação a épocas anteriores, quando as vacas tinham de ser transportadas para o sul, em uma jornada que matava muitas delas. Ao contrário das próprias fazendas, os matadouros precisam de muita mão-de-obra, o que significa que oportunidades de empregos melhores surgirão e poderão beneficiar a área.

A pecuária tem sido o grande vilão do ambientalismo (e continuará sendo), mas Valentim desenvolveu com sucesso idéias que são "boas para as vacas e boas para o meio ambiente". Sua resistência às queimadas é um bom exemplo, já que o fogo há tempos é o meio mais barato e eficaz de desmatar. Pode ser que técnicas mais avançadas que o fogo ainda levem alguns anos para chegar às mãos dos pequenos produtores, mas ao menos uma alternativa foi encontrada. Além disso, Valentim tem idéias para o reflorestamento e a recuperação de pastos degradados, com o subseqüente aumento do número de cabeças por hectare. Essas idéias oferecem alternativas inéditas para o desmatamento.

Valentim manifesta a esperança de que os ambientalistas irão se conformar com a pecuária e apoiar suas tentativas de implementar técnicas que são boas tanto do ponto de vista econômico como do ambiental. "A pecuária não vai desaparecer", disse ele. "Ela faz parte da tradição e da cultura locais[21]." Ele observou que, mesmo na famosa Reserva Extrativista Chico Mendes, as famílias estão se voltando para a pecuária em lugar do manejo florestal sustentável. Ele brincou com o fato de se tratar de uma heresia em solo sagrado, mas destacou o óbvio: criar gado é melhor do que passar fome. Ele nos descreveu uma reunião da qual participou em que os seringueiros tentavam convencer uma ONG italiana a financiar também a pecuária. "Um sujeito se levantou", contou Valentim, "e argumentou: 'Vejam, dá muito trabalho extrair produtos da floresta. Eu tenho de limpar a floresta, cuidar das plantas, fazer a colheita durante a estação chuvosa e depois tenho de andar 24 quilômetros até a cidade com esse peso nas costas para vender o mais que eu puder. Mas, quando quero vender uma vaca, tudo o que preciso fazer é avisar a quem estiver indo à cidade que tenho uma para vender. Alguém vai aparecer na minha porta em uma semana com o valor que eu pedir e vai transportá-la até a cidade. A vaca pode andar, ninguém tem de carregá-la'".

Essa preferência pela criação de gado entre a população é cultural e indiferente a seu impacto sobre o meio ambiente. Em áreas rurais, as vacas são como ações de grandes empresas: seguras, menos arriscadas e potencialmente mais lucrativas do que outras alternativas. Na história de Valentim sobre a tal reunião, havia outra anedota a respeito da ligação entre as vacas e a sensação de segurança. "'Vejam as pernas da minha mulher', um dos seringueiros disse. 'Quando minha mulher ficou doente, eu a levei para a cidade para saber qual era o problema. O médico de lá disse que a perna teria de ser amputada.

Eles não podiam fazer nada além disso. Eu vendi uma vaca e levei minha mulher a Rio Branco para ver o que eles podiam fazer. A mesma coisa. Acabei vendendo um monte de vacas e fui para Goiânia, onde conseguiram ajudar minha mulher. E vejam só, ela ainda tem a perna.'"

Pouco depois do poeirento perímetro urbano de Rio Branco, ao longo da BR-364, a paisagem assume uma coloração verde, intensa e luminosa. Não são as árvores, que, quando visíveis, ficam muito distantes, mas os pastos que cobrem uma sucessão interminável de serras ondulantes. Estamos no reino do gado. Amontoados sob a sombra das árvores ou perambulando no alto dos morros, centenas de nelores brancos e corcovados pastejam o viçoso capim-navalha e abanam os rabos. A raça nelore, a mais comum na Amazônia, é originária da Índia. É branca, tem orelhas muito grandes e uma pequena corcova atrás do pescoço. As fazendas se estendem a perder de vista em ambos os lados da nova rodovia asfaltada que percorre 240 quilômetros até a fronteira com o Peru. Há centenas de fazendas, separadas por frágeis cercas que encerram quase dois milhões de cabeças de gado no Acre.

É uma bela paisagem, com colinas ao centro, sob um céu azul cheio de nuvens. Ela tem a vastidão do Oeste americano e a exuberância dos bosques de palmeiras das fazendas da Flórida central. Esse cenário não é a paisagem lunar de nossa viagem de ônibus de Marabá a Belém.

Entre as grandes propriedades está a fazenda de Assuero Veronez, perto de Xapuri, que se estende por 5 mil hectares e tem 4 mil cabeças de gado[22]. Sua fazenda parece ter saído de uma cena de *Dallas*: infindáveis cercas brancas demarcando pastos viçosos. Convencido de que a Amazônia é o melhor lugar do mundo para a criação de gado, Veronez critica o governo brasileiro por não ser capaz de conceber uma política coerente de manejo da terra, o que permitiria que o setor crescesse ainda mais rápido. "O gado é uma força solta no mundo, e as tentativas de refreá-lo fracassaram", disse Veronez. "É vital para a economia do Brasil."

Oriundo de uma família de pecuaristas de São Paulo, Veronez, veterinário por formação, chegou ao Acre há trinta anos, quando então fazia empréstimos do Banco do Brasil aos fazendeiros da fronteira emergente. Incapazes de resistir aos encantos da terra, ele e a esposa, também de uma família de pecuaristas, entraram no negócio. Ele também instalou o primeiro matadouro do estado. A lista telefônica de Rio Branco agora tem trinta deles.

Como seus colegas do Pará, Veronez insiste que seu sucesso não se deve à ajuda do governo. "Nós não ganhamos nenhum subsídio do governo, embora nos beneficiemos da tecnologia e das pesquisas da Embrapa, um serviço que o governo deve oferecer", disse ele. "Estamos neste ramo porque é um bom negócio e porque somos bons nisso."

Ele ridicularizou as "atividades ecológicas" apoiadas pelo governo estadual, como o extrativismo e as tentativas de agregar valor aos produtos no próprio local, como a fábrica de móveis em Xapuri. "É muito dinheiro para pouca gente", disse. "A maioria das políticas públicas é desviada para o povo da floresta. Mas as tentativas de implementar projetos baseados na floresta até agora não deram certo, salvo raras exceções. Portanto, as pessoas que têm terras vão continuar fazendo aquilo que proporcionar melhor retorno econômico. Não vejo como as reservas extrativistas darão resultado se não gerarem lucro."

O que incomoda Veronez é o fato de que esses métodos de desenvolvimento sustentável atrapalham o trabalho produtivo. Os governos estadual e federal, disse ele, não sabem administrar a Amazônia, portanto não se cuida nem da produção nem da preservação. O envolvimento do governo também exacerba a violência, pois os sem-terra acabam esperando algo que o governo não pode dar. Decepcionados, os sem-terra se vêem forçados a atacar o governo ou os próprios proprietários de terras. Ele disse que, por ora, esses conflitos se restringiram ao leste da Amazônia, mas temia que eles logo chegassem ao Acre.

Sua principal preocupação em 2003 era a restrição ao uso da terra. O governo federal exige que ele mantenha intacta uma porcentagem da propriedade. A lei florestal exige que sejam mantidos intactos 80% das florestas primárias, 35% do cerrado e 50% das zonas de vegetação consideradas de transição (entre floresta e cerrado). Essas exigências estão nas leis há décadas, mas são burladas com freqüência por pessoas que sabem explorar suas brechas. Ainda assim, irritam Veronez.

"O mínimo de 80% é absurdo e só causa mais destruição, porque os fazendeiros que seguem a lei compram mais terras para cortar 20% de cada propriedade, e o uso ilegal continua impune", explicou Veronez. Ele sugeriu mais criatividade ao governo: por exemplo, poderia ser criado um sistema de reservas florestais em que o direito de preservar um certo número de acres pudesse ser negociado, ou o direito de desmatar pudesse ser adquirido pelo governo.

Os conselhos de Veronez, quer se concorde com eles ou não, representam um novo nível de sofisticação para o planejamento na Amazônia. Negociação de direitos de desenvolvimento, direitos sobre o espaço aéreo e demarcação de reservas hídricas são conceitos de planejamento que reconhecem a inevitabilidade do desenvolvimento. Não é mais possível simplesmente gritar "não", ou tentar influenciar o governo com a ajuda da pressão internacional e esperar que os subsídios para a pecuária acabem e essa atividade econômica desapareça. Os pontos de vista de ambientalistas como Dan Nepstad, ao admitir que a ocupação é inevitável, e de pesquisadores como Judson Valentim, ao compreender que economia e ecologia devem coexistir, são convergentes: um diálogo, ou até mesmo uma colaboração, está começando a surgir.

"Nós queremos ser parceiros do governo. Não queremos ficar brigando. Mas as leis que não forem realistas vão fracassar", acrescentou Veronez.

CAPÍTULO 14
▌O celeiro do futuro

O reino de Blairo Maggi tem mais ou menos o tamanho do Texas. Ele não é dono de tudo, mas certamente controla tudo. Não só é o governador do Mato Grosso, como também é o maior proprietário de terras do estado, seu mais rico empresário e o patriarca dos fazendeiros da região; é também o indivíduo que exerce a maior influência sobre o desenvolvimento de toda a Amazônia. Seu impacto supera o de Ford e Ludwig, que vieram conquistar a natureza; seu sonho se estende além de seu próprio tempo e de seus próprios projetos. Nenhum brasileiro, nem mesmo um chefe de Estado, jamais chegou perto do nível de influência que ele tem sobre a Amazônia. Não é exagero dizer que boa parte do futuro da Amazônia já foi e continuará a ser determinada pelas decisões desse único homem.

Seu legado é simples: ele aprendeu como cultivar grãos de soja em um lugar onde ninguém achava isso possível e descobriu como transportá-los de um local inacessível para consumidores de todo o mundo. Com isso, ele deu início a uma revolução que está transformando toda a floresta; se para melhor ou para pior, ainda veremos.

A cidade de Rondonópolis, onde Maggi concordou em nos encontrar[1], fica na BR-364, a cerca de três horas de carro e a sudeste da capital Cuiabá. O nome Rondonópolis é uma homenagem a um subestimado herói brasileiro, o marechal Cândido Mariano da Silva Rondon, guia da expedição de Roosevelt em 1914. Rondon passou quarenta anos "na selva brasileira, mapeando os sertões, instalando linhas telefônicas e estabelecendo contato com tribos indígenas", segundo Mac Margolis em *The last New World* [O último Novo Mundo]. "Ninguém, nem Stanley, nem Livingstone, nem mesmo Humboldt ou Wallace, passou mais tempo explorando os trópicos. Ele percorreu as selvas que se estendiam além do Rio de Janeiro e de São Paulo tanto quanto Colombo navegou nos mares[2]." Antes da criação de Brasília, Rondon, mais do que qualquer outra pessoa, ligou a Amazônia ao resto do Brasil.

A estrada que leva a Rondonópolis traz muitas lembranças da transformação sofrida pela Amazônia em uma única geração e realça a dificuldade que é fazer generalizações a respeito da região. Na saída de Cuiabá, a estrada passa por uma feia e suja paisagem urbana formada por lojas de autopeças, paradas de caminhoneiros e amontoados de casas que mais parecem barracos, espalhados entre os estabelecimentos comerciais. É evidente que leis de zoneamento não existem, ou então não são levadas em consideração. De quando em quando temos aquele esperado vislumbre da Amazônia [legal], com sua vegetação densa e os emaranhados de árvores, embora o estado da floresta tropical que se vê a partir da BR-364 não seja nada parecido com seu estado primitivo[3], e esse vislumbre seja tão raro que, com certo ceticismo, pensamos tratar-se de bosques falsos, instalados ali com o fim de promover o turismo. Como no passeio pelo Acre, a Amazônia [legal] novamente vira uma paisagem que lembra a África – morros ondulados e pontilhados por palmeiras –, depois o Texas, com os intermináveis campos cerrados e os rebanhos que perambulam preguiçosamente. E, por fim, o Iowa, com extensas lavouras verde-esmeralda, em geral de soja e milho, estendendo-se até o horizonte. Há 25 anos, quando passamos por essa rodovia, não poderíamos ter imaginado tamanha revolução na paisagem. O pai de Blairo Maggi imaginou; ele e seu filho tornaram-na realidade.

A sede do Grupo André Maggi em Rondonópolis fica na periferia da Amazônia, em uma área fértil de cerrados que se estende desde o cinturão agrícola do sul do país e gradualmente se transforma em uma densa floresta (daí o nome "mato grosso"). O cerrado, antigamente coberto de árvores, agora chega à metade superior do Mato Grosso e é o centro da atividade agropecuária do estado. Lojas de implementos agrícolas e caminhonetes dirigidas por caubóis com chapéus-panamás pontuam as ruas da cidade. Uma placa anuncia a abertura de uma exposição agropecuária, com direito a touros premiados e às últimas novidades em ceifadeiras e debulhadoras combinadas e guiadas por satélite.

Fomos avisados de que os executivos do grupo poderiam ser belicosos com visitantes e ficar na defensiva em relação às habituais acusações de que são os grandes responsáveis pelo desmatamento da Amazônia. A advertência logo foi confirmada. Enquanto esperávamos Maggi, um homem de quarenta e poucos anos aproximou-se de nós, usando óculos, trajando uma camisa bem passada, jeans e botas de caubói. Apresentou-se como Adilton Sachetti, amigo de infância e sócio de Maggi. (Posteriormente ele foi eleito prefeito de Rondonópolis.)

Ele perguntou por que queríamos falar com o governador. Mostramos a ele um exemplar da edição brasileira de nosso livro anterior, *Amazônia*, ao qual o editor havia acrescentado o subtítulo *Um grito de alerta*[4], e ele estremeceu. "É para isso que vocês vieram aqui?", inquiriu ele. "Para dar um grito de alerta? Alerta sobre o quê?" Explicamos que não estávamos gritando a respeito de nada, que só viéramos descobrir o quanto a Amazônia havia mudado desde nossa última visita.

"Vocês foram embora quando nós chegamos", explicou. "Esta terra não era nada quando nós chegamos. Isso vocês viram." Sachetti, assim como Maggi, é filho de fazendeiros imigrantes do sul do Brasil, que foram em direção ao norte no final dos anos 1970 em busca de terras baratas. Na época, a regra geral era comprar 15 hectares no Mato Grosso para cada hectare vendido no sul. "Nossos pais viram muita terra, muito sol e muita chuva. Era só uma questão de tempo até que ficássemos espertos o suficiente para entender como fazê-los funcionar bem juntos, sob controle. Temos sol o tempo inteiro, exceto quando está chovendo. E sempre faz calor. Nenhum lugar do mundo tem as condições que temos aqui para o cultivo."

Dissemos a Sachetti que há muitas pessoas que não gostam do que ele está fazendo, havendo boas condições de cultivo ou não. Elas prefeririam a floresta à soja. Ele zombou: "O que vocês em Washington sabem sobre a Amazônia? Ou em Paris? Vocês não percebem que somos os maiores defensores da preservação da Amazônia? Se a destruirmos, estaremos destruindo a nós mesmos. Temos família aqui. Olhem só para este edifício. Fizemos investimentos enormes. Vocês vieram de Cuiabá pela estrada. Viram as fazendas. Vocês podem ver os investimentos que fizemos. E não é só dinheiro. É capital humano. Nós não vamos destruir o que construímos. Vamos aperfeiçoá-lo e deixá-lo para nossos filhos".

Atravessamos o moderno prédio comercial e chegamos a uma área localizada na parte de trás, com uma piscina, um campo de futebol e quadras de vôlei. Um pastor evangélico proferia um sermão sobre as virtudes do trabalho árduo e da persistência, dirigindo-se a um grupo de funcionários e suas famílias, reunido para a inauguração do complexo de escritórios e centro recreativo do Grupo André Maggi. Como o pastor se estendesse um pouco demais a respeito da confluência de Deus, do estado do Mato Grosso e da família Maggi, alguns ouvintes impacientes escapuliram para jogar futebol ou brincar com a bola de vôlei na quadra de areia. Foram repreendidos de maneira educada por um supervisor que os mandou de volta à platéia.

Há uma certa aura mítica em trabalhar para o Grupo André Maggi na Amazônia. Os funcionários se vêem como pioneiros de um ramo pioneiro, transformando visivelmente o mundo em que vivem. De um conjunto de prédios de escritórios arejados e com ar-condicionado, varridos de hora em hora por um exército de faxineiros, os funcionários do Grupo André Maggi comunicam-se através de celulares e da internet com administradores portuários no Amazonas, capitães de barcos navegando o rio, comerciantes de grãos no Chicago Board of Trade e empresas de comércio marítimo em Roterdã e Xangai.

Sachetti saiu e voltou minutos depois para nos dizer que o governador Maggi estava indisposto, com uma intoxicação alimentar, resultado de um jantar de cunho político na noite anterior. Perguntamos se deveríamos remarcar a entrevista. "Não se preocupem", Sachetti nos assegurou. "Ele já vem. Ele só vai se permitir alguns momentos de mal-estar."

Enfim, a porta do toalete masculino se abriu e o governador veio em nossa direção, um homem baixo, moreno, de quarenta e poucos anos, vestindo calças brancas e um pulôver de tricô azul-bebê marcado por manchas de suor. Seu constrangimento era visível; ele se contraía de dor, estava pálido e suado. Sua esposa murmurou ao vê-lo caminhar: "Você precisa ir para casa, Blairo". Mas ele era um político e não queria ser acusado de evitar uma entrevista.

"Estou passando muito mal", ele disse, "então só quero fazer algumas declarações e responder algumas perguntas. Podemos conversar mais em uma outra hora."

Ele rapidamente ofereceu um resumo de sua filosofia. "Não me interesso pelas críticas. Meu interesse é pelos resultados. Lembrem-se do que estamos fazendo aqui", disse ele.

"Estamos cultivando soja, que é a mais importante fonte de proteína do mundo. Estamos criando a maior área de cultivo de soja do planeta. Este vai ser o próximo celeiro do mundo. Aqui mesmo, na Amazônia. Estamos cultivando coisas básicas para as necessidades humanas: soja, milho, algodão e arroz. Sem essa expansão, o mundo vai morrer de fome. Estamos alimentando o mundo, e estamos fazendo isso sem destruir o meio ambiente."

A imprensa internacional o retrata de maneira diferente. Ele tornou-se um símbolo da mudança na paisagem da Amazônia. Em maio de 2005, o jornal inglês *The Independent* apresentou Maggi em uma matéria intitulada "The rape of the rainforest... and the man behind it" [O estupro da floresta tropical... e o responsável][5]. Maggi respondeu com uma entrevista coletiva à imprensa, na qual declarou: "Não sou um estuprador".

Nos meses que se seguiram a nosso primeiro encontro[6], visitamos Maggi várias vezes, e, ao marcarmos cada entrevista, fomos avisados de que "o governador [era] sempre pontual", definitivamente uma característica que não condiz com a imagem brasileira. Mesmo diante das críticas da imprensa mundial, ele nunca desiste do objetivo messiânico de sua atividade. Ele fez uma pergunta: "Vocês querem árvores e fome? É isso que vocês querem? Porque, se deixarem a floresta em paz, é isso que vão ter".

A apresentação das alternativas em termos absolutos constitui propaganda política eficaz, mas, como o próprio Maggi revelou, as opções não são mais tão simples. As discussões sobre o aproveitamento da terra na Amazônia tradicionalmente seguiam direções paralelas: era-se a favor do desenvolvimento ou a favor do meio ambiente. Quando os índices de desmatamento estavam em torno de 3%, há 25 anos, os resultados das discussões eram realmente acadêmicos, já que o desenvolvimento não iria afetar a floresta. Os ambientalistas, amparados pela perspectiva histórica de Meggers, adotaram a postura de "não tocar [na floresta]". Mas essa estratégia se mostrou irreal e malsucedida. A floresta encolheu, e as técnicas de desenvolvimento tornaram-se mais sofisticadas. Uma campanha para "salvar a Amazônia" obviamente tem de reconhecer a continuidade da revolução feita por Maggi e os benefícios advindos dela, ou essa campanha também fracassará.

"As pessoas que não vivem aqui não entendem o que estamos fazendo", disse-nos ele no conforto do gabinete de governador em Cuiabá. "Estou aqui há 23 anos fazendo pesquisas nesta terra. Enquanto nossos pais compravam e desmatavam as terras, nós estávamos aprendendo a usá-las."

Quando sugerimos que não era difícil prosperar naquele clima, ele praticamente bufou. "Se isso fosse verdade, não haveria diferença entre este lugar e algumas partes da África. Mas nós prosperamos, e a África, não. O motivo? Nossa gente. Nós estudamos o que é necessário fazer para criar as coisas, e não destruí-las. Sabemos que não se pode fazer um omelete sem quebrar uns ovos, mas nós fizemos um omelete. A África só tem um monte de ovos quebrados."

A ambição de Maggi vem de seu desejo de realizar o sonho do pai, falecido em 2002. André Maggi chegou ao Mato Grosso em 1979, após tentar se estabelecer no oeste do Pará. Procurando amplas extensões de terra barata, não mais disponíveis no sul, ele comprou mil hectares de terra desmatada de um produtor de arroz que não conseguia pagar o financiamento feito pelo Banco do Brasil. Teve início o império Maggi.

A diferença qualitativa entre André Maggi e os demais proprietários de terras que nós encontramos em 1979 era o fato de a maioria ser absentista e não estar interessada em estabelecer comunidades estáveis nem em desenvolver atividades econômicas, já que os subsídios do governo estariam prontamente disponíveis para cobrir os prejuízos. O pai de Maggi e seus conterrâneos levaram as famílias para a Amazônia e apostaram as próprias vidas em seu êxito na nova terra. Não tinham dinheiro público para desperdiçar nem casas bonitas para onde voltar. Inicialmente, o pai de Maggi decidiu cultivar arroz[7]. Apesar de não ter o potencial econômico da soja, o arroz era adaptável àquele solo, e os bancos, familiarizados com essa cultura, estavam dispostos a financiar os silos e a compra de equipamentos. A primeira plantação de soja de Maggi fracassou porque ele usou sementes vindas do Paraná, que não eram adequadas ao solo rico em alumínio do Mato Grosso. Convencido, porém, de que faltava apenas a semente certa para um ambiente que, de resto, era perfeito para o cultivo em larga escala, ele experimentou incessantemente diferentes tipos de semente, além de tentar várias vezes alterar a composição do solo. O alto teor de alumínio, calculou ele, poderia ser superado com uma combinação de insumos agrícolas, como nitrogênio, fósforo e cal, e com a rotação de culturas entre arroz e soja. Após quatro anos de tentativas e estudos, ele colheu os resultados; e foi então que mostrou o verdadeiro talento para os negócios que faria do Grupo André Maggi uma empresa tão formidável. Percebendo que seu próprio sucesso atrairia imitadores, ele desenvolveu competências em todos os níveis de produção. Maggi criou uma empresa de sementes e uma outra de estocagem, e construiu uma usina hidrelétrica para fornecer eletricidade aos agricultores por um custo razoável: um caso de integração vertical no coração da Amazônia.

André Maggi trabalhava a terra com as próprias mãos, preferindo dividir o dormitório com os lavradores a dormir em sua casa em Rondonópolis. Além de realizar experiências com o solo, ele também procurava fazer novas aquisições: à medida que o tamanho das fazendas aumentasse – avaliava – os custos marginais do cultivo de soja diminuiriam. Ele encontrou um mercado pronto. Muitos fazendeiros fracassaram ao tentar se adaptar a esse novo solo ou não conseguiram arcar com as despesas de expandir suas propriedades até um tamanho que compensasse os custos. O governador Maggi insiste que seu pai nunca derrubou uma árvore; ele só comprava fazendas já desmatadas que não tinham dado certo ou cujos donos tinham decidido ir embora.

O filho levou o empreendimento a um novo patamar. Criou redes de contatos com outros produtores para que pudessem compartilhar informações sobre os melhores tipos de semente. Trouxe agrônomos de todo o mundo para participar de seminários sobre a agricultura tropical. E divulgou o sucesso dos fazendeiros a fim de atrair a infra-estrutura necessária para a agricultura em grande escala: os fornecedores de máquinas, os bancos, as empresas multinacionais de produtos agrícolas em busca de novas fontes de matérias-primas. Um setor terciário se desenvolveu. Círculos concêntricos de atividade econômica emanavam da soja. Blairo Maggi se tornou um visionário entre os empresários do agronegócio. Estimulou a cooperação entre eles para financiar atividades que, se realizadas individualmente, seriam demasiadamente caras, como pesquisas, transporte e estocagem[8]. Ele previu o que seria necessário para que crescessem e implementou planos de ação que proporcionaram o acesso facilitado a equipamentos, financiamentos e, finalmente, mercados para seus produtos. Esses planos de ação foram basicamente custeados com capital próprio ou através de um consórcio de financiamento que ele montou para benefício de todos. A soja, nesse meio-tempo, continuou a crescer.

A repentina ascensão do Brasil como superpotência da soja surpreendeu o mundo. Em 2003, o Departamento de Agricultura dos Estados Unidos divulgou um relatório concluindo: "É óbvio que o potencial latente para o crescimento da economia agrícola do Brasil no decorrer deste século foi gravemente subestimado até o dia de hoje, dadas a quantidade de terras disponíveis no país e a comunidade extremamente profissional e empreendedora do agronegócio"[9]. O presidente do Departamento de Agricultura do Nebraska descreveu o potencial do Brasil como uma "bomba-relógio" apta a atender de imediato à demanda mundial de soja com muito mais competitividade do que seu próprio estado[10]. A revista *ProFarmer* publicou as anotações feitas por um fazendeiro do condado de Bremer, em Iowa, em fevereiro de 2001, ao visitar o Mato Grosso: "Fui ao Brasil com algumas idéias preconcebidas sobre a maneira como eles cultivam. Voltei outra pessoa. Como agricultores, nós não estamos preparados. Há pessoas na América do Sul que mudarão a maneira como vivemos aqui"[11].

Na década de 1990, o consumo anual mundial de soja cresceu cerca de 5,5% por ano[12]. Ao mesmo tempo, o governo brasileiro estimulou a produção nacional ao reduzir ou eliminar barreiras à importação de produtos agrícolas, como fertilizantes, pesticidas e máquinas. Também retirou os impostos sobre a exportação de grãos de soja e seus derivados. A produção mundial em 2005 totalizou 219,7 milhões de toneladas[13]. O Brasil produziu 62 milhões de toneladas, ou 28% do total mundial, ficando atrás só dos Estados Unidos, que produziram 78 milhões de toneladas. Segundo a maioria das estimativas, o Brasil ultrapassará os Estados Unidos em termos de produção até 2010[14]. Em 2004, o Brasil ganhou 10 bilhões de dólares com a exportação de grãos de soja (houve uma pequena queda em 2005 graças a prejuízos nas colheitas)[15].

Nesse período, o mal da vaca louca surgiu na Europa. A soja tornou-se a ração exclusiva para os rebanhos. Além disso, a classe média da China, que crescia rapidamente, começou a demonstrar interesse por carne bovina[16] e, entre 1999 e 2003, a importação chinesa de soja aumentou dez vezes, de 620 mil para 6,1 milhões de toneladas[17]. Apenas o Brasil, e em especial a região amazônica, podia atender a essa crescente demanda e com rapidez. Esses dois picos de demanda aconteceram quando o dólar norte-americano estava muito valorizado em relação ao real brasileiro, dando aos fazendeiros do Brasil mais uma vantagem competitiva.

O Brasil também se beneficiou da aversão da Europa à soja transgênica, que representa grande parte da produção dos Estados Unidos. Em 2004, 63% da soja importada pela Europa vinha do Brasil[18]. Resta saber se a mudança de posição do Brasil, que desde 2005 permite a produção de soja transgênica, afetará esse comércio.

O monopólio foi rompido. Os produtores de soja dos Estados Unidos não mais conseguirão concorrer com a produção da região amazônica. Em 2004, o Departamento de Agricultura dos Estados Unidos informou em seu relatório: "A combinação de terras baratas a grandes safras dá aos agricultores [da Amazônia] uma confortável margem média de lucro bruto, estimada em torno de 15 a 30%, apesar dos altos custos de transporte do país"[19]. Recentemente, o estado de Dakota do Norte encomendou um estudo a fim de medir sua capacidade de competir com os agricultores do Mato Grosso, e concluiu: "Estimava-se que a produção de soja por acre em 2003 seria três vezes mais lucrativa para o Mato Grosso do que para Dakota do Norte. No caso de Iowa, a soja pode se revelar um prejuízo considerável para o presente orçamento, que reflete todos os custos econômicos de produção"[20]. Em 2003, os produtores de soja do Mato Grosso tiveram um retorno de 51,97 dólares por acre cultivado. Em Dakota do Norte, o retorno por acre foi de apenas 15,97 dólares, e em Iowa houve prejuízo de 44,97 dólares por acre devido ao custo elevado da terra.

A conclusão mais sensacional do estudo feito em Dakota do Norte diz respeito ao preço de venda de uma saca de soja em Roterdã. Os agricultores norte-americanos sempre se gabaram de sua vantagem no que se refere aos custos de transporte. Isso acabou. Em 2003, o custo total, em Roterdã, de uma saca de soja vinda de Dakota do Norte era 5,76 dólares (o frete responde por 1,17 dólar); de Iowa, 7,21 dólares (o frete responde por 0,93 dólar); e do Mato Grosso, 4,57 dólares (o frete responde por 1,33 dólar)[21].

Nenhuma região do mundo se compara à Amazônia, graças a seu suprimento contínuo de calor, sol e chuvas. E nenhuma outra região tem essa oferta inesgotável de terras cultiváveis. Algumas áreas da Amazônia produzem três safras por ano. No inverno, imagens feitas por satélites mostram o Meio-Oeste norte-americano branco, congelado e ocioso, enquanto a Amazônia floresce. Essa vantagem competitiva só aumentará à medida que os agricultores introduzirem variedades mais novas e eficientes de soja, milho e algodão, levando a safras maiores. A variedade de soja da safra de 2003 (BRS-Raimunda) rende uma média de cinco toneladas, o dobro da produção dos tipos existentes[22]. A soja transgênica aumentará a produção com mais rapidez ainda e diminuirá os custos graças à redução do uso de herbicidas. E não é apenas a soja: novas variedades de milho permitirão aos agricultores produzir 15 toneladas por hectare, em comparação com a média atual de nove toneladas. E, de 1997 a 2003, o Mato Grosso, que produzia 6% do algodão brasileiro, passou a produzir mais de 50%[23].

Quem poderia imaginar que o Meio-Oeste norte-americano perderia para a Amazônia?

Em maio de 2005, *The New York Times* publicou um editorial intitulado "The Amazon at risk" [A Amazônia em perigo], que argumentava: "Neste momento, por exemplo, a maior ameaça à Amazônia é o crescimento explosivo do cultivo de soja no estado do Mato Grosso, na orla sul da floresta, estimulado principalmente pela crescente demanda da China e da Europa. Acontece que o governador do Mato Grosso, Blairo Maggi, também é o rei da soja e parece ter dito que o aumento de 40% na taxa de desmatamento do Mato Grosso 'não quer dizer absolutamente nada', e que não se sente 'nem um pouco culpado pelo que [estão] fazendo [ali]' "[24]. O editorial do *Times* foi uma resposta aos dados estatísticos do desmatamento no Brasil em 2004, que mostravam que metade dos 40 mil quilômetros quadrados desflorestados ficavam no Mato Grosso. O estado também respondeu por metade do desmatamento em 2003.

Mas Maggi tem outros dados. A renda *per capita* no Mato Grosso aumentou mais de 15 vezes nos últimos vinte anos. A produtividade da soja no Mato Grosso passou de 1,57 tonelada por hectare em 1980 para 3,1 toneladas em 2003[25]. Em 1980, 56 mil hectares de soja foram plantados; já em 2003, foram 4 milhões e 521 mil. A meta declarada de Maggi é de 40 milhões de hectares cultivados.

Maggi se refere com freqüência a um argumento que apareceu em outro artigo do *Times*. Em setembro de 2003, o jornal divulgou que as "nações mais ricas do mundo oferecem mais de 300 bilhões de dólares em subsídios por ano" para seus próprios agricultores, mais do que o Produto Interno Bruto da África subsaariana[26]. Os subsídios, afirma Maggi, são mais corruptos que o desmatamento. Continuava o *Times*: "Essas subvenções permitem que fazendas de grandes dimensões produzam uma safra maior do que a necessária para o consumo interno, e ela é vendida no exterior por preços baixos e subsidiados. Os agricultores dos países em desenvolvimento não conseguem competir com as importações a preços baixos. Eles têm prejuízo em seus próprios mercados e poucas chances de exportar".

Não é difícil, ao conversar com Maggi, entender por que as pessoas que vivem na região amazônica vêem o movimento ambientalista internacional e os protestos contra o desmatamento como um complô para relegar esses produtores a uma economia baseada na agricultura de coivara.

"O que estamos fazendo aqui? Estamos alimentando o mundo. Pedimos aos países desenvolvidos que nos auxiliem financiando nossa infra-estrutura, mas eles reclamam do meio ambiente sem compreendê-lo. Pedimos a eles que nos ajudem retirando os subsídios que dão a seus agricultores, permitindo-nos ser mais competitivos, para que talvez não tenhamos de expandir tanto. Mas os países desenvolvidos não fazem isso. Eles mantêm o nível de pobreza do mundo ao dificultar o desenvolvimento de nosso potencial. Há muita hipocrisia na Europa e nos Estados Unidos. Eles berram quando cortamos uma árvore, mas não berram quando uma criança morre ou quando ela não tem escola. Se querem nos ajudar, então que nos ajudem a ajudar a nós mesmos", argumenta ele.

Seu ressentimento é perceptível. Um fazendeiro de Iowa nunca iria tolerar que lhe dissessem para não tocar em 80% de suas terras ou que ninguém iria reembolsá-lo por deixá-la intacta. Imaginem os cientistas alemães, holandeses e japoneses fazendo visitas regulares à fazenda desse fazendeiro de Iowa a fim de estudar quando suas vacas defecam e como isso afeta sua terra. E quando (e se) vissem um efeito adverso, alertassem a imprensa mundial. Imagine que, quando esse mesmo fazendeiro de Iowa quisesse vender seus produtos para a Alemanha, a Holanda ou o Japão, ele tivesse de competir com produtos nacionais fortemente subsidiados por esses governos. Ou que, se tentasse vender sua safra a um terceiro país, tivesse de concorrer com esses mesmos fazendeiros cujos subsídios governamentais lhe impossibilitam o lucro. Por quanto tempo um fazendeiro de Iowa iria tolerar essa interferência na utilização de suas terras? Ou ainda essas barreiras artificiais que dificultam sua entrada nesses mercados?

Para Maggi, o movimento ambientalista internacional representa o cavalo de Tróia que carrega os interesses agrícolas dos países desenvolvidos. De acordo com Maggi, esses países já destruíram o próprio meio ambiente; portanto ele não acredita nas preocupações manifestadas por essas nações. Ele acredita que essas supostas preocupações ambientais abraçadas pelos países desenvolvidos são argumentos que escondem a finalidade principal: a proteção de interesses comerciais nacionais.

Ane Alencar[27], 32 anos, é uma ambientalista brasileira que trabalha com o Ipam em Belém, uma ONG que buscou a cooperação de Maggi tanto na criação de estações de monitoramento nas terras do Grupo André Maggi como na preparação de um plano diretor para o território em vista da futura pavimentação da rodovia Cuiabá-Santarém.

Alencar representa um desdobramento do convite de Sarney para sediar a Eco-92 e sua adoção de um programa ambiental brasileiro. A atenção dada à Amazônia por causa dos fatos ocorridos no final dos anos 1980 e começo dos 1990 levou ao financiamento de um programa de pesquisa ambiental nas universidades federais, que atraiu uma geração de estudantes voltados para as políticas públicas. Além disso, o fim do governo militar deu aos estudantes engajados a oportunidade de dirigir sua energia para outras áreas que não a dissidência política. Como resultado, surgiu um grupo de ambientalistas brasileiros bem instruídos e bastante motivados. Seu trabalho derruba a crítica tão ouvida de que o movimento ambientalista é produto de conspiradores estrangeiros.

Quando nós a conhecemos, Alencar nunca havia encontrado Maggi e nos confessou que tinha opiniões contraditórias a respeito dele. "É óbvio que ele, como político, entende que a opinião pública pode influenciar até os negócios. E isso é bom. Um exemplo disso é que o próprio governador fez um bom trabalho ao implementar um programa de certificação para sua soja." O programa de certificação exige que os produtores não plantem em terras desmatadas ilegalmente, obedeçam à legislação trabalhista e usem somente alguns tipos de produtos químicos no plantio. Em troca, alguns compradores adquirem a produção, em geral pagando um pequeno bônus. Funciona de modo semelhante ao pioneiro programa de "madeira certificada" descrito pelo governador Jorge Viana, em que os atacadistas – como a loja de materiais de construção e decoração The Home Depot – são incentivados a não comprar produtos fora desses parâmetros: uma tentativa de casar consumismo e ambientalismo.

De acordo com Alencar, Maggi concordou em fazer um programa de certificação da soja, mas não exige que os produtores financiados por ele sigam o programa, aparentemente por não querer se indispor com eles. "Podemos fazer toda a publicidade que quisermos de que esse é um bom programa", disse-nos ela. "Isso não ajuda. Ele só precisa dizer: 'Sem certificação, sem financiamento'." Ela acrescentou: "Não sei muito sobre política, mas isso é política".

Maggi também frustrou os ambientalistas ao adiar a implantação de um "sistema de zoneamento" para o Mato Grosso, em que apenas áreas previamente determinadas poderiam ser desmatadas e cultivadas[28]. Outras seriam reservadas e preservadas. O plano difere do programa de reserva de 80% da vegetação original, na medida em que atinge extensões de terra pertencentes a vários indivíduos e permite a gestão coletiva e em grande escala, em vez do controle individual. Este último tipo de controle fracassou por muitos anos, apesar de seu apelo superficial, pois as restrições feitas a propriedades individuais podiam ser facilmente evitadas com a venda de terrenos menores; desse modo, cada proprietário subseqüente desmataria outros 20% da terra antes protegida.

Esse conceito de gestão coletiva de terras vai contra a tradição brasileira de exaltar a propriedade individual e as prerrogativas monárquicas sobre os interesses gerais da comunidade. Resta saber até que ponto os empresários individualistas estão dispostos a sublimar seus objetivos de lucro a curto prazo a fim de beneficiar o meio ambiente e, talvez, obter lucros a longo prazo. Os empreendedores do agronegócio na Amazônia – que, por natureza, gostam de assumir riscos e fizeram-se por conta própria – não têm características compatíveis com um planejamento de longo prazo. Contudo, as referências de Maggi e Sachetti ao fato de que um dia aquele será o lar dos "filhos de [seus] filhos" talvez indiquem uma mudança nesse *éthos*.

"Esse plano será um grande passo no controle dos padrões de desmatamento no estado governado por ele", disse Alencar, "o que é importante para a mudança microclimática e também para a simples preservação contínua de áreas estratégicas. O plano está só esperando a assinatura dele. Não sei por que ele não o assina."

O Ipam está na vanguarda dessa abordagem caso a caso da preservação. Em uma outra entrevista, Dan Nepstad, um dos fundadores do Ipam, declarou que a tradicional gestão individual está ultrapassada[29]. Disse que uma justificativa para o desenvolvimento desse tipo de regime, além da facilidade de aplicação das leis (supervisionar um único dono com certeza é mais fácil do que coordenar os interesses de vários proprietários e impor um plano para a utilização da terra), era maximizar a preservação de espécies. Ele concluiu tratar-se de uma razão "supervalorizada" para o manejo da terra, citando como exemplo o fato de que 93% da mata atlântica brasileira foi destruída e perdeu-se apenas uma espécie de ave. Nepstad, que reconhece a "inevitabilidade" da agricultura mecanizada e da pecuária em grande escala, concentrou o Ipam na preservação de florestas nos locais onde elas causariam maior impacto sobre as condições climáticas de uma região específica, na preservação de bacias hidrográficas e no reflorestamento de áreas degradadas que não terão nenhum outro uso produtivo.

"O governador também tem a capacidade de assegurar que as reservas estaduais – quer já existam ou venham a ser criadas com o futuro sistema de zoneamento – continuarão preservadas", disse-nos Alencar. "Maggi tem de proteger o que deve ser protegido."

Esta última questão talvez tenha sido o motivo de maior constrangimento para o governo Maggi. Quando o conhecemos em 2003, ele descreveu como escolheu o secretário de Meio Ambiente do estado. "Incluí os ambientalistas no processo", ele nos explicou. "Perguntei aos ambientalistas quem eles queriam que eu nomeasse como secretário do Meio Ambiente e quem não queriam que eu nomeasse. Estudei as listas e então escolhi meu secretário do Meio Ambiente: a pessoa que eles mais queriam que eu *não* nomeasse." Em junho de 2005, o secretário do Meio Ambiente de Maggi foi preso e acusado de aceitar propina em troca da concessão de licenças para que madeireiros desmatassem reservas estaduais[30]. Maggi declarou-se "chocado" e o demitiu[31].

Na esteira do escândalo envolvendo seu secretário do Meio Ambiente, Maggi comprometeu-se a apoiar a suspensão de três anos do desmatamento no Mato Grosso. Se isso acontecer, os índices de desmatamento devem despencar, embora algumas pessoas temam que a demanda reprimida se espalhe para os estados vizinhos. O interessante é que a desaceleração do desmatamento não deve afetar a produção de soja. O Departamento de Agricultura dos Estados Unidos calculou que, "com estimativas bastante conservadoras, a produção tropical de soja na Amazônia poderia se expandir em mais de 40 milhões de hectares em terras já desmatadas através da utilização de uma parte dos atuais pastos e cerrados"[32]. Seria possível aumentar a produção de soja na Amazônia em uma dimensão equivalente à soma das áreas dos estados norte-americanos de Illinois, Iowa e Kansas sem que uma única árvore fosse derrubada.

Maggi reclamou que não consegue fazer a imprensa entender isso. "O que estou dizendo é que a soja é uma maneira produtiva de usar terras improdutivas", disse-nos ele. "Essa terra já foi desmatada e não está sendo usada. Nós devíamos aproveitá-la. Não temos de derrubar nenhuma árvore para expandir a cultura da soja."

À parte a reivindicação de terras em grande escala, Maggi defende o que chama de idéia "revolucionária" de preservação, uma "zona de exclusão". Ele examinou o mapa da Amazônia que havia em seu gabinete. "Se considerarmos esta linha", disse, passando o dedo ao longo do rio Tapajós, "e proibirmos o desmatamento em toda a área a oeste da região do Tapajós, então não haverá problema algum. Não se toca em nada nessa área. Intocável. A floresta tropical estará preservada para sempre. E se 'para sempre' for tempo demais, então façam uma moratória de cinqüenta anos e depois voltem para ver onde estamos."

Ele enfatizou sua seriedade. "Querem salvar a floresta tropical? É assim que se faz. Não digam que não dá para fazer. Simplesmente façam. Mas isso nunca vai acontecer, porque o Ministério do Meio Ambiente e seus amigos não querem uma solução, pois aí não teriam mais nada para fazer."

Se a proposta de Maggi tornaria ou não o Ministério do Meio Ambiente inútil importa menos que o dilema inerente à idéia, isto é, como resolver a tensão entre a necessidade de preservação do meio ambiente e a necessidade de dar oportunidades às pessoas que já vivem ali e aos despossuídos que ainda chegarão. A solução da moratória atende aos desejos de Maggi porque é uma proposta simples e abrangente, de fácil aceitação, superficialmente "ecológica" e impossível de policiar. Tornou-se sua reação padrão aos críticos, porque isso os deixa na defensiva. Também serve a seus óbvios interesses particulares: ao desacelerar a expansão da fronteira agrícola, ele impediria o crescimento dos produtores de soja concorrentes e manteria seu domínio.

A verdade é que Maggi não sente a menor culpa pelo que fez. A morte recente de seu pai o levou a refletir a respeito de sua própria vida. "O que eu fiz de errado?", perguntou. "Junto com meu pai, mostrei a todos que este é o próximo celeiro do mundo. Melhorei a vida de minha família. Dei empregos, bons empregos, a muita gente. Os outros fazendeiros melhoraram suas vidas e geraram empregos. As cidades de meu estado têm escolas e hospitais, e não têm tanta malária e outras doenças. Nós alimentamos o povo. Estamos lutando contra a pobreza no mundo ao tornar mais baratos os alimentos, e estamos tentando dar aos agricultores de outros países uma oportunidade de competir."

Muitas vezes, as pessoas não percebem o impacto definitivo que Maggi terá sobre a região, apesar do grande número de hectares que cultiva (em 2003, ele tinha 95 mil hectares de soja, 26 mil hectares de milho e 2.700 hectares de algodão cultivados, cerca de 1.300 quilômetros quadrados). Talvez algum dia outros agricultores cultivem mais terras, mas foi Maggi quem superou a barreira mais importante que esses produtores tiveram de enfrentar: o acesso aos mercados. Foi somente após Maggi ter criado uma rede de transportes que as árvores realmente começaram a cair. "Estávamos nos afogando em nosso produto", Maggi nos disse. "Isso acabou."

Seu plano, uma estratégia de transporte em quatro etapas, já está em vigor, mas grandes planos de expansão estão em andamento[33]. A primeira etapa é o transporte da soja em caminhões, desde as fazendas do Mato Grosso e da parte inferior de Rondônia, pela BR-364, até a cidade de Porto Velho, no rio Madeira, e depois para um porto graneleiro às margens do próprio rio Amazonas. O grupo de Maggi controla o tráfego até Porto Velho. Os caminhões esperam em um local apropriado no porto até que as comportas dos silos sejam abertas. Os veículos são pesados no momento do carregamento e novamente no porto, para assegurar que motoristas espertinhos não tenham aliviado a carga. Vinte caminhões por hora, cinqüenta toneladas por caminhão. Os grãos são levados para quatro silos, cada um com a capacidade de armazenar um total de 45 mil toneladas. Depois, os caminhões seguem para outra garagem, onde são carregados com cal ou fosfato. No mundo comercial de Maggi, onde capacidade ociosa significa lucro perdido, os veículos voltam para as fazendas de soja transportando fertilizantes, e de lá recomeçam a jornada. Vinte e quatro horas por dia, sete dias por semana.

Nesse ínterim, às margens do rio Madeira, as barcaças de Maggi fazem fila na área de carregamento. Cada uma delas tem um calado de 4,5 metros e capacidade de carga de 60 mil sacas de soja [60 quilos cada]. Uma barcaça do Mississippi normalmente tem um calado de três metros e carrega cerca de 23 mil sacas, uma comparação que não passou despercebida por Maggi. Ele copiou o projeto dos barcos rebocadores da Finlândia, onde massas isoladas de gelo – e não as toras encontradas na bacia do Amazonas – representam riscos à navegação. As eclusas do rio Mississippi, de 180 metros de comprimento, levam de cinco a seis horas para serem abertas e fechadas. Os atrasos no Mississippi dão mais de 100 milhões de dólares anuais de prejuízo, e o sistema de eclusas tem mais de oitenta anos. Seriam necessários centenas de milhões de dólares para substituir o sistema e anos de estudos e relatórios de impacto ambiental. Não existem eclusas no rio Madeira. Maggi construiu todo o seu sistema de transporte em três anos, a um custo de 100 milhões de dólares, praticamente sem publicidade, para evitar a interferência de grupos ambientalistas.

Maggi faz o transporte em comboios de nove barcaças, dispostas em três filas de três, e posiciona um rebocador atrás delas. Ligadas a um satélite, elas viajam sem que a tripulação faça algo além de observar. O rio nunca congela. Alguns riscos à navegação surgem no período de estiagem, mas a habilidade dos pilotos, combinada com os satélites, minimiza os possíveis problemas. Os comboios nunca param. Os grãos sobem o rio Madeira, depois viram à direita onde o rio encontra o Amazonas, e aportam a 1.130 quilômetros de distância, no porto de Itacoatiara. Descarregam os grãos, carregam o fertilizante. São cinqüenta horas de Porto Velho a Itacoatiara e 106 horas na volta. A tripulação trabalha 45 dias e descansa oito.

Em Itacoatiara, que fica a três horas de viagem de Manaus por uma estrada decente, Maggi, sem fazer alarde, construiu um porto flutuante em 1997[34], que consegue receber navios graneleiros de longo curso 2 mil quilômetros rio acima. Nesse ponto, o rio Amazonas tem 11 quilômetros de largura e quarenta metros de profundidade e, como o rio sobe e desce vinte metros entre as estações chuvosa e seca, é necessário que as docas flutuem. Aspiradores gigantes retiram os grãos das barcaças à razão de quase 34 mil sacas por hora. Ao mesmo tempo, navios de várias partes do mundo são carregados: três por mês, cada qual transportando quase 60 mil toneladas de grãos. Em 2003, mais de 1,3 milhão de toneladas saiu desse porto.

Cerca de 1,5 quilômetro rio abaixo, Maggi possui um porto menor para receber fertilizantes; depois de descarregar a soja, as barcaças partem para lá. Então completam a viagem até Porto Velho. Embora venha de Israel, grande parte dos fertilizantes, ao chegar ao Mato Grosso, ainda tem um custo líquido para o fazendeiro de aproximadamente metade do valor do mesmo produto nacional trazido dos portos do sul do Brasil.

O ramo mais polêmico da rede de transportes de Maggi envolve a pavimentação da rodovia Cuiabá-Santarém, a BR-163, cuja extensão é de 1.800 quilômetros. Como 85% de todo o desmatamento da Amazônia ocorre a cinqüenta quilômetros de distância da rodovia, a BR-163 tem gerado enormes preocupações, particularmente por causa das estradas secundárias que se espalharão por algumas das melhores áreas para o cultivo de soja da Amazônia. O Ipam previu que o asfaltamento da BR-163 desmatará entre 2,2 e 4,9 milhões de hectares dentro de 25 a 35 anos[35].

Devido à importância da rodovia para os produtores e à polêmica que ela causou, Maggi organizou um consórcio de agricultores locais para pagar a pavimentação. Maggi reservou 300 milhões de dólares de verbas do governo do Mato Grosso para complementar os 125 milhões de dólares provenientes de fundos privados, uma parceria público-privada sem precedentes. Os recursos governamentais não foram retirados do orçamento geral, e sim levantados diretamente junto aos produtores, com a cobrança de um imposto que incidia sobre a soja, o algodão, o gado e a madeira. O consórcio poderá cobrar pedágio em algumas dessas rodovias, mas eles esperam que o retorno apareça na redução substancial do custo do frete e na valorização das terras.

Entre os outros ramos no mapa de Maggi estão uma conexão com a malha ferroviária da mina de ferro em Carajás – para que as safras possam seguir para o moderno porto atlântico de São Luís – e uma estrada de ferro partindo do porto de Santos, seguindo até Rondonópolis e depois até Cuiabá e Porto Velho. No mapa, essas rotas fazem o estado do Mato Grosso parecer o epicentro do Brasil, com quatro grandes raios partindo de seu centro. É a versão de Maggi para a famosa capa da *New Yorker* que mostrava a visão de mundo de um habitante de Manhattan[36].

Toby McGrath, um influente ambientalista norte-americano que trabalha com Ane Alencar em Belém, vê Maggi como um catalisador que deflagrará um debate sério e realista sobre a Amazônia. A visão de McGrath sobre a Amazônia se apóia em um fundamento que muitos cientistas do século xx se recusaram a aceitar, na esperança de que desaparecesse: a Amazônia já foi ocupada e assim permanecerá. A ocupação da Amazônia está ligada a uma população crescente e ao desenvolvimento econômico, os mesmos fatores responsáveis pela expansão do Oeste americano. McGrath critica a preocupação com os dados estatísticos que alarmam a maioria dos ambientalistas: o quanto da floresta se perdeu. Preocupando-se "apenas em desacelerar a taxa de desmatamento, os ambientalistas se esquecem de zelar pela qualidade das terras depois da devastação. Eles acabam perdendo duas vezes", disse ele. "Primeiro, perdem a floresta. Depois perdem a oportunidade de tirar vantagem do capital natural da floresta para criar uma economia regional produtiva e sustentável[37]."

McGrath, que antigamente temia que a Amazônia se curvasse à vontade de um político do Mato Grosso, agora não se preocupa tanto com o sucesso alcançado por Maggi. "Nos últimos 15 anos, mudou a capacidade do governo de controlar efetivamente o que está acontecendo na região. As instituições estão mais fortes, a legislação ambiental é mais eficaz, a vontade política é maior e a tecnologia de monitoramento é mais sofisticada e diversificada. Mas é necessário compreender que esse controle não deve ser feito para evitar a ocupação, e sim para garantir que ela ocorra de acordo com a legislação e que mantenha o equilíbrio ecológico regional[38]." McGrath concorda que o Brasil não precisa de novas leis; precisa, sim, impor as leis que já tem, embora ele observe que Maggi tem sido negligente na aplicação dessas leis.

O cultivo de soja é provavelmente o que mais se aproxima dos critérios que McGrath defende para qualquer atividade ocupacional em grande escala na Amazônia. "Ele segue um planejamento direto e ocupa apenas áreas planas, minimizando a erosão. Não recorre a queimadas, como a pecuária e outras atividades agrícolas. A dinâmica social da soja é muito diferente da expansão da pecuária. A violência é bem menos comum do que no caso de madeireiros e especuladores imobiliários. Além disso, a qualidade dos empregos em uma fazenda de soja é, em geral, muito melhor do que em uma vasta fazenda de criação de gado."

McGrath deu uma entrevista à *Veja*, a maior revista semanal do Brasil, no final de 2003. Ele expressou esses pontos de vista e encontrou uma improvável platéia receptiva:

o governador Maggi. Até aquele momento, Maggi defendera a elevada produção de soja com um argumento ultrapassado: "Temos terras suficientes para continuar a crescer nesse ritmo por 300 anos"[39]. Essa justificativa para acolher o desmatamento já havia sido desacreditada uma geração antes. O crescimento aumentou exponencialmente, impossibilitando a tomada de quaisquer taxas de crescimento atuais como parâmetro confiável para prever o futuro. E, o que é mais importante, a qualidade do desmatamento – onde ele ocorre – se revelou tão importante quanto o desmatamento quantitativo – o quanto ocorre. Após ler os argumentos de McGrath, Maggi abandonou essa linha de pensamento e começou a falar em termos de criação de empregos e manejo para a conservação ambiental. As linhas de comunicação começavam a ficar visíveis.

Indubitavelmente, Maggi controla o futuro do desenvolvimento na Amazônia mais do que qualquer outra pessoa. Ele controla o capital e o governo de seu estado. Seria tolice desmerecê-lo como um oligarca provinciano de Terceiro Mundo. Comparar seu sonho à monomania de Ford e Ludwig também seria um erro. Como disse o próprio Maggi, esses homens tinham projetos isolados sem qualquer planejamento prévio, sem qualquer experiência. "Estou envolvendo milhares de pessoas no que faço, e o que fazemos é fundamental para a sobrevivência do mundo. O exemplo deles não é relevante para o que estou fazendo."

Maggi admite que pode haver limites para seu crescimento. "Há duas razões pelas quais pode ser que não continuemos a prosperar", disse. "Primeiro, o mundo pode encontrar outras maneiras de obter proteínas e fibras; portanto não precisará mais de soja e algodão. É possível, ainda que improvável, mas é possível. Pode ser bom para o mundo, mas seria muito ruim para nós."

O outro limite para o crescimento é tão improvável quanto o anterior. "Um dia vão desenvolver tipos de sementes que podem ser cultivados em solos ruins. A China, que não tem tanta terra arável quanto nós, poderá usar essas sementes e parar de importar da gente. Mas isso não vai acontecer em breve, acho que não. Nesse meio-tempo, vamos cultivar o que temos e o mundo vai consumir."

Por ser Maggi o maior fornecedor mundial de proteína, sua importância ultrapassa as fronteiras do Brasil. Ele internacionalizou sua operação de um modo raramente visto em qualquer país desenvolvido: cultivando soja no Brasil, enviando essa soja para a China, comprando fertilizantes de Israel, copiando técnicas de carregamento de navios da Suíça, imitando projetos de barcaças da Finlândia, blindando os preços de seus produtos no Chicago Board of Trade. Nenhum mercado é longínquo demais para Maggi. Nenhuma idéia para aprimorar seu negócio escapa a sua atenção.

Maggi é um nacionalista brasileiro do século XXI operando em um mundo multilateral e sem fronteiras. Ele personifica um conceito de globalização pós-Guerra Fria: os negócios definem as alianças, e os aliados políticos podem ser concorrentes econômicos. O Brasil pode auxiliar os Estados Unidos ou a Europa sem ter de viver à sombra deles. Mesmo assim, o legado do protecionismo econômico deixa Maggi melindrado. Em um discurso logo após o 11 de setembro de 2001, Maggi expressou sua visão do campo de batalha econômico mundial como um estadista pesaroso avaliando a carnificina daquele dia. "Os milhões de pobres e necessitados deste mundo que vivem com menos de dois dólares por dia encontram seu último refúgio na religião", disse ele. "Daí para o fanatismo, é só mais um passo[40]."

Apesar de se solidarizar com as vítimas dos ataques, seu discurso continha pouca compaixão e muitas advertências. "[As] populações dos países mais poderosos do mundo viverão sob um império de medo e ameaças de todos os tipos. E as precauções que estão sendo tomadas para evitar outra ocorrência não servirão de nada se as causas fundamentais do terrorismo não forem atacadas diretamente [...]. Essa abertura de mercados em nome da globalização não é uma via de mão dupla. Ela só é útil aos países ricos por lhes fornecer acesso a mercados de seu interesse e os meios de proteger suas economias internas através do uso de artifícios engenhosos." Um pronunciamento ousado para o governador de um estado que a maioria dos estrategistas políticos mundiais nem sequer saberia apontar em um mapa.

Em suas realizações e em suas ambições, Maggi representa o fato de que a história da Amazônia é mais do que uma disputa ambiental distante. A Amazônia é o futuro do Brasil, e a proeminência do Brasil no cenário mundial, há muito adiada, é inevitável. No mundo pós-Guerra Fria, onde a competitividade econômica de um país é mais importante que sua força militar para provar sua influência global, não há razão para se esperar uma redução do orgulho nacionalista. As nações em desenvolvimento participantes da economia global defendem a igualdade na definição das regras, e seu poder coletivo está obtendo êxito. Em setembro de 2004, o Brasil venceu dois pleitos importantes na OMC[41], um alegando que os Estados Unidos pagaram subsídios ilegais para seus produtores de algodão e outro afirmando que a União Européia havia exportado mais açúcar do que era permitido pelas regras mundiais de comércio.

Maggi não irá aceitar que políticos europeus e norte-americanos, comprometidos com o afã lobista de seus concorrentes, tentem ditar a maneira como devem usar a terra e ter acesso aos mercados, seja através de subsídios, de pressões sobre o governo brasileiro ou do financiamento de organizações ambientalistas internacionais. Tudo bem se não quiserem comprar seus produtos. Ele tem certeza de que descobrirá uma maneira de competir com eles. Assim como não lhes diz como devem administrar seus negócios, Maggi espera que não se intrometam nos negócios dele.

CAPÍTULO 15
▍Os esquecidos

Ainda que tenham chegado à Amazônia, a esperança e o progresso nunca foram abandonados por seus eternos companheiros: o desespero e a pobreza. Enquanto as forças da natureza – humana e ecológica – se entrechocam em toda a região, alguns migrantes triunfam, mas muitos outros são esquecidos. A procura por ouro ou mesmo a procura pela forragem ideal para o gado ou a variedade de soja a cultivar nunca é tão difícil quanto a busca por dignidade diante de tantas atribulações.

Perdida na periferia das cidades e mal sobrevivendo às margens dos rios, uma grande população foi marginalizada nas cidades amazônicas, como acontece em boa parte do resto do país. São pessoas que levam suas vidas cotidianas em casas inseguras, sem saber quando farão a próxima refeição e com saúde precária. Muitas não sabem ler e escrever. São como os excluídos e esquecidos de qualquer outro lugar – vivem na sujeira, devoradas por insetos, sufocadas pelo mau cheiro, debilitadas pela fome e entristecidas pelo lamento de seus filhos sofridos.

Mais de 70% da população da Amazônia é urbana e, como é típico, os novos migrantes vivem em condições miseráveis na periferia das cidades. Eles têm dificuldade para se adaptar fora da floresta, cercados por vizinhos – que também lutam para sobreviver – em vez de árvores e animais selvagens. Não costumam ter educação formal nem quaisquer habilidades além do trabalho braçal. A miséria nas cidades é um fenômeno que poucos esperariam ver ao pensar na Amazônia, embora as estatísticas não devessem causar surpresa. O número de miseráveis aumentou em conseqüência da má utilização da floresta. Altamira, uma cidade de aproximadamente 100 mil habitantes, é o lugar onde convergem as forças que se escondem sob o sucesso das fazendas de gado e de soja. Os pobres, desalojados pelo ciclo de desmatamento iniciado pelos madeireiros, ali se fixaram. Localizada a 160 quilômetros ao sul do rio Amazonas, mais ou menos no meio do caminho entre Belém e Manaus, Altamira não tem nenhuma importância estratégica, já que o rio Xingu não é navegável ao norte por causa das correntezas intransponíveis. A cidade surgiu a partir de um "porto de escala", no ponto onde a rodovia Transamazônica encontra o Xingu, sendo apenas um local onde as pessoas paravam e acabavam ficando. Altamira tornou-se famosa como pano de fundo do filme *Bye bye Brasil*, de 1979, realizado na época da ditadura militar. No filme, uma trupe circense itinerante, inspirada na propaganda governamental voltada para possíveis colonos, prenuncia Altamira como uma espécie de Shangrilá, um paraíso tropical escondido. Na época, a Amazônia era tão desconhecida para a maioria dos brasileiros quanto para os norte-americanos; logo, a farsa se sustentava até o final do filme: o lugar era, na verdade, um depósito de lixo. A promessa do paraíso encontra a realidade – uma metáfora apropriada para o Brasil daqueles tempos.

Altamira ainda decepciona.

A cidade foi construída às pressas. Prédios baixos de concreto, recém-pintados, misturam-se com barracos de madeira que, castigados pelo clima, acabam inclinados como se tivessem se cansado de ficar em pé. As calçadas são irregulares, rachadas e cobertas de mato. Assim como na maioria das cidades amazônicas, a música em alto volume sai de lojas, carros de som, alto-falantes e aparelhos portáteis de pessoas acocoradas que observam indolentemente o tráfego. Cartazes de campanhas políticas passadas, desbotadas pelo sol e pela chuva, cobrem a maioria dos muros. O comércio local é dominado por lojas de autopeças e eletrodomésticos, além de inúmeras farmácias iluminadas. Nuvens de terra vermelha rodopiam no rastro de ônibus superlotados, tingindo os edifícios de vermelho-ferrugem. Grande parte das ruas secundárias não é pavimentada, e mesmo as avenidas asfaltadas estão sulcadas de buracos. De vez em quando, uma carroça puxada por mula atravanca o trânsito, um lembrete da rapidez com que aquele mundo mudou.

Altamira também tem uma importância simbólica no movimento ambientalista brasileiro. No início de 1989, ecologistas, índios e políticos reuniram-se ali para discutir como *eles* pretendiam administrar a Amazônia. Organizada logo depois do assassinato de Chico Mendes, a reunião de Altamira atraiu mais atenção do que se esperava. O fato de esses vários grupos acreditarem que suas decisões coletivas tinham importância era uma idéia revolucionária na época. Mac Margolis escreveu em *The last New World*: "A reunião também foi um aviso para os estrategistas políticos. As forças armadas não controlavam mais as coisas. A nova democracia do Brasil – e seus financiadores – teria agora de começar a escutar os reles mortais. Até mesmo os ecologistas e os índios"[1].

A ampla avenida Sete de Setembro, homenagem ao Dia da Independência do Brasil, é a via principal da cidade. Ao deixar o próspero centro comercial e se aproximar da periferia mais tranqüila, ela se estreita, e o asfalto liso dá lugar ao calçamento de pedra esburacado, depois à poeira asfixiante ou ao barro pegajoso, dependendo da estação[2].

Raimunda Socorro dos Santos Pereira morava no final dessa avenida, onde as calçadas feitas de tábuas passavam por cima do leito do rio, coalhado de lixo. As tábuas nunca chegavam a se unir e costumavam vergar. Ao nos aproximarmos da casa, atentos às tábuas visivelmente rachadas, a madeira rangia. Os barracos eram construídos sobre palafitas feitas de troncos. Nem mesmo as tábuas das paredes se juntavam, e chovia do lado de dentro. A marca da cheia ficava cerca de um metro acima da base dos barracos. Havia meses em que Socorro e seus vizinhos viviam com os pisos inundados. Redes de cabos elétricos perpassavam a área. Algumas casas tinham medidores e "emprestavam" a eletricidade para as demais. Não havia janelas de vidro, mas algumas aberturas eram cobertas por anteparos móveis, feitos de tábuas. Não havia privacidade, fosse dentro das casas apinhadas de gente ou nas redondezas. Garrafas de plástico, trapos, ossos de frango e papéis molhados e amassados se acumulavam embaixo das casas. Uma espuma verde se formava sobre o lixo, e o odor de fezes fumegantes pairava no ar. As crianças brincavam, as galinhas ciscavam e os cães reviravam o lixo, em busca de comida. Vimos duas crianças apostando quem teria coragem de mergulhar no esgoto sob as casas. Os cães sarnentos e infestados de pulgas, famintos demais para serem perigosos e apáticos demais para se darem ao trabalho de atacar, eram onipresentes.

Socorro tinha 28 anos. Nunca se casara e tinha dois filhos homens. Proveniente da região do igarapé Riozinho do Anfrísio, cerca de 160 quilômetros ao sul de Altamira, ela chegara à cidade em 15 de agosto de 1994, após uma viagem de barco de 11 dias, com os pais e a irmã. Socorro era uma mulher magra, de cabelos negros, ondulados e bem presos atrás da cabeça; no dia em que a conhecemos, ela vestia bermudas jeans, cortadas a partir de velhas calças, e uma camiseta regata.

Firme como uma adolescente, ela trocava de pé várias vezes enquanto falava, desacostumada a dar entrevistas sobre sua vida. "A vida é melhor em Altamira", disse, principalmente porque a vida na zona rural havia ficado muito difícil: sem escolas e sem assistência médica. "Veja, minha mãe não só não sabia ler, como nem mesmo sabia o que era ler", afirmou. "Já eu sei ler um pouco. Talvez meus filhos aprendam a ler. Se Deus quiser."

Jacilene, a prima de 16 anos de Socorro, estava ao lado dela. Vestia uma camiseta com o lema "Tente ser feliz" estampado sob a imagem de um cachorro. Não estava funcionando. Jacilene era taciturna e não largava Socorro. Havia crescido no rio Iriri, também a uns 160 quilômetros ao sul de Altamira, e chegara ali aos dez anos de idade. Era casada e tinha dois filhos homens, mas nunca fora à escola e não sabia ler nem escrever.

As primas eram de uma região conhecida como Terra do Meio. Ouvimos várias descrições diferentes das fronteiras dessa vasta área, mas, em linhas gerais, ela fica ao sul de Altamira e é delimitada pelo rio Xingu a leste, o rio Tapajós a oeste, a rodovia Transamazônica ao norte e enormes fazendas de gado ao sul. A Terra do Meio tem sido o palco de contínuos conflitos por terras entre madeireiros e colonos. A exuberância da floresta remanescente, o isolamento da área e as boas perspectivas de longo prazo, devido à proximidade das estradas secundárias da BR-163, que em breve será asfaltada, tornaram essa área a preferida dos grileiros e seus pistoleiros contratados.

C. R. Almeida, um empresário do sul do Brasil, o maior proprietário de terras do país, possui (ou ao menos controla) grande parte dessa região[3]. Vários ativistas nos disseram que os grileiros agem com agressividade porque acreditam que Almeida estaria disposto a comprar toda e qualquer terra confiscada. Histórias dessa espécie aparecem com freqüência no peculiar jornal de Belém redigido por Lúcio Flávio Pinto, um corajoso jornalista investigativo que já irritou muitos grupos de interesse na Amazônia nos últimos trinta anos. Os advogados de Almeida processaram Lúcio Pinto diversas vezes por difamação, sobretudo para obrigá-lo a pagar advogados e mantê-lo no tribunal e longe dos furos de reportagem.

Socorro nos levou a sua casa no final da avenida Sete de Setembro, onde vivia com a mãe, dona Maria Raimunda dos

Santos, de 69 anos. A casa de dona Raimunda tinha três cômodos, separados por cortinas manchadas. Ladeada pelo neto e pela filha, ela estava sentada em um sofá puído, de pernas abertas, como o boxeador fatigado entre os assaltos de uma luta, vestindo uma saia de raiom e uma camiseta de malha, ambas brancas.

Ela levou as duas filhas para Altamira porque "o Anfrísio já não era bom". Seu marido fora seringueiro durante e após a Segunda Guerra Mundial, uma época de revitalização dessa atividade, quando os proprietários de terras organizaram os trabalhadores em "colônias de borracha" e ofereceram certas comodidades, tais como escolas e assistência médica. Quando o mercado da borracha ruiu mais uma vez, esses benefícios desapareceram. Os seringueiros não podiam mais caçar onças e outros felinos silvestres, cujas peles eram valiosas para a exportação, pois uma nova lei proibia essa atividade.

Dona Maria Raimunda perdeu, ainda pequenos, cinco de seus oito filhos, um lembrete de que o desgosto também é uma doença debilitante. "Um nasceu morto, outro morreu durante o parto, um teve malária e morreu, outro morreu com dois anos de idade por causa de uma picada de aranha. Outro morreu quando tinha 19 meses; ele teve febre e morreu em três dias. Tinha alguma coisa atrás da orelha dele. Era roxa e quente. Ele foi picado. Não tinha médico nenhum." Ela deixou um filho e uma nora na região do Anfrísio, e dois filhos deles morreram antes dos três anos de idade.

Ali perto, oito crianças e cinco adultos viviam na casa do pai de Manoel Nazaré da Silva. As crianças estavam sujas e mais ou menos vestidas. Nenhuma tinha camisa; algumas usavam shorts feitos das camisetas surradas dos adultos. Um menininho não tinha umbigo, apenas um monte de cicatrizes, algo parecido com uma velha bola de golfe enfiada no abdômen. Todas as crianças tinham os ventres dilatados pela desnutrição. Tossiam e espirravam, e o muco cobria-lhes os lábios sujos. Em meio a um enxame de moscas, duas mulheres amamentavam bebês de cerca de um ano.

A casa inteira era um cômodo úmido, e a mobília se resumia a um par de bancos de madeira e um cesto branco de plástico, dotado de rodinhas. O ar, praticamente uma substância sólida, malcheirosa e sufocante, não circulava. Havia redes penduradas nos cantos escuros; páginas arrancadas de revistas e desenhos feitos a giz decoravam as paredes. A chuva retinia no telhado de zinco, e a casa oscilava sobre as palafitas.

Silva viera visitar o pai doente e não conseguira voltar para sua casa às margens do Anfrísio. Não tinha dinheiro para pagar a viagem de barco. Ele e a esposa, Maria Valadares da Silva, tinham cinco filhos, com idades entre oito meses e dez anos. Nenhum deles ia à escola. "Não tem escola no rio", disse ele. Todas as famílias dali tinham uns dez filhos, ele nos contou. Sobreviviam vendendo castanhas-do-pará, látex e peixes. Não tinham dinheiro. Ele disse não gostar da cidade porque "a situação [em Altamira] não [era] vida". Era populosa e movimentada demais, e ele não podia cultivar os próprios alimentos. Mas tinha medo de acabar ficando ali.

Andamos de casa em casa, atraindo olhares por obviamente parecermos estrangeiros. Por mais desesperadamente pobre que fosse a área, nem por um instante nos sentimos ameaçados ou indesejáveis, muito pelo contrário. As crianças vinham segurar nossas mãos. As pessoas nos convidavam para sentar e tomar um cafezinho com elas. A cordialidade é uma característica nacional, como Joseph Page frisa em *The Brazilians*[4], não importando as circunstâncias.

A Fundação Viver, Produzir e Preservar (FVPP) é uma organização de Altamira que trabalha com os pobres das regiões rurais que migram para a cidade. Dirigida por Luzia Pinheiro, de 35 anos, e Antônia Melo, de 57, a organização tem como missão deter o êxodo para as áreas urbanas com o fornecimento de serviços para as pessoas que vivem na floresta[5]. Embora nenhuma das duas se considerasse ambientalista, Melo observou que, "se as pessoas da floresta não [fossem] respeitadas, elas e a floresta [seriam] destruídas". Ela acrescentou que sua organização oferecia apoio aos recém-chegados a Altamira, apesar de que, a essa altura, geralmente já fosse tarde demais para ajudar. "As pessoas do campo não conseguem se adaptar", disse. "É um estilo de vida diferente, um modo diferente de obter alimentos, doenças diferentes, diferentes habilidades necessárias para a sobrevivência. Essas pessoas estariam muito melhor na área que já conhecem, se ao menos pudéssemos melhorar seu padrão de vida por lá. Elas precisam de serviços básicos que nem sequer imaginamos. Muitas pessoas nem sabem o que é dinheiro."

Uma das metas de Melo é dar aos ribeirinhos carteiras de identidade, essenciais para a vida em qualquer cidadezinha ou metrópole. "Quando têm documentos, essas pessoas acreditam que têm direitos", explicou. "Isso muda a percepção que têm delas mesmas. É importante."

Segundo ela, somente uma mulher do Riozinho do Anfrísio teve educação formal. "Se não podem ler a Bíblia, não podem ter religião. Se não podem ler os jornais, então não sabem o que está acontecendo no mundo." A assistência médica é outra de suas prioridades. "Aqui não há hospital. Quando as pessoas precisam de cuidados médicos, em geral morrem no caminho."

A economia de mercado do rio contribui para o ciclo de empobrecimento, disse Melo. Ela depende de regatões, lentas barcaças que compram peixes, castanhas e peles contrabandeadas dos povos ribeirinhos e, em troca, vendem mantimentos. Os regatões compram barato e vendem a preços exorbitantes. Melo explicou que "essas lojas flutuantes vendem duas cuecas, que custam dois reais em Altamira, por 15 reais no rio, porque não há outra opção de mercado. O povo sempre acaba devendo alguma coisa ao regatão porque a troca de peixes e castanhas por outros artigos não é justa".

O objetivo da FVPP é, de alguma maneira, organizar a diáspora da comunidade ribeirinha, unida por laços de parentesco e por décadas de comunicação intermitente. No entanto, Luzia Pinheiro e Antônia Melo são desestimuladas pela incapacidade de chamar a atenção dos políticos para sua causa. O eleitorado é disperso e destituído demais para oferecer um bom número de votos ou contribuir para as campanhas políticas. Os políticos podem achar mais dinheiro, mais votos e muito mais causas dignas em um quilômetro quadrado de Altamira do que nos 1.600 quilômetros quadrados do Riozinho do Anfrísio. Ambas se resignam com a existência de um ciclo de violência e pobreza.

Sem o respaldo da polícia e sem compreender seus direitos legais, a população ribeirinha, graças a seu isolamento, é presa fácil para os grileiros. Luzia Pinheiro disse: "Os madeireiros vão na frente e os grileiros vêem logo atrás. Na verdade, as pessoas mostram aos grileiros suas terras sem saber o que vai acontecer. Os grileiros expulsam as famílias de suas casas, e algumas pessoas vão embora para escapar da ameaça que eles representam. Essas pessoas agora vivem na periferia de Altamira. Vocês viram a miséria que cerca Altamira?".

Tarcísio Feitosa é um ativista da FVPP; seu trabalho é organizar os ribeirinhos para que reivindiquem suas propriedades e o direito de usucapião sobre as terras que ocupam[6]. Como os padres da geração anterior, Feitosa, segundo dizem, é um homem marcado para morrer. As pessoas nos disseram que é só uma questão de tempo até ele ser assassinado.

Na casa dele, em uma das ruazinhas de Altamira (na verdade, não passava de uma porta cravada na parede, que levava a alguns cômodos inacabados em volta de uma cozinha bem equipada), vimos alguns diapositivos com mapas da Terra do Meio que destacavam os riscos que ele ali enxergava. Feitosa mostrou um exemplo do desmatamento ocorrido entre agosto de 2003 e junho de 2004. "É uma área de 62 quilômetros quadrados. Dá para ver um pontinho em agosto, e em junho sumiu tudo. O governo tinha conhecimento disso e não agiu, ou agiu tarde demais." Ele ergueu os olhos. "Sabe, a questão não é só as árvores. O desmatamento leva a uma crescente violência contra a população. As árvores morrem, as pessoas também."

A salvação para os habitantes da Terra do Meio pode ser o fato de o local ter se tornado tão violento que o governo terá de intervir para evitar a vergonhosa publicidade que irá expor o total desrespeito às leis que ali impera. O exemplo das forças civilizadoras que por fim arrefeceram a violência no sul do Pará não se aplica ao local. "Aqui é diferente", explicou Feitosa, "porque toda a atividade está acontecendo em uma região mais concentrada. Embora houvesse violência em certas áreas, o sul do Pará era uma região muito maior, então não havia esses confrontos constantes. Na Terra do Meio, a pressão é permanente."

Feitosa, de 33 anos, viaja com freqüência pela região e tem uma rede de informantes, entre eles um barqueiro que chegou durante nossa visita e trouxe notícias sobre sua viagem. Feitosa também está sempre presente nas conferências regionais que lidam com o problema da violência e do desmatamento na Terra do Meio, embora se sinta como o indesejado mensageiro da desesperança. "A Terra do Meio não vai durar nem mais cinco anos do jeito que as coisas andam. A situação na região é crítica. As pessoas estão sofrendo. Logo elas terão de fugir para as favelas de Altamira ou serão destruídas junto com a floresta."

Convidamos Feitosa para jantar em uma pizzaria localizada às margens do rio. Ele nos perguntou se a esposa e o filho poderiam ir também. Em seguida perguntou se o barqueiro poderia se juntar a nós. Depois indagou se a família do barqueiro também poderia ir. Quando chegamos à pizzaria, ele nos perguntou se um padre poderia sentar-se conosco, assim como duas mulheres que haviam acabado de aparecer à mesa. Chegamos a desconfiar que ele estava abusando de nossa generosidade, mas não era esse o motivo. "Estão vendo aqueles homens naquela mesa ali adiante?", disse ele, e apontou quatro homens que pareciam os pecuaristas que havíamos entrevistado. Tínhamos percebido que eles haviam voltado suas cadeiras em nossa direção e nos encarado quando entramos. "Eles foram contratados para me matar", explicou Feitosa. "Eles não vão fazer nada aqui com as nossas famílias presentes, mas querem me matar. Eu sei que querem."

Padre Robson assentiu. "Provavelmente querem me matar também", disse. "O Tarcísio é um problema para eles. E a Igreja também. Estamos organizando as pessoas em favor do meio ambiente e contra aqueles que o estão destruindo. Eles querem nos liquidar."

Foi um jantar lúgubre. Se um dos fazendeiros se levantava e passava atrás de nossa mesa, falando ao celular, Feitosa pulava da cadeira, o intimidava com o olhar e ligava para alguém. O barqueiro abraçava a esposa e os filhos, e todos comiam do mesmo prato. Em certo momento, um fazendeiro atravessou a rua e entrou em um edifício. Padre Robson mudou de lugar para não ficar de costas para o edifício. Enquanto isso, a conversa continuava. Padre Robson refletiu a respeito do crescimento vertiginoso das igrejas evangélicas. Lamentou-se porque a Igreja Católica não conseguia mais disputar os novos fiéis. "Mas não estou interessado em encontrar novos fiéis para a Igreja. Interessa-me organizar as pessoas que já temos. A igreja evangélica se volta para o indivíduo. A Igreja Católica, para a comunidade. Não há nada que eu possa fazer se há pessoas que vêem televisão e querem ser evangélicas. Não é uma competição. O que importa é melhorar a vida das pessoas."

Ao final da noite, Feitosa nos perguntou se teria algum problema ele pegar o primeiro táxi junto com o barqueiro e as famílias de ambos. Ficamos para trás, vendo-os partir em segurança.

Um homem chamado Pula-Pula vive em outro amontoado de barracos na periferia de Altamira, denominado Porto 6. Ele recebeu essa alcunha por sofrer de convulsões incontroláveis que fazem seu corpo estremecer a cada poucos minutos. É como se uma corrente elétrica percorresse seu corpo. Pula-Pula chama isso de "congestão". Algumas pessoas lhe disseram que se pega congestão quando se bebe café quente e logo depois água gelada. Sua irmã lhe disse que as mulheres têm congestão quando ficam no vapor das panelas quentes e depois pegam um vento frio.

Nós o contratamos para descer o rio Xingu. Agachado no chão da casa escura e de cômodo único, suando e matando as moscas que pousavam em sua pele, Pula-Pula nos garantiu que era piloto habilidoso. Mas como ele era capaz de pilotar um barco na furiosa correnteza do rio se nem mesmo conseguia impedir sua cabeça de chacoalhar espasmodicamente de um lado para o outro? Se não podia controlar os movimentos dos braços, como conseguia pilotar? O rio Xingu não segue uma linha reta; tem vários canais e correntes bravias, e tudo isso exige grande habilidade e raciocínio rápido. Não existem oficinas para consertar os motores quebrados durante a travessia, nem serviço de resgate para os barcos soçobrados. O piloto é o único responsável pelo sucesso da jornada. Ele minimizou suas limitações. "Eu conheço o rio", disse. "Conheço as pessoas de lá[7]."

No dia seguinte, usando um boné onde se lia PILOTO, Pula-Pula entrecerrava os olhos, e o barco deslizava pelo rio turvo. À medida que Altamira e sua sujeira ficavam para trás, os espasmos de Pula-Pula iam se transformando em pequenas contrações musculares, como se o rio fosse uma espécie de remédio. "Meu pai era um índio mundurucu e falava guarani. Minha mãe era do Maranhão. Ela veio para cá com o pai dela para procurar borracha. Meu pai morreu de malária quando eu tinha quatro anos. Tenho três irmãs e seis irmãos. Sou o caçula."

Pula-Pula nos contou que, certa tarde, o pai foi caçar, e índios de outra tribo chegaram ao povoado. Mataram quase todo mundo e "roubaram" a mãe dele. Saquearam a área e levaram os alimentos e os animais. Ao voltar e descobrir o que tinha acontecido, o pai dele reuniu os amigos e foi atrás dos índios. "Eles resgataram minha mãe", disse Pula-Pula. "Naquela época, o mundo era muito inseguro e violento", afirmou. "Mas agora é pior. É mais perigoso por causa dos assassinos de aluguel, dos bandidos e dos grileiros gananciosos. Por causa da Funai (Fundação Nacional do Índio), os índios já não são mais selvagens. Agora os homens brancos é que são."

Pula-Pula conduzia o barco com segurança, desviando dos obstáculos, em geral troncos do tamanho de postes telefônicos, e de muitas outras coisas que só ele enxergava (ou pressentia). Passava de uma margem para outra sem razão aparente, ou então diminuía a velocidade, fazendo lentamente a travessia de um trecho corriqueiro do rio. Ele costumava explicar por que escolhia um igarapé e não outro, mas todos pareciam iguais e não havia pontos de referências discerníveis. Ele era quase como um cão de caça, guiado por um faro imperceptível.

No rio, as horas passam de modo hipnótico e monótono. Os pescadores e os viajantes em barcos abertos ardem ao sol, apesar da brisa muitas vezes refrescante. A beleza natural das margens perde seu esplendor depois de quilômetros e quilômetros. Foram muitas horas percorrendo o curso principal e os grandes afluentes do Amazonas, e as únicas coisas que mudavam eram as correntes, a cor e a profundidade das águas. As pessoas e o cenário – matas densas entrecortadas por cabanas de sapê e troncos fumegantes atrás delas – variavam, mas não muito.

Descer o rio com Pula-Pula foi como andar por um bairro de Chicago acompanhado de um vereador. Ele parava para bater papo com os tripulantes de todos os barcos de pesca e reduzia a velocidade antes de cada cabana para ver se havia alguém a cumprimentar. Ele contornou a canoa de Manoel Eládio Viana, um velho de pele escura e enrugada, mãos calejadas e nodosas, dedos tortos e entrevados, graças a uma vida inteira de remo e pescaria. Viana usava um boné vermelho de aba reta, uma camisa folgada, com listras horizontais pretas e brancas, e calças de moletom vermelho-escuro. A canoa – o tronco escavado de uma árvore – fazia água, e peixinhos prateados nadavam entre os dedos dos pés dele, que já não tinham mais unhas depois de 35 anos de imersão. Em lugar das unhas, havia massas nodosas de pele. Viana pescava sozinho todos os dias e vendia os peixes que capturava para os comerciantes que passavam em barcos equipados com freezers. Ele vendia pacus e tucunarés por cerca de um real. Em Altamira, os peixes eram vendidos por um preço quatro vezes maior.

Paramos para visitar seu Francisco Mendes, que, como Pula-Pula e outros milhões de brasileiros, tem um apelido descritivo. As pessoas o chamam de Cu Queimado, pois dizem que ele passa a maior parte do tempo bêbado... Há alguns anos, Mendes "mexeu" com uma menina chamada Eliana Curuaia, da tribo dos curuaias, e foi preso. Esperou até que ela completasse 15 anos e a pediu em casamento. Atualmente, ela tem 26 anos, e ele, 53. Eles têm seis filhos, e o mais novo tem seis meses de idade. Picadas de mosquito cobrem a pele das crianças. As picadas parecem brotoejas. Os piuns invisíveis atacam constantemente, deixando feridas que sangram e coçam dias a fio, atormentando todos os que vivem ao longo do rio.

Mendes não usava calças, vestia somente uma enorme camisa listrada que lhe batia nas coxas. Tinha os cabelos e a barba brancos, embora o bigode e as sobrancelhas ainda fossem castanhos. Um fio de saliva estava grudado a sua barba, desde o centro do lábio inferior até o queixo, mas ele nem notava. Era macilento, mas cheio de energia, e falava constantemente com os filhos. Disse amar a esposa, e a beijava com freqüência – nas bochechas, nos ombros, no pescoço e nos braços –, bicando como um pássaro faminto.

O rosto de dona Eliana era redondo, a pele morena e acobreada, e os cabelos pretos estavam presos em um rabo-de-cavalo. Falava pausadamente. Disse-nos que o marido "[tinha] um bom coração e [trabalhava] muito". "Tenho pena dele. Preciso ajudá-lo. Ele tem mais que o dobro da minha idade." Mendes plantava cacau, mandioca, melancia, mamão e banana; trabalhava até mesmo depois de virar uma garrafa de pinga. Também pescava e vendia o peixe para os regatões. Tomava conta do pai, de 73 anos. Nenhum de seus seis filhos passava fome. Por insistência dele, ninguém deixava sua casa sem levar um pouco de comida, fosse mamão, mandioca ou peixe.

Depois de três horas descendo o rio, conhecemos seu Alfredo Carvalho Alves. Seus seis filhos e suas respectivas famílias viviam em várias cabanas em volta de uma pequena clareira na ilha de Piranhaquara. Eram 14 adultos e 11 crianças. Apenas Elaine, que tinha 14 anos e estudara até a terceira série, sabia ler e escrever. A família chegara à ilha 22 anos antes para trabalhar na extração do látex, mas a borracha acabou. "Pescamos o dia inteiro, às vezes para pegar só quatro peixes", disse seu Iran Geraldo de Jesus, quarenta anos, um dos filhos. "As pessoas daqui não ganham bem. Às vezes vendemos farinha. Mas consigo sobreviver aqui, e isso é bom. É melhor do que na cidade. Na cidade tem o aluguel, e não sobraria dinheiro para mais nada."

Ele chamava sua casa de "teto" e dizia que era preciso trocar o telhado a cada cinco anos. Estavam cuidando disso quando os visitamos e, portanto, a clareira estava coberta de grandes folhas de palmeira, secando ao sol; as cores variavam do verde ao castanho esmaecido.

A família se reuniu na cabana mais ampla para o jantar e, com o cair da noite, todos foram se transformando em silhuetas que se moviam com vagar. Dona Maria José, uma das noras, era macérrima, e seu ventre estava inchado. Ela sentia dores havia mais de um ano, mas disse não ter dinheiro para ir à "rua" e ser tratada. Quando pegavam malária, eles iam ao posto de saúde na aldeia indígena, a duas ou três horas de barco, mas os médicos de lá não sabiam o que fazer no caso dela. Dona Linda, uma das filhas, disse que às vezes eles tentavam vender frangos aos transeuntes. Eles precisavam de dinheiro para comprar açúcar, detergente e óleo. Não sabiam fazer sabão nem extrair óleo, e sonhavam com café instantâneo e açúcar refinado.

Sentadas no chão de terra, as crianças comiam com as mãos pequenos grumos de arroz e pedaços de peixe, servidos em pratos, enquanto as mães velavam por elas na escuridão. "Elas estão com fome", murmurou Maria José. "Hoje os homens não pescaram, então a gente não tem nada para comer." À noite as crianças choravam muito; algumas ganiam como animais feridos. "Estão com fome", murmurou Maria José. Eles estavam cercados por árvores que davam frutas em abundância e viviam à beira de um rio que era um verdadeiro aquário; ainda assim, seus filhos comiam restos encontrados no chão. Como era possível?

A cerca de uma hora dali e sem razão aparente, a família de Fernando Dias Ferreira de Carvalho prosperava, relativamente falando. Duas construções grandes e bem cuidadas ocupavam uma comprida faixa de terreno desmatado à margem do rio. No dia de nossa visita, havia roupas secando em varais ao lado da cabana maior. A menor é uma casa confortável. Nas vigas do telhado coberto de sapê, o milho secava, e os espaços abertos deixavam entrar uma brisa fresca que dificultava os ataques dos piuns. Havia pilhas de potes e panelas limpas e reluzentes. Os patos circulavam com um ar travesso, em nada semelhante à avidez das galinhas que víramos antes. Um bebê sentado no chão comia angu, enquanto sua mãe, sentada sobre um cepo, espantava os patos brincalhões.

Fernando Dias Ferreira de Carvalho, quarenta anos, e Maria Nazaré Borges da Silva tinham sete filhos, todos ainda vivos. A filha de 17 anos era casada e tinha um filho de um ano.

Ele vivia à beira do rio havia 27 anos. Às vezes os grileiros apareciam e ameaçavam as pessoas para que saíssem de suas terras, mas ele não tivera esse problema. Disse cultivar milho e mandioca e também esperava plantar cacau em breve. "Às vezes eu caço, e trazemos um porco grande, que comemos durante uma semana."

"A situação aqui é triste", disse ele, sem saber das condições ainda mais tristes de seus vizinhos rio abaixo. "Nada que a gente compra do regatão é barato. Eles me pagam só 1,70 real por um quilo de peixe de qualidade, e tenho de pagar cinco reais por um quilo de açúcar. Pesco todo dia por uma questão de necessidade." Carvalho lamentou o controle total que os regatões tinham sobre o comércio ribeirinho. Ficou consternado, é claro, ao saber que o peixe vendido por ele era revendido três ou quatro vezes mais caro em Altamira. Achava um crime os produtos industrializados de Altamira saírem sete ou oito vezes mais caros para a venda ao longo do rio, sendo que os moradores mais distantes pagavam os preços mais altos. Aqueles que podem pagar menos são os mais explorados.

A casa de Carvalho era tão bem cuidada que mal notamos que o chão era de terra e que não havia eletricidade. As gargalhadas do bebê davam à casa um som peculiar. O vizinho mais próximo, enquanto isso, rolava na imundície. Não que seus vizinhos fossem recém-chegados ou não tivessem ajuda. Os ribeirinhos criaram uma rede de contatos, e até mesmo uma vizinhança dispersa, e trabalhavam nas terras uns dos outros quando necessário. Mas duas famílias vivem no mesmo ambiente e, enquanto uma é bem-sucedida, a outra nunca será. Nós percebemos essa disparidade em todas as nossas visitas. Víamos os contrastes que Jared Diamond, em *Guns, germs, and steel*, caracterizara como "as diferenças inatas das próprias pessoas"[8]. Considerávamos essa pesquisa bem mais difícil que o estudo feito por ele, que atribuía as diferenças entre as pessoas às "diferenças entre os ambientes nos quais elas [viviam], e não às diferenças biológicas entre elas". Por que Pula-Pula era tão curioso e dinâmico, ao passo que seu contemporâneo, Manoel Eládio Viana, pescava em silêncio todos os dias até as unhas dos pés caírem[9]? Por que Socorro havia voltado à escola aos 28 anos, ao passo que sua prima não demonstrava interesse nenhum? Por que víamos condições tão diferentes entre os ribeirinhos que viviam tão próximos uns dos outros? Imaginamos se haveria respostas para essas questões e, em caso afirmativo, como um país poderia incentivar as qualidades positivas e enfrentar as negativas?

No caminho, Pula-Pula nos apresentou um piloto de regatão, Antônio Neves Alves, 46 anos, que navegava pelo rio havia quase 25 anos. Ele passava até duas semanas por mês longe da esposa e dos seis filhos em Altamira, negociando por escambo artigos que ele levava de volta à cidade. Apesar de entender as dificuldades de seus fregueses, ele também precisava ganhar a vida. "Tudo aqui custa muito mais caro. O que custa 25 reais em São Paulo custa 300 reais em Altamira. O que custa 300 reais em Belém custa 600 aqui." Alves enfatizou que, sem seu comércio, o povo ribeirinho não teria acesso a coisas básicas, como sabão, alimentos enlatados e roupas.

O sistema do regatão – que agora é denunciado regularmente como exploratório, já que as pessoas sabem quais são os preços em outros lugares – antigamente era visto como uma economia libertadora na Amazônia. Antes do sistema de regatão, a maioria dos habitantes do rio estava sujeita a um monopólio controlado por grandes proprietários de terras, que disponibilizavam as mercadorias para seus trabalhadores mediante venda a crédito. Esse "crediário" tinha de ser saldado com trabalho e, como conseqüência, os ribeirinhos ficavam presos a uma espécie de escravidão. O surgimento dos regatões rompeu esse monopólio e apresentou aos ribeirinhos a idéia de opções de mercado (desde que houvesse competição entre os regatões). David McGrath, do Ipam, escreveu um artigo sobre o comércio dos regatões, no qual observou: "Há quem diga que eles desempenham um papel destrutivo no comércio amazônico, enganando os caboclos ingênuos e roubando os fregueses dos negócios legítimos, mas outros defendem que [os regatões] tiveram um papel revolucionário, apresentando uma alternativa às relações comerciais tradicionais, baseadas na escravidão econômica dos empregados"[10]. McGrath descreve o sistema de regatão como uma personificação das "duas faces do capitalismo mercantil"[11].

Era mais um exemplo das amplas repercussões do êxodo forçado da população ribeirinha para as cidades. Quando a população rural prosperava, como na época do segundo *boom* da borracha em meados do século passado, muitos regatões subiam e desciam o rio e havia abundantes opções de mercado. Agora, com a redução da população rural, porque muitas pessoas acabam migrando para as áreas urbanas, os comerciantes se estabelecem onde estão os fregueses. Aqueles que foram esquecidos na floresta não representam um mercado atraente para a concorrência, e um único regatão controla uma área extensa. A economia do regatão não é intrinsecamente exploratória: os preços variam em função da lei da oferta e da procura.

Em uma clareira conhecida como "Quem Quiser Que Vá", deparamos com uma antena parabólica, um freezer e uma latrina, o lar de Anastácio da Silva Avelino e sua esposa, Iraildes. Ali, o consumismo globalizado encontrou seu lugar no rio Xingu: havia uma televisão, um aparelho de som, uma coleção de CDs e até mesmo flores de plástico[12]. Grandes ventiladores nas duas principais construções afastavam os piuns. Havia até mesmo portas que abriam e fechavam, janelas de vidro e lâmpadas. As bananas eram de um amarelo brilhante, e não tristemente manchadas e apodrecidas, e havia caixas de papelão cheias de ovos frescos.

A pele de Avelino parecia couro queimado, contrastando totalmente com os cabelos brancos como talco. Tinha um pouquinho de barba grisalha, um bigode e um nariz largo e descorado. Um caroço ovóide havia se formado sobre seu olho esquerdo. Tinha o peito largo e protuberante, vestia uma camisa azul-clara, limpa, folgada e aberta, calções de banho e velhos chinelos de borracha. Ele havia quebrado o dedo médio da mão esquerda, que voltara a se consolidar em um ângulo estranho.

O casal Avelino tinha 21 filhos, 17 deles ainda vivos. Dois filhos, de 28 e 25 anos, moravam com eles. O neto de cinco anos de Avelino, Zé Preto (por causa da cor de sua pele), também vivia ali; a mãe de Zé Preto havia fugido e nunca mais voltara.

Avelino, nascido em 1932, havia sido "soldado da borracha"[13] durante e logo após a Segunda Guerra Mundial, e recebia pensão da União. Foi piloto de barco e agricultor. Com suas economias, comprou terras mais abaixo no rio, perto da cidade de São Félix do Xingu. Ele nos contou que, havia uns seis anos, um representante da Funai, sr. Dimar, dissera-lhe que ele e a família "ocupavam terras indígenas e teriam de se mudar". "Eu disse não. Falei que minha família vivia aqui havia quarenta anos e que eu tinha certeza de que não era terra indígena. Então o sr. Dimar disse que me daria uma indenização de 800 mil cruzeiros pela terra e as árvores. Mas ele não me pagou. Em 2000, consegui um documento oficial declarando que minha família ocupou a terra antes que fosse área reservada aos índios."

Avelino gabou-se por ter derrotado a burocracia. Mas depois chegaram os grileiros. "João Cléber – ele é grileiro e madeireiro – e seu pistoleiro José Daniel vieram me incomodar. Eu já estava tendo problemas com o João Cléber havia algum tempo, porque ele cortava o mogno de nossa propriedade e não nos pagava. Dei queixa na polícia de São Félix, mas eles não fizeram nada, então minha família ficou chupando o dedo."

Avelino não se mudou. "José Daniel me disse que eu tinha de sair. No dia 30 de julho de 2003, ele veio a minha casa com vários outros pistoleiros. Eles atiraram na casa e nos móveis e mataram os animais. Meus filhos se esconderam." Avelino e a esposa estavam em Altamira. "Recebemos o recado no dia 8 de agosto. Meus filhos Lindomar e Devanildo me contaram. Disseram que o Manoel, meu sobrinho, ficou louco de medo e correu pegar o barco quando os pistoleiros ainda estavam lá, e eles atiraram na perna dele."

Enquanto Avelino contava a história, dona Irailes angustiava-se atrás dele, com a mão sobre a boca. Ela berrou sobre o ombro do marido: "Estão vendo? Estão vendo o que eles fizeram?". Ele fez uma pausa e esperou a comoção passar.

"Por que esses homens fazem isso?", indagou Avelino. "Nunca roubei nada de ninguém."

Eles deixaram Altamira e, de barco, viajaram por três dias até São Félix do Xingu, onde fizeram uma queixa à polícia. A polícia pediu 3 mil reais. "Eu disse aos policiais que eles recebem um salário do governo. Mas sei que os grileiros estavam pagando mais", disse, com raiva. "Eu me recusei a pagar suborno, e eu sabia que ia perder. Eu perderia se pagasse a eles, porque os grileiros sempre podem pagar mais."

Dona Iraildes gritou: "A polícia é vendida!".
"João Cléber mandou nos matar", disse Avelino. "Eles mataram um vizinho nosso. Levi morreu. Um senhor de idade. Estava trabalhando em sua terra e deram-lhe um tiro nas costas. Por quê? Por dinheiro. Por causa da terra. Eu posso ser analfabeto, mas sei disso por intuição: fizeram isso só por causa do dinheiro. Onde este mundo vai parar?"

Sua esposa cobriu a boca. "Eles podiam ter matado meu menino. Ainda podem."

Quando voltaram para a casa deles em Bom Jardim, encontraram buracos de balas nas redes e nos móveis. Segundo Avelino, os bens que não foram destruídos acabaram sendo roubados pelos índios.

"Os índios", dona Iraildes denunciou. "Damos mandioca para eles quando estão com fome, porque são tão magros. Eles chegaram aqui tão magros! E eu dei comida para eles, e eles roubaram tudo."

Avelino comprou o terreno localizado em Quem Quiser Que Vá quando o acordo com a Funai foi fechado. Agora ele estava determinado a mudar a família inteira para lá e recomeçar. "Alguém a mando do João Cléber me deu dinheiro em troca da terra. Nunca mais voltei."

"Mas talvez eles venham para cá", disse dona Iraildes. "Da mesma maneira que foram lá. Nós não roubamos. Lutamos para conseguir o que temos. Mas os grandes e poderosos roubam dos pobres."

Francisco da Costa, que vivia do outro lado do rio, de frente para Avelino, tinha os próprios problemas. Não dispunha de eletricidade nem de qualquer outro tipo de conforto da era moderna. Possuía uma pequena canoa feita à mão e a usava para pegar peixes, que trocava com o regatão por azeite, mandioca, farinha e sabão. Seus avós se estabeleceram na área após fugirem da eterna seca no Ceará. Costa tinha 44 anos, era casado com Francisca Teixeira Moraes, de 36, e eles tinham seis filhos, sendo que a mais velha já tinha 22 anos e duas filhas. "A vida aqui é difícil", ele nos disse. "Tem dia que tem comida, tem dia que não." Era um homem de baixa estatura, e o rosto retangular era emoldurado pelos cabelos crespos, revoltos e grisalhos. Os olhos eram escuros, brilhantes e tristes. Vestia só calções de banho. Sua família, rodeada de piuns, escutava-o falar. Os três cachorros também ouviam, imundos, adoentados, cobertos de carrapatos grandes como uvas e cercados por uma nuvem de moscas.

Costa reclamou que os cardumes de peixes haviam diminuído e que era difícil fazer a pesca valer a pena, mesmo após um dia inteiro de tentativas. "Vivo uma espécie de humilhação", disse. "Não sei fazer mais nada. Troco com as pessoas que têm outras coisas. Não tenho nada. Quero plantar, mas não tenho os recursos para fazer isso."

Mas em seguida acrescentou: "Há pessoas aqui na margem do rio que não têm nada mesmo, absolutamente nada".

Dois anos antes, sua casa havia pegado fogo. "Perdemos tudo o que tínhamos. Até nossos documentos. Essas coisas acontecem." Ele balançou a cabeça. "Só estamos aqui pela graça de Deus. O Todo-Poderoso lá em cima nos ampara."

Seguimos para São Félix do Xingu, a maior cidade do rio ao sul de Altamira. Era hora de Pula-Pula voltar. Pensamos no contraste entre o Pula-Pula que conhecemos pela primeira vez, a figura que suava e se contorcia na casa abafada de Altamira, e o Pula-Pula que estávamos deixando ali, um homem que se sentia à vontade em seu meio ambiente e bem-vindo em todos os pontos do rio. Pula-Pula precisava do rio para se livrar da doença. O rio dava-lhe uma sensação de utilidade, um traço comum a todos os colonos bem-sucedidos que conhecemos. Nenhum deles era imodesto, apenas demonstravam seriedade naquilo que faziam, assim como ausência de autocomiseração, outra característica que define aqueles que obtêm êxito. Em um cenário onde a meta era desmatar, construir uma casa, alimentar a família e mantê-la saudável, alcançar esses objetivos era uma grande realização, algo que só ficou evidente quando notamos quantas pessoas viviam sem isso.

As celebridades e suas extravagâncias, matérias-primas dos veículos de comunicação de massa no Brasil, oferecem um pouco de diversão escapista, mas não muitos exemplos a serem seguidos. Nenhum autor de novelas se dignaria a enfocar o heroísmo rotineiro de Pula-Pula ou dos cidadãos ribeirinhos que conhecemos, já que não há nada de extraordinário na luta básica pela sobrevivência. O reconhecimento das mulheres que dirigem a FVPP, de outras mulheres como elas e de sua busca por uma educação e um sistema de saúde universais pode até proporcionar exemplos inspiradores, mas esse reconhecimento traz à lembrança o fato de que a sociedade tem um ponto vulnerável e indesejado. Pula-Pula e seus amigos ao longo do rio certamente têm o caráter necessário para vencer. Há quase cem anos, Theodore Roosevelt também observou isso, quando escreveu: "É impossível não se espantar com aqueles que não percebem a energia e a força que muitas vezes possuem os homens dos trópicos e que neles se desenvolvem prontamente"[14]. Bastaria que tivessem os instrumentos mais básicos para o desenvolvimento: educação e a possibilidade de levar uma vida saudável.

Sob o céu cinzento e carregado, Pula-Pula costumava fazer o barco dar tudo o que tinha até chegar à casa de dona Teresinha, pois sabia que, se parasse ali, não seria um incômodo, e ela lhe contaria o que havia lido nos jornais. Procurava uma rede desocupada e um espaço vazio dentro da grande cabana para tirar uma soneca. Os dois contavam histórias enquanto dona Terezinha cozinhava um porco-do-mato e depois insistia para que ele levasse alguns pedaços, embalados em folhas, para sustentá-lo durante os dois dias de viagem até

Altamira. Eles se divertiam conversando com o Lourinho, o papagaio que ela tinha havia 17 anos, e os dois faziam a ave andar pela cabana deixando no chão uma trilha de grãos de arroz. Riam da esperteza do papagaio e elogiavam a boa saúde um do outro, depois se concentravam nas pessoas que lutavam pela vida às margens do rio e tentavam adivinhar quem iria morrer, quem seria expulso de seu terreno, ou ambas as coisas. Essa conversa fazia dona Teresinha estremecer, quase como Pula-Pula. Ela logo dizia "Chega", e os dois começavam a falar do presidente Lula e das novelas, e o tempo passava. Pula-Pula se despedia e perguntava a dona Teresinha o que ele poderia trazer para ela na visita seguinte, e ela respondia: "Nada". Mas ele pensaria em alguma coisa. São amigos e cuidam um do outro.

CAPÍTULO 16
▌Terra, violência e esperança

A questão da propriedade da terra e a violência concomitante ocupam uma posição intermediária, e marcada pela turbulência, entre as impressionantes iniciativas econômicas ligadas à pecuária e ao cultivo de soja e a desesperança dos miseráveis desalojados. Praticamente todas as grandes áreas desmatadas no estado do Pará, e também nos estados vizinhos, já foram palco de conflitos violentos por causa da ocupação ou da propriedade. As vitórias econômicas deixaram vítimas pelo caminho. Como em Altamira, as vítimas que chegam às cidades esperando uma vida melhor acabam empobrecidas. Ou embrenham-se na floresta, expandindo a fronteira, apenas para anos mais tarde se tornarem alvos novamente. Os vencedores incorporam as terras roubadas e muitas vezes legalizam suas aquisições através da corrupção, de advogados ou de ambos, depois conferem direitos legais a negócios legítimos. Pode ser que essa situação nem se altere com o fim da expansão. A menos que o governo consiga impor a segurança adequada e o direito civil nessa vasta região – o que provavelmente não ocorrerá, dada a competição pela atenção do governo em outros lugares –, as pessoas das classes desprivilegiadas terão poucas chances de ascender socialmente.

Os Estados Unidos, cuja fronteira era tão vasta quanto a da Amazônia, tiveram várias vantagens temporais e materiais que permitiram o sucesso da ocupação das terras inexploradas. Poucas dessas vantagens existem no Brasil. A fronteira norte-americana foi aberta no século XIX, época em que o transporte entre lugares distantes era, de modo geral, inexistente ou lento; isso evitou as diásporas espontâneas. O fluxo de pioneiros em direção à fronteira norte-americana era controlável, em parte por haver razoáveis pontos de escala ao longo do caminho, como as cidades ribeirinhas do Mississippi. A costa leste dos Estados Unidos não era superpovoada nem expelia pessoas que fugiam da seca; o espírito de nossos pioneiros era mais otimista e menos guiado pelo desespero. As típicas condições que levam as pessoas a emigrar – fome, desemprego ou falta de terras – nunca chegaram perto de algo remotamente parecido com uma crise nos Estados Unidos. As décadas que se passaram entre as descobertas de Lewis e Clark e a abertura da fronteira permitiram ao governo estabelecer a presença da lei, assim como um arremedo de sociedade civil, na forma de governos municipais e postos avançados que ofereciam educação e assistência médica. Quase todas as terras pertenciam ao governo federal, portanto as escrituras eram transferidas de maneira definida e segura.

    O Homestead Act definiu a fronteira americana, pois permitiu a transferência dos títulos de propriedade àqueles que concordassem em tornar produtivas as terras. Em um primeiro momento, as propriedades eram modestas, coerentes com a meta do governo de estabelecer uma classe média no centro do país. A viabilidade da legislação se baseava na capacidade do governo de transferir escrituras registráveis, pois assim poderia preparar mapas definindo dimensões e limites. O inventário era garantido. O direito à propriedade era claro e cristalino.

    Caso o povoamento da fronteira amazônica tivesse ocorrido de maneira similar, quase todos os problemas associados a ele – desmatamento, violência e miséria urbana– poderiam ter sido minimizados. Os colonos teriam todo o interesse em proteger suas comunidades e o meio ambiente. Mas os colonos brasileiros chegaram à fronteira praticamente da noite para o dia, antes da instalação de uma infra-estrutura material, de serviços de saúde e educação, de um sistema de direito civil ou de qualquer organismo de execução da lei. A fronteira amazônica abriu para negócios quando Brasília foi finalizada, o que, por sua vez, levou à construção da rodovia Belém-Brasília, concluída em 1960. (Manaus e Belém, no rio Amazonas, já eram cidades estabelecidas, mas, sem qualquer ligação por terra com a região, nunca serviram de base para migrações significativas.) Grande parte da violência associada à posse da terra nos últimos trinta anos ocorreu a algumas centenas de quilômetros dessa rodovia. Ironicamente, o Decreto-lei nº 1164, promulgado em 1971, deu ao governo federal a propriedade sobre cem quilômetros de ambos os lados das rodovias federais, mas o governo fracassou totalmente na administração desses terrenos. No final dos anos 1960 e começo dos anos 1970, foi construída a rodovia Transamazônica, com 4.800 quilômetros de extensão. A campanha dos veículos de comunicação de massa, que promovia a colonização em torno da rodovia Transamazônica na década de 1970, criou uma demanda incontrolável, já que a propaganda prometia que haveria projetos organizados de colonização com serviços de apoio adequados. Não houve nada disso. Em *Contested frontiers in Amazonia*, Marianne Schmink e Charles Wood citam o frentista de um posto de gasolina na rodovia, que a descreve como "a estrada dos pobres". "Só serve para ligar a pobreza do Nordeste à miséria da Amazônia[1]." Dez anos depois da abertura da fronteira amazônica, o acesso à região estava garantido por meio de vias importantes de leste a oeste e de norte a sul. A procura por uma segunda chance na vida havia aumentado nas regiões povoadas do Brasil: no árido Nordeste, onde a promessa de uma Amazônia exuberante era sedutora para as pessoas condenadas a uma seca eterna, e no Sul agrícola, onde os arrendatários almejavam ter a própria terra.

Como não houve preparação para esse movimento, o caos se instalou. O único outro exemplo de desmatamento em larga escala na Amazônia seguido de ocupação humana havia sido a estrada de ferro Madeira-Mamoré, que desencadeara surtos de malária e de uma série de doenças tropicais. A mesma coisa voltou a acontecer. Não havia assistência médica. Uma sensação de perplexidade se instalou na fronteira, já que havia poucos sinais identificáveis de civilização. Havia apenas rodovias, áreas desmatadas e alojamentos rudimentares.

O mais importante é que não existia um sistema confiável de propriedade. As escrituras datavam do tempo da colonização portuguesa, e a maioria delas descrevia extensões de terra tão amplas que não existiam medidas exatas. Era uma época em que não havia satélites e aparelhos de GPS disponíveis para o mapeamento: ninguém esperava que os agrimensores se embrenhassem pela floresta tropical primária para demarcar lotes. Além disso, essas escrituras mais antigas muitas vezes divergiam nas informações especificadas, o que causava ainda mais confusão. Algumas concediam o direito à extração de madeira, ao passo que outras conferiam a própria terra. (O Texas tem uma estrutura similar, distinguindo entre o direito a explorar petróleo e gás e a posse real das terras.) Muitos desses documentos exigiriam especialistas forenses para distinguir as escrituras válidas das falsas. Em *Passage through El Dorado*, Jonathan Kandell escreve: "Já nos anos 1970, um exasperado governador do [estado do] Acre reclamou que, caso todas as reivindicações de terras fossem honradas, seu estado teria de ser cinco vezes maior do que realmente era"[2].

O direito à propriedade é um bem que toda sociedade produtiva precisa ter. O economista Hernando de Soto observou em seu país natal, o Peru, que "ninguém que resida em um assentamento informal investirá muito em sua casa se não tiver a posse garantida, nenhum vendedor ambulante melhorará o meio ambiente caso tema ser expulso, e nenhum motorista de microônibus respeitará a ordem pública se seu direito àquele itinerário não é reconhecido"[3]. As preocupações de Soto são semelhantes às do economista Ronald Coase, que observou a interdependência entre a propriedade privada e a preservação do meio ambiente. Segundo Coase, "muitas disputas por recursos naturais advêm do fato de ninguém possuí-los. Ou, tão ruim quanto, de todos o possuírem, como é o caso das propriedades públicas. No entanto, essas disputas poderiam ser resolvidas se a terra e os recursos não reivindicados fossem distribuídos como propriedades privadas. Então, caso alguém quisesse usar uma propriedade, o dono poderia cobrar uma taxa. Se alguém fizesse mau uso da propriedade, o dono poderia processá-lo judicialmente. A concessão de direitos de propriedade aumenta muito a capacidade de solucionar conflitos decorrentes do uso e do mau uso dos recursos"[4]. Como conseqüência, a concessão desses direitos também torna as pessoas responsáveis pelo uso que fazem de suas propriedades, ampliando a capacidade do governo de controlar o desenvolvimento.

Daniel Webster reconheceu a interação de propriedade privada e sociedade estável em um dado contexto político quase um século antes do desenvolvimento dessas teorias econômicas[5]. Ele defendeu uma ampla difusão da propriedade privada como base para a credibilidade do governo: a disseminação da propriedade entre as massas envolve um número maior de pessoas nas instituições governamentais, fazendo com que estas sejam respeitadas. Webster temia os efeitos da concentração da propriedade nas mãos de poucos e a conseqüente participação majoritária desses proprietários no governo.

As teorias sobre a propriedade tratam de uma sensação de inclusão, algo tão difícil de encontrar na fronteira amazônica quanto no lugar de onde os colonos saíram. A ausência dessa sensação definiu em grande medida o desenvolvimento da Amazônia. Quem construiria uma casa em um terreno que não possuísse claramente? Quem plantaria? Quem planejaria deixar um legado? Quem se sentiria seguro sabendo que outros reinvidicavam a posse da mesma terra? E como essa terra costumava estar cercada por uma selva inóspita, por saqueadores armados que compravam e vendiam a polícia e por empresários ávidos decididos a expandir suas propriedades, uma sociedade civil estável era algo impossível. Com tamanho grau de insegurança, as comunidades não poderiam crescer. Os investimentos públicos e privados seriam transitórios, já que nenhum retorno a longo prazo pareceria possível. A segurança de uma comunidade e a aplicação das leis derivam da criação de um sistema que possibilite a identificação e a proteção dos direitos de propriedade. E, notadamente, como Tocqueville observou nos Estados Unidos em desenvolvimento, o respeito pelas leis e sua imposição nessa sociedade civil emanam de baixo, tornando o sistema aceitável e efetivo. Ele escreveu que um cidadão obedece à lei "por que ela lhe pertence, e ele a vê como um contrato do qual ele mesmo faz parte"[6].

Onde há falta de autoridade pública e de investimento conjunto no bem-estar da comunidade, os poderosos fazem a lei. Dessas migrações para a Amazônia, em que a situação dos colonos era tão incerta quanto a das pessoas em trânsito, surgiu uma economia de tamanho incomum, baseada no desmatamento, que persiste há décadas em várias áreas. Ela ainda sobrevive nos limites da fronteira e em regiões como a Terra do Meio. Se ninguém é dono da terra, ninguém a respeita. Em lugares onde o desmatamento e a ocupação exploratória são, na prática, os únicos meios de garantir a posse da terra, nenhum ser vivo está a salvo.

O Estado de S. Paulo, um dos principais jornais do Brasil, reconhecendo o nível de violência resultante dos conflitos pela terra no sul do Pará, chamou o município de São Félix do Xingu de lugar "onde a lei não vale nada e a morte custa cem reais"[7]. No extremo da fronteira povoada, São Félix, com suas serrarias e o acesso à malha rodoviária do país, há muito tempo serve de ponto de encontro para exploradores de mogno e garimpeiros nômades que encontraram riquezas perto dali nos anos 1970 e 1980. Além disso, São Félix é a cidade mais próxima às aldeias caiapós, conhecidas por seu caráter guerreiro. Em 1980, os caiapós mataram vinte pessoas, entre elas mulheres e crianças, que haviam se estabelecido em suas terras. Uma observação feita por Schmink e Wood em seu estudo a respeito da cidade, em *Contested frontiers in Amazonia*, identifica os outros protagonistas que tornam a região tão propensa à violência: "Para as famílias de migrantes que percorriam a PA-279 [a rodovia estadual] com a esperança de encontrar um lote para cultivar, isso significava que São Félix era, tanto no sentido literal quanto no figurado, o final do caminho. Depois de serem expulsos três ou quatro vezes das terras reinvidicadas por eles, muitos chegavam a São Félix e descobriam que suas chances de se tornarem proprietários em nada tinham melhorado"[8].

Não é um exagero dizer que *todos* os que conhecemos naquela cidadezinha de 13 mil habitantes tinham sido baleados, seqüestrados ou ameaçados, ou ao menos tinham um amigo próximo ou um parente que fora vítima de uma dessas coisas. Schmink e Wood concluíram, depois de visitar São Félix em 1978, 1981 e 1984: "Portanto, não é nenhuma surpresa que a realidade cruel da fronteira tenha levado migrantes, índios, garimpeiros e caboclos a se engajarem em formas progressivamente mais organizadas de resistência. [...] Vítimas da violência e de todos os tipos de contratempos, sua luta desesperada para sobreviver diante de opções cada vez mais limitadas foi uma força poderosa que redefiniu as estratégias adotadas pelas pessoas de modo a competir com as condições econômicas e políticas da Amazônia, que mudavam com rapidez"[9].

Ao contrário de Redenção, no Pará, e de Rio Branco, no Acre, que desde nossa primeira visita haviam progredido um século em 25 anos, São Félix sofreu um crescimento artificial graças à violência constante. Os assassinatos, assim como o tempo, são tema das conversas do dia-a-dia. As pessoas simplesmente dão de ombros, às vezes mencionam o número de balas ou o valor pago aos pistoleiros. Perversamente, a violência também é um barômetro do futuro desenvolvimento da cidade: os pistoleiros só trabalham nos mercados em que há valorização da terra.

O cronista de grande parte dessa violência é um norte-americano de setenta anos, Russell George Clement, cujas andanças pelo mundo terminaram em 1986, quando se apaixonou por uma mulher de São Félix. Clement é dono do restaurante Xingu Lodge, o único estabelecimento da cidade com toalhas de mesa limpas[10]. Fotografias de suas aventuras adornam as paredes: pescando na Índia, participando de uma dança tribal na África, em uma praia da Nova Guiné e nas montanhas do Nepal.

Quase todos os dias, ele pesca, conversa com vizinhos e vê a vida passar a partir de seu restaurante. Originário de Ord, Nebraska, ele ainda tem o físico de um fazendeiro robusto e mãos envelhecidas. Seu uniforme diário é boné, camiseta regata e calças jeans. É o único norte-americano da cidade, o que o transforma na coisa mais próxima a uma atração turística. Os moradores o chamam de Clement, fato que o incomoda. "É grosseiro", ele nos disse. "Até a mãe do meu filho me chama de Clement. Devia ser Russ ou Russell, ou sr. Clement."

O próprio Clement já foi seqüestrado. "Foi culpa do Sting, na verdade", disse. "Foi em 1994. O Sting já tinha vindo aqui antes disso. Ele deu 14 mil dólares a um dos caciques de uma das aldeias indígenas. Ele não sabia o que estava fazendo, e por isso é má pessoa. Só queria mesmo aumentar a publicidade em cima do próprio nome." Era evidente que Clement já havia contado aquela história antes, porque ele sabia ser teatral. Ele se levantou, hesitou, sentou-se, acendeu um cigarro. Não tinha pressa. Estava feliz por falar inglês. Seu português era tão prejudicado pelo sotaque do Meio-Oeste que poucos vizinhos conseguiam entendê-lo.

Em 1994, Clement visitava uma aldeia indígena com dois turistas norte-americanos que estavam ali para pescar. "Quando chegamos lá, os índios não nos deixaram ir embora. Ficavam me perguntando se os turistas eram da Inglaterra. Repetiam 'Inglaterra' sem parar. Por fim, percebi que haviam pensado que, se o Sting tinha dado dinheiro a uma aldeia, nós daríamos dinheiro a eles."

Os índios concordaram em deixar Clement voltar à cidade para pegar o dinheiro, mas seguraram os turistas. "Voltei para a cidade, consegui que meu irmão transferisse 9 mil reais para mim e eles soltaram os caras. Os índios não sabiam realmente o que estavam fazendo. É tudo culpa do canalha do Sting. Algum tempo depois, quando eu passei um dia fora, a esposa do cacique Brai ficou sentada na entrada da minha casa com a cabeça abaixada durante horas. Eles ficaram envergonhados. Era assim que ela se desculpava em nome deles. Agora somos todos amigos. Eles vêm me visitar no restaurante. Picano é dessa aldeia e é um bom homem. Ele deu o nome de Clement ao filho em homenagem a mim[11]."

A relação entre as tribos caiapós vizinhas e os habitantes de São Félix ilustra as tensões culturais e econômicas vistas com freqüência na Amazônia. O primeiro contato dos caiapós com a sociedade brasileira se deu no final do século XIX e, notadamente, eles conseguiram manter uma cultura própria enquanto muitas outras tribos, durante o mesmo período, desapareceram. O caráter beligerante dos caiapós os ajudou, pois resistiram às invasões por parte de madeireiros e garimpeiros, e demonstraram habilidade ao lidar com a burocracia estabelecida pelo governo brasileiro a fim de regular a questão indígena. Em 1978, a Funai delimitou a reserva dos caiapós em uma área de 2.738.085 hectares[12]. Os caiapós responderam: "Não é suficiente". É claro que seus interesses não se limitavam a simples ganância. Eles perceberam o influxo gradual de migrantes e a avidez dos madeireiros de olho no mogno, espreitaram os garimpeiros que haviam achado ouro em suas terras. O massacre de vinte colonos, em 1980, deflagrou um sentimento antiindígena em São Félix, mas também obrigou o governo a incluir os caiapós em um processo de planejamento da coexistência. Por fim, o tamanho da reserva foi ampliado para 3.262.960 hectares[13], o que proporcionou uma zona neutra grande o suficiente para deter invasores. Além disso, os índios negociaram uma comissão sobre a quantidade de ouro que os garimpeiros extraíam.

No entanto, a combinação de tão poucos índios (cerca de 2 mil em 1985, quando a reserva foi ampliada) vivendo tão próximos a migrantes desesperados por terras continuou a alimentar ressentimentos. Por toda a Amazônia, reclamações sobre essas reservas são lugar-comum. As queixas não são necessariamente de teor preconceituoso, mas sim denúncias de subutilização de valiosos recursos. Por outro lado, os ambientalistas se deleitam com a boa sorte dos índios, já que há pouco desmatamento nessas terras.

O fato de tanta terra ter sido tirada de circulação em São Félix exacerbou os conflitos. Clement confirmou a violência sistemática. "De todos os tipos, o tempo todo", disse, embora tenha percebido uma redução nos últimos anos, o que ele atribui ao amadurecimento da cidade. "Mas, ainda assim, as invasões são comuns, e pessoas são assassinadas. Quando recebem o primeiro pagamento pela terra, os grileiros mandam alguns pistoleiros matar o comprador e vendem a terra novamente. Ou, às vezes, para vender uma grande extensão de terra, eles mandam os pistoleiros limparem a área. Há apenas três meses, oito corpos foram levados para o hospital. Certa vez, nos anos 1980, um homem ferido foi morto no hospital. Uns grileiros tinham tentado matá-lo, mas ele sobreviveu. Quando estava no hospital, eles mandaram um monte de pistoleiros. Entraram com toda a calma, abriram a porta do quarto e atiraram nele até matá-lo."

Sendo estrangeiro e possivelmente o cidadão mais idoso, Clement nos disse que achava que ninguém mais se incomodava com ele. "Costumavam me ameaçar, porque eu não obedecia à lei da mordaça que eles impunham. Se via um assassinato, eu contava o que tinha acontecido e quem havia cometido. Ninguém falava, mas eu sim. Uma vez, na rua, ouvi de um desses criminosos que o preço pela minha cabeça era de 50 mil reais." Clement fez uma pausa, levantou-se, afastou-se, deu meia-volta e bateu no próprio peito. "Olhei para ele. Tenho orgulho disso. Gritei: 'Só 50 mil!'." Clement disparou a rir.

José Gomes, apelidado de Zé do Largo, é uma dessas pessoas que quase foram assassinadas[14]. Em 2002, ao voltar de uma aula, encontrou um homem armado de espingarda esperando por ele do lado de fora de sua casa. "Ele atirou no meu peito, logo abaixo do ombro esquerdo. Dá para ver onde os chumbinhos da carga se alojaram, todos os 72." Ele tem cicatrizes no pescoço, no peito, perto do coração, no braço e no ombro. A pele mal cicatrizada parece um pé-de-moleque. "O cara disse que eu estava me intrometendo demais na área dos amigos dele, falando demais."

Ele ainda se sente ameaçado de morte, embora viva de maneira modesta com a esposa e os quatro filhos. "Sou um criador de caso, eu sei", disse, apesar de seu trabalho parecer bem inofensivo. Ele trabalha em um projeto ambiental, tentando recuperar a população de tartarugas de riachos excessivamente explorados. Zé do Largo afirmou que cuida do acompanhamento das denúncias feitas pelos colonos ao governo a respeito de escrituras falsificadas e policiais corruptos. Isso o coloca na classe mais ameaçada da população de São Félix. "Eu diria que 1% das mortes aqui se deve a causas naturais. O resto é assassinato", explicou. "Há quatro razões para as pessoas serem assassinadas aqui. A principal é a terra. O conflito por terras ou por tentar roubar terras é o motivo pelo qual as pessoas são assassinadas. A política é a segunda razão. Dar com a língua nos dentes é a terceira, e calibre 48 é a quarta." Calibre 48 são os assassinatos por encomenda.

Depois de ter sido baleado, Zé do Largo não baixou a cabeça e continuou a defender as causas dos amigos, mas deixou de trabalhar com as ONGS ambientalistas para se dedicar às crianças e à organização de atos nada polêmicos, como a limpeza das praias. Explicou que não só estava mais seguro nesse trabalho como provavelmente era mais eficiente. "Comecei trabalhando com adultos, mas não tive muito êxito. Os homens agem como as crianças: abusam e desperdiçam. Aí comecei a trabalhar com crianças. Elas estão mais dispostas a mudar seus hábitos e vêem o mérito da novidade."

Em Marabá, a maior cidade perto de São Félix, José Afonso, da Comissão Pastoral da Terra (CPT), cataloga casos de violência e escravidão na área. Seu pequeno escritório tem arquivos em todas as paredes, arquivos que contêm pastas com informações sobre todas as fazendas que já foram acusadas de recorrer ao trabalho escravo, e pastas com seus relatórios sobre assassinatos, ameaças de morte e desaparecimentos[15]. De acordo com seus registros, entre 1986 e 2002, 386 lavradores foram mortos no Pará. Em 2002, ele registrou 16 assassinatos, cinco desaparecimentos, 36 trabalhadores ameaçados de morte e 118 fazendas "empregando" ilegalmente 4.336 trabalhadores como escravos.

Durante nossa primeira visita, 25 anos antes, a Igreja Católica catalogava esses dados estatísticos e acompanhava a violência no campo. O representante da CPT na época era o padre Ricardo Rezende[16], que, quando o visitamos, estava acompanhando quase uma centena de disputas que envolviam 4.500 famílias e 18 mil pessoas. Na época, o governo considerava Rezende um homem perigoso, não tanto por suas idéias – só um pouco mais radicais do que as de muitos outros sacerdotes –, mas sim porque ele as colocava em prática. Rezende não se limitava a pregar no púlpito; na verdade, ele raramente pregava. Rezende organizava.

O que mais lembrávamos sobre Rezende era sua inabalável certeza da importância de sua causa, apesar da advertência do papa João Paulo II para que os sacerdotes não estimulassem a luta de classes. Rezende era um rebento da Teologia da Libertação, um desdobramento do Concílio Vaticano II, que norteava a Igreja Católica sul-americana no final dos anos 1960 e nos anos 1970, uma filosofia que freqüentemente se contrapunha aos governos autoritários do continente. A Teologia da Libertação unia a fé e a política. Promovia a idéia de que o Cristo feito carne era mais do que uma mensagem de salvação eterna, de que Ele o fez para livrar a humanidade dos grilhões da miséria e da humilhação da opressão. A mensagem dos bispos latino-americanos na Conferência de Medellín, em 1968, era de que a Igreja ouvia "o pranto dos pobres e [tornava-se] porta-voz de seu sofrimento"[17].

O clero brasileiro estava entre os líderes desse movimento religioso. Um de seus defensores mais proeminentes e teólogo influente, Leonardo Boff, escreveu em 1981: "A Igreja é direcionada a todos, mas começa pelos pobres, por seus anseios e lutas"[18]. O clero do Brasil, em especial, seguiu essa visão com tanta firmeza que tornou-se o mais organizado movimento de oposição ao governo militar. Rezende representava essas mesmas crenças quando o conhecemos. "Não se pode pregar o evangelho a um homem de estômago vazio", afirmou ele. "Ele precisa ter um mínimo de dignidade e, nesta parte do mundo, isso significa um pedaço de terra onde ele e sua família possam cultivar alimentos para sobreviver."

Hoje, os sindicatos de trabalhadores rurais e outras organizações de direitos civis por todo o Pará, que abordam a questão da exclusão social, são descendentes diretos do trabalho de Rezende. Ele percebia a desilusão dos colonos e a alienação em relação às instituições emergentes na fronteira, o que deixava os recém-chegados vulneráveis aos interesses dos grupos poderosos e organizados. "*É* uma luta de classes", disse-nos Rezende, referindo-se à reivindicação dos direitos dos posseiros diante de escrituras falsificadas e dos pistoleiros contratados por madeireiros e fazendeiros. "A Igreja é a força de transformação mais importante, e temos de ajudar as pessoas a assumir o controle da situação."

Ele explicou: "A Igreja é mais efetiva ao unir os lavradores, ajudando-os a perceber que têm problemas em comum e que juntos são fortes".

Na época, o papa tentava afastar os padres da política, temendo não só a violência como a politização excessiva das mensagens religiosas. Rezende e seus colegas resistiram. Em 1982, dois padres franceses de uma paróquia próxima a São Félix foram condenados[19], junto com 13 colonos, por atividades "subversivas", após a morte de um agrimensor do governo envolvido em um plano para expulsá-los das terras que ocupavam.

Rezende dizia estar cansado de enfrentar armas de fogo com palavras e que a situação só melhoraria se antes piorasse. Ele declarou: "Não vou dizer a ninguém para matar, mas também não vou dizer para não fazê-lo. Esses posseiros já sofreram o quanto podiam. Já foram expulsos de suas terras oito, dez vezes. Mas não serão expulsos de novo. Daremos a eles assistência jurídica. Mas a justiça brasileira não favorece o homem comum. Seria até possível um advogado vencer, mas demoraria muito tempo, uns quatro ou cinco anos. Além disso, há uma corrupção enorme. Às vezes, só resta uma alternativa. Não serei eu a dizer: 'Não, não faça essa opção' ".

Com o tempo, o mundo mudou para o padre Rezende e a Igreja, mas a tensão no estado do Pará permaneceu no mesmo nível, embora tenha adentrado a floresta cada vez mais. O papa João Paulo II estava falando sério e acabou por desmantelar a missão política da Igreja. A designação de cardeais e bispos brasileiros não deixou dúvidas de que religião e política não voltariam a se cruzar. Atualmente, Rezende mora no Rio de Janeiro, tendo sido transferido por uma igreja determinada a se afastar das causas políticas.

A irmã Dorothy Stang, da Congregação das Irmãs de Notre Dame de Namur, não deu ouvidos às ordens do Vaticano para recuar. Nascida em Dayton, Ohio, em 1931, ela seguiu como missionária para o Nordeste do Brasil em 1966 e se radicou na cidade amazônica de Anapu em 1982. Uma matéria jornalística sobre sua vida relatou que ela "vivia em meio a pessoas que a queriam morta"[20]. Em 12 de fevereiro de 2005, ela foi assassinada.

Não chegamos a conhecer a irmã Dorothy. Tentamos viajar de Altamira até Anapu, mas a estrada estava em péssimas condições[21]. Levaríamos no mínimo seis horas para percorrer os cem quilômetros, mas a polícia federal nos disse: "Vocês podem não conseguir, e, se conseguirem, podem não voltar". Ela foi morta em uma cidadezinha chamada Boa Esperança, a quarenta quilômetros de Anapu. A polícia federal de Altamira nos avisou que "não [era] possível" chegar lá na estação das chuvas.

O assassinato da irmã Dorothy tem sido comparado ao de Chico Mendes: uma manchete internacional de enorme importância para o meio ambiente. Nada mais adequado que o primeiro agente da polícia federal a chegar à cena do crime fosse o responsável pela segurança da afilhada de Mendes, Marina Silva, que estava em uma conferência na cidade de Porto de Moz, às margens do rio Amazonas, quando recebeu a notícia do assassinato de irmã Dorothy. Silva, a ministra do Meio Ambiente, anunciou a morte da religiosa, embarcou em um helicóptero e foi para Anapu.

Qualquer pessoa que já tenha ido à Amazônia sabe com que regularidade as mortes violentas ocorrem. É o custo inaceitável da expansão e do fechamento de uma fronteira. Mas o assassinato da irmã Dorothy foi diferente, e não porque ela fosse norte-americana. Tratava-se de uma mulher de 73 anos que vivia sem eletricidade, água encanada e saneamento básico. Em uma idade em que nossas mães estariam contentes simplesmente por terem saúde e a companhia das amigas, essa mulher caminhava horas e até mesmo dias de povoado em povoado, enfrentando o calor e os mosquitos para incentivar os pequenos agricultores, cuja maior ambição era alimentar suas famílias. Irmã Dorothy era magra, de cabelos grisalhos e bem curtos, óculos e um sorriso feito de lacunas. Costumava vestir uma camiseta com a frase: "A morte da floresta é o fim de nossas vidas". Segundo seu irmão, ela havia "implantado um programa de estabilização que organizava pequenos agricultores em cooperativas. O programa incluía escolas para as crianças e oficinas para os adultos – puericultura e noções básicas de higiene para as mulheres, rotação de culturas e agricultura sustentável para os homens"[22]. Ela fez esse trabalho longe das câmeras e dos repórteres, sem se vangloriar. O mais importante para essa mulher profundamente religiosa era o fato de ter lutado por essa causa desafiando a palavra do papa: uma afirmação de sua devoção, e não de sua rebeldia.

Na manhã do dia 12 de fevereiro, a irmã Dorothy acordou no povoado de Boa Esperança, para onde tinha viajado a fim de encontrar agricultores que visitava periodicamente. Planejara partir no dia anterior, mas a reunião havia se estendido e ela não quis voltar para Anapu no escuro. Tinha ido a Boa Esperança para tratar dos conflitos entre os agricultores locais e um fazendeiro chamado Vitalmiro Moura, que reclamava a posse das terras que muitos deles estavam cultivando. De acordo com Tarcísio Feitosa, a irmã Dorothy sabia que sua morte tinha sido "encomendada". Ele achava que ela sabia que seria assassinada, que era só uma questão de "onde e quando".

Ela passou a noite em uma choça pertencente a um dos agricultores. Ulisses Tavares, um policial federal envolvido na investigação, disse-nos: "Em qualquer lugar que ela quisesse ficar, ela podia ficar. As pessoas a recebiam bem aonde quer que ela fosse. Era muito querida. Mas também era uma pedra no sapato da classe dominante"[23].

Às sete horas da manhã, a irmã Dorothy e um dos agricultores caminharam até o local onde os outros estavam reunidos para continuar o encontro. O oficial Tavares relatou: "No caminho, ela encontrou os dois assassinos, e eles começaram a perguntar se ela tinha medo de morrer. Perguntaram se ela andava armada. Ela parou, mostrou sua Bíblia e disse: 'Esta é minha arma'".

De acordo com a testemunha ocular[24], eles a bombardearam com perguntas a respeito do que ela andava fazendo, quem estava encontrando, mas a irmã Dorothy ignorou as provocações, decidida a achar uma passagem do Sermão da Montanha: "Bem-aventurados os que promovem a paz, porque serão chamados filhos de Deus".

"Naquele momento, ela sabia que iria morrer", declarou Tavares.

Rayfran das Neves Sales, conhecido como Fogoió, teria sacado um revólver. "A irmã Dorothy levantou a Bíblia para se proteger", disse Tavares. "Mas ele estava ao lado dela e atirou seis vezes, na cabeça e no peito." O agricultor se escondeu na floresta, depois correu para a reunião e contou aos outros que a irmã Dorothy havia sido assassinada por Fogoió e Clodoaldo Carlos Batista, conhecido como Eduardo.

Um dos agricultores foi de motocicleta até Anapu. "Vocês precisam entender", Tavares nos disse, "que em Boa Esperança não há telefone, não há eletricidade. O corpo dela ficou estendido no local. Estava chovendo, então só à uma da tarde é que foi feita a ligação para Altamira." Tavares foi convocado uma hora depois; ele e Silva chegaram a Anapu às quatro horas. "O corpo ainda não havia chegado. A polícia tinha tomado um helicóptero em Altamira, mas estava chovendo tanto que precisaram pegar uma caminhonete para ir a Boa Esperança recolher o corpo. Parece desumano, mas era a única maneira de transportá-la."

Tavares contou que Marina Silva encontrou o corpo em Anapu e ficou a noite inteira acordada junto com o resto da cidade. "A ministra estava muito emocionada e furiosa. Todos eles estavam com muita raiva", disse. "Nós também estávamos furiosos. Durante muito tempo, nós nos oferecemos para protegê-la, mas ela sempre recusava. Dizia que quem precisava de proteção eram os posseiros, não ela."

Segundo Tavares, "o mundo desabou sobre Altamira" no dia seguinte. O governo prometeu capturar os assassinos; essa era a tarefa de Tavares. Ele zombou: "Eram muito valentes para matar uma mulher de 73 anos, mas não conseguiam sobreviver na selva". Primeiro, Fogoió, o atirador, se entregou após se esconder por seis dias e contou várias histórias à polícia. De início, alegou que o homicídio tinha sido encomendado por Francisco de Assis dos Santos Souza, presidente da divisão local do Sindicato dos Trabalhadores Rurais e o colaborador mais próximo de irmã Dorothy. "Ele era um péssimo mentiroso", disse Tavares, "e nunca acreditamos nessa história." (Dois dias após o assassinato, o próprio Souza recebeu um bilhete dizendo: "A irmã Dorothy foi morta. Você é o próximo".)

Depois Fogoió disse que ele e Eduardo haviam se separado, e que Eduardo tinha fugido na direção oposta. "Perdemos alguns dias com essa mentira", contou Tavares. "Por fim, quando lhe dissemos que seria bem tratado caso falasse a verdade, ele nos contou onde Eduardo talvez estivesse. Cercamos a área e senti o cheiro dele antes de vê-lo. Ele não tomava banho havia mais de dez dias."

A polícia também prendeu um suposto intermediário entre o fazendeiro Moura e os assassinos, e por fim Moura se entregou. "A história é que ele ia pagar 50 mil reais pela morte da irmã Dorothy e levantar o dinheiro com um consórcio de fazendeiros"[25], afirmou Tavares. "Mas achamos que não houve pagamento."

Nas semanas que se seguiram à morte de irmã Dorothy, parecia que seria arquitetada uma operação internacional para constranger o governo e obrigá-lo a providenciar segurança e reservas florestais maiores, como havia acontecido após a morte de Chico Mendes[26]. Mas, dessa vez, o governo se antecipou a essas tentativas ao denunciar o assassinato, enviar o exército ao local e criar 8,2 milhões de hectares em reservas. Os nacionalistas condenaram a atenção dada a uma mulher norte-americana quando tantos homens brasileiros haviam morrido pela mesma causa[27]. A Igreja Católica demonstrou pesar pela morte violenta, mas nada disse acerca das circunstâncias em que a irmã Dorothy vivera e morrera. Duas semanas após sua morte, dois lavradores e um líder de sindicato foram assassinados; dois fazendeiros foram mortos; todos os casos no Pará, todos supostamente interligados.

Presos todos os assassinos, a história deixou as manchetes dos jornais, e a vida na Amazônia voltou ao normal.

O papa Bento XVI sem dúvida manterá a doutrina de que a Igreja deve ficar fora da política; afinal, ele foi o principal artífice do rompimento da Igreja Católica com a Teologia da Libertação. Ele repreendeu Leonardo Boff pessoalmente no começo da década de 1980[28]. A Amazônia atraíra sacerdotes estrangeiros comprometidos com a luta de classes, mas já não havia mais a aprovação oficial. A morte de irmã Dorothy tornou mais patente as consequências desse avanço da religião no campo da política.

Mesmo os partidos políticos, herdeiros do papel de defensores dos direitos humanos, antes exercido pela Igreja, de modo geral provaram-se inócuos na Amazônia, pois os pobres não são combustível suficiente para a máquina política. Muitas vezes sem o privilégio do voto e impotentes do ponto de vista financeiro, os sem-terra representam poucos recursos para os políticos, em especial quando o sistema lembra uma cleptocracia. Em nossas visitas recentes, assistimos a imensas investigações anticorrupção que desmantelaram as legislaturas estaduais no Amazonas, em Rondônia e em Roraima. O senador do Pará [Jader Barbalho], com seu jatinho particular e outros indícios de opulência, era alvo constante da fiscalização da imprensa. O próprio governo Lula foi se desmantelando aos poucos, à medida que um figurão atrás do outro ia renunciando por causa de escândalos de corrupção. Os agricultores pobres de Anapu e Boa Esperança não têm dinheiro para participar desse sistema. O agricultor que acolheu irmã Dorothy em sua última noite disse a um repórter: "Perdemos uma grande defensora. Ninguém mais vai nos ajudar"[29]. A democracia os estava decepcionando.

Itaituba é um clone de Altamira[30], que se encontra a 300 quilômetros de distância. É uma cidade de cerca de 100 mil habitantes, aglomerados em uma coleção – coberta de terra ou lama (dependendo da época do ano) – de barracos de madeira e construções de taipa caiadas de branco. A cidade tem canais de água e esgoto a céu aberto, alguns paralelos às ruas e outros que desembocam no rio imundo. O rio Tapajós, de azul tão cristalino nas proximidades de Santarém, torna-se marrom em Itaituba devido a toda a sujeira e ao sedimento oriundos da cidade e dos garimpos das redondezas. Já estivemos em Itaituba antes, durante a corrida do ouro na década de 1980, quando o aeroporto era tão movimentado que os aviões decolavam em direções opostas, muitas vezes ao mesmo tempo, transportando os garimpeiros e seu ouro. Agora o aeroporto é mais tranqüilo, mas a cidade continua agitada. Itaituba ocupa uma área geográfica superior à de Altamira e, em dez anos, deverá ser muitas vezes maior. A rodovia BR-163, de Cuiabá a Santarém, quando estiver asfaltada por volta de 2007 (se Deus quiser[31]), terá um braço que chegará a Itaituba, que se tornará um importante porto graneleiro.

Maria Elza Ezequiel de Abreu chegou a Itaituba em 1981[32], vinda do estado nordestino do Maranhão (uma das principais fontes de migrantes do leste para o oeste) com o marido, que era garimpeiro. "Pouco tempo depois de nos casarmos, ele teve malária", disse. Quando soube da notícia, ela zelosamente deixou a cidade para ficar com ele no garimpo. "Foi aí que vi como era a vida de um garimpeiro, e acho que ele não queria que eu visse." Ela meneou a cabeça, como se tivesse sido enganada.

"Aquela vida é nojenta. É uma ilusão. Não tem muito ouro, e eles ficam dizendo a si mesmos como vão ficar ricos. Ninguém fica rico. A maioria perde o que tem com bebida e prostitutas enquanto suas esposas e filhos passam fome na cidade."

Limitada pela realidade econômica e social de sua condição de mulher em Itaituba no começo da década de 1980, Elza não tinha nada para fazer. "Meu marido aparecia em casa de tempos em tempos e se comportava como marido e pai, depois ia embora novamente." Ela acabou encontrando sua vocação. "Meu avô era representante de sindicato", explicou, "e sempre corria o risco de ser preso. Um dia lhe disseram que a polícia estava à procura dele. Ele fugiu para a floresta com a família, inclusive com minha mãe, que estava grávida. Ficaram escondidos durante quatro dias e voltaram para casa às dez da noite, bem em tempo de eu nascer."

Criada pela mãe e pela avó, Elza desenvolveu uma concepção idealizada do movimento sindical do qual o avô participava. "Eu decidi que aquilo que meu avô não teve tempo suficiente para fazer, eu ia fazer. De qualquer maneira, para mim era estranho ficar em casa esperando que um dia meu marido chegasse e me desse dinheiro."

Em 1987, ela se uniu ao MST (Movimento dos Trabalhadores Rurais Sem Terra). Um ano depois, ela participou de um protesto e acampou em frente ao escritório local do Incra (Instituto Nacional de Colonização e Reforma Agrária), o órgão governamental incumbido da distribuição de terras e assentamentos. Basicamente, o Incra é responsável por encontrar propriedades particulares abandonadas ou terras federais ociosas, demarcá-las, planejar uma infra-estrutura e desenvolver um plano de colonização. Ela ficou acampada ali durante 52 dias. "Eu ia para casa às quatro da manhã, preparava as refeições e voltava."

No final das contas, os manifestantes receberam um lote de terra a três horas de carro de Itaituba, chamado projeto Cristalino I, onde se assentaram. Os primeiros tempos foram particularmente difíceis. Só havia floresta degradada, que rapidamente foi ocupada por dezenas de famílias vivendo em casas improvisadas, com teto de plástico preto, sem infra-estrutura nem serviços públicos. Mas Elza disse que esse grupo conseguiu criar uma comunidade viável, e ela foi agente de saúde durante seis anos, depois presidente.

Ela acabou voltando para Itaituba a fim de trabalhar no Sindicato dos Trabalhadores Rurais. Em janeiro de 2003, tornou-se sua presidente. Trabalha em um edifício caiado que mais parece uma caixa, com o colorido símbolo do sindicato e seu lema: NOSSA FORÇA É NOSSA ORGANIZAÇÃO.

"São 15 mil membros em 48 comunidades", declarou ela. Sua missão é semelhante à lista de preocupações de qualquer outro lugar da Amazônia: oferecer serviços públicos de saúde e educação à população rural, para que os camponeses não se tornem os miseráveis das cidades; dar à população rural a documentação necessária para que sejam proprietários legais de suas terras; protegê-los dos grileiros; ensinar-lhes técnicas de cultivo, para que possam se sustentar sozinhos; garantir a fiscalização da extração ilegal de árvores e do tráfico de drogas; criar programas para dar autonomia às mulheres; ensinar agronomia e o manejo de agroflorestas.

Elza foi uma das poucas líderes do Sindicato dos Trabalhadores Rurais que conhecemos que ainda não havia sido ameaçada. Contudo, Elza havia pintado um alvo em suas costas ao aderir a essa causa. A pessoa que ocupa o mesmo cargo em Redenção, Valmisoria Morais Costa, falou-nos do assassinato de dois colegas de trabalho nos últimos três anos: um representante local, apelidado Dezinho[33], e um outro, chamado Ezequiel de Moraes Nascimento, ambos mortos diante das esposas e dos filhos.

A unidade do Incra de Itaituba não fica em Itaituba e nem sequer é uma unidade. Para chegar lá, pegamos uma balsa – grande o suficiente para acomodar 24 carros – que cruzava o Tapajós de hora em hora aproximadamente, rumo a Mirituba. Muitos passageiros vivem em áreas rurais que ficam a horas de distância de ônibus (seguidas de horas de caminhada)[34]. Esses camponeses da balsa abraçavam ferrenhamente os suprimentos recém-adquiridos na cidade grande. Não há estrada asfaltada em Mirituba, o que se revela particularmente problemático na estação chuvosa, já que o Incra fica no alto de um morro barrento e escorregadio. Para visitar o Incra, é necessário determinação e pernas vigorosas.

Luís Ivan de Oliveira, de 53 anos, é diretor do Incra desde meados de 2003. Foi nomeado pelo governo Lula e já trabalhou no Sindicato dos Trabalhadores Rurais de Itaituba e com os lavradores de Santarém. Ele e Elza se conheciam da militância no MST.

"Por causa de meu trabalho com o MST, recebi uma ameaça de morte", disse ele. "Peguei minha família e saí de Itaituba por 45 dias. Fui a Brasília fazer uma denúncia formal contra os madeireiros que me ameaçaram, mas", ele riu, "nada foi feito. Pelo menos, acho que eles [os madeireiros] deixaram a raiva de lado."

Ele disse que, nos últimos anos, "a situação da ocupação de terras se deteriorou muito". "Acho que boa parte disso se deve à pavimentação da BR-163 e à invasão da soja. Se não forem tomadas precauções imediatamente, a área vai se tornar perigosa e isolada demais para os trabalhadores rurais. Será tarde demais para o Estado intervir. Os interesses privados são muito poderosos."

Atrás de sua mesa, organizados em várias pilhas de papel, estavam a solução e o problema. "Aqui", disse ele, levantando-se para pegar uma pilha, "estão os requerimentos de dezenas de pessoas para adquirir terras." Sentou-se com a pilha diante dele. "A gente olha para ela e diz: 'Então, é só passar as escrituras e eles terão a terra'."

Ele fez que não. "Não é tão fácil assim. Muitos desses requerimentos são preenchidos por laranjas (pessoas que pedem terras e depois as repassam para seus contratantes) do Sul: de Curitiba, do Paraná, de Santa Catarina, do Rio Grande do Sul. Esses laranjas não são os donos verdadeiros. Usam as irmãs, esposas e namoradas para ganhar terras do governo e depois vendem os terrenos para si mesmos. Vendem por um preço mais alto para criadores de gado e produtores de soja. Grande parte dessas mulheres não sabe nada sobre a terra, nem mesmo onde ela fica."

São incontáveis os requerimentos; as terras, impossíveis de catalogar; os instrumentos de demarcação, poucos; e então, quando todos os outros fatores não atrapalham, descobre-se que os requerentes nem sequer sabem que pediram terras. "Estou aqui há vinte anos", declarou Ivan. "Conheço a região como a palma da minha mão, mas não sei como cuidar de toda essa burocracia sozinho."

Na década de 1980, quarenta funcionários do Incra trabalhavam naquela unidade. Agora são 12. A superintendência de Santarém não contrata pessoas há 21 anos. Fernandes Martins Ferreira, que trabalha na unidade de São Félix, reclamou: "Não temos nem sequer um topógrafo. E cobrimos três municípios. Estamos sem fiscais. Há uma grande deficiência aqui".
A jurisdição de Ivan cobre uma área do tamanho da Bélgica. "Precisamos visitar as áreas indicadas nos requerimentos para dar nosso parecer. Temos de supervisionar as áreas com grandes propriedades para evitar mais conflitos armados. Mas os grileiros têm muito mais recursos que o Incra. E o Ibama de Itaituba, de cuja ajuda precisamos para impor a lei, nem sequer tem um diretor. Duas mil famílias foram retiradas da Gleba Leite e a madeira de valor foi extraída. Tem gente morrendo nesses conflitos. O governo está abandonando esses trabalhadores rurais. Sem assistência, eles migram para as cidades. É só mais miséria e exclusão. Mas nós não podemos abandoná-los."

O MST é o que há de mais parecido com um grupo de auto-ajuda dedicado a invadir e ocupar propriedades particulares. O MST toma as terras ociosas ou improdutivas invadindo a área com dezenas de famílias. Com isso, o movimento acredita estar gerando produtividade para a economia brasileira, pois uma área improdutiva é expropriada a fim de proporcionar subsistência. Outros consideram o MST um bando de ladrões.
Charles Trocate, um dos coordenadores regionais do MST em Marabá, concorda com a opinião de que terras subutilizadas devem ser redistribuídas[35]. Filho de mãe cricati e pai paraense, descendente de africanos, ele já era rebelde aos cinco anos de idade, quando um colega de escola gritou: "Os índios comem gente! Os índios comem gente!", e Trocate enfiou um lápis no ouvido do provocador. Ele é baixo e magro, e o olho esquerdo tem um problema motor, fechando-se quando

ele sorri. Trocate deixou de ir à escola na primeira série. Por força de sua ascendência e seu ambiente, ele se viu diante da possibilidade intransponível de se tornar pouco mais que um mendigo.

Ainda assim, não se pode dizer que ele seja um dos esquecidos deste país. A irmã o ensinou a ler, e ele se apaixonou pela poesia do uruguaio Mario Benedetti. Também sabe ler em espanhol. Ele se expressa muito bem e já escreveu dois livros de poesia. Seu poema preferido, "Rebelem-se todos!", termina com seu credo pessoal: "Estes são os anos a se viver! Estes são os anos a superar!"[36].

O MST surgiu do sangue derramado pelos posseiros, que manchou a terra no final dos anos 1970 e começo dos anos 1980, explicou Trocate. "Eram grupos de homens que se juntavam e invadiam uma fazenda ou uma área portando armas de fogo e facões. Dividiam a terra em lotes e cada família protegia seu terreno através de combate armado, se fosse preciso. Houve muitas mortes e assassinatos na época. Foi um período de conflitos individuais e desiguais."

Os posseiros invariavelmente perdiam. Sem meios de adquirir escrituras ou um poder de fogo superior, eles se mudavam quando as ameaças de morte tornavam-se insuportáveis. "A filosofia de ocupação do MST é diferente", disse Trocate. "Em vez de grupos de homens armados, famílias inteiras participam de uma invasão pacífica e passam a viver na terra. A organização central permite que todas as famílias trabalhem juntas para alcançar o mesmo objetivo, em vez da precária defesa individual de pequenos lotes contra fazendeiros poderosos e seus pistoleiros. Após uma ocupação bem-sucedida, o MST estabiliza a área com a implantação de uma infra-estrutura básica e com o treinamento e a educação de trabalhadores e crianças."

Trocate vê como sua meta a organização do povo para corrigir um lapso da história do Brasil. "Nunca houve uma reforma agrária", disse ele. "Somos uma nação interrompida. Nunca tivemos uma fase de reforma agrária antes da industrialização e nunca reformamos nosso capitalismo de modo a democratizar nossas terras e nossa economia. Através de uma espécie de resistência coletiva, em vez do conflito individual, faremos isso."

Ouvindo música popular brasileira pelo computador, ele delineou um plano em quatro fases para justificar as invasões: "Primeiro, precisamos de uma comunidade de pessoas, professores, músicos, pilotos. Essa mistura possibilita a cooperação e a força, diferentemente do que seria se as famílias vivessem isoladas. Segundo, toda ocupação precisa ser grande. Muitas pessoas proporcionam mais segurança do que algumas armas. Terceiro, temos vários líderes que agem ao mesmo tempo, coordenando os trabalhos. O MST não possui uma hierarquia piramidal. Nossos líderes, quando reconhecidos, ficam sujeitos a ameaças e violência. Fusquinha e Doutor, dois de nossos líderes mais ativos, foram mortos em 1998. Um outro, Ivo Laurindo do Carmo, foi brutalmente assassinado em 2002. Em quarto lugar, seguimos vários planos de ação diferentes para alcançarmos nossas metas de educação e reforma agrária. Formamos assembléias, organizamos feiras e integramos nossos objetivos à política local a fim de atingir diferentes segmentos da comunidade".

Ficamos completamente desconcertados. Seu plano "radical" define todas as cidadezinhas dos Estados Unidos. Exceto pelo fato de que o governo norte-americano dava terra a muitos agricultores caso eles concordassem em viver lá, um pacto que, segundo Trocate, o governo brasileiro ainda deve a seus cidadãos. Ele também não se oporia se o governo compensasse o proprietário cujas terras abandonadas fossem ocupadas por famílias de sem-terra. Ele crê ser essa uma resposta razoável àqueles que acusam o MST de roubo. Sua idéia é similar ao direito do governo norte-americano de expropriar terras para fins públicos, exceto pelo fato de que as terras passam de um proprietário particular para outro e o governo atua como negociador.

O problema também pode ser ainda mais complicado, já que nem todas as terras são propriedades particulares. Em muitos casos, disse ele, proprietários particulares reivindicam a posse de terras públicas. No final da década de 1990, o Incra lançou uma campanha exigindo que os proprietários de terras na Amazônia com mais de dez mil hectares provassem a legitimidade de suas escrituras. Segundo Raul Jungmann, dirigente do Incra na época, 61 milhões de hectares foram revertidos para o Estado, pois a legitimidade das escrituras não pôde ser comprovada[37].

O MST, por sua vez, também invade terras do governo. O governo resiste a essas tentativas devido ao alto custo de oferecer infra-estrutura para sustentar uma comunidade como essa. "As companhias multinacionais, os latifundiários, o governo estadual", na opinião de Trocate, nada produziram além de escravidão, desmatamento e miséria generalizada. E ele vê Lula, antes reverenciado pela esquerda, como um obstáculo para uma solução justa. "O governo Lula não vai realizar o sonho de aumentar o número de empregos no Brasil. Se as leis fundiárias não mudarem radicalmente, a situação dos sem-terra não vai melhorar nem um pouco. O Lula entrou e imaginou que conseguiria fazer uma transição pacífica, em vez de uma revolução armada. Mas os mesmos setores ainda são favorecidos. Nada de substancial mudou."

Nada de substancial mudou? Era inútil tentar convencer aquele rapaz, tomado pelo fervor do ativismo social, de que as mudanças levam tempo e que nem sempre caminham em linha reta. De que Lula poderia ser presidente. De que a internet ajudaria a mobilizar as pessoas. De que telefones celulares seriam como sentinelas para avisar aqueles que estivessem em perigo. De que posseiros solitários dariam lugar a assentamentos coletivos. De que Charles Trocate, pobre e analfabeto, se tornaria um poeta poliglota.

As instalações do Incra em Marabá abrangem vários hectares de terra dentro dos limites da cidade, e a sede é nova, tem ar-condicionado, lindos adornos de madeira e muitas vidraças. Se o governo queria deixar claro que a reforma agrária em torno de Marabá era uma questão importante, essas instalações eram a maneira perfeita de fazer isso. Pelo menos do ponto de vista arquitetônico.

Dentro do edifício, funcionários sentam-se diante de mesas em cubículos, separados por divisórias, usados para as entrevistas, anotando informações dadas por homens mal-ajambrados que esperaram horas para serem ouvidos. Muitos falam um português inculto, mencionam ameaças de morte ou problemas de saúde, perguntam quando as promessas serão cumpridas. Os funcionários do Incra são agradáveis e simpáticos, mesmo sendo inefetivos.

O vasto terreno do Incra serve de moradia temporária para mais de 2 mil pessoas, que ali estão para pedir terras ao governo. Abrigos esquálidos, com tetos de plástico preto suspensos sobre tábuas instáveis, infestam o espaço útil da propriedade do Incra. É um campo de refugiados, uma favela. Bebês famintos reclamam de dor, vozes céleres negociam o que têm em excesso em troca daquilo de que necessitam, e uma fumaça acre paira no ar acima do chão embarreado, misturando-se ao cheiro de latrina, lixo queimado e comida. À sombra do edifício do Incra, essa "sala de espera" se espalhou, lembrando os funcionários do governo dentro do prédio de que sua missão ainda não terminou. Nenhum deles conseguiria entrar e sair sem visualizar as implicações de seu trabalho.

Arlindo Alves chegou recentemente ao acampamento[38]. Acomodou-se perto de José Artur da Silva, que já estava ali havia cinco meses aguardando alguma novidade sobre a concessão de terras. "Não sei onde ficam as fazendas que estamos tentando conseguir", disse ele. "Já me disseram, mas os nomes me fogem. Não me importo. Só quero terra. Precisamos de terra para poder trabalhar e sobreviver", disse-nos Alves. Filho de arrendatários do estado do Maranhão, ele foi ser lavrador no Pará. "Passei sete anos morando na fazenda do meu ex-patrão. Quando começamos, ele nos falou que nos daria um pouco de terra para plantarmos nossos próprios alimentos. Fez um monte de promessas, mas, quando chegava a hora de pagar, ele não pagava. Ele não cumpria o que prometia. Então eu saí da fazenda."

Alves se mudou para Marabá com a esposa e os cinco filhos, mas não conseguiu arrumar emprego. Lavrador perdido na cidade, ele se uniu ao que chama de "movimento", uma tentativa organizada de arrancar terras do governo. Ouviu falar que o Incra iria legalizar um assentamento perto de Marabá e decidiu acampar ali até que isso acontecesse. "É melhor ficar na fazenda do que na cidade", disse. "No campo, meus filhos vêem o pai trabalhando e aprendem bons valores. Aqui na cidade, vêem os amigos passando na rua, indo brincar ou cometer algum crime."

E, então, quando ele conseguirá se mudar dali?

"Só Deus sabe. Tenho de sustentar meus filhos. Para isso, preciso de um pedaço de terra para trabalhar. Quero uma vida mais segura e sem fome. Agora, muitas vezes vou dormir com fome."

O assentamento do Incra mais próximo a Marabá, o tipo de lugar que essas pessoas sonham em chamar de lar, é o Primeiro de Março. Iniciado há sete anos, atualmente está abandonado. Depois de certificado pelo Incra, ninguém além dos colonos originais poderia ocupá-lo. Por algum motivo que ninguém foi capaz de nos explicar, esses colonos haviam desistido e ido embora. Quatro estruturas demarcam o caminho de entrada: uma construção de blocos de concreto semi-acabada, sem teto e coberta de mato; uma casa de alvenaria, com portas e janelas entabuadas; um pequeno barraco vazio e um bar[39]. Era até irônico à luz dos sonhos esperançosos de tantos posseiros nas proximidades da sede do Incra.

Um grupo ainda mais desorganizado de barracos fica a cerca de meia hora dali. Nosso motorista nos disse que o povoado era "ilegal", o que significa que não tinha sido aprovado pelo Incra. É melhor se aproximar dos assentamentos "ilegais" a pé, de preferência com uma mulher à frente, para minimizar as chances de levar um tiro.

O Incra já declarou esse lugar, a Fazenda Lundi, "improdutivo", portanto o processo burocrático teoricamente estava em andamento. A maior parte da área estava coberta de capim e arbustos, que cresciam indiscriminadamente.

Horácio Rodrigues Chaves, de 63 anos, chegou com a família em 17 de outubro de 2003, junto com outras setenta famílias. "Estamos aqui todo santo dia há oito meses", disse, "e o Incra ainda nem começou o processo de legalização." Nos assentamentos "legais", o Incra ajuda os novos moradores com cestas básicas. Ali, as pessoas vivem dos restos de outros assentamentos. "Fizemos os abrigos nas primeiras duas semanas que passamos aqui", explicou Chaves. "Não esperávamos aguardar oito meses, e ainda não temos nem idéia de quando vamos ter um assentamento legalizado, mas oito meses não é muito tempo para um acampamento."

Mas ele estava frustrado. "Estamos aqui de boca aberta. Estamos esperando que alguém nos ajude, porque fizemos tudo o que podíamos fazer sem transgredir as leis. Só tem um peão na fazenda. Não tem ninguém para cultivar a terra. Não deve ser muito difícil ajudar a gente."

José Leandro da Silva, também com 63 anos, entrou na conversa. Constatamos que ele nem sequer morava na Fazenda Lundi. "Meu filho tinha trabalho em outro lugar", explicou. "E vim aqui substituí-lo. Vivo em Marabá e, quando meu filho sai, tenho de vir para cá, para não perder o lugar dele."

Uma garota se aproximou, trazendo um bebê no colo. "Vocês podem olhar a casa para mim?", perguntou ela. "Meus pais saíram e eu tenho de ir." Ela trocava de pé a todo o instante, rebolando de brincadeira.

Perguntamos se ela freqüentava a escola. Ela riu. "Nunca fui à escola. Tenho 15 anos. Tenho um filho! Não vou à escola." Fez que não com a cabeça. Os seios começaram a deitar leite fora. Ela rapidamente cruzou os braços sobre o peito, mas não arredou pé.

Chaves brincou com ela. "Por que você não tranca a porta e joga a chave no mato? Assim você não vai precisar de ninguém para tomar conta da casa." Ela riu e continuou a encará-lo, esperando uma resposta. Por fim, ele disse que tomaria conta do bebê, e ela foi embora correndo.

Fizemos um desvio para visitar um templo sagrado do MST. Três mil e quinhentas famílias chegaram ao sul do Pará em março de 1996 para ocupar uma fazenda abandonada. Tiveram a garantia do Incra de que seriam assentadas e, durante a espera, teriam alimentos e remédios[40]. Foram vários adiamentos. Depois de aguentarem trinta dias de inércia burocrática, cerca de 1.500 sem-terra empreenderam uma marcha até a capital do estado, Belém, a 800 quilômetros de distância, a fim de chamar atenção para sua condição. Após três dias, mudaram de tática e decidiram bloquear a rodovia estadual, exigindo que o governo lhes desse água, comida e ônibus para transportá-los até Belém.

Eram pobres, estavam famintos, queriam terras e estavam decididos a interromper o tráfego para fazer um protesto. Não representavam uma ameaça clara e imediata; não invadiram nenhuma cidade nem fizeram reféns. Mas a polícia militar estadual reagiu brutalmente por volta das quatro horas da tarde do dia 17 de abril de 1996, no local onde a estrada de Marabá a Xinguara faz uma curva em "S", pouco antes do vilarejo de Eldorado dos Carajás. A polícia militar matou 19 civis desarmados e feriu gravemente outros 84, três dos quais acabaram morrendo. Hoje, 19 troncos secos erguem-se no local, pedaços de pau castanhos e descascados que lembram um pequeno canteiro de postes telefônicos. Uma placa lista os nomes das vítimas, embora seu ato de heroísmo seja ambíguo. Foram mais vítimas de um crime patrocinado pelo Estado do que mártires de uma causa. Não tinham para onde ir nem onde viver e se uniram para protestar contra esse fato. Impediram o tráfego de uma rodovia. No dia 13 de junho de 2002, um júri de Belém absolveu de qualquer crime 124 policiais, aceitando o argumento de legítima defesa. Dois comandantes foram condenados, mas recorreram da sentença, e o processo pode se arrastar por mais dez anos.

O disparate desse massacre ainda paira sobre a região, quase tanto quanto o assassinato de Mendes. Essas pessoas morreram em nome do quê? Do assentamento Primeiro de Março? Da clareira abandonada que visitamos? Da Fazenda Lundi, onde as pessoas viviam em um eterno limbo burocrático? O que fez deles inimigos do Estado?

O massacre ocorreu durante a administração esclarecida do presidente Fernando Henrique Cardoso, que prontamente o condenou[41]. A Anistia Internacional caracterizou o incidente e o subseqüente processo público como ultrajantes violações dos direitos humanos[42]. Na verdade, esses assassinatos foram conseqüência da reiterada incapacidade do país de garantir os direitos de propriedade de seus cidadãos. O governo federal fomentou o otimismo dos sem-terra, depois permitiu que esse otimismo evaporasse. O fato de a milícia estadual – cansada, frustrada, apavorada e desconfortável – ter agido como um bando de pistoleiros contratados não deveria ser surpresa para ninguém. Se não tivessem matado os sem-terra, um bando de jagunços talvez tivesse aparecido, ou os sem-terra poderiam ter morrido de fome: nada de bom resultaria desse impasse, uma vez que havia ficado claro que os direitos de propriedade não seriam concedidos.

Os custos indesejáveis da violência na fronteira – inclusive a humilhação internacional causada pelo massacre e suas conseqüências, os custos da investigação e do processo, as apressadas medidas paliativas tomadas para garantir que as famílias sobreviventes seriam assentadas de maneira pacífica – mancharam a terra em toda a Amazônia. Em 1996, o governo brasileiro não estava em guerra com seus cidadãos; contudo, sua inépcia em protegê-los, em lhes propiciar o mínimo necessário para que vivessem com dignidade, levou ao mesmo resultado.

Em um lugar como Eldorado dos Carajás, a conexão entre a destruição do homem e a da natureza era evidente. Ninguém teria morrido ali caso o governo tivesse recursos para: topografar a região, determinar o que havia sido abandonado e o que era improdutivo, oferecer uma indenização aos proprietários de direito e anular escrituras falsas. Se, naquela época, o governo tivesse conseguido redistribuir as terras, fosse de graça ou através de um sistema de crédito, o benefício seria geral, não somente na óbvia reafirmação da vida humana como também nas conseqüentes contribuições econômicas positivas que esses sem-terra poderiam ter dado. O que aconteceu em Eldorado dos Carajás foi que as pinturas do Louvre acabaram queimadas, como o diplomata Everton Vargas havia alertado.

O governo não tinha recursos para oferecer uma solução nem para impedir a manifestação da natureza humana da maneira como ela se apresenta na fronteira. Os críticos estão atirando para o lado errado ao condenar a suposta falta de vontade política do governo para intervir. A vontade política em si é uma conseqüência da disponibilidade de recursos. Financiar a compra de terras para os sem-terra da Amazônia teria desviado dinheiro de outros programas em áreas urbanas mais populosas. Como é que um governo vai proteger um suposto recurso internacional se a população que o elegeu adora fazer críticas, mas não apresenta soluções?

E eis que o fardo dessa dádiva ambígua que é a Amazônia veio à tona: a promessa de uma "terra sem homens para homens sem terra" se transformou em um mar de sangue. As censuras e críticas das organizações internacionais ao Brasil, por não conseguir garantir os direitos humanos nem a preservação do meio ambiente, poucos benefícios trouxeram. A violência em Eldorado dos Carajás, assim como em outros locais, era um sintoma trágico do problema, e não o problema em si.

Nossa correspondência eletrônica com o filho de Samuel Benchimol, que tinha uma compreensão bastante aguda da interligação dessas questões, levou-nos a concluir que o que estava em jogo na Amazônia era uma busca pela "soberania nacional". Em todos os sentidos, o governo de Fernando Henrique Cardoso entendia que a soberania nacional só seria alcançada com a participação nacional. Mas, ainda assim, faltavam ao governo instituições confiáveis e recursos disponíveis para lidar com décadas de exclusão. O próprio Fernando Henrique reconheceu isso em sua autobiografia: "Eu sabia que a única maneira eficaz de evitar mais derramamento de sangue era tentar resolver o problema na raiz da disputa. Mas isso implicaria abordar questões que assolavam o Brasil há 500 anos"[43]. O clamor público internacional, que só fazia lembrar ao Brasil aquilo que ele já sabia – que os direitos humanos precisavam ser garantidos –, pode ter sido catártico, mas foi tão efêmero quanto a fumaça que cobre essa terra quando chega a estação seca.

O assentamento Vinte e Seis de Março recebeu esse nome em homenagem ao dia em que Fusquinha e Doutor, os líderes do MST mencionados por Charles Trocate, foram assassinados em 1998[44]. O assentamento fica a cerca de 30 quilômetros de Marabá, e há um grande mural pintado em um dos longos edifícios térreos no alto da colina. O único acesso a partir da estrada principal é uma trilha – esburacada, enlameada e larga o suficiente para permitir a passagem de um carro de boi. O outro edifício também tem um mural: ESCOLA CARLOS MARIGHELLA e uma pomba pintada. Quando chegamos, um grupo de homens se encostou no muro para descansar.

"Vocês vão querer falar com o Sebastião", disse um deles, evitando uma entrevista. "Mas agora ele está ocupado. Estão em uma reunião." Era um chega-pra-lá. Não havia reunião nenhuma, isso estava claro. "Onde ele está?", perguntamos. Os homens trocaram olhares. Por fim, um deles entrou na escola e saiu de lá com um homem que declarava ser Sebastião Araújo. Estava ocupado, disse ele. Havia uma reunião comunitária, e não era permitida a entrada de estranhos. Era melhor conversarmos no dia seguinte, disse ele. Era difícil saber se estava sendo hostil ou precavido.

No dia seguinte, um outro Sebastião Araújo, franco, cordial e amistoso, ciceroneou-nos pelo assentamento. Embora o assentamento ainda aguardasse a aprovação definitiva do Incra, 274 famílias estavam vivendo ali. Todas as 480 crianças estavam na escola. "Temos professores suficientes e todos são bem instruídos", afirmou Sebastião. "Mas não temos um posto de saúde, então, quando se machucam ou ficam doentes, as pessoas têm de ir de ônibus a Marabá."

Sebastião disse que o assentamento começou com a invasão de uma fazenda (a Peruana) cinco anos antes. Os colonos rapidamente construíram barracos improvisados e foram ampliando a infra-estrutura aos poucos. "Construímos tudo com nossas próprias mãos", enfatizou. "Sem nenhuma ajuda do governo. E nem sabemos se o governo vai deixar a gente ficar. O Incra pode nos dar um terreno em algum outro lugar."

Ali, no Assentamento Vinte e Seis de Março, parece que essa invasão resultou em algo permanente, e essa percepção se confirmava à medida que Sebastião nos apresentava a área. O proprietário de direito não os ameaçava, e eles tiveram o cuidado de não criar nenhum conflito com os peões, explicou Sebastião. "Mas só saberemos se uma parte dessa terra vai ser nossa quando o Incra divulgar seu parecer. Até lá, nossa única opção é continuar cultivando a terra, organizando e rezando."

Perguntamos a ele se era difícil fazer planos durante cinco anos no limbo, sabendo que o governo podia mudar de idéia e mandar a polícia, em vez de um envelope com escrituras. "Difícil", ele respondeu, e deu de ombros.

Além da escola e de um silo de arroz, há três igrejas, um edifício comunitário com TV, algumas lojinhas de artigos genéricos e, é claro, um campo de futebol. Parece bastante funcional. "Infelizmente, às vezes temos problemas internos", lamentou. "É impossível que tudo seja cem por cento, e há algumas casas abandonadas. Mas a grande maioria ainda está aqui, trabalhando." O assentamento parece limpo para um local tão densamente povoado, apesar de não haver coleta de lixo nem limpeza pública. As lojas exibem suas mercadorias com capricho: pilhas elétricas e doces pendiam das gôndolas ao lado de cebolas e carne fresca.

A comunidade tem vinte coordenadores, um por setor ou bloco. Os blocos, a princípio divididos em grupos de famílias, tornaram-se grupos de cinco a dez famílias. O assentamento conta com 300 membros oficiais do MST, o que significa que algumas famílias vivem ali sem registro ou participação nas atividades do movimento. "Mas não podemos expulsá-las", explicou Sebastião. "Todos fazem parte da luta." Alguns membros não moram no assentamento e seu trabalho é encaminhar petições para pressionar o Incra. "Se não reclamarmos e não exigirmos nossos direitos, nada vai acontecer", esclareceu.

Cada casa de madeira e folhas de palmeira parecia ter pelo menos um cartaz do MST, assim como placas com os dizeres PAZ, CHE GUEVARA ou PARABÉNS 26 DE MARÇO. Enquanto passeávamos pelo assentamento, crianças nos observavam, rindo e apontando. Os adultos cumprimentavam Sebastião calorosamente.

Sebastião vivia no Grupo 5, em uma casa modesta de três cômodos: um quarto de dormir, uma cozinha e um cômodo adicional, escondido atrás de uma cortina. O quintal tinha uma latrina e um pomar com várias árvores. A casa foi construída à sombra das árvores e o ar circulava um pouco, portanto o calor sufocante não era tão intolerável.

Sebastião e a esposa, dona Maria, acamparam do lado de fora da sede do Incra em Marabá enquanto esperavam por terras. "É claro que eu não gostava de lá", disse ela. "Não tem banheiro. Tínhamos de cozinhar a céu aberto. Aqui é muito melhor."

Ela e o marido decidiram voltar a estudar a fim de melhorar a leitura e aprender a usar computadores. Ela está na quarta série; ele, na quinta. A escola, disse ela, planejava conseguir dois computadores para os alunos, assim a comunidade poderia aprender a usá-los.

Quando Sebastião deixou para trás o campo de futebol no caminho de volta para o prédio da escola, disse: "Não queremos poder. Queremos dignidade e independência". Isso já era evidente para nós. Por qual outro motivo um adulto freqüentaria uma classe de quinta série todos os dias para aprender a ler e a usar o computador, enquanto a esposa se esforçava na quarta série? Por qual outro motivo eles teriam criado uma rede de comunicação e transporte para garantir que os doentes pudessem ser levados para Marabá antes que morressem no assentamento, esperando o auxílio médico chegar?

Sebastião contestou a idéia de que o assentamento estava prosperando devido à boa localização ou a qualquer outra vantagem geográfica. "Prosperamos graças a quem somos", disse ele. "No final das contas, nossa produção depende do tempo de dedicação das pessoas e da vontade que têm de trabalhar. Para a coisa dar certo, é preciso incluir os jovens. Se você não lhes der uma função, eles ficam insatisfeitos e vão para a cidade." Sebastião disse que, se o assentamento defendia algum princípio, era o da educação. "Essa é a luta", disse, apontando para a escola. "Precisamos educar as pessoas. Estou aprendendo. Somos bem vistos por algumas pessoas e malvistos por outras. Mas estou fazendo isso para que um dia meus filhos vejam o que eu criei e digam: 'Essa foi a luta do meu pai!'."

CAPÍTULO 17
▌A salvação da Amazônia

Durante boa parte do século XX, Manaus, um pontinho de civilização cercado por um "mar verde" e inavegável, foi a capital da selva amazônica. Sem saída para o mar e situada na confluência do rios Amazonas e Negro, a cidade de Manaus nada mais é do que um oásis de 2 milhões de pessoas isolado do resto do mundo, tão apartado do Brasil quanto a Tasmânia da Austrália. Muitas pessoas naturais de Manaus nunca se aventuram muito longe, isso quando chegam a sair da cidade.

São poucas as estradas de acesso a Manaus. Uma segue para o norte, em direção a Roraima e à Venezuela. Serve mais aos aventureiros e ao transporte de cargas, e não é realmente usada para o ir-e-vir diário das pessoas. Uma estrada leva às cachoeiras de Presidente Figueiredo, a cerca de duas horas de distância, uma atração turística local, e há uma rodovia que segue para o leste e leva aos portos de soja e fertilizantes em Itacoatiara, a três horas de distância. Antigamente, uma estrada asfaltada de 800 quilômetros ligava a margem direita do rio a Porto Velho, mas ela se deteriorou no começo dos anos 1980. Agora, é um caminho esburacado no meio da selva, intransitável durante grande parte do ano, embora sejam freqüentes os boatos de que será reconstruída, para deleite do meio empresarial de Manaus e temor dos ambientalistas do mundo.

A cidade é atendida por linhas aéreas, mas os vôos foram reduzidos de maneira drástica devido aos problemas financeiros do setor aéreo brasileiro. Um 747 da Air France fazia escala ali, partindo de Lima, rumo a Paris, e a Varig tinha um vôo diário para Miami. Atualmente, não existe ligação com a Europa, e a única conexão com os Estados Unidos é uma escala de uma companhia boliviana à 1h40 da manhã. A outra opção é viajar quatro horas até São Paulo, no sul, e pegar outro vôo de dez horas, dessa vez rumo norte.

Qualquer manauara que tenha saído da cidade provavelmente já viajou de barco. Estações de desembarque povoam a margem do rio, sendo que a mais agitada fica no centro da cidade, ao lado do malcheiroso mercado de peixe, cujos pavilhões de ferro fundido e rendilhado, concebidos como réplicas de Les Halles, em Paris, são uma relíquia da rica era da borracha. O porto de passageiros do centro nada mais é do que uma confusão de barcos amontoados, todos eles ostentando uma tabuleta de madeira pintada que anuncia o destino e o horário de partida. O aroma reinante pode ser opressivo. Os homens urinam onde bem entendem. O lixo acumulado durante a labuta diária no rio é despejado na água ou arrastado pelas margens e jogado em contêineres abertos. Tripulantes e pilotos de barcos pequenos, matando tempo enquanto esperam os passageiros, jogam cartas e bebem cachaça. Carregando caixas de refrigerante e cerveja e sacas com víveres, os trabalhadores deslocam-se continuamente entre os barcos e os caminhões. Possíveis passageiros se equilibram sobre as tábuas que ligam a margem aos barcos e os barcos entre si, perguntando se há espaço disponível, o preço da passagem e a duração da viagem.

O tamanho dos barcos varia: dos navios que lembram bolos de noiva, com quatro andares e capacidade para 300 passageiros – trinta nas cabines e 270 em redes –, às canoas motorizadas cobertas por folhas secas e cercadas por mosquiteiros – viveiros quentes e abafados com cerca de vinte redes cada um. Algumas dessas viagens pelo rio levam até duas semanas. A viagem de Santarém a Manaus leva menos de uma hora de avião, mas pelo rio são quatro dias. Tabatinga fica a quase duas semanas em muitas dessas pequenas embarcações. O tédio de uma viagem de 15 dias pelo Amazonas e seus afluentes é indescritível. Não há nada para fazer e, após as primeiras horas, a paisagem nunca muda. A vida se aproxima da monotonia do ruído do motor. Os dias consistem em um calor terrível e pancadas de chuva, e as noites podem ser frias e apavorantes por causa das correntes turbulentas, dos perigosos destroços flutuantes e dos enxames de insetos. Não existem banheiros nem refeitórios na maioria desses barcos. Para aqueles que vão a Manaus pela primeira vez, a viagem lembra o sofrimento dos imigrantes europeus que chegavam aos Estados Unidos.

Em sua história, Manaus teve dois momentos de prosperidade: o primeiro ocorrido há cem anos, durante o *boom* da borracha, quando a cidade dominava o fornecimento de látex para o mundo; o segundo, agora. Com quase dois milhões de habitantes, a capital do estado do Amazonas se espalhou pela floresta que a cerca e sufocou a flora com condomínios de casas pré-fabricadas, rotundas e shopping centers. As linhas de ônibus funcionam segundo um sistema tronco-alimentador, e os terminais centrais pululam de passageiros e quiosques empreendedores. Altos prédios comerciais e residenciais brotam do horizonte, e o bairro Ponta Negra, às margens do rio Negro, lembra a Collins Avenue de Miami Beach, com sua sucessão de apartamentos de luxo, o bulevar com calçadão e uma série de bares ao ar livre. Casas em condomínios fechados tomam muitas das principais vias. Na hora do rush, o trânsito pode ficar insuportável, em especial durante a estação chuvosa, quando as ruas se alagam. Bolsões de miséria deixam-se entrever, como ocorre em todas as grandes cidades do Brasil, embora o isolamento de Manaus por ora tenha poupado a cidade do flagelo das drogas e da violência urbana encontrado no sul. O esgoto a céu aberto e o lixo assolam grandes áreas da cidade, mas o ritmo das obras públicas sugere que estão limpando a sujeira. Com a maciça presença militar – Manaus é o quartel-general das Forças Armadas na região Norte – e empregos garantidos na bem-sucedida Zona Franca, formou-se uma classe média em Manaus, mais do que em qualquer outra cidade da Amazônia. Restam poucos sinais da floresta tropical nessa metrópole.

Devido à amplitude e à preservação da floresta tropical no estado do Amazonas, onde inacreditáveis 98% continuam intactos, seu governador é uma das pessoas mais influentes no controle da preservação daquilo que o mundo acredita ser "a selva amazônica". O Amazonas representa 60% da Amazônia brasileira. Corresponde à área do Acre, Mato Grosso, Rondônia e Roraima juntos. Carlos Marx, o analista de imagens de satélite que concluiu que "ninguém [poderia] chegar ali", considerava o estado a rede de segurança da Amazônia.

O poder dos governadores estaduais no Brasil, graças a seu sistema federalista, supera o de seus equivalentes nos Estados Unidos – talvez não no papel, mas certamente na prática. A democracia diminuiu, mas não extinguiu, a tradição latino-americana do caudilho ou manda-chuva. Blairo Maggi decidiu que o estado do Mato Grosso se tornaria favorável à soja, e foi o que aconteceu. Jorge Viana vislumbrou o estado do Acre como um modelo de "desenvolvimento verde", e foi o que aconteceu. Eduardo Braga, o governador do estado do Amazonas, quer oferecer incentivos econômicos e sociais a seus eleitores e, ao mesmo tempo, agradar os ambientalistas internacionais.

Nesse meio-tempo, ele só deseja ser pontual em seus compromissos[1]. "Vocês sabem quem está aí na sala de espera, não sabem?", pergunta-nos o governador em uma espécie de audiência compensatória, pois certa vez o aguardamos durante três horas apenas para sermos informados – nós e outras dez pessoas – de que o governador "lamentava muito, mas não tinha mais tempo". Em um inglês impecável, Braga frisou que havíamos passado na frente dos prefeitos de Boca do Acre, Lábrea e Coari. "Vocês sabem quanto tempo leva para eles chegarem aqui? Dias. E agora eles estão esperando há mais de quatro horas, talvez ainda mais. Isso não me deixa nada feliz. Mas não sei mais o que fazer. Todo mundo tem alguma coisa para ser discutida. E eu sou um só." Ele confessou: "Acho que administro melhor o estado do que meu próprio gabinete. Pelo menos é o que eu espero".

Braga, de quarenta e poucos anos, apresenta-se elegante e bem barbeado, é charmoso e tem voz rouca, devido ao exercício ininterrupto da política. Entre uma frase e outra, ele fraqueja, revelando o desgaste causado pelo trabalho, a administração de um território tão vasto quanto a área entre Chicago, Illinois, e Juneau, Alasca. "Meu cansaço é permanente", confidencia. "Há tanta coisa a fazer. Tanto espaço a cobrir. E grande parte dele está desocupado, o que apresenta problemas diferentes."

No mínimo, a missão de Braga é facilitada por dois acasos felizes, herdados de administrações anteriores. O primeiro pode ser encontrado na Zona Franca, a área de livre comércio fortemente subsidiada, onde dezenas de empresas estrangeiras têm linhas de montagem. "Isso muda tudo para nós. Ela nos dá flexibilidade e recursos que os outros estados não têm."

Em sua jurisdição também se encontram os campos de petróleo e gás natural de Urucu, a segunda sorte inesperada. "O gás irá fornecer a energia que permitirá o crescimento da indústria em Manaus. O gás dará energia para as cidades pequenas, para que possamos melhorar sua qualidade de vida. O gás nos dará dinheiro para fazer outras coisas, para melhorar os serviços públicos daqui e para termos programas que desenvolvam o resto do estado de uma maneira que proteja o meio ambiente."

O que um dia foi a capital mundial da borracha se transformou no centro industrializado da floresta tropical e, em grande medida, isso explica por que os índices de desmatamento no estado do Amazonas têm sido tão excepcionalmente baixos. O plano inicial para Manaus era simples e objetivo e não incluía a preservação do meio ambiente. A cidade tornou-se zona franca em 1957, a fim de atrair consumidores do resto do país, estimulá-los a fazer compras de grande monta e, enquanto isso, excursionar pela exótica Amazônia. O plano justificava uma conexão aérea entre Manaus e o resto do país, um ponto de partida modesto para sua integração.

Com a ditadura militar, veio o planejamento centralizado e a preocupação crescente com o vácuo amazônico e o isolamento de Manaus. Os militares queriam dar passos mais agressivos em direção à integração. Em 1967, a idéia era tornar Manaus uma abrangente área de livre comércio, não somente um paraíso consumista. No plano original, Manaus teria amplos privilégios alfandegários e fiscais durante trinta anos, a fim de atrair investimentos nacionais e estrangeiros. O governo pretendia que os privilégios de longo prazo atraíssem as atividades que empregavam muita mão-de-obra e também que permitissem um tempo de recuperação razoável dos investimentos iniciais. Foram concedidas isenções fiscais à importação de alguns produtos finais e, o que foi ainda mais importante, a alguns artigos semi-acabados ou componentes. Essas duas últimas isenções deram origem a um parque industrial de linhas de montagem. Por sua vez, os produtos finais receberam isenção de impostos sobre o valor agregado em Manaus. Havia incentivos adicionais, na forma de abatimentos fiscais sobre a renda e as vendas, além de condições favoráveis para a compra e o beneficiamento de imóveis.

Os programas específicos e a quantidade de privilégios variavam de um período para outro, mas o conceito fundamental de criar condições favoráveis para a importação, a montagem e a posterior exportação em nada mudou. Por sua vez, Manaus prosperou. No início, o turismo aumentou, e o excelente Hotel Tropical surgiu como uma aberração luxuosa na antiga floresta às margens do rio Negro. (Devido ao pH da água, o rio Negro propicia um ambiente relativamente livre de insetos.) O mais importante é que a Zona Franca, como é chamada a área de livre comércio, despertou o interesse de centenas de grandes empresas multinacionais, como Honda, Nokia, Minolta, Gillette e Harley-Davidson. A área ostenta uma fábrica atrás da outra, escondidas atrás de muros caiados e cercas. Algumas companhias oferecem campos de futebol e piscinas no local de trabalho. São cidades dentro de uma cidade.

As crises do petróleo na década de 1970 e o mal-estar generalizado da economia brasileira durante toda a segunda metade do século xx, bem como a interferência política nos incentivos, contribuíram para o afundamento dessa economia artificial. A abertura geral da economia brasileira aos produtos estrangeiros na década de 1990 também colaborou para essa depressão econômica. Contudo, o compromisso do governo federal com a economia de Manaus e o apoio regional ao projeto não sofreram abalos. Empresas do resto do país já se queixaram das vantagens que Manaus recebe, mas agora é o próprio programa que oferece a melhor proteção para si mesmo. Qualquer ameaça aos privilégios da cidade colocaria em risco bilhões de dólares em investimentos e deixaria centenas de milhares de pessoas desempregadas. Mais de 100 mil pessoas são empregadas diretamente na Zona Franca, e todo o setor terciário depende desses 100 mil empregos[2]. O valor total das vendas da zona de livre comércio chegou a 14 bilhões de dólares em 2005. Mais de 2 bilhões de dólares em produtos de exportação saíram da Zona Franca em 2005, incluindo mais de 650 milhões de dólares em telefones celulares, mais de 150 milhões de dólares em motocicletas e 75 milhões de dólares em televisores. Recentemente, os incentivos fiscais foram prorrogados até 2023, para estimular mais investimentos de longo prazo e dar aos investidores o tempo necessário para recuperar seu capital.

A Zona Franca é uma das iniciativas ambientais mais bem-sucedidas na história mundial, apesar de nunca ter tido essa sua intenção. É inconcebível que os generais ou os economistas que traçaram os planos se importassem com o aquecimento global ou com a preservação da biodiversidade: esses conceitos nem sequer existiam em 1967. Entretanto, ao criar uma pródiga fonte de empregos, a Zona Franca atraiu dezenas de milhares de indivíduos oriundos da floresta tropical e manteve dezenas de milhares na cidade; todos eles poderiam ter recorrido ao desmatamento para sobreviver.

A Zona Franca responde à questão de como impedir o desmatamento. Basta dar às pessoas empregos decentes. Tendo um emprego, elas podem comprar casas; tendo uma casa, suas famílias terão segurança; tendo segurança, elas passarão a pensar no futuro. Em Manaus, é pouco provável que as mulheres percam cinco dos oito filhos antes que as crianças completem dois anos, como aconteceu com dona Maria Raimunda em Altamira. E é pouco provável que as crianças de Manaus tenham a adolescência trágica de Marina Silva. É mais provável que essas crianças recebam uma educação formal.

Esses benefícios são conseqüências involuntárias de um programa que queria integrar a economia de Manaus à do Brasil. No entanto, esse exemplo é uma lição quando se trata de comparar os modelos de estimulação negativa àqueles que recompensam o bom comportamento. Regras, multas e outras formas de punição que encareçam o mau comportamento têm um apelo superficial e uma eficácia duvidosa em uma região onde os sistemas legais civil e criminal não amadureceram. As leis, quando não saem do papel, raramente evitam o comportamento que pretendem enfrentar. Por outro lado, a Zona Franca e seus incentivos, que promovem um comportamento benéfico ao meio ambiente e desencadeiam amplas repercussões positivas, oferecem um modelo útil de aplicação da lei ao recompensar o bom comportamento. Entre outros exemplos de recompensa, temos os incentivos fiscais e os subsídios governamentais que favorecem empreendimentos produtivos.

Entretanto, uma solução tão simples quanto subsidiar empregos na Zona Franca ressalta a complexidade da decisão de como distribuir as verbas. Os privilégios de que a Zona Franca desfruta são caros para o Brasil, porque diminuem a receita gerada por impostos sobre valor agregado, impostos sobre importações e exportações etc. Embora sejam compensados pelos benefícios econômicos e sociais produzidos pela Zona Franca, esses custos ainda representam um preço alto a se pagar pelo patrocínio de um ambientalismo eficaz. O restante das empresas brasileiras inveja esse programa, sabendo que, se fosse implementado em outra parte do país, ele provavelmente renderia a mesma quantidade de empregos e benefícios para a qualidade de vida.

Os custos do programa são assumidos pelo Brasil como um todo, absolutamente em termos do custo dos benefícios e indiretamente por meio da redistribuição de recursos de outras áreas para a Zona Franca, mas as vantagens são compartilhadas pelo mundo inteiro. Viver no meio dessa maravilha econômica motivou Samuel Benchimol a observar que, ao preservar a floresta tropical, seus vizinhos estariam concedendo um benefício ambiental gratuito para as pessoas que viviam longe dali. Ele questionava se isso era justo.

Quando assumiu o cargo, no começo de 1999, Eduardo Braga sabia que, além de conservar os benefícios da Zona Franca, ele teria de formular um programa de desenvolvimento para atender às necessidades do resto de seu estado. Também sabia que qualquer programa que implementasse estaria sujeito a controvérsias, dado seu papel de legítimo tutor da floresta tropical. Braga imaginou que a exclusão dos ambientalistas frustraria seus planos de crescimento econômico, pois eles poderiam contestar judicialmente e apelar para Marina Silva, a ministra do Meio Ambiente, ou para as ONGS internacionais. Contudo, para ter êxito, ele sabia que precisaria do apoio do meio empresarial, a fim de criar empregos e conseguir arrecadação suficiente para financiar obras públicas[3]. Como Jorge Viana disse no Acre, Braga sabia que "as pessoas precisam gostar do lugar onde vivem", eis o evangelho que orienta os políticos em exercício.

Para não desagradar nenhum dos dois eleitorados, ele escolheu um parceiro, Virgílio Viana, como secretário estadual de Meio Ambiente e Desenvolvimento Sustentável, e fez dele seu intermediário junto às ONGS e aos órgãos internacionais. Viana, um engenheiro florestal com ph.D. em Harvard e que militou ao lado de Chico Mendes, tem a credibilidade para vender os programas de Braga aos prováveis críticos. Ele ganhou experiência no governo estadual do Acre, onde trabalhou como consultor de Jorge Viana (nenhum parentesco) na criação do conceito de preservação de florestas estaduais como condição *sine qua non* para permitir a construção de rodovias. (Ele também é casado com Etel Carmona, famosa designer de móveis e dona da fábrica de Xapuri.)

Viana e Braga enfrentam um conflito natural que eles conseguiram conciliar ao reconhecer que nenhum deles terá êxito a menos que o outro também seja bem-sucedido. O desenvolvimento põe comida na mesa e dinheiro no bolso. Ligar as cidadezinhas longínquas a Manaus através de estradas, telecomunicações e uma rede de cargos de confiança: são esses os sustentáculos da gestão de Braga. Viana sabe que a comunidade internacional, assim como o movimento ambientalista brasileiro, não irá tolerar o desmatamento do Amazonas, e já está mais do que óbvio que as rodovias na Amazônia são precursoras da extração de madeira, da pecuária e da agricultura em grande escala.

"Estou ciente dessa tensão", admite Braga. "Mas fizemos um bom trabalho de preservação até hoje, e vocês têm de entender que às vezes é preciso desenvolver para preservar. Quero que as pessoas entendam nosso dilema e compreendam que não há uma solução fácil."

Ao olhar para o mapa de seu estado, Braga vê a pressão cada vez maior nos estados vizinhos, Rondônia e Acre, e acredita que a população excedente virá do sul. "Não posso resistir a essa pressão", diz ele, apontando para a fronteira meridional do Amazonas e para cidades como Boca do Acre e Humaitá.

"As pessoas já estão falando que deveríamos dar Boca do Acre para o estado do Acre, porque é muito longe daqui e não podemos governar a cidade. A soja está chegando. Sabemos disso. E, quando a soja chega, a floresta desaparece. E nós vamos ficar sentados aqui em Manaus, dizendo que é longe demais e que não há nada que possamos fazer a respeito?"

Ele planeja criar uma rede de agricultura familiar e cidades de apoio a fim de proporcionar uma proteção contra o desenvolvimento descontrolado. "As pessoas inevitavelmente vão invadir essas áreas", disse. "É parecido com a fronteira colombiana, onde há drogas. Ninguém teria a idéia de sair dali e desocupar a área. Não, precisamos investir na economia da região por razões sociais e pela segurança. Se abandonarmos a fronteira, as Farc assumirão o controle."

Correndo o dedo por um mapa sobre a mesa de reuniões de seu espaçoso gabinete, ele delineia as rodovias de que precisa. "A mesma idéia vale para o sul, mas ali não estamos lutando contra as drogas. Lutamos contra madeireiros e criadores de gado. Precisamos ligar Lábrea e Apuí, que fica na Transamazônica. Temos de ligar Rio Branco à Boca do Acre. E temos de reasfaltar a estrada de Manaus a Porto Velho, embora isso não seja prioridade agora."

Braga vê duas alternativas para o Amazonas em seu flanco meridional: o desenvolvimento descontrolado e, conseqüentemente, a anarquia e a violência endêmicas do sul do Pará, ou algo que lembre uma sociedade civil. "Se tivermos rodovias, podemos pôr o Ibama lá. Podemos colocar órgãos governamentais, escolas, postos de saúde. Podemos criar condições para a agricultura familiar, com propriedades claramente delimitadas, onde as pessoas possam ganhar a vida. Vocês pensam que a falta de controle significa falta de gente? A falta de controle significa que as pessoas simplesmente invadem terras e fazem o que bem entendem. Já há pessoas lá, e não podemos deixá-las para trás como se fossem um saco de lixo. Precisamos envolvê-las no processo."

No entanto, Braga também sabe que o ciclo de desenvolvimento, uma vez iniciado, não pode ser interrompido. Ele se baseia em uma escolha econômica, e não ecológica. "Entendo que as fazendas pequenas acabarão sendo vendidas para as grandes, e aí teremos grandes grupos agrícolas e pequenos agricultores à procura de terras. É sempre mais lucrativo usar a terra do que deixá-la abandonada. É bem mais lucrativo usar muita terra em vez de pouca terra. São decisões racionais que levam a um ciclo de desmatamento. Já que usar a terra produz mais benefícios materiais para as pessoas do que não usá-la, nós não temos muitas chances. Espero romper esse ciclo."

Braga meneou a cabeça, frustrado. "Queria que existisse um modelo para isso. Mas não há modelo. Somos o gato que corre atrás do rato, caçamos o rato aqui e ali, e o tempo inteiro o cachorrão está em nosso encalço. O cachorro é o desmatamento descontrolado. Precisamos de um plano que seja maior do que um problema específico."

Braga e Virgílio Viana chamam o programa que desenvolveram de Zona Franca Verde. "É um plano para promover projetos sustentáveis que ofereçam usos alternativos para a terra além do desmatamento", explica o governador. Os detalhes mudam de acordo com a área. A Zona Franca Verde inclui planos "para criar pólos de produtos, áreas da floresta especializadas em uma mercadoria específica", diz Braga. "Estamos tentando organizar os apanhadores de guaraná, a fim de estabilizar o preço.

Estamos obtendo grande êxito no aumento da produção de juta e financiamos uma fábrica para fazer produtos de juta. Estamos tentando desenvolver a piscicultura para a criação de peixes ornamentais e comestíveis. São todos projetos sustentáveis com o objetivo de manter as pessoas no local. Criar o desenvolvimento sustentável é permitir que não exista pobreza rural."

Braga e Viana também levaram para o Amazonas a noção de floresta certificada, onde as árvores são cortadas segundo um sistema rotativo para garantir a preservação de espécies e evitar o rareamento da cobertura vegetal a ponto de não haver mais possibiliade de recuperação. O esforço para criar a estrutura de uma floresta desse tipo é hercúleo. Para implantar uma floresta certificada, primeiro é necessário que os engenheiros florestais façam um inventário das árvores: a área precisa ser demarcada e cada árvore tem de ser identificada e localizada no mapa. Depois é preciso decidir a ordem da rotação de corte, a direção em que as árvores devem tombar e a rota que os engenheiros terão de seguir para sair da mata. Todos esses dados têm de ser arquivados. Levam-se anos só para preparar a estrutura.

Além de promover essas atividades locais, Braga quer receber investimentos estrangeiros, em vez da tradicional exportação de matéria-prima do Terceiro Mundo para fábricas modernas de outros lugares. "As pessoas querem salvar a floresta? Querem ajudar?", pergunta Braga. "Precisamos de recursos para implantar esses programas. Talvez a Home Depot queira construir uma fábrica aqui e só comprar madeira certificada. Deixem-nos agregar valor aqui. Assim, podemos obter lucro e investi-lo na população local."

A área de Carajás tem a maior reserva mundial de minério de ferro, mas não há nenhuma usina siderúrgica por perto. Trombetas tem uma das maiores minas de bauxita do planeta, mas não há fábricas de alumínio nas proximidades. Com exceção da fábrica especializada de Etel Carmona em Xapuri, nenhum fabricante de móveis ou marceneiro chegou ali. "Poderíamos exportar mesas, portas, pisos, esquadrias", enumera Braga. Os laboratórios farmacêuticos vivem esquadrinhando a região em busca de plantas capazes de lhes fornecer a próxima grande novidade farmacêutica, mas não há fábricas na Amazônia. Também não há, da parte desses laboratórios, a menor inclinação a reconhecer os direitos de propriedade intelectual e as patentes daquilo que podem ter arrancado do solo da floresta brasileira. Recentemente, a companhia farmacêutica Squibb descobriu que o veneno da jararaca amazônica é um bom remédio para controlar a pressão sangüínea[4]. O veneno tornou-se a base do captopril, que em seu auge foi o produto mais vendido da Bristol-Myers Squibb, faturando 1,6 bilhão de dólares em 1991. Nenhuma parte desse lucro foi revertido para a Amazônia. A biopirataria incomoda, e o roubo de sementes de seringueira cometido pela Inglaterra em 1876 detém o posto de maior crime de todos os tempos.

"É frustrante", diz Braga. "É frustrante quando o Protocolo de Kyoto nada faz para nos ajudar. É frustrante quando tentamos abrir mercados para os produtos e não conseguimos o investimento necessário para sustentar a produção."

Três empreendimentos nas proximidades de Manaus, pertencentes a pessoas remotamente aparentadas entre si, fundamentam o argumento de que o desenvolvimento sustentável nunca passará de uma solução espacialmente limitada para o desmatamento[5]. Essas atividades não geram empregos suficientes, raramente são lucrativas, sobretudo quando não há incentivos do governo, e o estilo de vida que podem oferecer não se compara às facilidades disponíveis nas áreas urbanas. Braga reconhece tudo isso, mas argumenta que essas pequenas atividades têm de sobreviver para impedir o êxodo rural desenfreado, mesmo que para tanto precisem de subsídios. O benefício secundário do investimento público – o estabelecimento de uma sociedade civil onde há empregos – justifica o apoio a empreendimentos não rentáveis. Ele afirma que as atividades locais que não prejudicam o meio ambiente precisam ser sustentadas, até mesmo com incentivos. A lição extraída do passado é que a Amazônia abomina o vazio, pois é um convite à ilegalidade. Aceitando isso como fato, Braga tem apoiado uma presença benigna em várias áreas por meio da promoção de atividades locais.

Asher Benzaken dirige dois viveiros de peixes que ficam a cerca de meia hora do centro de Manaus. Ele acha engraçado que seu negóico seja visto como a salvação da floresta. "Não este negócio." Ele ri. "Talvez o governador esteja falando da horticultura. Isto aqui é difícil demais." Benzaken exporta peixes de aquário. Suas duas instalações consistem em dezenas de tanques de água doce, cada qual com centenas de peixes, que são contados, catalogados e alimentados antes de serem exportados. Ele emprega 45 pessoas nos dois locais e seus fornecedodes são cerca de mil apanhadores de peixes de Barcelos, cerca de 500 quilômetros subindo o rio Negro. Os compradores a serviço de Benzaken viajam por essa região comprando peixes ornamentais e depois os levam de barco até Manaus. Em sua monografia "Social and economic change in Amazonia – The case of ornamental fish collection in the rio Negro basin" [Mudança social e econômica na Amazônia – O caso da coleta de peixes ornamentais na bacia do rio Negro], Gregory Prang descreve como o comércio de peixes ornamentais "tem um papel fundamental na economia local"[6], embora a produção seja relativamente pequena: cerca de 2 milhões de dólares em exportações em todo o estado do Amazonas em 1998, ano em que o estudo foi feito. Ele observou que há "grandes redes familiares" envolvidas na localização, captura, venda e transporte dos peixes, principalmente da espécie neon tetra. A coleta proporcionou estabilidade e continuidade de gerações a Barcelos, que é um ponto chave ao longo do rio Negro e o tipo de posto avançado que Eduardo Braga deseja manter.

"Como negócio, é bom em termos de lucratividade", disse Benzaken, dando de ombros. "Mas não dá para erguer uma economia em cima disso. Quantos aquários vocês acham que existem no mundo? Também temos uma fiscalização rígida sobre os peixes que podemos exportar. Há uma lista de 150 peixes, não mais que isso. Os outros são protegidos. Depois temos uma grande dificuldade em exportar daqui. Não existem muitos vôos partindo de Manaus. Temos de sedar os peixes e calcular o tempo correto, senão mandamos um carregamento de peixes mortos."

O primo da esposa de Benzaken, Daniel Amaral, ganha seu sustento vendendo produtos florestais: castanhas, sementes e frasquinhos de óleos. Ele também acha engraçado que essa atividade primitiva agora seja vista como um modelo para o desenvolvimento futuro. "É um negócio interessante, mas não é a soja. Negocio óleos essenciais, óleos para perfumes. Passamos um tempo vendendo extrato de guaraná para a Coca-Cola, mas perdemos o negócio para um concorrente que tinha contatos políticos. Vocês dizem que o governo quer promover essas atividades? Então não deveriam proteger certas pessoas nem subsidiar uma fábrica, e não outra."

Amaral emprega quarenta pessoas em sua fábrica. Barcos carregados são levados até o riacho que fica do lado de fora do complexo; as castanhas e sementes são descascadas e secas, depois passam pelo processo de destilação e extração. O local parece um grande laboratório químico, com seus tanques reluzentes interligados por uma rede de tubos. "Nós inventamos todos os processos que usamos aqui", ele disse com toda a naturalidade. "Não há duas castanhas iguais. Não há dois processos iguais. Por isso, é difícil encontrar máquinas que possam executar mais de uma função. E é difícil fazer qualquer coisa em grandes volumes."

A família de Amaral tem longa tradição na extração e exportação de pau-rosa, a essência do Chanel nº 5 e de outros perfumes[7]. No início, as companhias francesas compravam pau-rosa da Guiana Francesa, mas esgotaram seu estoque e voltaram-se para o sul, para o Brasil, onde o pau-rosa logo adquiriu o status do mogno, acabando por entrar na lista brasileira de espécies em risco de extinção. Agora, com o apoio do governo, pequenas plantações de pau-rosa com extração rotativa e planejada garantem o fornecimento.

O negócio de Amaral põe em prática o livro *Diversidade da vida*, de E. O. Wilson. Amaral vê a biodiversidade como um arca do tesouro, sendo a única restrição, muitas vezes, sua incapacidade de descobrir uma utilidade para cada um dos artigos dentro do baú. Recentemente, ele descobriu uma nova fragrância, mas ficou atarantado tentando transformar sua descoberta em lucro. "Há uma floresta certificada não muito longe daqui, e nós fizemos um contrato de risco com ela", explicou. "Estudamos os ramos e as folhas das árvores que não eram utilizadas e tentamos extrair óleos. Acabamos enviando algumas amostras promissoras a Paris para ver se gostavam. Eles gostaram! O problema é que teríamos de voltar e achar a árvore de novo. Tivemos basicamente de identificar uma nova espécie de árvore para encontrar a mesma fragrância."

Amaral afirmou apoiar a idéia de uma Zona Franca Verde e considera um triunfo o fato de conseguir "manter uma família trabalhando com artigos florestais". Mas rejeitou totalmente a idéia de que seu negócio poderia servir de modelo para alguma outra coisa além do que já é. "É preciso ser realista. O resto do mundo só quer explorar o que nós temos. Não querem que detenhamos as patentes. Não querem que desenvolvamos o produto final aqui. Querem que descubramos os produtos, digamos como usá-los e o que há de importante neles. Daí eles sintetizam, copiam e produzem em grande escala. Fizeram isso com a quinina. Fizeram com o látex. Séculos diferentes, porém a mesma coisa."

Outra atividade que faz parte do planejamento da Zona Franca Verde pertence a Davis Benzecry e sua família. Eles são donos de uma fábrica de juta, cravada em uma área densamente povoada na parte mais antiga de Manaus. Os japoneses trouxeram a juta para a Amazônia, e ela cresce bem no solo tropical. Chega a crescer quatro metros em seis meses.

A transformação da juta em sacas para grãos de café segue um processo rudimentar, quase idêntico à fabricação de tecidos. Os talos de juta chegam em pequenos barcos e passam por uma limpeza. A fibra é separada, amaciada e reduzida a fios, que mais tarde são tecidos e transformados em sacas. A melhor maneira de transportar café é usando essas sacas, já que as de plástico depreciam o aroma e o sabor dos grãos.

"Lembro que, quando comecei, em 1998, me disseram que a juta não tinha futuro, pois o plástico era o futuro", explicou Benzecry enquanto caminhávamos pelo armazém, que retinia com os teares e as máquinas de fiar. "Mas o mercado não concordou e preferiu a juta ao plástico, e assim nós sobrevivemos."

Sua sobrevivência, porém, é precária. "Primeiro, temos de competir com Índia e Bangladesh. Eles conseguem produzir juta mais barata, principalmente quando recebem subsídios do governo. Por isso, nosso governo aplica uma sobretaxa de importação aos produtos deles. Ótimo. Mas esses países tiraram de nós o que seria um mercado naturalmente nosso, a Colômbia. Em segundo lugar, tenho de competir com meu próprio governo. Tenho um concorrente em uma cidadezinha não muito longe daqui que recebe subsídios do governo. Vocês acham isso justo comigo?"

Assim como Amaral, Benzecry também rejeitou a idéia de que seu negócio poderia ser um modelo para o futuro da floresta. "Não este aqui. Vejam, nós temos um escritório em Coari e uma doca flutuante perto de Manacapuru, que compra juta das pessoas. Quanto mais vocês acham que podemos crescer? E aí temos de enfrentar os subsídios que os outros governos dão a nossos concorrentes. E olhem o que aconteceu com o negócio das castanhas-do-pará. No dia 4 de julho de 2003, a União Européia decidiu embargar todas as castanhas brasileiras, porque supostamente havia alguma toxina na casca. Um dia, uma atividade econômica pode desaparecer graças a uma decisão tomada a milhares de quilômetros de distância."

Ele apontou para sua força de trabalho, formada principalmente por mulheres: 500 pessoas trabalhando na sala escura. "Essas pessoas vêm para o trabalho toda manhã. Trabalham duro todo santo dia. Aí alguém em Paris decide que não gosta das nossas castanhas ou da nossa juta e temos de parar de oferecer empregos. O que vocês acham que as pessoas vão fazer? Vão cortar uma árvore e vendê-la se precisarem de dinheiro. E o que o pessoal de Paris tem a dizer a respeito disso?"

Ele meneou a cabeça. "Os europeus se perguntam por que o povo da Amazônia corta árvores ou entra no tráfico de drogas. É muito simples. A resposta é que as pessoas precisam comer."

Os europeus desembarcaram na Amazônia a cerca de meia hora de distância de carro de Itacoatiara, onde compraram 305 mil hectares de mata com o intuito de explorar economicamente uma floresta certificada. Uma empresa suíça chamada Precious Woods, veterana e bem-sucedida companhia de silvicultura certificada na Costa Rica, é dona dessa floresta.

Renato Scoop, superintendente financeiro da instalação, admitiu que o que funciona na Costa Rica pode não funcionar na Amazônia, isto é, o conceito de monocultura florestal. "É muito difícil usar uma floresta diversificada como fonte de lucro. Algumas economias de escala tornam o processo muito caro"[8], explicou. Uma visita a um hectare bem inventariado de floresta certificada deixou claro o motivo. Somente nessa pequena área havia várias centenas de espécies de árvores diferentes, cada uma com um ciclo diferente de renovação e, obviamente, cada uma com um valor econômico específico cuja flutuação estava atrelada ao mercado. Com base no mercado e em custos já conhecidos, é fácil decidir quando cortar um hectare de eucalipto, mas é muito mais difícil tomar essa decisão árvore por árvore em uma área maior que Manhattan.

Scoop conta com uma listagem feita pelo computador para identificar a localização de cada árvore nos 67 mil hectares já catalogados. Além disso, ele e suas equipes decidem as estratégias de extração das árvores para que não destruam outras espécies ao serem retiradas da floresta. Essa decisão, por sua vez, é determinada pela localização da rede de estradas de terra que ziguezagueiam por toda a propriedade.

O projeto emprega 850 pessoas, que, juntas, desempenham algum papel em cada etapa da jornada entre a semente e a mesa. Há os que identificam as árvores, aqueles que as cortam, os que plantam as árvores substitutas, os que carregam as árvores derrubadas até a serraria, os que coletam a serragem e a levam para a usina de força que mantém as máquinas em funcionamento, os que serram a madeira, os que cuidam do processo de envernizamento e os que transportam a madeira finalizada até o porto. Não há outro processo tão integrado como esse na floresta.

Mas imaginar que esse sistema pode ser reproduzido para sustentar a Zona Franca Verde é o mesmo que vislumbrar um mundo de recursos infinitos. Se essa é a quantidade de capital e cuidado necessária para sustentar uma única floresta de 67 mil hectares e explorá-la de modo a não destruir o meio ambiente, esse sistema simplesmente não pode ser utilizado em grande escala. É muito mais fácil aparecer com uma motosserra no meio da noite. "As pessoas não poluem [ou desmatam] porque gostam disso", afirmou o economista Ronald Coase. "Elas o fazem porque é o método mais barato de produzir alguma outra coisa[9]."

▌Epílogo

Por mais acessível que esse mundo exótico tenha se tornado, por mais que a tecnologia tenha invadido o Éden, por mais pessimistas que fôssemos a respeito do desmatamento e das mudanças climáticas, por mais otimistas que fôssemos quanto à possibilidade de a Amazônia estar bem melhor agora do que há 25 anos e de haver ainda neste mundo cruel alguma esperança de que coisas boas podem acontecer, a natureza ainda nos humilha. Atravessar o encontro da águas escuras do rio Negro com a águas barrentas do imenso rio Amazonas ao pôr do sol faz com que qualquer pessoa se sinta pequena e insignificante, um turista neste planeta.

Mal conseguíamos distinguir os tufos escuros das copas das árvores às margens do rio enquanto ouvíamos o tu-tu-tu da balsa, que se deslocava lentamente contra a corrente das águas que começaram sua jornada a um continente de distância. Víamos as silhuetas e as luzes do convés dos petroleiros de longo curso que viajariam mais de 1.600 quilômetros rio acima para chegar a Iquitos, no Peru. Canoas sobrecarregadas na popa com cachos de bananas ficavam lado a lado com a balsa só para que os remadores de torso nu pudessem gritar: "Oi". Turistas com câmeras filmadoras passavam em pequenas lanchas, à procura dos jacarés que habitam a beira do rio. Grupos de passageiros exaustos – alguns havia duas semanas sem saber o que era um prato de comida quente e um banheiro – faziam vigília nas proas das embarcações, ansiosos para chegar à terra firme.

Também estávamos ansiosos seguindo para a margem direita, onde percorreríamos os 800 quilômetros da BR-319 até Porto Velho, a estrada que um dia já foi asfaltada e que o desuso transformou em uma trilha esburacada no meio da selva. Por alguma razão, a rodovia foi ignorada pelos colonos e empreendedores após ter sido pavimentada na década de 1970. Havia boatos freqüentes de que ela logo seria recapeada. Caso seja verdade, e caso o passado sirva de prognóstico, milhões de hectares de floresta tropical intacta na Amazônia ocidental serão colocados em jogo. É impossível acreditar que essa estrada será ignorada mais uma vez.

As caminhonetes tomavam grande parte do espaço que havia na balsa. As luzes de Manaus foram desaparecendo até convenientemente se reduzirem a uma aura pálida. Décadas de progresso transformaram a margem esquerda e ignoraram a margem direita, onde a chegada de uma balsa era um verdadeiro acontecimento. Uma multidão surgira entre as barracas de comida, as eventuais mesas e cadeiras de plástico e a música retumbante. Algumas caminhonetes tiveram problemas para subir o barranco íngreme do rio e não faltavam garotos e homens para berrar instruções – "para frente, ré, para frente" – e ajudar a empurrar.

O fenômeno da construção de estradas na Amazônia desviou os recursos ou a atenção, ou ambos, para longe de uma lacuna óbvia na infra-estrutura: ancoradouros adequados. Embora a construção de estruturas confiáveis seja problemática em locais onde o nível dos rios sobe e desce de maneira tão dramática entre as estações, não parece haver muito empenho na modernização do comércio fluvial entre as cidadezinhas. Com uma fração dos anunciados 139 milhões de reais que o governo federal reservou, entre 2004 e 2007, para a repavimentação da BR-319, a infra-estrutura dos portos poderia ser melhorada a fim de facilitar o comércio. Por alguma razão inexplicável, as hidrovias não são consideradas viáveis, exceto por Blairo Maggi.

A estrada para Careiro Castanho revelou-se transitável, apesar de algumas centenas de metros de barro e pedras interromperem o asfalto imaculado a intervalos regulares. Ao que consta, há uns trinta anos, os donos de uma empresa de transporte fluvial apareceram ali com máquinas de terraplenagem logo depois da pavimentação da estrada e tentaram destruí-la tanto quanto fosse possível. A rodovia havia acabado com seu monopólio sobre o transporte de Manaus a Careiro Castanho, e eles queriam o monopólio de volta. Ainda hoje há fragmentos de rocha suficientes para tornar a jornada um desafio.

Em Careiro Castanho, um bando de adolescentes, em grupos de quatro e seis, matava o tempo embaixo dos poucos postes de luz. Apoiavam-se nas bicicletas, passeavam de mãos dadas, sentavam-se nos bancos e conversavam. As duas lanchonetes ao ar livre, iluminadas por luzes de Natal, estavam cheias e serviam cerveja, refrigerantes e peixe grelhado. Metade das mesas era ocupada por casais de adolescentes tentando conversar apesar da música em alto volume, e a outra metade estava tomada por fãs de esportes que assistiam a mais uma reprise da partida de futebol feminino entre Estados Unidos e Brasil nas Olimpíadas. É provável que muitos norte-americanos imaginem os habitantes de uma cidadezinha amazônica andando por aí quase nus e equilibrando montes de frutas sobre as cabeças. Contudo, mesmo em um lugar longínquo como Careiro Castanho existe um universo paralelo. O que acontece ali em uma quinta-feira à noite acontece na maioria das comunidades rurais dos Estados Unidos.

Mais além de Careiro Castanho fica um lugar que poucos conhecem. O jornal de Manaus publicou uma matéria a respeito de uma pessoa que ficou encalhada na estrada durante quatro meses. De tempos em tempos, um caminhão cai de uma ponte e ali leva décadas para se decompor. Onças rondam longos trechos da estrada. Quando souberam que iríamos pegar a estrada, os habitantes de Careiro quiseram saber o motivo e, sem nenhuma exceção, desejaram-nos boa sorte. A maioria nunca chegou mais de um quilômetro ao sul da cidade. Ninguém disse: "Minha vontade era ir com vocês".

Tarde da noite, a fim de sairmos de Careiro e seguirmos para o sul, aguardamos à margem de um igarapé e buzinamos várias vezes até que uma voz distante gritou "oi" em meio à escuridão, a cem metros de onde estávamos. O "oi" foi seguido de uma lista de preços por passageiro, por carro, por motocicleta, e o vaivém da negociação aconteceu na escuridão silenciosa, até que chegamos a um acordo com o homem que possui a única balsa da cidade.

Depois, o silêncio. Nada aconteceu. Ficamos ali nos perguntando se o dono da voz teria voltado para a cama, se o acordo fechado só entraria em vigor de manhã. Talvez houvesse um hotel em Careiro; por outro lado, não tínhamos visto nenhum. Não havia balsa para Manaus àquela hora. Lembramo-nos de algo que nos disseram tempos atrás: "Não há horário programado na Amazônia". Talvez o dono da voz estivesse terminando o jantar. E daí que se passassem dez, vinte minutos ou duas horas? O que valia era a jornada.

A balsa finalmente se animou após quase uma hora e nós continuamos a viagem rumo a um vilarejo chamado Tupana, a quarenta quilômetros de distância. Não havia luzes, casas, sinais de civilização e, estranhamente, encontramos a melhor estrada de todo o Brasil. Foi como deparar com Machu Picchu, uma maravilha da engenharia no meio da selva. Quarenta quilômetros sem um buraco na estrada, sem uma imperfeição. Para quê? Para ligar o nada a lugar nenhum? Quantas aulas e refeições poderiam ter sido pagas com aquela estrada? Quantos políticos ficaram ricos com aquele asfalto?

Chegamos a Tupana alta noite, e havia outro rio para atravessar e ninguém por perto. Então procuramos novamente uma voz. Buzinamos. Depois de um tempo ouvimos um "oi", negociamos um valor e aguardamos. A balsa de Tupana parecia uma das engenhocas de Rube Goldberg e lembrava uma plataforma de metal empurrada pela arca de Noé. Enquanto cruzávamos os cerca de cinqüenta quilômetros, vimos uma ponte que parecia uma vítima da guerra de Kosovo. O barqueiro disse que um caminhão tinha caído ao atravessá-la. Ele sorria, então imaginamos a infelicidade dele ao ver a concorrência desmoronar.

Depois a estrada ficou ruim, tão ruim que nem mesmo existia. Havia muito barro no farol dianteiro, fizemos uma curva em aclive para a direita e – uooof – caímos na nossa primeira cratera de lama. Os pneus cantaram, o carro foi para trás e para frente várias vezes e finalmente conseguimos sair. Havia algum asfalto aqui e ali, mas a erosão ia das bordas para o centro e estávamos desesperados para permanecer no pouco asfalto que restava. Não havia casas, luzes, nada do lado de fora, exceto a escuridão do início da madrugada. Para dirigir era necessário ter a habilidade de um cirurgião e evitar a lama, achar o pouco asfalto ainda existente, encontrar o caminho seco no meio da selva onde antes havia uma estrada. Então achamos ser uma boa hora para descansar.

No final da década de 1970 e no início dos anos 1980, dezenas de milhares de pessoas deixaram seus lares no Nordeste e no Sul do Brasil para percorrer estradas assim em busca de uma vida nova. Dormiram em lugares parecidos, seguiram adiante em estradas como essa, resistindo a picadas de cobras, malária, fome, calor e à poeira da jornada. Tinham de alimentar e proteger as crianças que traziam consigo. Tinham de tentar encontrar um lar em algum ponto daquela imensidão selvagem, pois não tinham para onde voltar.

Tomar a decisão de deixar para trás uma vida conhecida, preparar-se para uma expedição pelo desconhecido e sobreviver às agruras da floresta tropical: essas experiências moldaram o caráter das pessoas que vieram ocupar a Amazônia. O otimismo e a auto-suficiência se arraigaram ali, mas o embate das pessoas com as forças naturais e as circunstâncias criadas pelos homens diminuiu a influência desses traços. O Brasil, ao contemplar maneiras de utilizar de modo produtivo esses recursos humanos e naturais, enfrenta o desafio de revigorar e estimular o espírito que motivou essa migração, além de orientá-lo para o desenvolvimento de uma noção de destino comum. Uma tarefa muito difícil para qualquer país, apesar de ser uma oportunidade que poucos países ainda têm.

A lembrança de migrações anteriores nos trouxe à mente a espantosa falta de sinais de ocupação, fosse contemporânea ou passada. A BR-319 foi asfaltada quando a BR-364 era um buraco de lama de mais de mil quilômetros; ninguém passou por ali, mas milhares se arriscaram nos atoleiros da rodovia mais ao sul. Se um dia houve colonos, todos se foram sem deixar rastros. Os pioneiros demonstram sua insatisfação indo embora. Por que ninguém vivia ao longo da BR-319? O solo era pobre? O clima não era favorável? Tinha de haver algo errado com a BR-319. Caso contrário, essa área já teria sido povoada há anos.

Agora, algumas verbas já foram destinadas ao recapeamento da estrada. Em resposta ao meio empresarial de Manaus, onde já foi prefeito, o ministro dos Transportes, Alfredo Nascimento, está levando o plano adiante. Os grupos influentes no comércio de Manaus há muito cobiçam uma ligação por terra com o resto do país, mesmo que interrompida por uma lenta travessia de balsa. Mas eles já não tinham essa ligação? Por que gastar todo esse dinheiro agora para recapeá-la? Por que não gastar o dinheiro consertando a BR-364, que precisa com urgência de manutenção e já é uma rica rota comercial? Por que não usar o dinheiro para planejar melhor e manter a rodovia da soja, a br-163, que em breve será asfaltada? Ou para educar os filhos de Socorro em Altamira? Ou para alimentar as crianças ao longo do rio Xingu? Por que gastar tanto em coisas que não saltam aos olhos? Será essa a distribuição de recursos mais inteligente? Nessa jovem democracia, como uma decisão assim deveria ser tomada? Quando for recapeada, a rodovia será uma ferida aberta na floresta vasta e intacta da Amazônia ocidental. A terra a que, segundo Carlos Marx, "ninguém [conseguiria] chegar" será cobiçada, reivindicada e transformada para sempre.

Ao amanhecer, após poucas e desconfortáveis horas de sono no baú de um caminhão à beira da estrada, nós continuamos. No pequeno povoado de Igapó-Açu, um punhado de casebres, deparamos com outro afluente. Descobrimos mais uma lei da selva: a balsa está sempre na outra margem. Uma jovem mãe lavava no rio as roupas dos filhos. Crianças com uma vara de pesca improvisada gritavam com os peixes, insistindo para que eles dessem o ar da graça. A balsa atravessava lentamente o rio.

"É aqui que os botos cor-de-rosa vivem", disse um menino chamado Elielzo, na balsa. "Eles vão aparecer para ver vocês quando eu chamar. Se vocês quiserem."

De fato tal criatura existe, não é algo semelhante ao monstro do lago Ness, mas o boto cor-de-rosa é uma lenda na Amazônia. Para alguns, o boto se transfigura em um rapaz que seduz as donzelas; para outros, o animal se transforma em uma uma linda mulher que leva os rapazes até a água e desaparace com eles. Em alguns lugares, diz-se que as mulheres que vão nadar enquanto estão menstruadas engravidam do boto, e o rebento teria poderes mágicos. Infelizmente, o número de botos está diminuindo; as genitálias desses animais são muito valorizadas por seus supostos poderes afrodisíacos e mágicos.

"Aqui eles vêm até você e dá para tocar neles", disse Elielzo.

Então, quando a balsa chegou à outra margem, ele passou para o rebocador e debruçou-se sobre o rio. Mexeu na água. Nada. Mexeu de novo. Nada. Puxou do bolso um peixinho do tamanho de um dedo indicador. "Boto", chamou baixinho. "Boto." Nada[1].

"Eles estão aqui sim", disse. "De verdade." Começou a bater na superfície da água com a sola do chinelo. Algumas das crianças que estavam pescando fizeram o mesmo. "Boto, boto", bradavam.

E eles vieram. Dois. Cor-de-rosa. Dizem que são rosados porque seus vasos capilares ficam próximos à pele. Também são tranqüilos. Dizem que sua capacidade cerebral é 40% maior que a dos seres humanos. Isso pode ser comprovado ou refutado pelo fato de que confiam em nós a ponto de se deixarem afagar e alimentar. Se a rodovia BR-319 for recapeada, eles morrerão em seguida.

O sacolejo logo estava de volta, assim como as pontes destruídas pela enxurrada. Ocasionalmente, tínhamos de sair do carro para aliviar o peso sobre as pontes. Não havia sinal de presença humana. A selva tinha se fechado sobre o que restava da estrada – ilhas de asfalto em um oceano de lama vermelha. Não havia como escapar dos atoleiros. Os pneus cantavam enquanto o carro ia para frente e para trás, espirrando lama para todos os lados, até sair, e nós torcíamos para que não fosse aquela a cratera que engoliria o carro por horas, dias, ou meses.

Paulo Nazaré dos Santos ficou encalhado por dez meses. Ele vive no quilômetro 350 da rodovia. Sem nada para fazer durante dez meses, ele construiu uma casa. "É tudo culpa do Amazonino", confidenciou. "É, sim."

Como foi que Amazonino Mendes, o ex-governador do Amazonas, fez com que Nazaré ficasse encalhado no meio do nada? "Eu morava em Humaitá. Isso foi há uns sete anos. O Amazonino foi lá e disse que quem tivesse terras na BR-319 deveria voltar. A estrada ia ser asfaltada. Eu não tinha terras, mas o homem para quem eu trabalhava tinha. Mas ele pegou malária. Disse que era para eu ficar com a terra dele."

Nazaré escolheu uma hora ruim. Dezessete pontes foram destruídas no mês chuvoso depois que ele chegou. "Vivi de peixe e farinha. Era muito solitário." Agora, ele tem esposa e três filhos. Está com 41 anos e cria tartarugas e tucunarés em um tanque. É pago para ajudar na manutenção das torres de comunicação da Embratel e das pontes nas proximidades de sua casa.

Continuamos nossa jornada cheia de dificuldades incessantes. Quando chove, ninguém consegue passar. O barro não só torna-se intransponível como é impossível determinar a profundidade dos atoleiros. De maneira inesperada, um trecho com cerca de oitenta metros de asfalto regular proporciona um certo alívio. A selva foi desmatada por algumas centenas de metros nos dois lados da estrada. Supostamente, alguns fazendeiros do Mato Grosso construíram aquela pista de pouso para seus aviões. Ouvimos dizer que a idéia era derrubar a floresta até onde a vista alcançasse. A soja está chegando.

Alguém caminhava sozinho pelo acostamento, com um fuzil *a la* David Crockett pendurado no ombro. Disse que sua bicicleta ficara avariada depois de trombar com uma onça. Ele matara o animal. Seriam mais três dias de caminhada até chegar em casa.

O objetivo seguinte era alcançar uma casa no quilômetro 480, onde o "Alemão" morava.

À medida que nos aproximávamos, as pontes iam melhorando, ficavam mais firmes, e eram sinalizadas com setas brancas de madeira, que foram de grande utilidade em uma estrada escura cercada por selva densa. O Alemão fizera um grande trabalho.

Gilson Schreider vive com a esposa e cinco filhos loiríssimos. Na parede da sala havia materiais para ensinar a ler: eles educavam os filhos em casa. "Assim que chegamos aqui, mandamos nossas vacas para Porto Velho e começou a chover", explicou ele, justificando seu apoio ao recapeamento da estrada. "Todas elas morreram nos caminhões, atolados na estrada. Agora, quando chega o mês de setembro, não mandamos mais nenhuma."

Ele é amigo dos viajantes, oferece cafezinhos[2] aos cansados, televisão aos desinformados (ele tem um gerador de energia) e anedotas daqueles que passaram por ali antes. "A partir daqui, sejam cuidadosos", ele avisou, como se fosse novidade. "A estrada é muito ruim. Estão vendo aquele carro ali?" Schreider estava de pé à entrada da casa, apontando para um dentre vários carros largados em seu quintal. "Alguém ficou atolado na lama e foi embora. Quando a chuva parou, peguei o carro. O dono nunca voltou." Ele disse que consegue as peças de reposição nos caminhões que saem da estrada e morrem na lama.

Fizemos uma pausa momentânea no quilômetro 500, onde um posto de gasolina abandonado nos oferecia o último teto antes de chegarmos a Humaitá. Passar a noite ali ou ir em frente? Na melhor das hipóteses, Humaitá estava a sete horas de viagem, o que significava que chegaríamos depois das duas da manhã.

A cidade de Humaitá fica na Transamazônica. Normalmente, ninguém iria até lá. Sua existência é fruto de uma mera casualidade, um povoado que cresceu em volta de uma rodovia que ninguém queria. Mas agora avultava como Altamira em *Bye bye Brazil*, um lixo de cidade disfarçado de destino paradisíaco.

A estrada não se curvava aos destemidos. Os faróis dianteiros tinham pouca utilidade. Os respingos de lama os recobriram com uma película opaca. Éramos simplesmente barrados por muralhas de negrume. Então, parávamos e caminhávamos, à procura da estrada. Andávamos algumas centenas de metros para garantir que se tratava de uma estrada, e não de um caminho para lugar nenhum. Quando dávamos sorte, não afundávamos até os joelhos nas poças de água. Às vezes acabávamos descendo um barranco, em direção a um rio estreito, e percebíamos que deixáramos passar a ponte. Subir rampas em marcha a ré – empurrar ajudava – foi mais um dos desafios desse percurso exaustivo. Mas era uma distração: procurar a estrada, voltar para o carro e depois dirigir até ela desaparecer novamente. E nos mantinha acordados; isso e os violentos e intermináveis solavancos do carro.

Chegamos ao cruzamento da BR-319 com a Transamazônica e a alvorada parecia um cobertor úmido e pesado. A placa apontava para a direita, para a cidade de Lábrea, aonde, se tivéssemos sorte, chegaríamos depois de mais um dia de viagem. À esquerda, a apenas 29 quilômetros e uma hora de distância, a cidade de Humaitá nos aguardava, um oásis de luzes cintilantes, dentre elas um hotel. Nessa noite em especial, Foster Brown estava errado: Humaitá seria o centro do universo.

Agradecimentos

A pesquisa e a redação deste livro foram feitas com amor, não só devido ao grande tema que tivemos de abordar, como – o que é ainda mais importante – devido à enorme ajuda que recebemos nessa empreitada. Os nomes aparecem nesta seção aleatoriamente, e não em ordem de importância. Todos foram importantes para este projeto.

Tivemos a sorte de encontrar Amy Rosenthal certo dia de verão em 2003, auxiliando Foster Brown (que nos deu uma enorme ajuda) e sua equipe no trabalho que faziam junto à Estrada do Pacífico. Nós cooptamos Amy logo que ela voltou aos Estados Unidos, grudamos nela um crachá de "pesquisadora" e colhemos os frutos de seu trabalho extraordinário. Amy organizou três viagens essenciais à Amazônia e trouxe consigo centenas de páginas de entrevistas, impressões, idéias e fotografias. Vera Reis, amiga de Amy em Rio Branco, foi sua companheira nessas viagens, e somos os beneficiários do ótimo resultado de seu trabalho. Caso haja um *hall of fame* para pesquisadores, é lá que Amy e Vera devem estar. Phil Tucker acompanhou Amy e Vera em uma das viagens, e ele também nos forneceu um material precioso.

A embaixada brasileira em Washington nos disse logo no começo que podíamos contar com o apoio deles. E estavam falando sério, pois nos ajudaram diversas vezes. Liberaram acessos que simplesmente não conseguiríamos obter sozinhos. Com isso, mais uma vez nos tornamos grandes admiradores da excelência do serviço diplomático brasileiro e grandes amigos de muitos de seus representantes. Os embaixadores Rubens Barbosa e Roberto Abdenur estavam sempre cuidando de nós e dispostos a nos ajudar, e lhes somos gratos. Marcos Galvão, suplente deles, tornou-se nosso amigo íntimo e grande defensor. Também somos gratos a Cafredo Teixeira, Roberto Goidanich e Carlos Villanova. O corpo diplomático *de facto* em Washington também esteve a nosso lado sempre que necessário, principalmente nosso vizinho Paulo Sotero, assim como Luis Bitencourt e Thomaz Costa.

Em Washington, também encontramos, no Banco Mundial, o grande apoio de Nils Tcheyan, John Redwood, Harold Rosen, Bob Schneider e Adriana Moreira (que conhecemos em Brasília). Entre aqueles em Washington que demonstraram interesse e preocupação pela Amazônia ao longo dos anos e que nunca hesitaram em nos auxiliar estão: Riordan Roett, Steve Schwartzman, Russ Mittemeir, Tom Lovejoy (que foi extraordinariamente útil desde nossa primeira entrevista para o primeiro livro, há quase trinta anos), Gustavo Fonseca e Larry Small. Além disso, juramos nunca escrever um livro sem a orientação do "homem que conhece todo mundo", e H. P. Goldfield mais uma vez interveio por nós. Não teríamos feito nada sem seu colega Joel Velasco, que abraçou este projeto como se fosse dele e sempre nos incentivou e ajudou.

Um monte de gente pesquisou para nós, pensou conosco e nos estimulou, leu e revisou o que escrevemos, e somos gratos a todas essas pessoas. Estão entre elas: Beatriz Portugal, dra. Mercia Flannery, Brian Sexton, David Maraniss, Mary e Larry Ott, Arne Sorenson, Bradley Clements, Alex Walker, Keri Fiore, Kevin Mead e Ann McDaniel. Chick Hill liderou uma das maiores expedições que a Amazônia já viu, e o agradecemos pelo apoio e a amizade, e gostaríamos de cumprimentar os dois pilotos: Rich Boyle e Steven Brown.

Muitas das pessoas que estão no Brasil e nos ajudaram encontrarão seus nomes no próprio livro, e queremos que elas saibam que devem ouvir um enorme obrigado[1] todas as vezes que virem seus nomes escritos. Obrigados adicionais à toda a família Benchimol, em especial Jaime, Anne e nosso companheiro de viagem, Denis Minev. Ex-presidente Fernando Henrique Cardoso, Everton Vargas, Wanja Nóbrega, Ana Cabral, André Lago, Ruy Amaral, Letícia Meirelles, Olga Lustosa, Clóves Vettorato, Virgílio Viana, Ane Alencar, Toby McGrath, Dan Nepstad, Juliana Moreira Lima, Olímpio Cruz, Etel Carmona, Blairo Maggi, Jorge Viana e Eduardo Braga: esperamos que estes agradecimentos os encontrem felizes e saudáveis e ainda fazendo as boas coisas que fazem. João Carlos Meirelles nos lembrou que é possível ficar mais inteligente com a idade. Preocupamo-nos constantemente com nosso colega Lúcio Flávio Pinto e lhe desejamos serenidade e segurança; sabedoria ele já tem. A embaixadora Donna Hrinak, da embaixada dos Estados Unidos em Brasília, e Eric Stoner, uma presença constante nesse meio, deram-nos seu apoio.

Em nossos escritórios, Chris Mead demonstrou ser não só o melhor advogado dos Estados Unidos, como também o melhor sócio e um amigo de verdade. A equipe de Hanoi Veras – Lisa Manning e Mary Jane Snyder – nos ofereceu ajuda e incentivo quase todos os dias. Brian Duffy nos apoiou desde o primeiro dia e livrou a cara de Brian [Kelly], com sua graça habitual, sempre que foi preciso, e o estímulo de Mort Zuckerman significou muito para nós.

Na parte da redação, começamos relembrando Sara Stein, que nos orientou em nosso primeiro livro e inspirou em nós um interesse permanente pela Amazônia e a segurança com a qual conseguimos retratá-la. Somos eternamente gratos a nossa amiga de toda uma vida Ann Godoff, que, pela segunda vez, garantiu nosso bem-estar. David Ebershoff começou a trabalhar conosco, e agradecemos sua ajuda e lhe desejamos um enorme sucesso em sua carreira de escritor. Ben Loehnen assumiu a função de David, e ainda não acreditamos na sorte que tivemos por ele não estar ocupado naquele dia. Ben juntou todas as peças: ele é o melhor! Muito obrigado a Bara MacNeill, nossa normalizadora. Nosso agente e amigo eterno, Rafe Sagalyn, esteve sempre presente, como de hábito.

E, por fim, abraços para nossas famílias, que não desistiram de nós: nossos pais eternamente encorajadores, a inimitável Dania, a indomável Patti e as crianças a quem dedicamos este livro.

Obrigado e *thank you* a todos.

▪ NOTAS

Entrevistas e viagens

As entrevistas contidas neste livro se deram em várias visitas ao Brasil e nos referimos a elas como "Entrevista aos autores". Quando indicado, algumas entrevistas foram retiradas de nosso primeiro livro, baseado em duas visitas, cada uma de cerca de quatro meses, no final de 1980 e também no final de 1981. As outras entrevistas foram realizadas durante nossas visitas entre os anos de 2003 e 2005. Mark London fez oito viagens ao Brasil nesse período, Brian Kelly fez seis, e nossas pesquisadoras, Amy Rosenthal e Vera Reis, fizeram três. Adotamos todas essas viagens como nossas ao usarmos "nós" na narrativa. Todas as entrevistas concedidas a qualquer um de nós quatro são indicadas como "Entrevista aos autores". Em alguns casos, onde observado, a mesma pessoa foi entrevistada mais de uma vez no decorrer desses dois anos.

Fontes não brasileiras

Nossos amigos brasileiros apontaram corretamente que a maioria dos materiais que nos serviram de fonte foi escrita por norte-americanos para o público dos Estados Unidos. Ao nos concentrarmos nessas fontes, não tivemos a intenção de fazer nenhum juízo comparativo de valor entre elas e as fontes disponíveis escritas por autores brasileiros. As escolhas que fizemos foram determinadas principalmente por preferirmos pesquisar em inglês.

Definição de Amazônia

Pedimos desculpas pelo uso descuidado e intercambiável, em inglês, dos termos "Amazon" e "Amazonia". A definição precisa desses termos está sujeita a debates que vão além do uso inventivo das palavras. Por exemplo, a Amazônia legal brasileira [Brazil's Amazon] se refere a uma região administrativa que compreende nove estados: Acre, Amapá, Amazonas, Pará, Rondônia, Roraima, Mato Grosso, Maranhão e Tocantins. Trata-se de uma definição artificial, pois a floresta tropical densa a oeste do Amazonas é distinta do cerrado ao sul do Mato Grosso em quase todos os aspectos: clima, agricultura, biodiversidade e assim por diante. Empresários e políticos do Mato Grosso defendem a remoção de ao menos parte de seu estado da definição de Amazônia legal, o que reduziria a vigilância externa sobre suas atividades, já que não seriam mais incluídos nas estatísticas anuais de desmatamento. Em junho de 2005, atendendo a um pedido da secretária-geral da Organização do Tratado de Cooperação Amazônica, que precisava de ajuda para definir os limites geográficos da Amazônia, um grupo de cientistas produziu "A proposal for defining the geographical boundaries of Amazonia" (disponível em <www.ies.jrc.cec.eu.int>). O relatório observa que, ao se definir a "Amazônia", é preciso levar em consideração critérios hidrográficos (que definem a área como aquela onde as bacias hidrográficas desembocam no rio Amazonas), ecológicos (que delimitam sub-regiões de acordo com semelhanças ecológicas) ou biogeográficos (que definem a região como o "trecho historicamente conhecido do bioma da floresta tropical de terras baixas da Amazônia no norte da América do Sul"). Pensamos que essas distinções importantes desviariam a atenção dos leitores no contexto de nossa reportagem, mas nós os alertamos para a questão.

PREFÁCIO

1. Brian Kelly & Mark London, *Amazônia – Um grito de alerta* (trad. Heitor Herrera, Rio de Janeiro, Record, 1983). (Nota de R. Tec.)
2. Em inglês, o termo *rainforest*, que é costume traduzir por "floresta tropical", descreve genericamente biomas florestais de regiões quentes e úmidas. O grande exemplo de floresta tropical no Brasil é a chamada mata atlântica. A caracterização mais precisa para a floresta amazônica talvez seja ainda a de "floresta equatorial". (Nota de R. Tec.)
3. Trata-se do Projeto Jari, uma grande área de silvicultura que alimenta uma usina de celulose flutuante. O empreendimento, hoje sob controle do grupo Caemi, fica no rio de mesmo nome e, segundo a Jari Celulose, ocupa cerca de 1,7 milhão de hectares, distribuído entre os estados do Pará e do Amapá. Juntos, os estados norte-americanos de Massachusetts e Rhode Island têm aproximadamente 2,3 milhões de hectares. (Nota de R. Tec.)
4. João Carlos Meirelles foi secretário da Agricultura e, mais tarde, secretário da Ciência, Tecnologia, Desenvolvimento Econômico e Turismo do estado de São Paulo. (Nota de R. Tec.)
5. Não resta dúvida de que a floresta amazônica é um imenso reduto de biodiversidade, mas presume-se que a quase extinta mata atlântica apresente índices de diversidade ainda maiores. (Nota de R. Tec.)

CAPÍTULO UM

As diversas referências ao livro *1491*, de Charles C. Mann, neste capítulo refletem a importância que damos a sua obra e a admiração que temos por ela. O artigo de Mann em *The Atlantic Monthly*, de abril de 2002 (também intitulado "1491"), nos deu a primeira inspiração intelectual para voltar à Amazônia. (Também contamos com outros artigos de Mann, anteriores a seu livro: "Earthmovers of the Amazon" e "The good earth – Did people improve the Amazon Basin?", ambas em *Science*, 2000). Concedemos a Mann o crédito pela escolha de Betty Meggers e Anna Roosevelt como exemplos dos dois lados do debate sobre o significado da história da Amazônia. Também agradecemos as ocasionais mensagens eletrônicas de Mann, contendo ajuda e explicações. Entrevistamos Meggers para nosso primeiro livro e fizemos uma entrevista por telefone com Roosevelt em março de 2004 para este livro. Roosevelt insistiu que uma visita a Monte Alegre acompanhados de qualquer outra pessoa que não Nelsi Sadeck seria uma perda de tempo. Nunca colocamos à prova a teoria; confiamos na competência desse guia habilidoso e entusiasmado durante nossa visita à caverna da Pedra Pintada em maio de 2004. Um artigo breve no número de março de 2003 de GSA *Today*, escrito por William R. Brice e Sílvia F. de M. Figueiroa, forneceu-nos informações valiosas a respeito de um ilustre visitante anterior de Monte Alegre: "Rock stars: Charles Frederick Hartt – A pioneer of Brazilian geology". A citação de Robert Goodland saiu de uma entrevista para nosso primeiro livro e aparece naquele texto. Achamos que a Horace Albright Lecture de Susanna Hecht na University of California, em 1993, é um excelente resumo do que se sabe hoje a respeito do povoamento da Amazônia. A palestra de Hecht, assim como o livro escrito por ela e Alexander Cockburn em 1989, *The fate of the forest*, nos faz desejar que ela continue a escrever sobre a Amazônia; sua obra tem sido variada em termos de assunto e extraordinária em termos de qualidade. A referência às menções que Andrew Revkin e Jonathan Kandell fazem às descobertas da terra preta em seus livros deve ser entendida como um elogio à meticulosidade da pesquisa que fizeram.

1. Entrevista aos autores, maio de 2004.
2. Candice Millard, *O rio da dúvida – A sombria viagem de Theodore Roosevelt e Rondon pela Amazônia* (trad. José Geraldo Couto, São Paulo, Companhia das Letras, 2007). (Nota de R. Tec.)
3. Helen Constance Palmatary, "The archaeology of the lower Tapajós valley, Brazil". *Transactions of the American Philosophical Society* NS, Filadélfia, *50* (3), 1960.
4. A. C. Roosevelt, "New information from old collections – The interface of science and systematic collections", CRM, s.l., *23* (5): 25-30, 2000, p. 26.
5. Ibidem, p. 25.
6. Ibidem, p. 26.
7. Charles C. Mann, *1491 – New revelations of the Americas before Columbus* (Nova York, Alfred A. Knopf, 2005), pp. 293-4.
8. Roosevelt, op. cit., p. 28.
9. A. C. Roosevelt et al., "Paleoindian cave dwellers in the Amazon – The peopling of the Americas", *Science*, Washington, *272* (5260): 373-84, 1996.
10. B. J. Meggers, "Environmental limitation on the development of culture", *American Anthropologist*, Arlington, *56* (5, parte 1): 801-24, 1954.
11. P. Richards, *The tropical rain forest – An ecological study* (Londres, Cambridge University Press, 1952).
12. Cf. B. J. Meggers, *Amazônia – A ilusão de um paraíso* (trad. Maria Yedda Linhares, Belo Horizonte/São Paulo, Itatiaia/Edusp, 1987). (N. de T.)
13. B. J. Meggers, Amazonia – *Man and culture in a counterfeit paradise* (Chicago, Aldine-Atherton, 1971), pp. 157-8.

14. R. J. A. Goodland & H. S. Irwin, *Amazon jungle – Green hell to red desert?* (Nova York, Elsevier Scientific, 1975), p. 1. [Cf. *A selva amazônica – Do inferno verde ao deserto vermelho?* (trad. Regina Régis Junqueira, Belo Horizonte/São Paulo, Itatiaia/Edusp, 1975). (N. de T.)]
15. D. W. Lathrap, *The upper Amazon* (Nova York, Praeger, 1970).
16. Robert L. Carneiro, "A theory of the origin of the State", *Science*, Washington, *169* (3947): 733-8, 1970; "Slash and burn agriculture – A closer look at its implications for settlement patterns" em F. C. Wallace (org.), *Man and culture* (Filadélfia, University of Pennsylvania, 1960), pp. 229-34.
17. C. D. Sauer, "Man in the ecology of tropical America", *Proceedings of the Ninth Pacific Science Congress*, Bancoc, *20*: 104-10, 1957.
18. William M. Denevan, "The pristine myth – The landscape of the Americas in 1492", *Annals of the Association of American Geographers*, Washington, *82* (3): 369-85, 1992.
19. A. C. Roosevelt, *Moundbuilders of the Amazon – Geophysical archaeology on Marajó island*, Brazil (San Diego, Califórnia, Academic Press, 1991).
20. Mann, op. cit., p. 297.
21. Susanna Hecht, "Of fates, forests and futures – Myths, epistemes, and policy in tropical conservation", Horace Albright Lecture (Berkeley, University of California, 1993); disponível em <www.cnr.berkeley.edu/forestry/lectures/albright/1993hecht.html>.
22. Entrevista aos autores, outubro de 1980.
23. Andrew Revkin, *Tempo de queimada, tempo de morte – O assassinato de Chico Mendes e a luta pela floresta amazônica* (trad. Wilma Freitas Ronald de Carvalho, Rio de Janeiro, Francisco Alves, 1990). (Nota de R. Tec.)
24. Mann, op. cit., p. 311.
25. Michael Heckenberger, apud "Remains of cities found in Amazon Basin", Associated Press, 23 set. 2003.

26. B. J. Meggers, "The continuing quest for El Dorado – Round two", *Latin America Antiquity*, Washington, *12* (3): 304-25, 2001.
27. Frase de Hecht, op. cit.

CAPÍTULO DOIS

Queríamos minimizar a discussão acerca da "descoberta" da Amazônia, pois já se escreveu tantas vezes sobre isso. Mann e Hecht deram o tom do debate ao sugerir que Carvajal merecia novo exame, o que oferece a oportunidade de tentar separar os fatos da ficção em um relato que, durante 400 anos, foi visto como ficção e, por isso, rejeitado. A matéria de Shoumatoff sobre Bates na *New Yorker* é um ótimo perfil de uma personalidade científica subestimada. Para nós, Shoumatoff nunca será desvalorizado. Quando lemos seu *The rivers Amazon*, em 1978, percebemos que o local não era tão sinistro assim e que estava prestes a encher as páginas dos jornais. Esse livro e seus escritos posteriores tornaram a Amazônia acessível a nós. Tiramos algumas citações de *The world is burning* e também contamos com sua minuciosa descrição da construção de Brasília em *The capital of hope* (Nova York, Vintage, 1991). Desconfiamos de todos os resumos com os descritores físicos da região e provavelmente nos sentimos mais à vontade ao lermos as informações de Revkin em *The burning season*. Em 2006, a palavra "biodiversidade" aparece freqüentemente em nosso vocabulário, mas não perdemos de vista o trabalho extraordinário de E. O. Wilson para fazer com que isso acontecesse. Peter Raven, que cunhou o termo junto com ele, ajudou-nos bastante há 25 anos e patrocinou nossa visita ao Missouri Botanical Garden. Nunca conhecemos Donald Perry e Terry Erwin, aqueles que vivem no topo das árvores; eles não nos deixam esquecer que ainda existem muitas fronteiras desconhecidas bem diante de nossos olhos.

1. A jangada *Kon-Tiki*, uma réplica de embarcações pré-históricas sul-americanas, foi construída pelo norueguês Thor Heyerdahl e lançada ao mar, com uma tripulação de seis pessoas, em 28 de abril de 1947, zarpando da costa do Peru e chegando à Polinésia 101 dias depois. A expedição Kon-Tiki percorreu aproximadamente 7 mil quilômetros e provou que as ilhas polinésias estavam ao alcance dos primeiros habitantes da América do Sul. (Nota de R. Tec.)
2. Alain Gheerbrant, *The Amazon – Past, present and future* (Nova York, Harry N. Abrams, 1992), pp. 14-27; apud Charles C. Mann, *1491 – New revelations of the Americas before Columbus* (Nova York, Alfred A. Knopf, 2005).
3. Ibidem, p. 27.
4. Ibidem, p. 13.
5. Susanna Hecht, "Of fates, forests and futures – Myths, epistemes, and policy in tropical conservation", Horace Albright Lecture (Berkeley, University of California, 1993); disponível em <www.cnr.berkeley.edu/forestry/lectures/albright/1993hecht.html>.
6. Cristóbal de Acuña, *Nuevo descubrimiento del gran río de las Amazonas* (Madri, Imprenta del Reyno, 1641). [Cf. *Novo descobrimento do grande rio das Amazonas* (Rio de Janeiro, Agir, 1994). (Nota de R. Tec.)]
7. Literalmente, *Relato abreviado de uma viagem pelo interior da América meridional, do litoral do mar do Sul às costas do Brasil e da Guiana, descendo o rio das Amazonas*. No Brasil, o relato de Condamine teve várias edições entre 1944 e 2000. Cf., particularmente, *Viagem pelo Amazonas, 1735-45* (trad. Maria Helena Franco Martins, Rio de Janeiro/São Paulo, Nova Fronteira/Edusp, 1992). (Nota de R. Tec.)
8. Cf. Charles-Marie de La Condamine, *Viaje a la America Meridional, por el río de las Amazonas* (Barcelona, Alta Fulla, 1986); *Voyage sur l'Amazone* (Paris, François Maspero, 1981).

9. Alex Shoumatoff, "A critic at large, Henry Walter Bates", *The New Yorker*, 22 ago. 1988.
10. A. R. Wallace, *A narrative of travels on the Amazon and Rio Negro, with an account of the native tribes* (Londres, Ward, Lock, 1853).
11. Shoumatoff, op. cit.
12. Literalmente, *O naturalista no rio Amazonas – Relato de aventuras, hábitos de animais, esboços da vida brasileira e indígena, e aspectos da natureza abaixo do equador durante 11 anos de viagens.* Cf. H. W. Bates, *Um naturalista no rio Amazonas* (trad. Regina Régis Junqueira, Belo Horizonte/São Paulo, Itatiaia/Edusp, 1979). (Nota de R. Tec.)
13. Shoumatoff, op. cit.
14. R. Spruce, *Notes of a botanist on the Amazon and Andes*, 2 vols. (Londres, Macmillan, 1908).
15. Wallace, op. cit.
16. Theodore Roosevelt, *Nas selvas do Brasil* (trad. Luís Guimarães Júnior, Belo Horizonte, Itatiaia, 1976). (Nota de R. Tec.)
17. Theodore Roosevelt, *Through the Brazilian wilderness* (Nova York, Charles Scribner's Sons, 1914).
18. Robert Churchward, *Wilderness of fools – An account of the adventures in search of lieut.-colonel P. H. Fawcett* (Londres, Routledge, 1936); William LaVarre, *Gold, diamonds and orchids* (Nova York, Fleming H. Revell, 1935); Jørgen Bitsch, *Across the river of death* (Londres, Souvenir, 1958); Sasha Siemel, *Jungle wife* (Nova York, Doubleday, 1949); Julian Duguid, *Green hell – Adventures in the mysterious jungles of Eastern Bolivia* (Nova York, The Century, 1931); James Foster, *Lost in the wilds of Brazil* (Nova York, Saalfield, 1933); F. W. Up de Graff, *Head hunters of the Amazon* (Nova York, Duffield, 1923).
19. A dificuldade de chegar aos valores corretos fica patente quando se compara o confiável *The burning season – The murder of Chico Mendes and the fight for the Amazon rain forest*, de Andrew Revkin (Boston, Houghton Mifflin, 1990),

p. 7 - "a bacia do rio Amazonas [...] é uma tigela rasa que abrange 9,3 milhões de quilômetros quadrados" –, com o igualmente confiável Public Broadcasting System (www.pbs.org/journeyintoamazonia) – "nos 6,5 milhões de quilômetros quadrados da bacia amazônica [...]".

20. Commission on Development and Environment for Amazonia, *Amazonia without myths* (Nova York/Hong Kong, Books for Business, 2001), p. 11.
21. Os dados geológicos foram extraídos de muitas fontes, mas principalmente de Andrew Revkin, op. cit.
22. Idem.
23. No Brasil, o termo mais comum é "floresta equatorial". (Nota de R. Tec.)
24. Thomas W. Kral, "Biodiversity discovered", disponível em <www.sovereignty.net/p/land/kral-insect.htm>.
25. Entrevista com Raven, disponível em <www.pbs.org/saf/1106/features/raven.htm>.

CAPÍTULO TRÊS

Mencionamos o governo Fernando Henrique Cardoso neste capítulo, embora não tenhamos incluído nenhuma entrevista com o ex-presidente. De fato, tivemos o prazer de almoçar e jantar com ele na embaixada brasileira em Washington em 2005 e apreciamos muito seu incentivo. Cardoso era o remédio que a jovem democracia do Brasil precisava: trouxe estabilidade econômica e, acima de tudo, integridade e inteligência. Paulo Sotero, correspondente d'*O Estado de S. Paulo* em Washington, fez a excelente observação de que o ex-presidente Fernando Henrique Cardoso também serviu bem ao país no papel de estadista aposentado e também como uma influência tranqüilizadora. Tivemos a sorte de ter *The Brazilians* como fonte, sugestão de nossos amigos brasileiros, por ser um estudo criterioso da natureza nacional feita por um estrangeiro. Neste capítulo, recordamos nossas várias viagens a Brasília, uma cidade que desabrochou com o tempo, tornando-se um ambiente bastante habitável.

1. Entrevista aos autores, maio de 2005.
2. Financial Markets International, "Developing markets today"; disponível em <www.fmi-inc.net/fmi_feb_1999.pdf>.
3. Joseph A. Page, *The Brazilians* (Nova York, Da Capo, 1995).
4. The Evian Group Webletter, mar. 2004; disponível em <www.cvm.gov.br/port/public/publ/490.pdf>.
5. Thomas L. Friedman, *The world is flat – A brief history of the twenty-first century* (Nova York, Farrar, Straus & Giroux, 2006).
6. Thomas E. Skidmore, "Brazil's persistent income inequality – Lessons from history", *Latin American Politics and Society*, Miami, 46 (2): 133-50, Summer 2004.
7. Idem.
8. Page, op. cit., p. 37.
9. "In Brazil, the poor stake their claim on huge farms", *The Wall Street Journal*, 10 jul. 2003.
10. Estanislao Gacitúa-Marió & Michael Woolcock (orgs.), *Exclusão social e mobilidade no Brasil* (Brasília, Ipea/Banco Mundial, 2005).
11. Page, op. cit.
12. A ditadura Vargas estendeu-se de 1930 a 1945. Getúlio voltou à presidência, dessa vez por voto popular, em 1951. (Nota de R. Tec.)
13. Rollie E. Poppino, *Brazil – The land and people* (Nova York, Oxford University Press, 1973).
14. Idem, p. 77.
15. Ibidem, p. 45.
16. Bill Donahue, "The believers", *The Washington Post Magazine*, 18 set. 2005.

17. Idem.
18. Idem.
19. John Dos Passos, *Brazil on the move* (Londres, Sidgwick & Jackson, 1973), p. 128.
20. Entrevista aos autores, padre David Regan, novembro de 1980.
21. Page, op. cit.

CAPÍTULO QUATRO

Nossa primeira menção a Charles Wagley é feita neste capítulo, uma figura imponente nos estudos da Amazônia. *Amazon town*, de Wagley, escrito em 1953, nos forneceu informações acadêmicas e confiáveis sobre o cotidiano na Amazônia. O mais importante é que Wagley se revelou uma influência extraordinária para centenas de alunos que foram para a University of Florida estudar com ele. Destacamos o maravilhoso trabalho de Marianne Schmink e Charles H. Wood em *Contested frontiers in Amazonia*, apenas uma de suas várias contribuições. A coletânea de ensaios dos dois, *Frontier expansion in Amazonia*, foi de grande utilidade. Dennis Mahar, cujo nome não aparece nestas páginas, é outro rebento da University of Florida. O trabalho de Mahar no Banco Mundial no final dos anos 1970, junto com o de Robert Skillings, serviu de roteiro para nossos textos acerca da estrada conhecida como BR-364. Seu jovem pesquisador-assistente, Nils Tcheyan, reapareceu por acaso em nossas vidas anos depois. A predominância do presidente Sarney neste capítulo provavelmente causará controvérsia, já que ele se arroga o crédito de direcionar o Brasil para o ambientalismo. Não queremos julgar se ele merece mais ou menos crédito, mas observamos que a lei de conseqüências imprevistas é um padrão bastante visível em muitas áreas de interesse acadêmico na Amazônia. Neste capítulo, mencionamos Adrian Cowell, que produziu uma bela obra em publicações e filmes. Agradecemos pelo tempo que ele passou conosco, relembrando suas experiências.

1. No original, "*ocupar para não entregar*, occupy so as not to surrender". (Nota de R. Tec.)
2. Shelton H. Davis, Victims of the miracle – *Development and the Indians of Brazil* (Nova York, Cambridge University Press, 1977). O livro de Davis é um ótimo relato da condição dos povos indígenas, salientando que as tentativas de lidar com o problema no Brasil se encaixam na mesma categoria que as tentativas norte-americanas: "muito pouco, muito tarde".
3. Scott Wallace, "Into the Amazon", *National Geographic*, Washington, *204* (2), 2003.
4. Cf. Charles Wagley, *Amazon town – A study of Man in the Tropics* (Nova York, Oxford University Press, 1976), prefácio à edição de 1976.
5. Marianne Schmink & Charles H. Wood, *Contested frontiers in Amazonia* (Nova York, Columbia University Press, 1992), p. 349.
6. Luis Bitencourt, "The importance of the Amazon Basin in Brazil's evolving security agenda", em Joseph S. Tulchin & Heather A. Golding (orgs.), *Environment and security in the Amazon Basin*, wwcs Reports on the Americas number 4, (Washington, Woodrow Wilson Center for Scholars, 2002), p. 71. Paulo Sotero, o correspondente d'*O Estado de S. Paulo* nos Estados Unidos, ressaltou que a declaração de Gore é similar ao sentimento expressado pelo senador Robert Kasten, de Wisconsin, no funeral de Chico Mendes, quando sugeriu que a Amazônia pertencia ao mundo, e não somente ao Brasil.
7. Idem.
8. Idem.
9. Alexander López, "Environmental change, security, and social conflicts in the Brazilian Amazon", wwcs *Environmental Change & Security Project Report*, Washington, 5: 26-33,

Summer 1999, p. 26; disponível em <www.wilsoncenter.org/topics/pubs/ACF26A.pdf>.
10. Entrevista aos autores, novembro de 2003.
11. O filme de Adrian Cowell chama-se *The decade of destruction* (Reino Unido, 1990).
12. Alex Shoumatoff, *The world is burning – Murder in the rain forest* (Boston, Little, Brown, 1990).
13. Cf., por exemplo, Henry Chu, "Deforestation, burning turn Amazon rain forest into major pollution source", *Los Angeles Times*, 20 jun. 2005: " 'Ela não é o pulmão do mundo', disse Daniel Nepstad, um ecologista americano que estuda a Amazônia há vinte anos. 'Ela provavelmente está consumindo mais oxigênio do que produz.' [...] 'As preocupações com os aspectos ambientais do desmatamento são atualmente mais relativas ao clima do que [às emissões de carbono] ou se a Amazônia é ou não o "pulmão do mundo"', declarou Paulo Barreto, pesquisador do Instituto do Homem e Meio Ambiente da Amazônia. 'Com certeza, a Amazônia não é o pulmão do mundo', acrescentou ele. 'Nunca foi.' ". Cf. também, *Amazonia without myths*, p. 6: "Quando se alega que a Amazônia produz uma grande proporção do oxigênio do planeta, a dimensão e a importância dos oceanos nesse aspecto são ignoradas, e a importância de uma região tropical sobre todas as outras regiões tropicais é exagerada. Também é ignorado o fato de que uma floresta madura mantém um equilíbrio quase perfeito entre a produção de oxigênio e a fixação de CO_2."
14. Artur César Ferreira Reis, *A Amazônia e a cobiça internacional* (Rio de Janeiro, Edinova, 1960). [Artur C. Ferreira Reis foi governador do Amazonas entre 1964 e 1966 (Nota de R. Tec.)]
15. Shoumatoff, op. cit., p. 50.
16. Visita dos autores.
17. Larry Rohter, "Deep in Brazil, a flight of paranoid fancy", *The New York Times*, 23 jun. 2002.

18. Entrevista aos autores, abril de 2003.
19. Alex Shoumatoff, op. cit., p. 340.
20. Idem.
21. Ibidem, p. 141.
22. Relatado por Paulo Sotero, correspondente d'*O Estado de S. Paulo* nos Estados Unidos.

CAPÍTULO CINCO

A land of ghosts, de David Campbell, nos pegou de surpresa em 2005, pois era baseado nas visitas que ele fizera dez anos antes. Se levou tanto tempo para escrever o livro, foi um tempo bem gasto. Ele retrata a natureza com poesia. Contudo, não mais do que Adrian Forsyth e Ken Miyata o fazem em *Tropical nature*. Tentamos não depender tanto da obra deles, mas foi impossível. O livro, uma excursão pelo fascinante mundo que pertence a todas as criaturas da Terra, é cheio de sabedoria e humor. É um livro que merece diversas releituras. Não resistimos e fizemos alguns empréstimos a Redmond O'Hanlon, que parece cair de cara no chão toda vez que viaja e, desse ângulo privilegiado, encontra muitas coisas risíveis. Mark Plotkin é outro gigante entre os estudiosos da Amazônia; ao lado de seu mentor, Richard Schultes, levou ao público norte-americano um novo mundo, cheio de histórias e valor. Também torceu por nós com entusiasmo desde o começo, e lhe agradecemos por isso.

1. David G. Campbell, *A land of ghosts – The braided lives of people and the forest in far Western Amazonia* (Boston, Houghton Mifflin, 2005), p. 11.
2. Entrevista com sir Ghillean Prance em *Science Watch*, disponível em <www.sciencewatch.com/july-aug98/sciencewatch_july-aug98_page3-4.htm>.

3. Candice Millard, *The river of doubt – Theodore Roosevelt's darkest journey* (Nova York, Doubleday, 2005), p. 148.
4. Adrian Forsyth & Ken Miyata, *Tropical nature* (Nova York, Simon & Schuster, 1984).
5. Ibidem, p. 21.
6. Idem.
7. Scott Wallace, "Trial by jungle", *National Geographic*, Washington, *204* (2), 2003, p. 127.
8. Forsyth & Miyata, op. cit., p. 19.
9. Márcia Caldas de Castro e Burton Singer, "Migration, urbanization and malaria – A comparative analysis of Dar es Salaam, Tanzania, and Machadinho, Rondonia, Brazil"; disponível em <http://pum.princeton.edu/pumconference/papers/5-SingerCastro.pdf>.
10. Forsyth & Miyata, op. cit., p. 155.
11. Edward O. Wilson, *The diversity of life* (Cambridge, Massachusetts, Belknap Press of Harvard University Press, 1992), p. 5. [Cf. Edward O. Wilson, *Diversidade da vida* (trad. Carlos Afonso Malferrari, São Paulo, Companhia das Letras, 1994). (N. de T.)]
12. Forsyth & Miyata, op. cit., p. 225.
13. Donald Perry, *Life above the jungle floor* (Nova York, Simon & Schuster, 1986).
14. Disponível em <www.estado.com.br>, capturado em 29 de maio de 2002.
15. Forsyth & Miyata, op. cit., p. 127.
16. Ibidem, p. 126.
17. Ibidem, p. 132.
18. Ibidem, p. 128.
19. Campbell, op. cit., p. 111.
20. Gareth Chetwynd, "13 die from rabies after being bitten by bats", *The Guardian*, 6 abr. 2004.
21. Redmond O'Hanlon, *In trouble again – A journey between the Orinoco and the Amazon* (Nova York, Vintage, 1990).

22. Descoberto por Marc van Roosmalen, noticiado no *Jornal do Brasil*, 12 jun. 2004.
23. Noticiado em *60 Minutes*, 19 jun. 2005.
24. Mark J. Plotkin, *Tales of a shaman's apprentice – An ethnobotanist searches for new medicines in the Amazon rain forest* (Nova York, Viking, 1993), pp. 225-6.
25. Segundo Plotkin, a "principal referência para os etnobotânicos que trabalham na Amazônia" é R. E. Schultes & R. F. Raffauf, *The healing forest – Medicinal and toxic plants of the Northwest Amazonia* (Portland, Estados Unidos, Dioscorides, 1990).
26. Visita dos autores, 2003.

CAPÍTULO SEIS

Embora Lovejoy, Fearnside e Nepstad formem o panteão dos especialistas na Amazônia, eles dividem esse lugar com dezenas de colegas brasileiros. Ao escolhermos os três primeiros, nossa intenção não é minimizar a importância da contribuição dos especialistas brasileiros. Enéas Salati e Carlos Nobre, por exemplo, são pioneiros no que diz respeito à compreensão do papel da Amazônia nas mudanças climáticas. Elegemos os três norte-americanos tanto pela acessibilidade quanto pela importância de suas obras. Eles são modestos e seriam os primeiros a dizer que nunca teriam conseguido fazer as contribuições que fizeram sem a ajuda de seus colegas brasileiros. O fato é confirmado pela co-autoria de grande parte de suas obras, que citamos nestas notas. Everton Vargas nos deu três entrevistas, e a importância que atribuímos a suas opiniões fica clara neste capítulo. Por fim, reconhecemos ao longo do livro nossa admiração pelo humilde e subestimado Samuel Benchimol.

1. "Desmatamento na Amazônia é o segundo maior da história", 19 maio 2005; disponível em <www.amazonia.o rg.br/guia/detalhes.cfm?id=161681&tipo=6&cat_id=44 &subcat_id=185>.
2. "Desmatamento continua altíssimo em 2005 e acumulado histórico é ainda maior", 28 jun. 2005; disponível em <www.amazonia.org.br/noticias/noticia.cfm?id=167703>.
3. Em julho de 2006, os cientistas Antônio Nobre e Philip Fearnside, lotados em Manus, emitiram um alerta desolador: a mudança climática da Amazônia é, por si só, uma causa assustadora do desmatamento. Cf., por exemplo, <www.ecoearth.info>.
4. Editorial, "The Amazon at risk", *The New York Times*, 31 maio 2005.
5. Editorial, "Brazil's landless farmer protest", *The Economist*, 19 maio 2005.
6. Cf. Thomas E. Lovejoy et al., "Central Amazonian forests and the minimum critical size of ecosystems project", em Alwyn H. Gentry, *Four Neotropical rainforests* (New Haven, Estados Unidos, Yale University Press, 1990), pp. 60-71. Cf. também outras contribuições de Tom Lovejoy: LOVEJOY, Thomas E. "Ecological dynamics of tropical forest fragments". Em BRITISH ECOLOGICAL SOCIETY. *Tropical rain forest – Ecology and management*. Special publication number 2. Oxford, Reino Unido, Blackwell Science, 1983. pp. 377-84.
_____. "Edge and other effects of isolation on Amazon forest fragments". Em SOULÉ, M. E. (org.). *Conservation biology – The science of scarcity and diversity*. Sunderland, Estados Unidos, Sinauer, 1986. pp. 257-85.
_____. "Minimum critical size of ecosystems". Em BURGESS, R. L. & SHARPE, D. M. (orgs.). *Forest island dynamics in man-dominated landscapes*. Nova York, Springer-Verlag, 1981. pp. 7-12.

_____. "Ecosystem decay of Amazon forest remnants". Em NITECKI, M. H. (org.). *Extinction*. Chicago, University of Chicago Press, 1984. pp. 295-325.
7. Entrevista aos autores, setembro de 2005.
8. Thomas E. Lovejoy, "A questão amazônica – Uma perspectiva científica", *Política Externa*, São Paulo, *14* (1): 15-34, 2005; disponível em <www.politicaexterna.com.br>.
9. Cf. Philip M. Fearnside, "The effects of cattle pasture on soil fertility in the Brazilian Amazon – Consequences for beef production sustainability", *Tropical Ecology*, Varanasi, *21* (1): 125-37, 1980. Cf. também outras contribuições de Phil Fearnside:

FEARNSIDE, Philip M. "Initial soil quality conditions on the Transamazon highway of Brazil and their simulation in models for estimating human carrying capacity". *Tropical Ecology*. Varanasi, *25* (1), pp. 1-21, 1984.

_____. "Settlement in Rondonia and the token role of science and technology in Brazil's Amazonian development planning". *Interciencia*. Caracas, *11* (5), pp. 229-38, 1986.

_____. *Human carrying capacity of the Brazilian rainforest*. Nova York, Columbia University Press, 1986.

_____. "Rethinking continuous cultivation in Amazonia". *BioScience*. Washington, *37* (3), pp. 209-14, 1987.

_____. "Yurimaguas reply". *Bioscience*. Washington, *38* (8), pp. 525-7, 1988.

_____. "Deforestation in Brazilian Amazon – The rates and causes of forest destruction". *The Ecologist*. Londres, *19* (6), pp. 214-8, 1989.

_____. "Deforestation in the Amazon". *Environment*. Washington, *31* (7), pp. 4-5, 1989.

_____. "Predominant land uses in Brazilian Amazonia". Em ANDERSON, A. B. (org.). *Alternatives to deforestation – Steps toward sustainable use of the Amazon rain forest*. Nova York, Columbia University Press, 1990. pp. 233-51.

_____. "The rate and extent of deforestation in Brazilian Amazonia". *Environmental Conservation*. Lausanne, *17* (3), pp. 213-26, 1990.

_____. "Fire in the tropical rain forests of the Amazon Basin". Em GOLDAMMER, J. G. (org.). *Fire in the tropical biota*. Heidelberg, Springer-Verlag, 1990. pp. 106-16.

_____. "Potential impacts of climatic change on natural forests and forestry in Brazilian Amazonia". *Forest Ecology and Management*. Amsterdã, *78*, pp. 51-70, 1995.

_____. "Amazonian deforestation and global warming – Carbon stocks in vegetation replacing Brazil's Amazon forest". *Forest Ecology and Management*. Amsterdã, *80*, pp. 21-34, 1996.

_____. "Amazonia and global warming – Annual balance of greenhouse gas emissions from land-use change in Brazil's Amazon region". Em LEVINE, J. (org.). *Biomass burning and global change*, vol. 2 (Biomass burning in South America, Southeast Asia, and temperate and boreal ecosystems, and the oil fires of Kuwait). Cambridge, Estados Unidos, MIT, 1996. pp. 607-17.

_____. "Limiting factors for development of agriculture and ranching in Brazilian Amazonia". *Revista Brasileira de Biologia*. Rio de Janeiro, *57* (4), pp. 531-49, 1997.

_____. "Human carrying capacity estimation in Brazilian Amazonia as a basis for sustainable development". *Environmental Conservation*. Cambridge, *24* (7), pp. 271-82, 1997.

_____. "Environmental services as a strategy for sustainable development in rural Amazonia". *Ecological Economics*. Amsterdã, *20* (1), pp. 53-70, 1997.

_____. "Greenhouse gases from deforestation in Brazilian Amazonia – Net committed emissions". *Climatic Change*. Dordrecht, *35* (3), pp. 321-60, 1997.

_____. "Protection of mahogany – A catalytic species in the destruction of rain forests in the American Tropics". *Environmental Conservation*. Cambridge, *24* (4), pp. 303-6, 1997.

_____. "Monitoring needs to transform Amazonian forest maintenance into a global warming mitigation option". *Mitigation and Adaptation Strategies for Global Change*. Dordrecht, *2* (2-3), pp. 285-302, 1997.

_____. "Phosphorus and human carrying capacity in Brazilian Amazonia". Em LYNCH, J. P. & DEIKMAN, J. (orgs.). *Phosphorus in plant biology – Regulatory roles in molecular, cellular, organismic and ecosystem processes*. Rockville, Maryland, American Society of Plant Physiologists, 1998. pp. 94-108.

_____. "Sistemas agroflorestais na política de desenvolvimento na Amazônia brasileira – Papel e limites como uso para áreas degradadas". Em GASCON, C. & MOUTINHO, P. (orgs.). *Floresta amazônica – Dinâmica, regeneração e manejo* (Manaus, Inpa, 1998). pp. 293-312.

_____. "Can pasture intensification discourage deforestation in the Amazon and Pantanal regions of Brazil?". Em WOOD, C. H. & PORRO, R (orgs.). *Land use and deforestation in the Amazon*. Gainesville, University Press of Florida, 2002. pp. 263-364.

FEARNSIDE, Philip M. & BARBOSA, R. I. "The Cotingo dam as a test of Brazil's system for evaluating proposed developments in Amazonia". *Environmental Management*. Nova York, *20* (5), pp. 631-48, 1996.

_____. "Soil carbon changes from conversion of forest to pasture in Brazilian Amazonia". *Forest Ecology and Management*. Amsterdã, *108* (1-2), pp. 147-66, 1998.

FEARNSIDE, Philip M. & GUIMARÃES, W. M. "Carbon uptake by secondary forests in Brazilian Amazonia". *Forest Ecology and Management*. Amsterdã, *80* (1-3), pp. 35-46, 1996.

FEARNSIDE, Philip M. et al. *Deforestation rate in Brazilian Amazonia*. São José dos Campos, Inpe, 1990.

10. Entrevista aos autores, agosto de 2003.
11. Cf. outras contribuições de Dan Nepstad:
    NEPSTAD, Daniel et al. "The role of deep roots in the hydrologic and carbon cycles of Amazonian forests and pastures". *Nature*. Londres, *372*, pp. 666-9, 1994.
    _____. *A floresta em chamas – Origens, impactos e prevenção do fogo na Amazônia*. Belém do Pará, Banco Mundial, 1999.
    _____. "A comparative study of tree seedling establishment in abandoned pasture and mature forest of Eastern Amazonia". *Oikos*. Copenhague, *76*, pp. 25-39, 1996.
    _____. "Surmounting barriers to forest regeneration in abandoned, highly degraded pastures – A case study from Paragominas, Pará, Brasil". Em ANDERSON, A. B. (org.). *Alternatives to deforestation – Steps toward sustainable use of the Amazon rain forest*. Nova York, Columbia University Press, 1990. pp. 215-29.
    _____. "Recuperation of a degraded Amazonian landscape – Forest recovery and agricultural restoration". *Ambio*. Estocolmo, *20*, pp. 248-55, 1991.
    _____. "Large-scale impoverishment of Amazonian forests by logging and fire". *Nature*. Londres, *398*, pp. 505-8, 1999.
12. Entrevista aos autores, maio de 2004.
13. Entrevista aos autores, abril de 2003.
14. David Munk & Gareth Chetwynd, "Amazon may be levelled by the humble soya", *The Guardian*, 20 dez. 2003.
15. Declaração divulgada em 25 de maio de 2004; disponível em <www.agricultura.gov.br>.
16. Entrevista aos autores, novembro de 1980.
17. Samuel Benchimol, *Amazônia – Um pouco-antes e além-depois* (Manaus, Umberto Calderaro, 1977).
18. Entrevista aos autores, novembro de 2004.
19. Correspondência por e-mail com Jaime Benchimol, dezembro de 2004.

CAPÍTULO SETE

Em nossas notas encontram-se várias referências ao *New York Times*, e isso significa Larry Rohter. Nós o conhecemos em 1980, quando era correspondente da *Newsweek* no Rio de Janeiro. Não conseguimos nos lembrar de um repórter do *Times* que tenha sido correspondente estrangeiro por tanto tempo, e cremos que isso ocorra porque seu jornal reconhece a mesma minúcia, clareza e qualidade que vemos em seu trabalho. Luis Bitencourt, que contribuiu em *Environment and security in the Amazon Basin*, dirigiu por muitos anos e de maneira competente o centro brasileiro do Woodrow Wilson International Center for Scholars. O centro é uma fonte de informações sobre as tendências atuais no Brasil e tem uma equipe regular de conferencistas, cujas apresentações nos deram uma formação valiosa. Grande parte da história do tráfico de cocaína vem de nossas entrevistas com Mauro Spósito e dos arquivos que ele nos forneceu. Jonathan Kandell faz um excelente relato sobre o narcotráfico em *Passage through El Dorado*.

1. Cf. Thomaz Guedes da Costa, "Sivam – Challenges to the effectiveness of Brazil's monitoring project for the Amazon", e Clóvis Brigagão, "Sivam – Environmental and security monitoring in the Amazon Basin", encontrados em Joseph S. Tulchin & Heather A. Golding (orgs.), *Environment and security in the Amazon Basin*, WWCS Reports on the Americas number 4 (Washington, Woodrow Wilson Center for Scholars, 2002), pp. 99 e 115, respectivamente.
2. No original, "*ocupar para não entregar*, ('occupy so as not to surrender')". (Nota de R. Tec.)
3. Larry Rohter, "Brazil employs tools of spying to guard itself", *The New York Times*, 27 jul. 2002.
4. Visita dos autores, agosto de 2003.
5. Entrevista aos autores, agosto de 2003.

6. Reproduzido em <www.greenpeace.org.br>, 20 de novembro de 2003.
7. "Diamonds of discord", revista *Brazzil*, abr. 2002; disponível em <www.brazzil.com/content/view/6436/38/>.
8. Disponível em <www.indianz.com/news/2004>.
9. Disponível em <www.planetark.com/avantgo/dailynews story>.
10. Visita dos autores, novembro de 2003.
11. Para uma descrição detalhada sobre o narcotráfico, cf. Jonathan Kandell, *Passage through El Dorado* (Nova York, W. Morrow, 1984), pp. 231-44.
12. Larry Rohter, "Latest battleground in Latin drug war – Brazilian Amazon", *The New York Times*, 30 out. 2000.

CAPÍTULO OITO

Ademir Braz, poeta local, nos serviu de guia durante as visitas ao major Curió. A mais recente coletânea de poemas de Braz chama-se *Rebanho de pedras & Esta terra*, e lhe desejamos sucesso com o livro. O livro de David Cleary sobre o garimpo de ouro é uma ótima fonte. O próprio Cleary, morador de Brasília, é um estudioso de tudo o que diz respeito ao Brasil, como se pode ver no guia do país que ele preparou para a *Lonely Planet*.

1. David Cleary, *Anatomy of the Amazon gold rush* (Iowa City, Univesity of Iowa Press, 1990).
2. Ibidem, p. 169.
3. Entrevista aos autores, novembro de 1980.
4. Idem.
5. Idem.
6. Cleary, op. cit., p. 171.
7. Revista *Parade*, 30 mar. 1981.

8. Trata-se da Companhia Vale do Rio Doce (CVRD), criada pelo governo federal em 1º de junho de 1942 e privatizada em 7 de maio de 1997, quando o Consórcio Brasil, liderado pela Companhia Siderúrgica Nacional (CSN), adquiriu em leilão 41,73% das ações. (Nota de R. Tec.)
9. Visita dos autores, novembro de 1980.
10. Larry Rohter, "A man of many names but one legacy in the Amazon", *The New York Times*, 11 set. 2004.
11. Larry Rohter, "Long after guerrilla war, survivors demand justice from Brazil's government", *The New York Times*, 28 mar. 2004.
12. Entrevista aos autores, maio de 2004.
13. A dimensão do incidente e a incerteza quanto ao número de vítimas é relatado em "Appendix A – The Tocantins bridge massacre, Pará, 29 December 1987", disponível em <www.web.amnesty.org>.
14. Larry Rohter, "Brazilian miners wait for payday after diet of bitterness", *The New York Times*, 23 ago. 2004.

CAPÍTULO NOVE

1. Entrevista aos autores, novembro de 1980.
2. Entrevista aos autores, dezembro de 1981.
3. Entrevista aos autores com Jim Cleveland, dezembro de 1981.
4. Confirmação por e-mail de Sven Wolff, supervisor geral, usina da Petrobras em Urucu, 2 de março de 2006.
5. Entrevista aos autores, novembro de 2003.
6. A auto-suficiência brasileira na produção de petróleo foi anunciada em 2006 com a inauguração da plataforma P-50, no litoral norte do estado do Rio de Janeiro. No entanto, o Brasil ainda importa petróleo e combustíveis derivados, pois as refinarias nacionais não estão prepara-

das para beneficiar o óleo pesado que se encontra no subsolo brasileiro. (Nota de R. Tec.)
7. Dan Morgan, "Brazil's biofuel strategy pays off as gas prices soar", *The Washington Post*, 18 jun. 2005.
8. Cecilia Smith, "Taking root in the jungle", *Houston Chronicle*, 22 jun. 2005.
9. Entrevista aos autores, novembro de 2003.
10. Smith, op. cit.
11. "Amazon gas heralds change in Brazilian rain forest", *Reuters*, 20 dez. 2004.
12. Entrevista aos autores, novembro de 2003.
13. Visita dos autores, novembro de 2003.

CAPÍTULO DEZ

Nosso relato sobre o Projeto Jari baseia-se parcialmente nas quase duas semanas que passamos no local em 1980 e 1981, época em que o lugar estava fechado para a maioria dos jornalistas. Fomos a Porto Velho algumas vezes a fim de visitar os restos da estrada de ferro Madeira-Mamoré. Passamos alguns dias na Belterra de Ford, embora nunca tenhamos conseguido chegar a Fordlândia. Ir ao Teatro Amazonas era algo tão corriqueiro quanto ir ao cinema aqui do bairro.

1. Cf. *Uma comunidade amazônica* (trad. Clotilde da Silva Costa, Belo Horizonte/São Paulo, Itatiaia/Edusp, 1988). (N. de T.)
2. Charles Wagley, *Amazon town – A study of Man in the Tropics* (Nova York, Oxford University Press, 1976), p. 65.
3. Visita dos autores, novembro de 1981 e novembro de 2003.
4. Idem.
5. Jonathan Kandell, *Passage through El Dorado* (Nova York, W. Morrow, 1984), p. 91.

6. Larry Rohter, "Adventures in opera – A 'ring' in the rain forest", *The New York Times*, 9 maio 2005.
7. Um excelente panorama do projeto no momento em que começava a desmoronar pode ser encontrado em: Gwen Kinkead, "Trouble in D. K. Ludwig's jungle", *Fortune*, 20 abr. 1981.
8. Larry Rohter, "A mirage of Amazonian size; Delusions of economic grandeur deep in Brazil's interior", *The New York Times*, 9 nov. 1999. [O Projeto Jari ocupa uma área de 1,7 milhão de hectares. (Nota de R. Tec.)]
9. Entrevista aos autores, novembro de 2003.
10. Idem.

CAPÍTULO ONZE

Marina Silva é tão conhecida pelo movimento ambientalista internacional que não falta material a seu respeito na internet ou nas fontes do governo brasileiro e das ONGs. A dificuldade é tentar achar coerência nesses relatos. Encontramos na biografia de Marina Silva escrita por Ziporah Hildebrandt um grande auxílio. Tivemos três audiências com Marina Silva, uma em Brasília e duas em Washington: uma conversa breve e depois outra mais demorada. Reconhecemos o papel importante que tiveram Mary Allegretti e Steve Schwartzman na era Chico Mendes. Allegretti foi secretária da Amazônia no Ministério de Marina Silva e agora é professor-visitante da University of Florida. Nós a encontramos em Washington, durante uma visita do governador Jorge Viana, e ela nos deu um retorno que foi de grande utilidade. O dr. Schwartzman é outro membro do panteão de especialistas na Amazônia, tendo se envolvido em várias questões ao longo dos últimos trinta anos. Ele nos ajudou muito ao apontar a Terra do Meio como o lugar onde ocorrem os conflitos mais violentos e ao nos fornecer uma lista de contatos. Ele foi fundamental no processo que levou à premiação de Tarcísio Feitosa com o Goldman Environmental de 2006, uma façanha de grande importância não só pelo reconhecimento de seu trabalho, como também pela segurança que o renome dará a Feitosa. *Innocence in Brazil*, de Foster Brown, é o diário de um Indiana Jones da era contemporânea. Está disponível apenas para seus correspondentes; talvez algum dia um editor o ajude a apresentar a obra a um público mais amplo, pois ela bem que o merece.

1. Entrevista aos autores, novembro de 1980 e novembro de 1981. Descrição de Brian Kelly & Mark London, *Amazon* (Nova York, Harcourt Brace Jovanovich, 1983), p. 45.
2. Ziporah Hildebrandt, *Marina Silva – Defending rain forest communities in Brazil* (Nova York, Feminist Press at the City University of New York, 2001). Várias notas para a imprensa do Ministério do Meio Ambiente brasileiro também nos deram outras informações.
3. Alex Shoumatoff, *The world is burning – Murder in the rain forest* (Boston, Little, Brown, 1990), p. 68. [*O mundo em chamas – Devastação da Amazônia e a tragédia de Chico Mendes* (Rio de Janeiro, Best-Seller, 1990). (N. de T.)]
4. Andrew Revkin, *The burning season – The murder of Chico Mendes and the fight for the Amazon rain forest* (Boston, Houghton Mifflin, 1990), p. 162. [Cf. *Tempo de queimada, tempo de morte – O assassinato de Chico Mendes e a luta pela floresta amazônica* (trad. Wilma Freitas Ronald de Carvalho, Rio de Janeiro, Francisco Alves, 1990). (N. de T.)]
5. Visita dos autores, abril de 2003.
6. Matt Moffett, "Fading green – Brazil's president sees new growth in the rain forest", *The Wall Street Journal*, 16 out. 2003.
7. A missionária norte-americana, naturalizada brasileira, Dorothy Stang foi assassinada em 12 de fevereiro de 2005. (Nota de R. Trad.)

8. Larry Rohter, "A Brazilian campaign that is all about the jungle", *The New York Times*, 23 set. 2002.
9. Laurie Goering, "In an endangered Amazon, seeds of hope taking root", *Chicago Tribune*, 28 jun. 1999.
10. Nova entrevista aos autores, dezembro de 2005.
11. Confirmado em Larry Rohter, "Discovering Amazon's rain forest's silver lining", *The New York Times*, 10 set. 2002.
12. Entrevista aos autores, agosto de 2003.
13. Entrevista aos autores, setembro de 2005.
14. Entrevista de Valério Gomes aos autores, setembro de 2005.
15. Binho Marques, vice-governador durante a gestão de Jorge Viana, foi eleito governador do Acre em 2006. (Nota de R. Trad.)
16. Entrevista aos autores, setembro de 2005.
17. Visitas dos autores, agosto de 2003 e setembro de 2005.
18. Irving F. Brown et al., *Estrada de Rio Branco, Acre, Brasil, aos portos do Pacífico – Como maximizar os benefícios e minimizar os prejuízos para o desenvolvimento sustentável da Amazônia sul-ocidental*, Encuentro Internacional de Integración Regional – Bolívia, Brasil y Peru (Lima, Cepei, 2002).
19. A nacionalização dos hidrocarbonetos bolivianos foi a platafoma das campanhas presidenciais de Evo Morales em 2002 e 2005. Em maio de 2006, já empossado, Morales decretou que a propriedade e o controle absoluto dos recursos hidrocarboníferos da Bolívia fossem devolvidos ao Estado. Campos e refinarias foram ocupados pelas forças armadas e estabeleceu-se um prazo de 180 dias para que as multinacionais do setor acatassem as novas normas e firmassem novos contratos. A Petrobras, que já havia investido cerca de 1,5 bilhão de dólares na Bolívia, começou a negociar o valor do ressarcimento pela reestatização de duas refinarias, valor esse que, em 2007, foi definido em torno de 112 milhões de dólares. No entanto, em junho do mesmo ano, o governo boliviano deu início a um pro-

cesso penal contra a Petrobras Bolívia, alegando irregularidades nos contratos e nas operações da empresa; a multa vinculada ao processo pode ultrapassar os 240 milhões de dólares. (Nota de R. Tec.)
20. Região da avenida Eduardo Assmar, às margens do rio Acre. O nome, Gameleira, deve-se à árvore centenária que se ergue no local e faz parte da história de Rio Branco. (Nota de R. Tec.)
21. Visita dos autores, agosto de 2003.
22. Idem.

CAPÍTULO DOZE

Entrevistamos Scott Paul, do Greenpeace, em Washington, e ele nos deu um resumo muito útil dos esforços do Greenpeace para restringir o comércio de mogno. Tentamos entrevistar Paulo Adário, diretor do Greenpeace em Manaus, mas suas medidas de segurança e nossa falta de preparação impediram que o encontro acontecesse. O trabalho do Greenpeace nessa área tem sido extremamente eficaz. Uma série de relatórios de 2001 documentam esses trabalhos. Achamos, no bem recebido artigo de Patrick Symmes para a revista *Outside*, uma fonte inestimável.

1. Visita dos autores, maio de 2004.
2. Greenpeace, *Parceiros no crime – A extração ilegal de mogno*, set./out. 2001.
3. Patrick Symmes, "Blood wood", revista *Outside*, out. 2002.
4. Entrevista aos autores, setembro de 2003.
5. Greenpeace, op. cit.
6. Entrevista aos autores, novembro de 1980.
7. Entrevista aos autores, maio de 2004.

CAPÍTULO TREZE

O relatório do Banco Mundial feito por Sergio Margulis em 2003, *Causes of deforestation of the Brazilian Amazon*, mudou a percepção popular de que a pecuária era um negócio que não dava lucro. Em muitos aspectos, é tão importante nessa área quanto o trabalho de Roosevelt foi para a antropologia. Também mencionamos a obra esclarecedora de Binka Le Breton sobre a escravidão; aparentemente, ela costuma ficar em casa, no sul do Brasil, até o tédio chegar, e então parte em uma aventura, sozinha ou acompanhada pela filha. Além de *Trapped – Modern-day slavery in the Brazilian Amazon*, ela escreveu sobre a Amazônia em *Voices from the Amazon, a land to die for* (Bloomfield, Connecticut, Kumarian, 1993) e em *Rainforest* (Londres, Longmans, 1997).

1. Brian Kelly & Mark London, *Amazon* (Nova York, Harcourt Brace Jovanovich, 1983), p. 231.
2. Susanna Hecht e Alexander Cockburn, *The fate of the forest – Developers, destroyers, and defenders of the Amazon* (Londres, Verso, 1989), p. 149.
3. Cf. "McDonald's linked to rainforest destruction", disponível em <www.mcspotlight.org> e <www.forests.org>.
4. David Kaimowitz et al., *Hamburger connection fuels Amazon destruction* (Bogor, Cifor, 2004).
5. Hecht e Cockburn, op. cit., p. 150.
6. Maria del Carmen, Vera Diaz & Stephan Schwartzman, "Carbon offsets and land use in the Brazilian Amazon", em Paulo Moutinho & Stephan Schwartzman (orgs.), *Tropical deforestation and climate change* (Belém do Pará, Ipam, 2005).
7. Sergio Margulis, *Causes of deforestation of the Brazilian Amazon* (s.l., Banco Mundial, 2003), p. 19; dados estatísticos do Inpe para 2005.
8. Kaimowitz et al., op. cit. Segundo os dados do censo mais recente, a área dedicada ao plantio em 1995-6 chegou

a 5,6 milhões de hectares, ao passo que as pastagens cobriam 33,5 milhões.
9. Margulis, op. cit., p. 11.
10. Visitas dos autores, maio de 2004.
11. Kaimowitz et al., op. cit., citando Margulis e United States Department of Agriculture, "Brazil livestock and products – Semiannual report", 2004. Relatório GAIN BR4605.
12. Margulis, op. cit., p. 6. Cf. também K. Chomitz & T. S. Thomas, *Geographic patterns of land use and land intensity in the Brazilian Amazon*, Policy Research Working Papers number 2687 (Washington, Banco Mundial, 2001); D. Nepstad et al., *Roads in the rainforest – Environmental costs for the Amazon* (Belém, mgm, 2002); G. O. Carvalho et al., "Frontier expansion in the Amazon – Balancing development and sustainability", *Environment*, Washington, 44 (3): 34-46.
13. Disponível em <www.amnestyusa.org/lordofwar/finalchildren.html>.
14. Margulis, op. cit., p. 24.
15. Binka Le Breton, *Trapped – Modern-day slavery in the Brazilian Amazon* (Bloomfield, Connecticut, Kumarian, 2003). [Cf. *Vidas roubadas – A escravidão moderna na Amazônia brasileira* (trad. Maysa Monte Assis, São Paulo, Loyola, 2002). (N. de T.)]
16. Jonathan Kandell, *Passage through El Dorado* (Nova York, W. Morrow, 1984), p. 95.
17. Larry Rohter, "Brazilian leader introduces program to end slave labor", *The New York Times*, 14 mar. 2003.
18. Margulis, op. cit., p. 53.
19. Cf., por exemplo, Stephen A. Vosti et al., "Intensified small-scale livestock systems on the Western Brazilian Amazon", em A. Angelsen & D. Kaimowitz (orgs.), *Agricultural technologies and tropical deforestation* (Wallingford, CAB International, 2001), p. 113.
20. Entrevista aos autores, agosto de 2003.

21. Entrevista aos autores, setembro de 2005.
22. Visita dos autores, agosto de 2003.

CAPÍTULO CATORZE

O governador Maggi e sua equipe foram acessíveis ao longo deste projeto, e pudemos dar prosseguimento às entrevistas através de perguntas enviadas por e-mail. Contamos com a biografia da família Maggi, *Corporação e rede em áreas de fronteira*. Os relatórios anuais do Foreign Agricultural Service do Departamento de Agricultura dos Estados Unidos (USDA) foram fontes confiáveis para o crescimento da cultura de soja brasileira. George Flaskerud, da North Dakota State University, escreveu, em julho de 2003, um relatório acerca dos custos inerentes à produção de soja, mostrando a vantagem que a Amazônia brasileira passara a ter sobre a concorrência: *Brazil's soybean production and impact*. Recebemos as informações sobre a capacidade das instalações do Grupo André Maggi em Porto Velho e Itacoatiara durante nossas visitas *in loco*.

1. Visita dos autores, agosto de 2003.
2. Mac Margolis, *The last New World – The conquest of the Amazon frontier* (Nova York, W. W. Norton, 1992), p. 65.
3. Mato Grosso é um dos estados brasileiros que compõem a Amazônia legal, muito embora a região de Rondonópolis e boa parte do estado se encontrem inseridas no bioma dos cerrados. As matas que os autores dizem ter visto ao longo podem ser cerradões, ou seja, bosques isolados de árvores que, em composição florística, podem diferir consideravelmente da floresta equatorial amazônica. (Nota de R. Tec.)
4. Brian Kelly & Mark London, *Amazônia – Um grito de alerta* (Rio de Janeiro, Record, 1983).

5. Michael McCarthy & Andrew Buncombe, "The rape of the rainforest... and the man behind it", *The Independent*, 20 maio 2005; disponível em <http://news.independent.co.uk/environment/article222264.ece>.
6. Visita dos autores, novembro e dezembro de 2003.
7. Carlos Alberto Franco da Silva, *Grupo André Maggi – Corporação e rede em áreas de fronteira* (Cuiabá, Entrelinhas, 2003).
8. Informação disponível em Larry Rohter, "Relentless foe of the Amazon jungle: soybeans", *The New York Times*, 17 set. 2003.
9. USDA Foreign Agricultural Service, "Brazil – Future agricultural expansion potential underrated", 21 jan. 2003, p. 1; disponível em <www.fas.usda.gov/pecad2/highlights/2003/01/Ag_expansion/>.
10. Renee Anderson, "Brazil's crop expansion, infrastructure improvements send shock waves north"; disponível em <http://server.admin.state.mn.us/resource.html?Id=1125>.
11. Jerry Carlson, "Iowa soybeans grower Tim Burrock – Against Brazil, we're not even on the global game", revista *ProFarmer*, 6 fev. 2001.
12. George Flaskerud, "Brazil's soybean production and impact", North Dakota State University Extension Service, jul. 2003, p. 14; disponível em <www.ext.nodak.edu/extpubs/plantsci/rowcrops/eb79w.htm>.
13. USDA Foreign Agricultural Service, "World Agricultural Production", jun. 2005.
14. Lester R. Brown, *Outgrowing the earth – The food security challenge in the age of falling water tables and rising temperatures* (Nova York, W. W. Norton, 2005), p. 161.
15. "The American Soybean Association weekly update", abr. 2005; disponível em <www.grains.org/galleries/asa_weekly/soy041105.pdf>.
16. The Dow Jones-AIG Commodity Index Daily Commentary, 4 fev. 2004; disponível em <www.djindexes.com/mdsidx/views/Products/Aig/html/aig/AIG_archive/DJAIG_Feb04_04.pdf>.

17. USDA Foreign Agricultural Service, Global Agricultural Information Network, "Relatório GAIN BR3020", 28 de outubro de 2003, p. 26; disponível em <www.fas.usda.gov/gainfiles/200310/145986620.pdf>.
18. Jan Maarten Dros, "Managing the soyboom – Two scenarios of soy production expansion in South America", autorizado pelo WWF, jun. 2004, p. 8.
19. USDA Production Estimates and Crop Assessment Division, Foreign Agricultural Service, "The Amazon – Brazil's final soybean frontier", 13 jan. 2004, p. 7; disponível em <www.fas.usda.gov/pecad/highlights/2004/01/Amazon/Amazon_soybeans.htm>.
20. Flaskerud, op. cit., p. 12.
21. Idem. [Os valores fornecidos correspondem a um *bushel* de soja, que equivale a pouco menos da metade (0,45) de uma saca de sessenta quilos. (Nota de R. Tec.)]
22. Anne Casson, "Oil palm, soybeans & critical habitat loss", WWF Forest Conversion Initiative, ago. 2003, p. 12, nota de rodapé 12; disponível em <http://assets.panda.org/downloads/oilpalmsoybeanscriticalhabitatloss25august03.pdf>.
23. USDA Production Estimates and Crop Assessment Division, Foreign Agricultural Service, "The Amazon – Brazil's final soybean frontier", 13 jan. 2004, p. 17; disponível em <www.fas.usda.gov/pecad/highlights/2004/01/Amazon/Amazon_soybeans.htm>.
24. Editorial, "The Amazon at risk", *The New York Times*, 31 maio 2005.
25. Ulrike Bickel & Jan Maarten Dros, "The impacts of soybean cultivation on Brazilian ecosystems", p. 14, autorizado pelo WWF, out. 2003.
26. Elizabeth Becker, "Western farmers fear Third-World challenge to subsidies", *The New York Times*, 9 set. 2003.
27. Entrevista aos autores, maio de 2005.
28. Idem.

29. Entrevista aos autores, maio de 2004.
30. "Dozens nabbed in Brazil logging crackdown", Associated Press, 3 jun. 2005. [O secretário Moacir Pires foi preso em 2 de junho de 2005, em uma megaoperação da polícia federal chamada Curupira, juntamente com 87 pessoas, dentre elas Marco Antônio Hummel, diretor de florestas do Ibama. (Nota de R. Trad.)]
31. USDA Production Estimates and Crop Assessment Division, Foreign Agricultural Service, "The Amazon – Brazil's final soybean frontier", 13 jan. 2004, p. 5.
32. Visita dos autores, novembro de 2003.
33. Visita dos autores, agosto de 2003.
34. Daniel Nepstad et al., *Roads in the rainforest – Environmental costs for the Amazon* (Belém do Pará, MGM, 2002), e Banco Mundial, "Global economic prospects and the developing countries 2001", disponível em <www.worldbank.org/poverty/data/trends/inequal.htm>.
35. Capa de Saul Steinberg, "View of the world from the 9th Avenue" [O mundo a partir da Nona Avenida], *The New Yorker*, 26 mar. 1976. (Nota de R. Trad.)
36. "A Amazônia será ocupada", entrevista de David McGrath na revista *Veja* a Leonardo Contino, 12 nov. 2003.
37. Entrevista aos autores, maio de 2004.
38. Discurso de Maggi em Washington, dezembro de 2003.
39. Maggi intitula esse discurso "A agricultura e o império do medo", outubro de 2001.
40. Elizabeth Becker & Todd Benson, "Brazil's road to victory over US cotton", *The New York Times*, 4 maio 2005.

CAPÍTULO QUINZE

As entrevistas deste capítulo são fruto de uma série de visitas feitas pelos autores e pelas pesquisadoras Amy Rosenthal e Vera Reis.

1. Mac Margolis, *The last New World – The conquest of the Amazon frontier* (Nova York, W. W. Norton, 1992), p. 95.
2. Visitas dos autores, dezembro de 2003 e maio de 2005.
3. Larry Rohter, "Brazil's lofty promises after nun's killing prove hollow", *The New York Times*, 23 set. 2005.
4. Joseph A. Page, *The Brazilians* (Nova York, Da Capo, 1995), p. 9.
5. Visitas dos autores, novembro de 2003 e maio de 2005.
6. Idem. Em abril de 2006, Feitosa ganhou merecidamente o Goldman Environmental Prize, que traz fama internacional e um prêmio de 125 mil dólares.
7. Entrevista aos autores, novembro de 2003.
8. Jared Diamond, *Guns, germs and steel – The fates of human societies* (Nova York, W. W. Norton, 1999), p. 405. [Cf. *Armas, germes e aço* (Rio de Janeiro, Record, 2001). (Nota de R. Trad.)]
9. Jeffrey Kluger, "Ambition – Why some people are most likely to succeed", *Time*, 14 nov. 2005.
10. David McGrath, "Regatão and caboclo – Itinerant traders and smallholder resistance in the Brazilian Amazon", em Stephen Nugent & Mark Harris (orgs.), *Some other Amazonians – Perspective on modern Amazonia* (Londres, Senate House, 2004), p. 184.
11. Ibidem, p. 178.
12. Visita dos autores, dezembro de 2003.
13. Com o ataque japonês a Pearl Harbour, os Estados Unidos perderam seu principal fornecedor de borracha: a Malásia. Em troca de empréstimos e outras facilidades, Franklin Roosevelt convenceu Getúlio Vargas a "recrutar" 55 mil pessoas, em geral miseráveis, para trabalhar freneticamente na extração de látex na Amazônia. Estima-se que pelo menos metade tenha morrido até o final da guerra, devido às péssimas condições de trabalho, doenças e ataques de animais selvagens. (Nota de R. Trad.)
14. Candice Millard, *The river of doubt – Theodore Roosevelt's darkest journey* (Nova York, Doubleday, 2005), p. 194.

CAPÍTULO DEZESSEIS

Novamente, as entrevistas deste capítulo são fruto de uma série de visitas feitas pelos autores e pelas pesquisadoras Amy Rosenthal e Vera Reis.

1. Marianne Schmink & Charles H. Wood, *Contested frontiers in Amazonia* (Nova York, Columbia University Press, 1992), p. 4.
2. Jonathan Kandell, *Passage through El Dorado* (Nova York, W. Morrow, 1984), p. 109.
3. Hernando de Soto, *The other path – The economic answer to terrorism* (Nova York, Basic Books, 1989), p. 180.
4. "Ronald Coase and the Coase Theorem", p. 2; disponível em <www.aliveness.com/kangaroo/L-chicoase.htm>.
5. Daniel Webster, "First settlement of New England", discurso proferido em Plymouth, Massachusetts, em 22 de dezembro de 1820, em comemoração ao aniversário de 200 anos da chegada dos peregrinos a Plymouth; em *The writings and speeches of Daniel Webster* (Boston, Little, Brown, 1903), vol. 1, p. 214.
6. Alexis de Tocqueville, *Democracy in America* (org. Richard D. Heffner, Nova York, New American Library, 1956), p. 107
7. Citação retirada d'*O Estado de S. Paulo* (set. 2003), usada em "State of conflict – An investigation into the landgrabbers, loggers and lawless frontiers in Pará state, Amazon", publicado pelo Greenpeace e disponível em <www.greenpeace.org>.
8. Schmink & Wood, op. cit., p. 276.
9. Ibidem, p. 342.
10. Visita dos autores, dezembro de 2003.
11. De acordo com Mark London, "Brai" e "Picano" são reproduções aproximadas dos nomes pronunciados por Clement. (Nota de R. Tec.)

12. Schmink & Wood, op. cit., p. 262.
13. Ibidem, p. 269.
14. Visita dos autores, maio de 2004.
15. Idem.
16. Visita dos autores, dezembro de 2000.
17. Leonardo Boff & Cledoris Boff, *Introducing Liberation Theology* (Londres, Burns & Dates, 1987).
18. Anthony Grafton, "Reading Ratzinger", *The New Yorker*, 25 jul. 2005.
19. Tratava-se de Aristides Camio e Francisco Gourion. Nós acompanhamos as histórias desses dois padres em nossas primeiras visitas à Amazônia. Observado também em Schmink & Wood, op. cit., p. 183.
20. Andrew Buncombe, "The life and brutal death of sister Dorothy, a rainforest martyr", *The Independent*, 15 fev. 2005.
21. Visita dos autores, maio de 2005.
22. Entrevista com David Stang, disponível em <www.maryknoll.org>.
23. Visita dos autores, maio de 2005.
24. Entrevista de Tavares, idem.
25. Larry Rohter, "Brazil promises crackdown after nun's shooting death", *The New York Times*, 14 fev. 2005.
26. Larry Rohter, "Brazil's lofty promises after nun's killing prove hollow", *The New York Times*, 23 set. 2005.
27. Janer Christaldo, "All Brazil needed: An American martyr!", revista *Brazzil*, 24 fev. 2005.
28. Grafton, op. cit.
29. Andrew Buncombe, "Brazil – Battle for the heart of the rainforest", *The Independent*, 29 mar. 2005.
30. Visita dos autores, dezembro de 2000 e dezembro de 2003.
31. Em português, no original. (Nota de R. Tec.)
32. Entrevista aos autores, dezembro de 2003.

33. José Dutra da Costa, presidente do Sindicato dos Trabalhadores Rurais de Rondon do Pará, sudeste do estado, foi baleado e morto em 21 de novembro de 2000. (Nota de R. Tec.)
34. Entrevista aos autores, dezembro de 2003.
35. Entrevista aos autores, maio de 2004.
36. No original: "His favorite [poem], *Rise up everyone!*, ends with his personal credo: 'These are the years to live! These are the years to overcome!'". (Nota de R. Tec.)
37. Entrevista aos autores, agosto de 2003.
38. Entrevista aos autores, maio de 2004.
39. Visita dos autores, idem.
40. Idem.
41. Fernando Henrique Cardoso, *The accidental president of Brazil – A memoir* (Nova York, PublicAffairs, 2006), p. 208.
42. A resposta da organização ao incidente, à investigação e ao processo pode ser vista em <www.web.amnesty.org>.
43. Cardoso, op. cit., p. 208.
44. Visita dos autores, maio de 2004.

CAPÍTULO DEZESSETE

Entrevistamos o governador Eduardo Braga três vezes e reunimos o conteúdo dessas entrevistas neste capítulo.

1. Entrevista aos autores, agosto de 2003.
2. Apresentação do Suframa no Harvard Club, na cidade de Nova York, 23 de março de 2006; publicações disponíveis em <www.suframa.gov.br>.
3. Entrevista aos autores, agosto de 2003.
4. Paulo Pinda, "Poisonous tree frog could bring wealth to tribe in Brazilian Amazon", *The New York Times*, 30 maio 2006.

5. Visitas dos autores, agosto de 2003, novembro de 2003 e maio de 2004.
6. Gregory Prang, "Social and economic change in Amazonia – The case of ornamental fish collection in the rio Negro basin", em Stephen Nugent & Mark Harris (orgs.), *Some other Amazonians – Perspective on modern Amazonia* (Londres, Senate House), p. 71.
7. Larry Rohter, "A quest to save a tree, and make the world smell sweet", *The New York Times*, 30 ago. 2005.
8. Visitas dos autores, outubro de 2003
9. Entrevista de Ronald Coase na revista *Reason*, jan. 1997, p. 4; disponível em <www.reason.com/9701/int.coase.shtml>.

EPÍLOGO

A jornada pela BR-319 deu-se em agosto de 2004.

1. Neste trecho, tanto "Boto" quanto "Nada" foram grafados em português no original. (Nota de R. Tec.)
2. Em português no original. (Nota de R. Tec.)

AGRADECIMENTOS

1. Em português, no original. (Nota de R. Tec.)

Outras fontes

Além das fontes citadas em nossas notas, recomendamos os seguintes livros, com os quais contamos para obter informações adicionais:

ALSTON, Lee J.; LIBECAP, Gary D. & MUELLER, Bernardo. *Titles, conflicts, and land use – The development of property rights and land reform on the Brazilian Amazon frontier.* Ann Arbor, The University of Michigan Press, 1999.

BENCHIMOL, Samuel. *Amazônia – Um pouco-antes e além-depois.* Manaus, Umberto Calderaro, 1977.

BIERREGAARD JR., Robert O.; GASCON, Claude; LOVEJOY, Thomas E. & MESQUITA, Rita (orgs.). *Lessons from Amazonia – The ecology and conservation of a fragmented forest.* New Haven, Yale University Press, 2001.

BROWDER, John O. & GODFREY, Brian J. *Rainforest cities – Urbanization, development, and globalization of the Brazilian Amazon.* Nova York, Columbia University Press, 1997.

CAULFIELD, Catherine. *In the rainforest.* Chicago, University of Chicago Press, 1984.

COHEN, J. M. *Journeys down the Amazon – Being the extraordinary adventures and achievements of the early explorers.* Londres, Charles Knight, 1975.

COWELL, Adrian. *The decade of destruction – The crusade to save the Amazon rain forest.* Nova York, Henry Holt, 1990.

DE ONIS, Juan. *The green cathedral – Sustainable development of Amazonia.* Nova York, Oxford University Press, 1992.

DOS PASSOS, John. *Brazil on the move.* Nova York, Doubleday, 1963.

HALL, Anthony (org.). *Amazonia at the crossroads – The challenge of sustainable development.* Londres, Institute of Latin American Studies, 2000.

HARDIN, Garrett. "The tragedy of the commons". *Science.* Washington, *162* (3859), pp. 1243-8, 1968.

HEMMING, John. *Amazon frontier – The defeat of the Brazilian Indians.* Cambridge, Estados Unidos, Harvard University Press, 1987.

_____. *Red gold – The conquest of the Brazilian Indians.* Cambridge, Estados Unidos, Harvard University Press, 1978.

KANE, Joe. *Running the Amazon.* Nova York, Alfred A. Knopf, 1989.

LAURANCE, W. & BIERREGAARD JR., R. (orgs.). *Tropical forest remnants – Ecology, management, and conservation of fragmented communities.* Chicago, University of Chicago Press, 1997.

LITTLE, Paul E. *Amazonia – Territorial struggles on perennial frontiers.* Baltimore, Estados Unidos, Johns Hopkins University Press, 2001.

MAHAR, Dennis. *Frontier development policy in Brazil – A study of Amazonia.* Nova York, Praeger, 1979.

_____. *Government policies and deforestation in Brazil's Amazon region.* Washington, The World Bank, 1989.

MATTHIESSEN, Peter. *At play in the fields of the Lord.* Nova York, Vintage, 1987.

MENDES, Chico. *Fight for the forest – Chico Mendes in his own words.* Londres, Latin American Bureau, 1989.

MORAN, Emilio. *Developing the Amazon.* Bloomington, Indiana University Press, 1981.

MYERS, Norman. *The primary source – Tropical forests and our future.* Nova York, W. W. Norton, 1984.

RAFFLES, Hugh. *In Amazonia – A natural history.* Princeton, Nova Jersey, Princeton University Press, 2002.

SEUSS, dr. *The Lorax.* Nova York, Random House for Young Readers, 1971.

STONE, Roger D. *Dreams of Amazonia.* Nova York, Viking, 1985.

_____. *The nature of development – A report from the rural Tropics on the quest for sustainable economic growth.* Nova York, Alfred A. Knopf, 1992.

WEART, Spencer R. *The discovery of global warming.* Cambridge, Estados Unidos, Harvard University Press, 2003.

ÍNDICE

11 de setembro de 2001, 246

A
Abreu, Maria Elza Ezequiel de, 295-7
"ação popular", 73-4
Acre (estado)
  atuação de Marina Silva no, 163-8
  biodiversidade perto do, 89
  clima no, 182
  corrupção no, 172-3, 178,
  desenvolvimento do, 172-9
  desenvolvimento sustentável no, 167-8
  desmatamento no, 175-6
  doenças no, 165
  drogas ilícitas no, 172, 186
  extração de látex/borracha no, 164-8, 172, 175, 177, 183-4
  extração de madeira no, 176
  governo Jorge Viana no, 173-8, 182, 318
  importância para o desenvolvimento da Amazônia, 172-9
  isolamento do, 177, 186
  pecuária no, 176, 212-9
  planejamento no, 162, 172-9
  poder dos governadores no, 318
  pressões sobre o Amazonas vindas do, 324
  rodovias no, 162, 172-3, 174, 182-7
  terras no, 166, 278
  violência no, 166-7, 173
  veja-se também cidade ou pessoa específica
Acre, bacia do rio, 186

açúcar, 59, 101, 247, 264
Acuña, Cristóbal de, 43
Afonso, José, 286
agricultura
  e acesso aos mercados, 240-3, 247
  e o assassinato de Dorothy Stang, 289, 290-2, 294
  e ciclo de desenvolvimento, 201
  e ciência e tecnologia, 157-8
  e clima, 227, 232
  e competição global, 230-2, 233-4
  e críticas da comunidade internacional, 232-4
  e desmatamento, 102-3, 158-9, 223, 232-3, 235-6, 238-9
  nos Estados Unidos, 229-32, 234, 238, 247
  e os europeus, 234
  e extração de madeira, 201
  financiamento da, 229
  de grande escala e infra-estrutura necessária, 229
  no Mato Grosso, 171, 186, 221-47, 343
  pecuária em comparação com, 244
  e rodovias, 163, 171, 242
  em Sinop, 148-9
  subsídios para, 233-4, 247
  e terra, 156-9, 227-8, 232, 236-7, 245, 247
  e violência, 244
  veja-se também soja
agropecuária, *veja-se* agricultura; pecuária; soja

395

água
    na floresta tropical, 87
    monitoramento da, 110
    e o trabalho de Dan Nepstad, 99
Alemão, o, *veja-se* Schreider, Gilson
Alencar, Ane, 235-7, 243
algodão, 232, 240, 243, 245
Allegretti, Mary, 166
Almeida, C. R., 253
Almeida, Joaquim, 126
Altamira (PA), 250-60, 262, 265, 266, 269, 271, 273, 275, 289, 292, 294, 295, 322, 341, 344
Alves, Alfredo Carvalho, 263-4
Alves, Antônio Neves, 266
Alves, Arlindo, 303-4
Alves, Elaine, 263
Alves, Linda, 264
Alves, Maria José, 264
Amapá (estado), 89, 164
Amaral, Daniel, 330-1
amazonas, *veja-se* índios
Amazonas (estado)
    área de livre comércio no, 319-23
    áreas de livre comércio "verdes" no, 326-8
    corrupção no, 294
    desenvolvimento do, 323-8
    desmatamento no, 319-20, 326, 328
    preservação da floresta tropical no, 318
    veja-se também Manaus
Amazonas, rio
    cabeceiras do, 47-8
    cheias do, 48-9
    descritores/trivialidades do, 47-8
    foz do, 48-9
    panorama do, 47-8
    primeira exploração européia do, 40-3
    primeiro europeu a avistar o, 39
    e o sistema de transporte de Blairo Maggi, 241-2
Amazônia
    abertura da fronteira na, 276-8
    bibliografia a respeito da, 45-6
    debate internacional acerca da, 67-78
    debate sobre a história humana na, 29-35
    "descoberta" da, 39
    como o Éden perdido, 35-6
    explorações espanholas na, 39-44
    e as explorações do século XIX, 44-5
    e o futuro do Brasil, 246-7
    geologia da, 48-9
    integração ao Brasil, 61
    e o mito dos "pulmões do mundo", 100-1
    monitoramento aéreo da, 109-13
    panorama da, 46-51
    e seu papel na história, 27-37
    rios na, 47-8
    soberania do Brasil na, 68, 71-2, 74, 78, 98-9, 107
    tamanho/imensidão da, 46-7
    como "a última fronteira de verdade", 45, 79
    veja-se também tópico específico
amazônidas
    e a descrição de Carvajal, 42
    teorias sobre a origem dos, 39
ambientalismo
    e a aceleração da degradação ambiental, 37
    e a descentralização no Brasil, 73-4
    e a formação de um movimento internacional, 31-2
    e os índios, 251
    e a necessidade de planejamento estratégico, 99
    opiniões de Toby McGrath sobre, 243-4
    próprio do Brasil, 68-78, 235, 251
    relação custo-benefício do, 145, 175, 219, 226-7, 239
    e a relação entre a comunidade internacional e o Brasil, 67-78
    e a segurança nacional do Brasil, 67, 69
    e a teoria de Betty Meggers, 31-2, 37
    veja-se também pessoa ou tópico específico

Anapu (PA), 289-92, 294
Andreazza, Mário David, 164
Anistia Internacional, 133, 307
apalaís, 89
Apuí (PA), 325
aquecimento global, 71-2, 80, 96, 207

Araújo, Sebastião, 310-3
áreas de livre comércio, 319-23, 326-8
arroz, 155, 157-8, 165, 226, 228
Assis Brasil (AC), 180, 185-6
Avelino, Anastácio da Silva, 268-70
Avelino, Devanildo, 269
Avelino, Iraildes, 268-70
Avelino, Lindomar, 269
Avelino, Manoel, 269
Avelino, Zé Preto, 268

B
bacias hidrográficas, 186, 237
Banco do Brasil, 125, 183, 218, 227
Banco Mundial, 32, 205, 211-3
Barbosa, Júlio, 183-4
Barcelos (AM), 329
Bates, Henry Walter, 44-5, 86
Batista, Clodoaldo Carlos "Eduardo", 291, 292-3
bauxita, 127, 327
BBC, 101
Belém (PA), 26, 59, 110, 193, 200, 277, 306
Belém-Brasília, rodovia, 61, 66, 162, 203-4, 277
Belterra (PA)
  fábrica de Henry Ford em, 153
Ben & Jerry's, 76
Benchimol, família, 104-5, 142
Benchimol, Jaime, 53, 105-7, 309
Benchimol, Samuel, 103-6, 309, 323
Benedetti, Mario, 300
Bensabe, família, 104
Bento XVI, 293
Benzaken, Asher, 329-30
Benzecry, Davis, 332-3
biodiversidade, 50-1, 80-9, 93-5, 98, 105, 330-1
biopiratatia, 152, 328
Boa Esperança (PA)
  assassinato de Dorothy Stang em, 289, 290-2, 294
Boca do Acre (AM), 319, 325
Boff, Leonardo, 287, 293
Bolívia
  beneficiamento de castanhas-do-pará na, 175
  descobertas de William Denevan na, 33-4, 36
  e drogas ilícitas, 117, 172
  e a estrada de ferro Madeira-Mamoré, 151
  fontes de gás natural na, 181
  e o mogno, 191
  e rodovias, 185
  relações do Brasil com a, 181, 183, 185
  e a segurança nacional do Brasil, 66
  tumultos na, 181
Bom Jardim (PA), 270
Bonilla, Rodrigo Lara, 116
borracha, *veja-se* látex/borracha
Bosch, Hieronymus, 127
boto cor-de-rosa, 341-2
BR-163, rodovia
  BR-319 em comparação à, 341
  e o desenvolvimento de Itaituba, 295
  e desmatamento, 242
  importância econômica da, 163
  e Marina Silva, 171
  pavimentação da, 161-3, 171, 235, 242, 294, 298
  planejamento da, 150, 161-3
  propósitos da, 163-4
  prosperidade ao longo da, 156
  e a Terra do Meio, 253
  valorização das terras ao longo da, 158
  violência ao longo da, 298
BR-319, rodovia, 336-45
BR-364, rodovia, 79, 83, 162, 173, 182, 217, 221-2, 240, 340
Braga, Eduardo, 111, 318-9, 323-9
Braga, Sônia, 76
Brasil
  caráter das pessoas do, 340
  como colônia portuguesa, 56-7
  constituição do, 61, 72-4, 164
  democracia no, 54, 57, 91, 132-3, 210, 251, 294, 318
  descentralização no, 74
  dívida externa do, 141
  Estados Unidos em comparação ao, 56-8
  futuro do, 246-7

397

Brasil (cont.)
  governo militar do, 57, 63, 64-7, 94, 128, 141, 161-2, 165, 235, 250
  independência do, 58
  integração da Amazônia ao, 61
  nacionalismo no, 71, 74, 98-9, 107, 246-7, 293
  relações da Colômbia com o, 113-22
  relações dos Estados Unidos com o, 54, 63
  como república, 59-60
  segurança nacional do, 65-7, 69, 74, 103, 113
Brasília (DF), 60, 61-3, 67, 71, 78, 133, 277, 298
Bristol-Myers Squibb, 328
Brown, Irving Foster "Butch," 179-83, 185-6, 345
Bye bye Brasil, 250, 344

C
café, 59, 332
caiapós, 190, 281, 283
Campbell, David G., 80
cana-de-açúcar, 141, 148
Carajás (PA), 127, 243, 327
Cardoso, Fernando Henrique, 54, 307, 309
Careiro Castanho (AM), 337-8
Carlos Marighela, escola, 310
Carmo, Ivo Laurindo do, 301
Carmona, Etel, 324, 327
Carneiro, Robert, 33
Cali, cartel de, 116
Carvajal, Gaspar de, 41-3, 46
Carvalho, Fernando Dias Ferreira de, 264-5
castanha-do pará, 81, 167, 175-7, 255-7, 330, 333
Castro, Geraldo, 121
caulim, 127, 155,
cedro, 194
Central Intelligence Agency (CIA), 34, 109
cerâmica, 28-30
certificação do Incra, 304
Chaves, Horácio Rodrigues, 305
Chávez, Hugo, 54, 187
Chicago Tribune, 174
Chico Mendes, via, 182

China, 230, 232, 246
CIA, *veja-se* Central Intelligence Agency
Cidade Nova, *veja-se* Marabá
ciência e tecnologia, 34, 55, 76, 157-8, 213-5, 218, 244
cintas-largas, 112-3
CITES, *veja-se* Convenção sobre o Comércio Internacional das Espécies da Fauna e da Flora Selvagens Ameaçadas de Extinção
Cleary, David, 123-4, 126
Clement, Russel George, 282-3, 285
clero, *veja-se* Igreja Católica; *pessoa específica*
clima, 49-50, 83, 92, 97-8, 99, 110, 181, 227, 232, 237; *veja-se também* aquecimento global
Coari (AM), 319
Coase, Ronald, 206, 279, 334
Coase, teorema de, 206
Cockburn, Alexander, 204-5
Coelho, Ronaldo, 141-2, 144
coivara, 30-1, 34, 149, 158, 181, 214-5, 233
Colômbia,
  e o desenvolvimento do Amazonas, 332
  drogas ilícitas na, 116-22
  e a Operação Cobra, 114
  relações do Brasil com a, 113-22
  e a segurança nacional do Brasil, 65-6
  e a soberania da Amazônia, 71
Colombo, Cristóvão, 39
Comissão Pastoral da Terra (CPT), 194, 286
competição global, 97, 102, 208, 230-2, 233-5, 247
comunidade internacional
  e o Acre, 178
  e agricultura, 233-5
  e o imposto da poluição, 107
  e o massacre dos sem-terra, 309
  opiniões de Everton Vargas sobre a, 100-3
  opiniões de Samuel Benchimol sobre a, 106-7
  e o planejamento no Amazonas, 324
  e o plano de Blairo Maggi, 247

pressionando o Brasil por causa do meio ambiente, 67-78
e os seringueiros, 167
veja-se também competição global
Conceição do Araguaia (PA), 114
Conferência das Nações Unidas sobre Meio Ambiente e Desenvolvimento, 77, *veja-se também* Eco-92; Estocolmo-72
Conferência de Houston (1990), 78
Conferência de Medellín (1968), 287
conservação, 94, 98, 245
Conservation International, 91, 98
Convenção sobre o Comércio Internacional das Espécies da Fauna e da Flora Selvagens Ameaçadas de Extinção (CITES), 195
Corolário Roosevelt, 63
Correia, Jerry, 186
corrupção
   no Acre, 173, 178
   no Amazonas, 294
   e a animosidade entre fazendeiros e seringueiros, 74-5
   e a extração de madeira, 189-201, 238
   e o final do século XX, 63
   e o governo Kubitschek, 63
   e o governo Lula, 170
   e a imposição das leis ambientais, 196
   no Mato Grosso, 170, 238
   no Pará, 294
   e pobreza, 294
   e as preocupações ambientalistas da comunidade internacional, 92
   em Rondônia, 294
   em Roraima, 294
   e terra, 74, 275, 285-6, 288-9
   e violência, 275
Costa, Francisco da, 270-1
Costa, José Sarney, *veja-se* Sarney, José
Costa, Lucio, 62
Costa, Valmisoria Morais, 297
Cowell, Adrian, 70
CPT, *veja-se* Comissão Pastoral da Terra
crenacarores, 167
crescimento
   limites do, 245

criação de gado, *veja-se* pecuária
Cristalino, projeto, 296
Cuiabá (MT), 147, 222, 227
Cuiabá-Santarém, rodovia, *veja-se* BR-163
Cunha, Euclides da, 212
Curió, major, 128-136
Curionópolis (PA), 132, 134, 136
Curuaia, Eliana, 262-3
curuaias, 262

D
Darwin, Charles, 26, 44
Decreto-lei nº 1164, 277
Demarchi, Jaime Luiz, 156-8
dendezeiro, 138
Denevan, William, 33-4, 36
desenvolvimento
   ciclo de, 200-1, 326
   e a comparação entre Estados Unidos e Brasil, 56-8
   e a constituição de 1988, 73
   no final do século XX, 60-3
   e a fundação de Brasília, 61
   opiniões de Blairo Maggi sobre, 245-7
   opiniões de Samuel Benchimol sobre, 106-7
   relação custo-benefício do, 145, 175, 219, 226-7, 239
   no século XIX e no começo do século XX, 58-60
   sustentável, 167-72, 179, 218-9, 326-8
   trabalho de Tom Lovejoy sobre, 93-5
   veja-se também tópico específico
desmatamento
   no Acre, 175-6
   e agricultura, 102-3, 158-9, 223, 232-3, 235-6, 238-9
   no Amazonas, 319-20, 326, 328
   e áreas de livre comércio, 322
   e bacias hidrográficas, 186
   ciclo do, 92, 211, 326
   comentários de José Sarney sobre, 72
   e críticas da comunidade internacional, 233-5
   dados estatísticos do, 91-3, 137-8
   nas décadas de 1960 e 1970, 66
   e garimpagem, 123

399

desmatamento (cont.)
  e gestão regional da terra, 236-7
  impacto do, 80
  e a imposição das leis, 92
  e a justificativa de "terras suficientes para continuar a crescer", 245
  no Mato Grosso, 233, 235-7, 238-9
  e mudança climática, 80, 92, 181, 207
  opinião de Samuel Benchimol a respeito do, 106
  opiniões de Charles Trocate sobre, 302
  opiniões de Toby McGrath sobre, 243-4
  e pobreza, 250, 257-8, 259
  e as políticas de Marina Silva, 171
  e a posse/propriedade da terra, 57-8, 279-80
  e o programa de mapeamento por satélite, 137-8
  e o programa Nossa Natureza, 76
  qualidade do, 245
  como questão econômica, 92, 97, 100-3, 207-8
  e rodovias/transportes, 96, 138, 162, 180, 240, 242, 324
  e a segurança nacional do Brasil, 66-7
  na Terra do Meio, 257-8
  e terras indígenas, 283-4
  relação custo-benefício do, 145, 175
  relatório do Banco Mundial sobre, 211-2
  trabalho de Dan Nepstad sobre, 97-8
  trabalho de Phil Fearnside sobre, 96-7
  trabalho de Tom Lovejoy sobre, 93-5
  e violência, 258
  veja-se também extração de madeira; mogno; pecuária; reflorestamento
Dezinho, 297
Diamond, Jared, 266
diários de viagem, 15-20
Dimar, sr., 268
direitos humanos, 306-9
documentação, 256
doenças, 83-5, 87, 144, 164-5, 254, 264, 278
Doutor
  assassinato de, 301, 309
Doutrina Monroe, 63

drogas ilícitas, 54, 114-22, 172, 186, 193, 297, 325

E

Eco-92, 77-8, 100, 109, 235
economia
  no Acre, 177-9
  e ambientalismo, 170
  e áreas de livre comércio, 321
  e ciência e tecnologia, 55-6
  no começo do século xx, 59-60
  e corrupção, 63
  e desenvolvimento da Amazônia, 243
  e desenvolvimento sustentável, 171
  e desmatamento, 92, 97, 100-3, 207-8
  e a dívida brasileira, 55, 141
  e empresas estatais, 59-60
  e energia, 141
  européia ameaçada pelo Brasil, 101-3
  e globalização, 54-5
  e o governo Kubitschek, 60-3
  e o governo Lula, 170
  e o governo Vargas; 59-60
  e o potencial do Brasil, 54
  e petróleo/gás natural, 141
  e Sinop, 149
  veja-se também agricultura; extração de madeira; mogno; pecuária
Economist, The, 57, 92, 102
Eldorado, 40, 123-4, 126-7
Eldorado dos Carajás, 307-9
Embrapa, 213-4, 218
Embratel, 343
empregos
  criação de, 245, 321, 329, 333
energia, *veja-se* etanol; petróleo e gás natural
Environmental Defense Fund, 167
Equador, 40, 54, 71
Erwin, Terry, 50, 85
escravidão, 56, 59, 60, 212, 286, 302
escudo Brasileiro, 49
escudos das Guianas, 48-9
especuladores imobiliários, 195, 244
Estado de S. Paulo, O, 280-1
Estados Unidos
  agricultura nos, 229-32, 234, 238, 247

Brasil em comparação com os, 56-8, 275-6
comentário de José Sarney sobre as preocupações ambientais dos, 72
críticas de Phil Fearnside aos, 96-7
e drogas, 116
fronteira nos, 275-6
pecuária nos, 205, 208, 213
preocupações com a Amazônia por parte dos, 70
relações do Brasil com, 54, 63
terra nos, 275-6, 279
transporte em barcaças nos, 241
Estocolmo-72, 77
Estrada do Pacífico, 179-187
estradas de ferro, 151, 243, 278
etanol, 141, 148, *veja-se também* mandioca
europeus
e agricultura, 234
ameaçados pelo Brasil, 101-2
críticas de Phil Fearnside aos, 97
e desmatamento, 208
embargo da castanha-do-pará pelos, 333
opiniões de Everton Vargas sobre, 101-2
processo na OMC contra os, 247
e soja, 231
veja-se também comunidade internacional
evangelismo, 259
Evans, Clifford J., 30-1, 34
explorações espanholas, 39-44
extração de madeira
no Acre, 176
e agricultura, 201
e ciclo de desenvolvimento, 200-1
e a concepção de Jorge Viana para a floresta tropical, 175
e corrupção, 189-201, 238
e o desenvolvimento do Amazonas, 325
e a exploração de petróleo e gás natural, 143
e florestas certificadas, 176, 235-6, 327, 331, 333-4
e imposição das leis de desmatamento, 110-1, 297
impostos sobre a, 243

no Mato Grosso, 197, 238
e migração, 201
e pecuária, 201
preocupações de Lovejoy com a, 95
e rodovias, 181, 193-4
em Sinop, 148
e terra, 194-5, 196, 253
e violência, 194-5, 198, 244, 257, 284, 298
veja-se também desmatamento; mogno

F

Farc, *veja-se* Forças Armadas Revolucionárias da Colômbia
Fearnside, Phil, 96-7
Feitosa, Tarcísio, 257-9, 291
ferro, 127, 243, 327
fertilizantes, 241-2, 246
Field Museum (Chicago), 27
Figueiredo, João, 130-1, 133
floresta tropical
no Amazonas, 318
biodiversidade na, 50-1, 80-9
clima na, 83, 97-8
complexidade da, 44-5
concepção de Jorge Viana para a, 175
e doenças, 83-5
imensidão da, 318
inacessibilidade da, 138, 139, 145, 162
incêndios/queimadas na, 70, 72, 77, 111, 184
índios na, 79-80, 85, 88-9
como um lugar alienígena, 79-89
mortalidade natural da, 93-4
pastos na, 66
e segurança nacional do Brasil, 65-7
veja-se também desmatamento
florestas
certificadas, 176, 235-6, 327, 331, 333-4
e clima, 237
e o conceito de monocultura florestal, 333
preservação das, 237
veja-se também desmatamento; reservas extrativistas; floresta tropical; reflorestamento
Fogás, 105, 142

401

Fogoió, 291-3
Fome Zero, programa, 170
Forças Armadas Revolucionárias da Colômbia (Farc), 115-8, 120, 325
Ford, Henry, 152-3, 221, 245
Fordlândia, 152-3, 156
Forsyth, Adrian, 81-2
França, 114
Friedman, Thomas, 55
Funai, 261, 268, 270, 284
Fundação Viver, Produzir e Preservar (FVPP), 255-7, 272
Fusquinha
  assassinato de, 301, 309
FVPP, *veja-se* Fundação Viver, Produzir e Preservar

G
Gagarin, Yuri, 62
Galápagos, 55
garimpagem
  de diamantes, 112
  de ouro, 123-36, 284
  e desmatamento, 110, 123
  e estilo de vida, 295
  e a exploração de petróleo e gás natural, 143
  e o programa Nossa Natureza, 77
  e a posse/propriedade da terra, 129-30, 131, 133
  e violência, 284
gás natural, *veja-se* petróleo e gás natural
gasoduto
  controvérsia do, 142-4
Genoíno, José, 133
Gleba Leite (PA)299
globalização, 54, 246
gmelina, 154-5,
Gomes, José "Zé do Largo," 285-6
Gomes, Valério, 175-6, 179
González, Vicente Wilson Rivera, 118
Goodland, Robert, 32, 35, 214
Gorbachev, Mikhail, 68
Goulart, João, 63, 68
governadores
  poder dos, 318
  veja-se também pessoa específica

Governo da Floresta, 173-9
Greenpeace, 101, 111, 189-90, 194-6, 207
Grupo André Maggi, 223-4, 228, 235
guaraná, 326, 330
Guardian, The, 102
Guzmán, Luis Cárdenas, 115-6

H
Hartt, Charles Frederick, 28-9
Harvard University, 28, 51, 89, 324
Hecht, Susanna, 35, 204-5
Heckenberger, Michael, 36
Heinz Foundation, 93
hidrovias, 187, *veja-se também rio específico*
Homem de Clovis, 29, 30, 39, 56
Hudson Institute, 71
Humaitá (AM), 325, 344-5

I
Ibama, *veja-se* Instituto Brasileiro do Meio Ambiente e dos Recursos Naturais Renováveis
Içana (AM), 121-2
Igapó-Açu (AM), 341
Igreja Católica, 165, 190, 194, 212, 259, 287-94
imposição das leis
  ambientais, 109, 169, 196, 209-12, 237, 244
  e áreas de livre comércio, 322
  e o conceito de "ação popular", 73
  de desmatamento, 92, 110-1, 297
  e drogas ilícitas, 114-22, 297
  nos Estados Unidos, 280
  e extração de madeira, 297
  problemas de, 109-22, 322
  e terra, 275-6, 280
impostos, 66, 106, 243
incêndios/queimadas,
  na floresta tropical, 70, 72, 77, 111, 184
  veja-se também coivara
inclusão, sensação de, 279
Incra, *veja-se* Instituto Nacional de Colonização e Reforma Agrária
índios
  e as amazonas, 42

e biodiversidade, 85, 88-9
e a burocracia, 283-4
e ecologia, 251
e a exploração de petróleo e gás natural, 143
extinção de, 283
furtos cometidos por, 270
e mogno, 190, 192, 196
e a pobreza dos ribeirinhos, 270
e a segurança nacional do Brasil, 65-6
terra dos, 111-3, 282-4
e violência, 261, 281, 283-4
veja-se também tribo específica
infra-estrutura portuária, 336-7
Inpa, *veja-se* Instituto Nacional de Pesquisas da Amazônia
Instituto Brasileiro do Meio Ambiente e dos Recursos Naturais Renováveis (Ibama), 73, 111, 190, 196-7, 199-200, 299, 325
Instituto Evandro Chagas, 84
Instituto Nacional de Colonização e Reforma Agrária (Incra), 296-9, 302-6, 310-2
Instituto Nacional de Pesquisas da Amazônia (Inpa), 96
Instituto de Pesquisa Ambiental da Amazônia (Ipam), 97, 235, 237, 242, 267
"integrar para não entregar", estratégia de, 65, 109-11
Interoceânica, rodovia, 179-81, 185-6
investimentos estrangeiros, 248-9
Ipam, *veja-se* Instituto de Pesquisa Ambiental da Amazônia
ipê, 194
Irwin, Howard, 32
Israel, 242, 246
IstoÉ, 71
Itacoatiara (AM), 241-2, 315
Itaituba (PA), 119, 163, 294-7, 299

J
jatobá, 194
Jesus, Iran Geraldo de, 263
João Cléber, 269-70
João Paulo II, 287, 289

José Daniel, 269
Jungmann, Raul, 302
justificativa de "terras suficientes para continuar a crescer", 245
juta, 327, 332-3

K
Kandell, Jonathan, 35, 151, 278
Knipboff, Dorival, 138
Kubitschek, Juscelino "JK", 60-1, 63, 78

L
La Condamine, Charles-Marie de, 43-4
laboratórios farmacêuticos, 328
Lábrea (AM), 319, 325, 345
Lake, Walter, 140
"laranjas", 298
látex/borracha
  no Acre, 164-8, 172, 175, 177, 183-4
  e o assassinato de Chico Mendes, 75-6
  boom da, 46, 55, 105
  colapso do mercado de, 59, 104, 254
  e a concepção de Jorge Viana para a floresta tropical, 175
  e o desenvolvimento de Manaus, 317
  e desenvolvimento sustentável, 167
  e a estrada de ferro Madeira-Mamoré, 151
  e Fordlândia, 152-3
  e o roubo das sementes de seringueira cometido pela Inglaterra, 328
  e pecuária, 218-9
  e pobreza, 254-5, 267
  e as primeiras explorações do Brasil, 44
  e reservas extrativistas, 111
  revitalização do mercado de, 105, 254, 267
  e riqueza, 152
  subsídios para, 175
  e trabalho, 212
Lathrap, Donald, 33
Le Breton, Binka, 212
legitimidade das escrituras, campanha da, 301
Letícia (Colômbia), 116-8
liberação de carbono, 71, 99

403

Lovejoy, Tom, 93-5, 97
Luchini, Marco Antônio, *veja-se* Curió, major
Ludwig, Daniel Keith, 153-6, 221, 245
Lula, *veja-se* Silva, Luiz Inácio Lula da
Lundi, fazenda, 305, 307

M

Madeira-Mamoré, estrada de ferro, 151, 278
Madeira, rio, 151, 240-1
Madre de Dios (Peru), 180-1
Maggi, André, 227-9, 239
Maggi, Blairo, 171, 221, 223, 225-9, 232-47, 318, 337
Major, John, 68
Manaus (AM)
  área de livre comércio de, 319-23
  descrição de, 53, 315-8
  desenvolvimento de, 319-21
  e desenvolvimento sustentável, 329-33
  doenças em, 83
  e drogas ilícitas, 114, 119
  família Benchimol em, 103-7
  fundação de, 277
  isolamento de, 315-8, 320
  e látex/borracha, 55, 317
  e petróleo/gás natural, 142-4
  e sistemas de monitoramento, 110
  Teatro Amazonas em, 151-2
  tentativas de preservação perto de, 94
  trabalho de Phil Fearnside em, 96-7
  trabalho de Tom Lovejoy em, 94-5
  transporte nos arredores de, 315, 325, 335, 339-41
  veja-se também pessoa específica
mandioca, 149-52, 157, 165, 165, 263, 265, 270
Mann, Charles C., 29, 36
MAP, 181; *veja-se* Irving Foster Brown; Madre de Dios; Acre; Pando
mapeamento por satélite, programa de, 137-8
Marabá (PA), 114, 203, 207, 286, 299, 303-5, 312
Marajó, ilha de (PA), 30, 34, 36

Margolis, Mac, 222, 251
Margulis, Sergio, 205-6
Maronezzi, Ângelo Carlos, 158-9
Marx, Carlos, 137-8, 318, 341
Mato Grosso
  agricultura no, 171, 186, 221-47, 343
  corrupção/escândalos no, 170, 238
  desmatamento no, 233, 235-7, 238-9
  extração de madeira no, 197, 238
  pecuária no, 195
  planejamento do uso da terra e gestão de bacias hidrográficas no, 171, 236-7
  poder dos governadores no, 318
  e políticas de Marina Silva, 162
  sistema de transporte no, 240-3
  veja-se também Sinop
McGrath, David, 267
McGrath, Toby, 243-5
Medicilândia (PA), 111
Meggers, Betty, 30-4, 37, 82, 152, 214, 227,
Medellín, cartel de, 116
Melo, Antônia, 254-7
Mendes, Amazonino, 342
Mendes, Chico
  assassinato de, 75-6, 114, 166, 167, 183, 251, 307
  assassinato de Dorothy Stang em comparação com o de, 289
  conseqüências da morte de, 75-6, 293
  e a ineficiência da polícia federal, 114
  e Marina Silva, 163, 166-7
  como notícia internacional, 75-6, 289
  como organizador, 75-6, 166, 172-3
  e Virgílio Viana, 324
  Xapuri como cidade natal de, 175, 184
Mendes, Francisco "Cu Queimado", 262-3
Mendes, Nilson, 89
Mendoza, Elsa, 181
Mercosul, 187
migração, 58, 61, 66, 143, 161, 172, 201, 339
Millard, Candice, 27, 81
mina de diamantes, 112
Ministério da Agricultura, 102, 169
Ministério da Justiça, 163

Ministério das Minas e Energia, 131, 169
Ministério do Meio Ambiente, 73, 239; *veja-se também* Silva, Marina
missionária norte-americana assassinato de, 171, *veja-se* Stang, Dorothy
Miyata, Ken, 81-2
mogno, 189-201, 269, 281, 284
monitoramento aéreo da Amazônia, 109-13
Monte Alegre (PA), 25-8, 34, 121
Moraes, Francisca Teixeira, 271
moratória e o plano de Blairo Maggi, 239
Moura, Vitalmiro, 290, 293
móveis, 176, 191, 324, 327-8
Movimento dos Trabalhadores Rurais Sem Terra (MST), 296-7, 299-302, 306, 309, 311
Movimento pela Libertação de Serra Pelada, 134
MST, *veja-se* Movimento dos Trabalhadores Rurais Sem Terra
Muir, John, 35
multinacionais, 72, 302, 321

N

nacionalismo no Brasil, 71, 74, 98-9, 107, 246-7, 293
Nascimento, Alfredo, 340
Nascimento, Ezequiel de Moraes, 297
National Geographic, 82
Naves Sobrinho, Diogo, 207, 208-9, 211, 212-3
Negro, rio, 121, 317, 321, 329, 335-6, *veja-se também* Manaus
Nepstad, Dan, 97-9, 219, 237
Neves, Tancredo, 68
New York Times, The, 71, 92, 110, 232-3
Newton, Isaac, 43
Niemeyer, Oscar, 61-2
Nogueira Neto, Paulo, 94
Noriega, Manuel, 116
Nossa Natureza, programa, 69, 76-7

O

O'Hanlon, Redmond, 87
óleos essenciais, 330-1

Oliveira, Luís Ivan de, 297-9
OMC, *veja-se* Organização Mundial do Comércio
ONGs, *veja-se* organizações não governamentais
Operação Cobra, 114
Orellana, Francisco de, 40-3
Organização Mundial do Comércio (OMC), 247
organizações de direitos civis, 288
organizações não governamentais (ONGs)
 e Amazonas, 323-4
 críticas de Phil Fearnside às, 97
 e desmatamento, 91-2, 212
 e imposição das leis ambientais, 196
 e Marina Silva, 162-3, 171
 e mogno, 196
 e pecuária, 212, 216
 e planejamento no Acre, 176
 e as políticas sociais do Brasil, 78
 e rodovias, 162
 e o trabalho de Dan Nepstad, 98-9
 e violência, 286
 veja-se também organização específica
ouro, 123-36, 197, 283, 295
oxigênio, 50, 71, 100

P

PA-279, rodovia, 281
Page, Joseph A., 59, 60, 255
Pando (Bolívia), 181
Pantoja, Nara, 181-2
Pará
 construção de rodovias no, 162
 corrupção no, 294
 doenças no, 87
 escravidão no, 212
 extração de mogno no, 189-201
 e Marina Silva, 162
 massacre dos sem-terra no, 306-9
 pecuária no, 195, 203-13
 terra no, 275, 280-5
 violência no, 194-5, 197, 198, 257, 275, 280-9, 293, 306-9, 325
 veja-se também cidade específica
paracanãs, 93
Paraná, Pedro, 198

405

parques/reservas nacionais, 76, 92, 94, 171, 192, 219, 236, 237-8, 293
Partido Democrático Social (PDS), 131
Partido dos Trabalhadores (PT), 163, 166, 168, 173
Pascoal, Hildebrando "Motosserra", 173, 178
pau-rosa, 330-1
Paul, Scott, 194
PDS, *veja-se* Partido Democrático Social
Peabody Museum (Harvard University), 28
pecuária
   no Acre, 176, 212-9
   agricultura em comparação com a, 244
   e o assassinato de Chico Mendes, 74-5
   bovina, 66, 68, 76, 203-20, 243, 244, 325
   e ciclo de desenvolvimento, 200-1
   e ciência e tecnologia, 213-5, 218
   e a concepção de Jorge Viana para a floresta tropical, 175
   e o desenvolvimento do Amazonas, 325
   e desenvolvimento sustentável, 167, 218
   e desmatamento, 92, 109, 204-5, 206, 209, 214-5
   e economia, 207-8
   e a exploração de petróleo e gás natural, 143
   e extração de madeira, 201
   impacto causado na floresta tropical pela, 81, 96-7, 175
   e imposição das leis ambientais, 209-12
   incentivos para a, 66
   e látex/borracha, 218-9
   lucratividade da, 205-9, 211, 213-4, 215
   no Mato Grosso, 195
   no Pará, 195, 203-13
   e reflorestamento, 215-6
   e rodovias, 209
   subsídios para a, 68, 76, 96, 204-6, 218, 219
   e terra, 74-5, 194-5, 205, 209-10, 219
   e trabalho, 212-3
   trabalho de Phil Fearnside sobre o impacto da, 96-7
   e violência, 259, 293
Pedra Pintada, caverna da, 29, 31, 34, 121
peixes
   e o desenvolvimento do Amazonas, 327, 329-30
   e pobreza, 255-7, 265, 270-1
Pepino, Ênio, 149
Pereira, Raimunda Socorro dos Santos, 251-4, 266, 341
Perry, Donald, 85
Peru
   drogas ilícitas no, 116, 117, 172, 186
   e mogno, 191
   petróleo e gás natural no, 139
   região amazônica do, 180
   relações do Brasil com o, 183, 185
   e a rodovia Interoceânica, 180
   e rodovias, 185-6
   e a segurança nacional do Brasil, 66
   e a soberania da Amazônia, 71
   terra no, 278-9
Peruana, fazenda, 310
Petrobras, 60, 140-2, 144
petróleo e gás natural, 137-45, 181, 201
Phoenix Gems Ltda., 134
Picano, 283
Pimenta, Marco Antonio, 189-90
Pinheiro, Luzia, 255, 257
Pinheiro, Wilson, 165-6
Pinto, Edmundo, 173
Pinto, Lúcio Flávio, 253
pinturas rupestres, 25-7, 29, 34
Pinzón, Vicente Yáñez, 48
Piranhaquara, ilha de, 263-4
Pizarro, Gonzalo, 40-1
planejamento
   no Acre, 162, 172-9
   e agricultura, 235-8
   opiniões de Toby McGrath sobre, 244
   e as políticas de Marina Silva, 162-3, 171
   e o "sistema de zoneamento" para o Mato Grosso, 171, 236-7
Plotkin, Mark, 88-9

pobreza
 em Brasília, 63
 no começo do século xx, 59
 e corrupção, 294
 e desmatamento, 250, 257-8, 259
 e drogas ilícitas, 118, 120-1
 opiniões de Blairo Maggi sobre a, 234, 240
 opiniões de Charles Trocate sobre a, 302
 e pessoas que servem de exemplo, 271-3
 e política, 257, 294
 dos ribeirinhos, 260-73
 e rodovias, 277
 rural, 67, 260-273
 e sindicatos, 296-7
 e a soberania da Amazônia, 107
 e terra, 67, 268-9, 293-313
 urbana, 59, 249-60
 veja-se também pessoa específica
polícia federal, 111-2, 114, 184, 190, 289; *veja-se também* Spósito, Mauro
política
 e Igreja Católica, 286-94
 e pecuária, 204
 e pobreza, 257, 294
 e trabalhadores sem-terra, 308
 e violência, 286
 veja-se também pessoa específica
poluição
 imposto da, 106
população, 243-4
Porras Ardila, Evaristo, 115-7
Porto 6 (Altamira), 260
Porto Velho, 79, 105, 110, 143, 151, 173, 240-4, 315, 325
Porto Velho,
 transporte de Manaus a, 336-45
Portugal, 43, 56, 58, 60
PPG-7, *veja-se* Programa Piloto para a Proteção das Florestas Tropicais do Brasil
Prance, Ghillean, 81
Prang, Gregory, 329
Precious Woods, 333-4
preservação, 77, 94-9, 239, 324; *veja-se também* conservação; reservas ex-
trativistas; parques/reservas nacionais
preservação de espécies
 trabalho de Tom Lovejoy sobre, 94-5
Presidente Figueiredo (AM), 315
Primeiro de Março (PA), assentamento 304-6, 307
Programa Piloto para a Proteção das Florestas Tropicais do Brasil (PPG-7), 78
Projeto Jari, 154-5
protecionismo, 234-5, 247
Protocolo de Kyoto, 96-7, 141, 328
PT, *veja-se* Partido dos Trabalhadores
Pula-Pula, 260-2, 266, 271-3
"pulmões do mundo", mito dos, 50, 100-1

Q
Quadros, Jânio, 63
queimadas, *veja-se* incêndios/queimadas
Quem Quiser Que Vá, clareira, 268, 270
quinina, 45, 88, 331

R
Raven, Peter, 357
Raytheon, 109
recursos
 e sua distribuição no Brazil, 210, 340-1
Redford, Robert, 76
reflorestamento, 215-6, 237
reforma agrária, 77, 165, 300-1, 303
regatão, sistema de, 256-7, 263, 265-7, 270
Reis, Artur César Ferreira, 71
Reis, Vera, 180
relatórios de impacto ambiental, 143
Redenção (PA), 197-9, 282, 297
Reserva Extrativista Chico Mendes, 184, 216
reservas extrativistas, 111, 176, 184, 216, 218
Revkin, Andrew, 35-6, 166, 173
Rezende, Ricardo, 287-9
ribeirinhos
 pobreza dos, 260-273
Richards, Paul, 31
Rio Branco (AC), 79, 165, 172, 173-5, 179, 213, 217-8, 282, 325

407

Rio de Janeiro, 58, 61-2, 210
Rio Maria (PA), 114
Rios, Mónica de los, 181
Riozinho do Anfrísio, 252, 254-7
Robson, padre, 259
rodovias
   no Acre, 162, 172-3, 174, 182-7
   e agricultura, 163, 171, 242
   e ambientalismo, 68, 109
   e desenvolvimento do Amazonas, 325
   e desmatamento, 96, 138, 162, 180, 240, 242, 324
   e a estratégia de "integrar para não entregar", 109
   e extração de madeira/mogno, 182-3, 193-4
   financiamento para, 243
   e o governo Lula, 161-3
   e migração, 66, 172, 201
   opiniões de Irving F. Brown sobre, 179-81
   e pecuária, 209
   perto de Manaus, 315, 325-6, 339-41
   e pobreza, 277
   e políticas de Marina Silva, 162
   e preservação, 324
   e segurança nacional do Brasil, 66
   e terra, 277
   e transformação da Amazônia, 222-3
   e violência, 277
   veja-se também rodovia específica
Rondon, Cândido Mariano da Silva, 222
Rondônia, 84, 112, 143, 151, 164, 177, 240, 294, 318, 325
Rondonópolis (MT), 221-3, 228, 243
Roosevelt, Anna, 26-31, 34, 36
Roosevelt, reserva indígena, 112
Roosevelt, rio, 27
Roosevelt, Theodore, 27, 45-6, 79, 81, 222, 272
Roraima, 47, 70, 113, 294, 320

S
Sabba, Isaac, 104
Sachetti, Adilton, 223-5, 237
Sadeck, Nelsi, 25-7, 31
Salati, Enéas, 97-8

Sales, Rayfran das Neves, *veja-se* Fogoió
Salgado, Sebastião, 127
Santarém (PA)
   experimentos de Henry Ford perto de, 152-3
   Incra em, 299
   na interseção entre os rios Tapajós e Amazonas, 152
   judeus em, 104
   mineração perto de, 127
   panorama de, 26-7
   primeiras explorações perto de, 42
   veja-se também BR-163, rodovia
Santos, Ary, 197-8
Santos, Maria Raimunda dos, 254, 322
Santos, Paulo Nazaré dos, 342-3
São Félix do Xingu (PA), 189-90, 211, 268-9, 271, 280-4, 286, 299
São Gabriel da Cachoeira (AM), 120-1
São Luís (MA), 203, 243
Sarney, José, 68-70, 72-8, 235
Sauer, Carl, 33
Schmink, Marianne, 67, 277, 281
Schreider, Gilson, 343-4
Schultes, Richard, 89
Schwartzman, Steve, 166-7
Science, 29
Scoop, Renato, 333-4
segurança nacional do Brasil, 65-7, 69, 74, 103, 113
seleção natural, 45, 80
Senador Guiomard (AC), 183
Senna, Ayrton, 185
Serra Pelada (PA), 123-36, 137
setor aéreo, 316
Shockness, Silas, 151
Shoumatoff, Alex, 72, 76, 166, 173
Sick, Helmut, 86
Silva, João Batista da, 184
Silva, José Artur da, 303
Silva, José Leandro da, 305
Silva, José Maria da, 124-5
Silva, Luiz Inácio Lula, da, 80, 143, 161, 163, 168, 170, 273, 294, 297, 302
Silva, Manoel Nazaré da, 254-5
Silva, Maria Nazaré Borges da, 265
Silva, Maria Valadares da, 255

Silva, Marina, 161-3, 164-173, 179, 289-90, 292, 322, 323-4
Simpson, James "Jimmy" de Senna, 207-9, 212
Sindicato dos Trabalhadores Rurais, 292, 296-7
Sindicato dos Produtores Rurais do Pará, 207
sindicatos, 133, 183, 207, 288, 292-3, 295-6, 297, *veja-se pessoa ou organização específica*
Sinop (MT), 59, 147-51, 156-9, 161, 213
Sipam, *veja-se* Sistema de Proteção Ambiental da Amazônia
Sistema de Proteção Ambiental da Amazônia (Sipam), 110-1
Sistema de Vigilância da Amazônia (Sivam), 109-13
"sistema de zoneamento" para o Mato Grosso, 236-7
Sivam, *veja-se* Sistema de Vigilância da Amazônia
soberania, 68, 71-2, 74, 78, 98-9, 107, 196, 309
sociedade andina, 28, 33
sociedade da era da cerâmica, 28-9, 30
Socorro, *veja-se* Pereira, Raimunda Socorro dos Santos
soja
    no Acre, 186
    certificada, 235-6
    e desenvolvimento sustentável, 167
    nos Estados Unidos, 229-32
    impostos sobre a, 243
    no Mato Grosso, 171, 186, 221, 227-41, 243-5
    e monocultura, 158
    opiniões de Toby McGrath sobre a, 244-5
    e a posse/propriedade da terra, 298
    e pressões sobre o Amazonas, 324, 343
    transgênica, 231-2
Soto, Hernando de, 278-9
Souza, Antônio Gomes, 125
Souza, Francisco de Assis dos Santos, 292
Spósito, Mauro, 113-22
Spruce, Richard, 44-5

Squibb, *veja-se* Bristol-Myers-Squibb
Sroczynski, Carmelinda, 198-201
Sroczynski, Mariano, 198-201
Stang, Dorothy, 289, 290-2, 294
Sting, 76, 282-3
Suárez, Roberto, 115-6
subsídios
    para a agricultura nos Estados Unidos, 233-4, 247
    para o desenvolvimento do Acre, 176-9, 184
    para a juta, 333
    para o látex/a borracha, 175
    para a pecuária, 68, 76, 96, 204-6, 218, 219
Symmes, Patrick, 193

T

Tabatinga (AM), 113, 115-8, 120, 317
Tapajós, rio, 27, 152, 239, 253, 294, 297
Tavares, Ulisses, 291-3
Teatro Amazonas (Manaus), 151-2
tecnologia, *veja-se* ciência e tecnologia
Teologia da Libertação, 287-9, 293
Teresinha, dona, 272-3
terra
    no Acre, 166, 278
    e agricultura, 156-9
    e a campanha da legitimidade das escrituras, 301
    e ciclo de desenvolvimento, 326
    e a comparação entre Estados Unidos e Brasil, 56-8
    e corrupção, 74, 275, 285-6, 288-9
    durante a ditadura militar, 66-7
    e escrituras, 57, 195-6, 209, 278
    nos Estados Unidos, 275-6, 279
    e a extração de madeira/mogno, 194-5, 196, 253
    e o futuro da Amazônia, 57
    e garimpagem, 129-30, 131, 133
    gestão regional da, 236-7
    e a imposição das leis, 275-6, 280
    indígena, 111-3, 282-4
    influência portuguesa na distribuição da, 56-7
    e a justificativa de "terras suficientes

409

terra (cont.)
  para continuar a crescer", 245
  e "laranjas", 298
  no Mato Grosso, 171, 236-7
  como motivo para a migração, 57-8
  no Pará, 275, 280-5
  e pecuária, 74-5, 194-5, 205, 209-10, 219
  no Peru, 278-9
  e pobreza, 67, 268-9, 295-313
  e as políticas de Marina Silva, 171
  como propriedade do governo, 276
  e proprietários absentistas, 78, 227
  e reservas extrativistas, 111
  e rodovias, 277
  e a segurança nacional do Brasil, 66-7
  e sensação de inclusão, 279
  e sindicatos, 295-7
  em Sinop, 156-9
  sistema desigual de propriedade de, 56-7
  e trabalhadores sem-terra, 295-313
  requerimentos para aquisição de, 298-9
  restrições sobre a, 236-7, 247
  e violência, 58, 74-5, 218-9, 244, 253, 275-89, 299, 300-1, 306-9
  zoneamento da, 171, 236-7, 239, 319-23, 326-8, 331, 334
  veja-se também Incra; MST
Terra do Meio, 110, 253, 258, 280
terra preta, 35-6, 39
terrorismo
  opiniões de Blairo Maggi sobre, 246-7
Tocantins, rio, 203
Tocqueville, Alexis de, 280
trabalho
  escravo, 212, 286, 302
  veja-se também empregos, criação de; sindicatos
Transamazônica, rodovia
  e a cidade de Humaitá, 344
  a cidade de Marabá na interseção entre a Belém-Brasília e a, 203
  colonização ao longo da, 150, 277
  construção da, 164
  críticas de Tom Lovejoy à, 93-4
  e o desenvolvimento de Altamira, 250
  e o desenvolvimento do Amazonas, 325
  destruição ambiental causada pela, 32
  extração ilegal de madeira perto da, 111
  interseção da BR-319 com a, 345
  propósito da, 66
  e a Terra do Meio, 253
transporte em barcaças, 241
Tratado de Tordesilhas (1494), 43, 57
Trocate, Charles, 299-302, 309
Trombetas (PA), 127
Tucumã (PA), 190
Tucuruí, usina hidrelétrica de, 93
Tupana (AM), 338-9

U
universidades federais, 235
Up the Graff, F. W., 46
Urucu, campos petrolíferos de, 138-45, 319

V
vaca louca, mal da, 230
Valentim, Judson, 213-6, 219-20
Valentim, Luciano, 110-1
Vargas, Everton, 100-3, 210-1, 308
Vargas, Getúlio, 59-60
Veja, 244-5
Venezuela, 47, 66, 187
Veronez, Assuero, 218-20
Viana, Jorge, 163, 173-9, 236, 318, 324, 163
Viana, Manoel Eládio, 262, 266
Viana, Virgílio, 324, 326-7
Vinte e Seis de Março (PA), assentamento, 309-13
violência
  no Acre, 166-7, 173
  e agricultura, 244
  e assassinato de Dorothy Stang, 289, 290-2, 294
  contra crianças, 210
  e corrupção, 275
  custos indesejáveis da, 308
  e desmatamento, 258
  e extração de madeira/mogno, 194-5, 198, 244, 257, 284, 298
  e garimpagem, 284

e índios, 261, 281, 283-4
e o látex/a borracha, 74, 112
e o massacre dos sem-terra no Pará, 306-9
no Pará, 194-5, 197, 198, 257, 275, 280-9, 293, 306-9, 325
e pecuária, 259, 293
e pobreza, 257, 269-70
e política, 286
e rodovias, 277
e os sindicatos, 297-8
e terra, 58, 74-5, 218-9, 244, 253, 275-89, 299, 300-1, 306-9
na Terra do Meio, 257-9

W

Wagley, Charles, 67, 147
Wallace, Alfred Russel, 26, 28-9, 44-5, 222
Wallace, Rob, 88
Wallace, Scott, 82
Washington Post, The, 101
Webster, Daniel, 279
Wickham, Henry, 152-3
Wilson, Edward O., 51, 84-5, 331
Wolff, Sven, 144
Wood, Charles H., 67, 277, 281
World Wildlife Fund, 94

X

Xapuri (AC), 74, 76, 89, 175-6, 183-4, 217-8, 324, 327-8
Xingu Lodge (São Félix do Xingu), 282
Xingu, rio
    estudos de Heckenberger perto do, 36
    pobreza dos ribeirinhos no, 249-73
Xinguara (PA), 114, 190

Z

Zezinho de Condespar, 198
"zona de exclusão", 239
Zona Franca (Manaus), 318-9, 321-3
Zona Franca Verde (AM), 326, 331-2, 334

1ª edição Setembro de 2007 | **Diagramação** A Máquina de Idéias
Fonte ITC Legacy Serif | **Papel** Offset Alta Alvura
Impressão e acabamento Yangraf Gráfica e Editora Ltda.